SHERRYL WOODS
El susurro de las olas

Editado por Harlequin Ibérica.
Una división de HarperCollins Ibérica, S.A.
Núñez de Balboa, 56
28001 Madrid

© 2013 Sherryl Woods
© 2016 Harlequin Ibérica, una división de HarperCollins Ibérica, S.A.
El susurro de las olas, n.º 94 - 1.1.16
Título original: Sea Glass Island
Publicada originalmente por Mira Books, Ontario, Canadá

Todos los derechos están reservados incluidos los de reproducción, total
o parcial. Esta edición ha sido publicada con autorización de Harlequin
Books S.A.
Esta es una obra de ficción. Nombres, caracteres, lugares, y situaciones
son producto de la imaginación del autor o son utilizados ficticiamente,
y cualquier parecido con personas, vivas o muertas, establecimientos
de negocios (comerciales), hechos o situaciones son pura coincidencia.
® Harlequin, HQN y logotipo Harlequin son marcas registradas por
Harlequin Enterprises Limited.
® y ™ son marcas registradas por Harlequin Enterprises Limited y sus
filiales, utilizadas con licencia. Las marcas que lleven ® están
registradas en la Oficina Española de Patentes y Marcas y en otros
países.
Imagen de cubierta utilizada con permiso de Harlequin Enterprises
Limited. Todos los derechos están reservados.

I.S.B.N.: 978-84-687-7793-1
Depósito legal: M-34562-2015

Queridas amigas,

La mayoría de nosotras hemos terminado por aceptar que nuestros sueños cambian con el transcurso de la vida. A veces esto es producto de la madurez y de las nuevas experiencias vitales. A veces nos vemos simplemente forzadas a aceptar una dura y nueva realidad.

Ese es el caso tanto de Samantha Castle como de Ethan Cole en El susurro de las olas. *Pero mientras Ethan ha abrazado su nueva vida dirigiendo una pequeña clínica de urgencias en la costa de California del Norte, Samantha continúa luchando por enfocar de una manera nueva su futuro. Ella sabe que la carrera de actriz con la que antaño había soñado no resulta ya tan exitosa y satisfactoria como había esperado. Como las lectoras saben ya a estas alturas, Sand Castle Bay es el lugar perfecto para revisar objetivos y ambiciones. Y gracias a un pequeño empujón de su abuela, también ha sido el lugar ideal para que las hermanas Castle descubran el amor.*

Espero que disfrutéis con este capítulo final de la trilogía de las hermanas Castle y que la historia de Samantha os recuerde que a menudo hay un nuevo e inesperado sueño esperándonos a la vuelta de la esquina, con tal de que abráis vuestro corazón a las nuevas posibilidades.

Con mis mejores deseos,
Sherryl Woods

Capítulo 1

Samantha hundió la cuchara en el cubo de helado de cereza y suspiró mientras lo sentía derretirse en su boca. Los placeres culpables como aquel eran lo único que la mantenía en pie en aquellos días. Una buena dosis de helado significaba la esperanza de que su carrera como actriz pudiera remontar. Una actitud positiva que la había ayudado a capear tiempos duros en el pasado, al fin y al cabo.

Aunque eso cada vez estaba resultando más difícil de creer. Últimamente, el silencio de su teléfono había resultado ensordecedor. Durante la última primavera, había conseguido un papel menor en un programa de televisión de máxima audiencia que se filmaba en Nueva York, pero que no le había reportado otras oportunidades a pesar del entusiasmo mostrado por el director y de los productores. Los programas de otoño habían empezado a rodarse, pero ella no había recibido ninguna de las prometidas ofertas de trabajo, ni siquiera para minúsculas apariciones.

Hacía semanas que no recibía una sola llamada para hacer anuncios. Si no hubiera sido por su trabajo como camarera en un lujoso restaurante del Upper East Side, se habría visto en la más grave situación económica que había enfrentado desde que llegó a Nueva York cerca de quince años atrás. Aun así, ya había tenido que echar mano de sus ahorros.

Aunque su hermana Gabriella le había organizado una fantástica campaña de publicidad en primavera, sus efectos se habían agotado en cuestión de semanas, que no de meses, y en aquel momento, una vez más, iba cuesta abajo. Había agotado su lista de contactos. Pero con todo lo que estaba pasando por la vida de Gabi en aquellos días, a Samantha no le había parecido bien pedirle más asesoría gratuita en publicidad. Gabi se estaba acostumbrando a su nueva vida como madre soltera y esforzándose por arreglarse con el muy paciente hombre de su vida, quien había aceptado posponer su boda hasta después de la de su hermana Emily, que se celebraría dentro de unas pocas semanas.

Siempre optimista, Samantha había sobrevivido a más de un momento difícil desde que llegó a Nueva York recién salida del instituto, como una jovencita fresca e ilusionada. Aquel último periodo de abstinencia, sin embargo, era el peor que podía recordar. Sobre todo cuando se presentaba acompañado de las miradas compasivas de las otras actrices que aspiraban a los mismos papeles. Su antaño expansivo y siempre generoso representante había empezado a esquivar sus llamadas para luego despedirse. Su sustituto, aunque entusiasta, no había conseguido ningún resultado prometedor.

Samantha tenía treinta y cinco años, y seguía siendo hermosa, pero su mejor momento ya lo había dejado atrás. Papeles que antaño habrían sido suyos con solo pedirlos iban a parar ahora a mujeres de veintipocos años. Pero, al mismo tiempo, no era lo suficientemente mayor para el pujante sector de las actrices maduras. No había suficiente optimismo en el universo que pudiera compensar aquella dura realidad.

Cuando sonó el teléfono, se lanzó a descolgarlo, lo que hablaba bien de lo desesperada que estaba. No le gustó la sensación.

–Hola, Samantha. Me alegro de haberte encontrado –dijo su hermana pequeña, Emily, como si localizarla en su casa fuera una rareza y no algo cotidiano en aquellos días–. Tenemos que hablar. Ahora que Gabi ya ha tenido el bebé, es hora de que nos pongamos serias sobre mi boda. Está a la vuelta de la esquina.

A pesar de su humor más bien sombrío, Samantha se sonrió.

–¿Sabe Boone que no siempre fuiste tan en serio con lo de la boda? –bromeó–. Recuérdamelo otra vez, ¿para cuándo era? ¿Para qué momento del año que viene?

–Muy graciosa. Queda menos de un mes.

–¿Tan pronto? –se burló Samantha.

–¿Pronto? Los preparativos han durado una eternidad. ¿Cuánto tiempo estuvimos separados Boone y yo? Años y años. Necesitamos compensar el tiempo perdido.

Era maravilloso oír el entusiasmo de la voz de Emily, pensó Samantha mientras se esforzaba por no envidiarla. Boone y ella se merecían aquella felicidad tan largamente postergada.

–¿Cuándo vendrás a Carolina del Norte? –le preguntó Emily–. Tienes que hacerte otra prueba de vestido, aunque no hayas ganado ni un gramo. Es más bien una muestra de solidaridad con Gabi, que todavía sigue luchando con el sobrepeso del embarazo. Y está la fiesta premamá que darán Gabi y la abuela, y luego el ensayo de cena. Estoy pensando que necesitaremos una lluvia de regalos, una noche solo de chicas. Este va a ser el mejor verano que habrán tenido nunca las hermanas Castle en Sand Castle Bay.

–No me lo perdería por nada del mundo –le aseguró Samantha–. Al fin y al cabo, ¿no fui yo la que predijo el pasado agosto que Boone y tú ibais a volver juntos?

–Sí, demostraste una gran percepción, pero no sería la primera vez que te ofrecen algún irresistible papel en el último momento y me dejas tirada. Me estoy acordando de mi fiesta de graduación en la universidad…

–Bueno, jamás te dejaría tirada el día de tu boda –la tranquilizó Samantha.

La probabilidad de que le saliera un gran papel era abismalmente pequeña. Además, nunca le fallaría a Emily después de haberle prometido que haría de dama de honor. El hecho de que Emily se lo hubiera pedido había constituido toda una sorpresa. Su relación siempre había estado teñida por algún tipo de rivalidad entre hermanas que ella nunca había llegado a comprender del todo, pero Emily parecía estar esforzándose sinceramente por olvidarla.

—Pasado mañana saldré para el sur —le dijo a su hermana, sin mencionarle que su boda le proporcionaba la excusa perfecta para abandonar Nueva York durante aquellos deprimentes días de la canícula veraniega—. Estaré allí para cualquier cosa que necesites.

—¿Te traerás a alguien contigo? ¿El tipo de la cadena de televisión o el productor? He perdido la cuenta.

—Sinceramente, yo también —admitió Samantha—. Pero no hay nadie a quien quiera tener a mi lado en una ocasión tan importante como la boda de mi hermana pequeña.

Hubo una leve vacilación al otro lado de la línea, hasta que Emily preguntó, tímida:

—¿Ni siquiera Ethan Cole?

El corazón de Samantha sufrió un pequeño y previsible vuelco.

—¿Por qué diablos habría de llevar a Ethan? Esa es una historia vieja. Ni siquiera es historia, ahora que lo pienso. En aquel tiempo, él ni siquiera reparaba en mi existencia.

—¡Ajá! —exclamó Emily, triunfante—. Sigues sintiendo algo por él. Yo le dije a Gabi que estaba segura. Ella también lo está. Por lo que respecta a la cosa romántica, nuestros poderes de observación son tan buenos como los tuyos.

—¿Y has deducido eso solo porque yo te pregunté por qué lo habías mencionado? —inquirió Samantha con tono irritable, detestando cualquier posibilidad de que a su edad sus sentimientos fueran tan fáciles de leer, para que cualquiera los detectara. Sobre todo cuando el hombre en cuestión probablemente ni siquiera la reconocería si llegaba a encontrarse con él.

–Lo he deducido porque durante todo el tiempo que estuviste en casa, después del huracán del verano pasado, no te quitaste su vieja camiseta de fútbol americano –respondió Emily–. Y, sorprendentemente, la camiseta desapareció una vez que volviste a Nueva York. Apuesto a que en este mismo momento está en tu armario.

–No es verdad –replicó Samantha, bajando la mirada a la camiseta verde y oro que lucía en aquel instante.

¿Y qué si todavía escondía un no tan secreto flechazo por el mejor pasador del instituto? Tres años mayor que ella y rodeado por multitudes de admiradoras del pueblo, Ethan ni siquiera la había mirado en aquel entonces. Ella no había sido más que una chiquilla insignificante, que ni siquiera había sido registrada por su radar. Dudaba seriamente que hubiera descubierto la profundidad de sus sentimientos por él durante todos aquellos años, desde que la vio en algún anuncio de detergentes. Y eso suponiendo que la hubiera reconocido.

–Ya sabes que nunca se casó –comentó Emily con naturalidad–. Y Boone y él juegan al golf juntos. Boone le ha invitado a la boda.

El estúpido corazón de Samantha dio otro de aquellos irritantes y elocuentes vuelcos y sobresaltos.

–No lo habrá hecho pensando en mí, espero.

–Por supuesto que no –dijo Emily–. Pero es el padrino de Boone, lo que quiere decir que vas a verlo mucho.

Samantha soltó un gruñido. Había esperado aquella clase de maniobra casamentera de su abuela, que había organizado una activa campaña para que Emily y Boone volvieran y había maniobrado además para que Gabi terminara liándose con Wade Johnson. Por lo demás, Samantha estaba segura de que Cora Jane demostraría muy poco respeto por su capacidad para encontrar sola al hombre adecuado. Aunque ciertamente tampoco había mucha evidencia de que ella hubiera hecho buenas elecciones hasta el momento. Los hombres con los que había salido habían carecido de todo poder para retenerla.

–¿Te encargó la abuela que planearas esto? –le preguntó, por tantear.

–¿Que planeara qué? –replicó Emily con expresión inocente–. Ya te lo dije, Boone y Ethan son amigos de toda la vida. Tiene perfecto sentido que quiera a Ethan en su boda.

–Supongo que sí –concedió Samantha.

–Tengo que dejarte. Te quiero –dijo Emily–. Nos vemos pronto.

–Eso, nos vemos pronto –repitió Samantha.

De repente, volver a Sand Castle Bay para la boda de su hermana se había convertido en una perspectiva mucho más interesante... y quizá un punto peligrosa.

Gabi mecía suavemente a Daniella Jane en sus brazos mientras observaba el rubor de las mejillas de Emily.

–Bueno, ¿has averiguado lo que querías saber cuando hablaste con Samantha? –le preguntó.

–Oh, Samantha sigue loca por Ethan, eso está claro –respondió Emily con una sonrisa.

–Lo que quiere decir que piensas entrometerte –adivinó Gabi.

–¿Y por qué no? –inquirió Emily, alargando los brazos para recoger al bebé de los brazos de Gabi y arrullarlo–. La abuela lo hace todo el tiempo.

–Y se lo consentimos porque es Cora Jane y nosotras la amamos y respetamos –le recordó Gabi–. Samantha y tú no siempre os habéis llevado bien, sin que yo nunca haya llegado a entender el porqué.

–Yo sé que todo es culpa mía –admitió Emily, haciendo una mueca–. Y lo peor es que sinceramente no recuerdo cuándo empezó. Puesta a sentir esta absurda vena competitiva, habría debido tenerla contigo. Nosotras somos las ambiciosas de la familia. O al menos tú lo eras hasta que te volviste blanda y tuviste este precioso bebé. Daniella Jane es lo único bueno que sacaste de tu relación con ese saco de basura que era Paul. Ahora que te has enamorado perdidamente de Wade, y, por mucho que me duela verlo, te has vuelto simplemente boba.

–Oye, tengo una excitante galería de arte con una decena de artistas temperamentales trabajando *in situ*. Y estoy intentando convertir eso en un destino turístico –protestó Gabi–. No me he aflojado precisamente. Simplemente he redirigido mis objetivos.

–Ya, ya –dijo Emily–. No me estás comprendiendo. No logro entender por qué siempre he tenido esa rivalidad con Samantha, pero sinceramente quiero superarla. Es hora de hacerlo. No quiero que ninguno de aquellos viejos rencores arruine el que debería ser el mejor momento de mi vida.

–Amén a eso, y pedirle que sea tu dama de honor ha sido un gesto verdaderamente dulce –comentó Gabi–. Sé lo mucho que ella lo ha valorado.

–No es que compense precisamente lo mal que la he tratado durante tantos años, como si la única finalidad de su vida fuera fastidiarme –Emily hizo cosquillas a Gabriella, y sonrió cuando la niña se echó a reír–. Dios mío, si es una monada... Creo que quiero una.

–Tengo el presentimiento de que Boone estará más que dispuesto a cooperar –rio Gabi–, pero puede que antes quieras terminar de una vez por todas con esta boda.

–Primero, Boone y yo tenemos que coincidir en el mismo lugar y en el mismo momento si vamos a hacer un bebé –gruñó Emily–. Ahora mismo está inspeccionando todos los restaurantes que tiene su cadena desde Los Ángeles hasta aquí.

–¿Así que estarás separada de él mucho tiempo? ¿Veinticuatro horas? –se burló Gabi.

–Dos días, en realidad –repuso Emily con un suspiro teatral.

Gabi se echó a reír.

–Eres patética. Estuvisteis separados durante años antes de que os reconciliarais. Incluso después de que volvierais juntos, vuestros empleos os retuvieron en ciudades diferentes durante una buena temporada.

–Y ahora estoy echada a perder –reconoció Emily–. Con Boone viviendo conmigo en Los Ángeles mientras trabajo en esos hogares para mujeres maltratadas con sus familias, he descubierto lo muy maravillosa que es la convivencia conyugal. No tenía ni idea de que me adaptaría tan rápidamente a tener a alguien en mi vida las veinticuatro horas del día. Añade a eso a B.J., y en conjunto han sido los meses más increíbles de mi vida.

–Es verdaderamente fantástico verte tan feliz –le dijo Gabi–. Es estupendo que B.J. y tú hayáis congeniado tan rápido. No todas las madrastras tienen esa suerte.

–Créeme, conozco esas historias –dijo Emily–. ¿Qué me dices de ti? Puedo ver la madre feliz en que te has convertido, ¿pero qué planes tienes con Wade? ¿Por qué no se ha trasladado aquí contigo?

–Por muy abierta que tenga la mente Cora Jane, no quiero poner a prueba sus límites sugiriéndole que mi novio y yo vivamos juntos bajo su techo. Wade y yo estamos comprometidos con nuestra relación. Con eso es suficiente por ahora.

–¿Eres realmente feliz? –le preguntó Emily, mirándola con preocupación–. Quedarte aquí, en Sand Castle Bay, ¿es lo que quieres? ¿Y la galería de arte es suficiente para ti?

–Aquí tengo algo más que un trabajo, Em. Tengo una familia, un hombre maravilloso y esa chiquitita que tienes en los brazos. Mi vida está plena. No necesito un anillo en el dedo, al menos por ahora. Y, ciertamente, no necesito volver a la estresante y exigente vida que llevaba en Raleigh. Además, creo que a papá le daría un ataque si le presentara ahora mismo la factura de otra boda. Tú no estabas aquí cuando la abuela le entregó la tuya. El pobre papá no acaba de entender que las bodas no son baratas, sobre todo con una hija que tiene gustos tan caros.

—Oye, no fui yo quien insistió en invitar a medio estado de Carolina del Norte. Eso tienes que agradecérselo a la abuela y a papá. Boone y yo nos habríamos contentado con la familia y unos pocos amigos.

—Eso lo dices ahora —replicó Gabi—, porque yo no te oí protestar mucho cuando la lista de invitados creció y creció hasta incluir a la mitad de la población de Los Ángeles.

—Bueno, es lo que es ahora —dijo Emily con tono despreocupado—. Volvamos a Samantha. ¿Tienes alguna idea de cómo le está yendo? No parecía muy contenta cuando hablamos hace un rato. Su carrera, ¿está volviendo a fallarle?

Gabi esbozó una mueca.

—Me avergüenza reconocer que no he pensado mucho en ello. Últimamente he estado algo distraída.

—Es comprensible —comentó Emily—. No te ha pedido ayuda como relaciones públicas, ¿verdad?

—No, y tampoco lo hará de buen grado. Hace unos meses tuve que acorralarla para que me permitiera ayudarla. La campaña pareció funcionar, así que supongo que simplemente pensé que la cosa rodaría sola. Así es a veces: un trabajo lleva a otro, pero no debí dar eso por supuesto. Debí haberle preguntado al respecto —terminó, sintiéndose culpable.

—¿Por qué? No tienes por qué estar al tanto de todo —dijo Emily con un extraño tono defensivo en la voz—. Si Samantha quería ayuda, pudo haberte dicho algo. Pero así es ella. Sufre en silencio, y luego se resiente de que nadie corra en su ayuda.

Gabi se quedó mirando a su hermana pequeña con expresión consternada.

—Eso no es verdad, Emily. Samantha no es así. ¿Cómo has podido decir algo tan cruel?

Emily se mostró sorprendida por la vehemencia de Gabi, y enterró la cara entre las manos.

–Porque soy mala y vengativa –dijo con voz débil, antes de alzar la mirada a los ojos de Gabi–. ¿Qué es lo que me pasa? Siempre veo lo peor en ella, incluso cuando no ha hecho nada malo.

–Es en ocasiones como esta cuando echo de menos a mamá –confesó Gabi en voz baja.

Emily parpadeó varias veces para contener unas súbitas lágrimas ante la inesperada mención de su madre, que había fallecido varios años atrás.

–¿Qué tiene que ver mamá con esto?

–Quizá ella entendería por qué tienes esa actitud hacia nuestra hermana mayor. Papá, desde luego, no tendría ni idea. Siempre fue ajeno a todo lo que pasaba en casa. Y dudo que la abuela estuviera el suficiente tiempo con nosotras en aquellos años como para conocer la raíz del problema entre las dos.

Emily suspiró.

–Y cada vez resulta más obvio que no es algo que pueda desecharse así como así. Esas palabras dañinas y gratuitas salen así sin más de mi boca, a veces, y no sé por qué.

–Entonces rebusca más profundo y averígualo –le aconsejó Gabi–. Samantha y tú lo significáis todo para mí, y yo no quiero quedarme atrapada en medio. Quiero que las tres seamos hermanas en el sentido más positivo y pleno de la palabra, ¿de acuerdo? De hecho, en mi escenario ideal, Boone y tú terminaréis estableciéndoos aquí y Samantha se casará también con alguien del pueblo, y todas seremos vecinas para que nuestros hijos puedan crecer juntos.

Emily asintió, con los ojos todavía nublados por las lágrimas.

–Yo también quiero eso –insistió–. Bueno, quizá no vivir aquí a tiempo completo, pero el resto del tiempo sí. Trabajaré sobre ello, Gabi. Te lo prometo. Quizá una vez que llegue Samantha, ella y yo podamos sentarnos y debatir sobre todo esto. ¿Quién sabe? Quizá ella me robó mi muñeca favorita cuando yo tenía dos años y he borrado ese recuerdo.

Gabi sonrió ante la idea de que algo tan inocuo hubiera podido causar una rivalidad que había durado años. Y las anteriores acusaciones de Emily sobre que su hermana albergaba latentes resentimientos parecían hablar de algo mucho más complicado.

–Simplemente trabaja sobre ello, cariño. Sea lo que sea.

Emily le devolvió a Daniella y le dio a su sobrina una última palmadita. Besó luego a Gabi en una mejilla.

–Hecho –prometió.

Gabi observó marcharse a su hermana mientras se preguntaba si aquello podría ser así de sencillo.

Ethan Cole acababa de ver a su último paciente del día, una turista que se había herido en un pie con un clavo oxidado de las muchas tablas sueltas que había por el suelo, consecuencia de la reciente tormenta que había asolado las costas de Carolina del Norte. Aunque la mayor parte de la costa había sido limpiada inmediatamente, los detritos todavía llegaban a la orilla de cuando en cuando, sobre todo en las zonas más desiertas de la playa. Le había puesto cuatro puntos y la vacuna contra el tétanos, y le había dicho que volviera en cuanto advirtiera la más leve infección en la zona de la herida.

Estaba terminando sus notas cuando la puerta volvió a abrirse y Boone Dorsett entró en la pequeña clínica de urgencias. Había abierto la clínica con otro médico que había servido también en Irak y Afganistán. Ambos habían sido conscientes de que resultaba muy improbable que las urgencias de aquella pequeña comunidad de costa alcanzaran nunca el nivel de cualquiera de los casos con los que habían topado en sus guardias en el ejército. Golpes, contusiones y algunos puntos de sutura eran como un juego de niños comparados con lo que habían visto o, en el caso de Ethan, sufrido en primera persona.

Había perdido la pierna izquierda en la explosión de una bomba artesanal en Afganistán. Aunque eso tal vez no le habría impedido trabajar en un quirófano una vez que se encontró de vuelta en el país, le había costado renunciar a la dosis de adrenalina que acompañaba las muchas horas pasadas en la unidad de traumatismos, o la realización de complejas operaciones quirúrgicas de alto riesgo.

–¿Estás ocupado? –le preguntó Boone con tono tranquilo, pero expresión preocupada.

Ethan estudió el rostro de su amigo.

–Parece como si necesitaras hablar. ¿Los nervios de la boda?

Boone se sentó. Movía nervioso una pierna, aunque respondió negativamente.

–Si no es por la boda, ¿qué es lo que te pasa? –inquirió Ethan.

Había oído que era deber del padrino mantener al novio tranquilo y concentrado, además de asegurarse de que se presentara a tiempo para la boda. Emily Castle se lo había dejado muy claro. Y también su abuela. Era la amonestación de Cora Jane la que resonaba en sus oídos. Le había amenazado con infligirle un daño físico si fallaba a la hora de entregar a Boone exactamente a las diez y media del día fijado, para que el que faltaban todavía dos semanas.

–Hay algo que quizá necesites saber –admitió Boone.

–De acuerdo –repuso lentamente Boone–. ¿Qué es?

–Eres el padrino, ¿no?

–No dejas de recordármelo.

–Eso quiere decir que tienes la obligación de pasar algún tiempo con la dama de honor.

Ethan se quedó paralizado.

–¿Qué quiere decir «pasar algún tiempo»? Avanzar juntos por la nave de la iglesia, ¿verdad? ¿Quizá sentarnos juntos a la cabecera de la mesa y brindar sentidamente por lo inevitable que fue que los dos acabarais juntos?

—Creo que quizá Emily esté esperando algo más que eso —reconoció Boone, removiéndose nervioso.

Ethan entrecerró los ojos.

—¿Y por qué Emily habría de esperar algo más? ¿Y por qué me estás advirtiendo tú?

—Porque quiero que estés advertido. Sé cómo eres con las citas. Desde que volviste de allá, te has convertido en una especie de ermitaño social.

—Seguía comprometido cuando volví —le recordó Ethan.

Al menos lo había estado durante veinte minutos, hasta que la veneración por el héroe se apagó y Lisa le confesó que no podía seguir con alguien que «no estuviera entero». Aquella fue la primera vez que Ethan se vio realmente a sí mismo como probablemente le veían los demás, como alguien que ya no era el mismo hombre que solía ser.

Lo único bueno que había tenido aquella desagradable ruptura era su creciente determinación no ya de asegurarse de que su lesión no le limitara la vida, sino de procurar que muchachos con discapacidades físicas como la suya aprendieran a verse a sí mismos de una manera positiva. Aquella misión de salvar su propia dignidad y ayudar a los demás había dado un sentido muy necesario a su existencia. El Proyecto Orgullo llenaba horas de su tiempo que de otro modo habría ocupado con la presunta vida social que Boone o, más probablemente Emily, creían que necesitaba.

—Han pasado ya tres años desde que rompiste con Lisa —le recordó Boone.

—Desde que ella me dejó —lo corrigió Ethan en honor a la verdad.

—Era una imbécil egoísta —exclamó Boone, vehemente—, pero no hablemos de eso. Mi bajísima opinión sobre tu ex no es el tema.

—¿Cuál es el tema entonces? —preguntó Ethan, frunciendo el ceño.

No había duda alguna sobre la incomodidad de su amigo cuando finalmente masculló:

—Solo Dios sabe por qué, pero parece que a Emily se le ha metido en la cabeza la idea de que tú y su hermana Samantha sois perfectos el uno para el otro.

—¿Perdón? —inquirió Ethan, esperando haber oído mal.

—Vamos, Ethan —dijo Boone, impaciente—. Sabes perfectamente lo que he dicho. No he dejado el menor margen a una mala interpretación.

—Samantha, la dama de honor —dijo Ethan, comprendiendo al fin las implicaciones de aquella pequeña conspiración de la novia. Sacudió la cabeza y lanzó a su amigo una mirada de advertencia que esperaba le metiera miedo—. ¡Ni hablar, Boone! Tienes que decirle a Emily que se olvide. Verme sometido a maniobras casamenteras, intromisiones o como quieras llamarlo, no forma parte en absoluto de aquello a lo que me comprometí.

Boone lo miró con expresión incrédula.

—¿Es que no conoces a Emily? ¡Ella ha conseguido que me presente aquí parloteando como una maldita colegiala de algo que no es para nada asunto mío!

—De acuerdo, es una mujer dura y decidida. Eso te lo concedo, pero tú eres más duro todavía —dijo Ethan.

Boone se encogió de hombros.

—No tanto.

—Te dejaré plantado —le amenazó Ethan—. Te juro que lo haré.

Boone se limitó a poner los ojos en blanco, escéptico.

—No, no lo harás. Además, yo también lo veo, en cierta forma. Samantha y tú. Ella es preciosa. Tú eres atractivo. Tendréis bebés preciosos, y esa es una cita textual de Emily, por cierto.

Ethan se lo quedó mirando fijamente.

—¿Qué te ha pasado? ¿Desde cuándo te dedicas a hacer de casamentero, y además sobre la base de lo preciosos que resultarían los bebés resultantes?

—Emily se mostró muy convincente —dijo Boone, y luego sonrió—. Además, ella dice que Samantha tuvo en su momento un flechazo contigo. Parece pensar que es una cosa del destino, o algo así.

Ethan rebuscó en su memoria, pero ninguna imagen acudió a su mente, solo fragmentos de conversaciones mucho más recientes.

—Samantha, ¿no es actriz? ¿Y más joven que yo, como mínimo un par de años? Se fue a Nueva York para convertirse en estrella, ¿no? ¿Suena eso a alguien perfecto para la vida de un médico de pueblo? La experiencia con Lisa me curó en espanto de tener relaciones poco realistas por lo que se refiere a las mujeres.

—Emily cree que Samantha está preparada para cambiar de vida. No deja de decir que este verano la transformará, o algo parecido. Créeme, tiene un plan.

En aquel momento, Ethan no pudo disimular su diversión.

—¿Y qué piensa Samantha de eso?

—Puede que no se haya dado cuenta todavía —admitió Boone—. Pero lo hará, una vez que Emily pase algún tiempo con ella. Tengo una completa confianza en la capacidad de persuasión de Emily. Y también está altamente motivada. Samantha y ella no siempre se han llevado bien. Creo que contempla esto como una oportunidad de cambiar las tornas y forjar un vínculo sólido con su hermana mayor.

—¿Metiendo a un hombre en su vida? —preguntó Ethan, incrédulo—. ¿Uno al que ni siquiera ella quiere?

—Emily está convencida de que no se equivoca —replicó Boone—. Y, para que lo sepas, creo que Cora Jane está de su lado en esto, también. Tiene un don impresionante para estas cosas. Si quieres saber mi opinión, no tienes ninguna posibilidad. Te lo advierto sinceramente.

—Que Emily, o Cora Jane, para el caso, te tengan comiendo de su mano y te hayan lavado la cabeza con todas esas tonterías del destino y del vínculo fraternal no significa que vayan a tener el mismo efecto sobre el resto de nosotros –dijo Ethan.

De hecho, podía garantizarle que él no iba a cumplir con el programa. Había acabado hartándose de estúpidas y frívolas mujeres para las que la apariencia lo era todo. Su ex se había encargado de ello.

Se dio cuenta exactamente de lo amargo que sonaba aquello. Bueno, estaba amargado. En realidad, llevaba tiempo asumiéndolo como un mal necesario con tal de mantener su corazón a salvo, al margen de quién estuviera maquinando contra él. Y, hasta el momento, le había funcionado perfectamente, como una seda.

Solo que todavía no lo había puesto a prueba con gente como Emily o Cora Jane. Y eso, lamentaba mucho admitirlo, resultaba un tanto preocupante.

Capítulo 2

En su primera mañana en casa, Samantha entró en la cocina de su abuela llevando como única vestimenta la vieja camiseta de fútbol americano de Ethan Cole. Dado que le llegaba prácticamente hasta las rodillas, consideraba perfectamente respetable lucirla en casa, aunque resultara un poquito peligroso el mensaje que transmitía y que confirmaba su fascinación por el hombre en cuestión.

Al menos no había nadie en casa en aquel momento y se hallaba en seria necesidad de una dosis de cafeína para sacudirse el letargo que llevaba sintiendo últimamente. El café sería mejor tomarlo en el restaurante, pero le llevaría al menos media hora llegar hasta allí, incluso más dado que tendría que ir andando, y además requeriría vestirse: dos grandes factores en contra de la idea.

Acababa de sacar una taza de la alacena cuando oyó una maldición por lo bajo. Procedía de una fuente muy masculina, a juzgar por el tono de voz. Se llevó tal susto que dejó caer la taza a sus pies. Gritó cuando se estrelló contra el suelo de terrazo, justo antes de desviar la mirada hacia la puerta trasera, abierta de par en par, y descubrir allí nada menos que a Ethan Cole. El hombre tenía una asombrada aunque sorprendentemente irritada expresión en el rostro. Habían trascurrido años desde la última vez que lo había visto, pero habría reconocido en cualquier parte aquellos anchos hombros, aquella mandíbula cuadrada, aquellos ojos de un azul profundo.

–Vaya, esto sí que es incómodo... –murmuró, abrazándose en un intento probablemente fútil de evitar que él reconociera la ropa que se ponía para dormir como una prenda que antaño le había pertenecido.

Él se acercó y le ordenó, seco:

–Siéntate.

Samantha no podía dar crédito a semejante atrevimiento. Primero por haber entrado sin que lo invitaran y después por haberle soltado una orden tan brusca.

–¿Perdón?

Él le lanzó una mirada impaciente.

–Hay esquirlas de la taza por todo el suelo –suavizó su tono con aparente esfuerzo–. Por favor, siéntate antes de que te hagas una herida y tenga que darte unos puntos.

–Oh –dijo, inquieta. Mientras él se agachaba para recoger los pedazos de cerámica, le preguntó–: ¿Qué estás haciendo aquí?

Él le lanzó una mirada irónica.

–Según Boone, he venido a recoger algo que Emily dejó aquí para mí. Algo que tenía que ser entregado sin falta en el centro de Sand Castle Bay esta mañana. Me dio la dirección de Cora Jane. También me dijo que no dudara en entrar, que probablemente lo encontraría en la cocina. Pero, para tu información, se olvidó de mencionarme que podía haber alguien en casa. De lo contrario, habría llamado a la puerta.

–No hay problema –dijo ella, pese al acelerado latido de su corazón–. ¿No te dio más pistas? –preguntó, mirando a su alrededor en busca de algún paquete. No había ninguno a la vista.

–Me dijo que lo reconocería en cuanto lo viera –respondió Ethan, mirándola deliberadamente.

Samanta se quedó con la boca abierta cuando comprendió el complot. Iba a matar a su hermana pequeña. De verdad que sí.

—¿Crees que se refería a mí?
—Apostaría a que sí, si tú eres quien creo que eres.
—Soy la hermana de Emily –dijo–. Samantha Castle.
Ethan soltó un profundo suspiro.
—Por supuesto que sí.
Ella frunció el ceño ante aquella actitud.
—¿Qué quiere decir eso?
—Que Boone me avisó sobre determinadas intromisiones. Yo le advertí enfáticamente a él y, a través suyo, a su novia y su abuela, de que te mantuvieras alejada de mi vida. Aparentemente el mensaje no le llegó a ninguno.

«Fantástico», pensó Samantha, cansada. No tenía ninguna duda acerca de la clase de intromisiones que Boone había descrito. Simplemente no quería creer que Emily hubiera hecho algo tan humillante como para avergonzarla de aquella manera.

Optó por intentar remediar la situación, aunque estaba segura de que iba a necesitar a alguien con el don de Gabi para las relaciones públicas para salir airosa de la misma. Al fin y al cabo todavía conservaba su talento para la interpretación, aunque últimamente no hubiera sido muy demandado.

—Mira, no sé qué clase de disparatada idea te has hecho sobre mí –le dijo con tono serio–. La verdad es que ayer devolví el coche de alquiler en el que llegué, y todo el mundo tenía que levantarse esta mañana a una hora infame, con lo que me he quedado sin transporte. Emily me aseguró que se encargaría de ello. Es todo lo que sé.

—Oh, te creo –dijo Ethan con un tono resignado mientras tiraba los restos de la taza al cubo de la basura–. Las intromisiones de esa clase son más eficaces cuando ninguna de las partes afectadas tiene idea de lo que está pasando.

—En mi experiencia, no importa que lo sepan –repuso ella, irónica–. En esta familia, parece que somos impotentes para evitarlo –le lanzó una mirada de disculpa–. Lo lamento de verdad, Ethan, sobre todo si has tenido que dejar de hacer algo para venir aquí. Como puedes ver, no pensaba irme a ninguna parte.

–Ya veo –dijo, recorriéndola con una detenida mirada que le calentó la sangre varios grados–. ¿Te importa que te pregunte cómo has acabado vestida con mi vieja camiseta del equipo de fútbol americano del instituto? –la miró a los ojos–. Porque es mía, ¿verdad?

Ella se hizo la sorprendida.

–¿En serio? La compré en una subasta vecinal hace años. Pensé que haría un estupendo camisón.

–Desde luego parece muy moderno –repuso, con su mirada viajando arriba y abajo por sus larguísimas y desnudas piernas–. Entonces, ¿vamos a hacer esto o qué?

Samantha parpadeó varias veces ante la pregunta.

–¿Hacer esto? –inquirió, imaginándose que hasta la última de sus fantasías de adolescencia se hacía realidad.

Una inesperada sonrisa transformó su rostro.

–No eso –la reprendió–, aunque podría estar abierto a negociaciones más adelante. Me refería a llevarte a donde tu hermana quiera que te deje.

–Ya. Quiere que me pruebe el vestido de dama de honor –explicó Samantha, intentando esconder su decepción–. ¿Me das diez minutos?

–¿Diez? ¿En serio?

Ella se echó a reír.

–Confía en mí. En mi mundo, diez minutos para cambiarse de ropa es una eternidad. Sírvete un café. Ahora vuelvo.

Por supuesto, ponerse algo más presentable era solo ganar media batalla. También tenía que recuperar el resuello. Lo cual iba a resultar bastante más difícil.

Así que aquello era sobre lo que le había advertido Boone, pensó Ethan mientras la veía salir de la cocina prácticamente a la carrera. El primer y diminuto paso de la campaña orquestada con el fin de enredarlo con la dama de honor. Justo en aquel instante le estaba costando demasiado ver el lado negativo del asunto. Era mucho más fácil despotricar indignado cuando no había ningún rostro, ni ningún cuerpo, asociado al nombre.

No sabía muy bien lo que había esperado, pero definitivamente no había sido la vista con la que había tropezado en la cocina de Cora Jane. Samantha Castle era una ricura de mujer. Incluso desprevenida, sin peinar ni maquillar, y vestida con su ancha camiseta de fútbol, poseía una belleza impresionante.

De repente se había visto asaltado por tentadoras visiones en las que aparecía recién levantada de su cama tras una noche de pasión. Fue un brusco descubrimiento darse cuenta de que cualquier mujer podía afectarle así, sobre todo después de haber despreciado a aquella en concreto por no ser en absoluto de su tipo, supuestamente. «Frívola», se recordó, firme. Por fuerza tenía que ser una frívola. Y egoísta también. ¿No era ese un rasgo esencial de las actrices? Tenían un ego monumental.

Miró el reloj, advirtiendo que ya habían pasado los diez minutos, y estaba a punto de sonreírse cuando Samantha entró en la habitación, vestida como si acabara de salir de una revista de modas. El cabello rubio, con reflejos, lo llevaba recogido en la nuca, y el maquillaje era tan sutil que casi parecía que no llevara ninguno. Los ojos estaban ocultos por unas gafas oscuras de marca que costarían probablemente más de lo que había cobrado en la clínica durante la última semana. Tuvo la sensación de que si hubiera podido ver aquellos ojos, habrían rebosado de alegría por haberle ganado la apuesta.

–Estoy impresionado –admitió–. Es toda una transformación, y además en un tiempo récord.

–Son tablas del teatro –explicó ella–. Te acostumbras a cambiarte rápidamente de ropa. No se puede dejar de rodar mientras la actriz se cambia.

Ethan rio por lo bajo mientras la guiaba hacia su coche, con Samantha siguiéndole fácilmente el paso con la zancada de sus largas piernas. Solo cuando estaba a punto de cerrarle la puerta oyó la manera en que contenía de golpe la respiración, sorprendida. Era un indicio de que había visto la prótesis, o que la había intuido; eso no podía decirlo. Tuvo también la inequívoca impresión de que nadie la había advertido al respecto.

Sus amigos decían que sus movimientos parecían cien por cien normales, pero era lógico que dijeran eso. Tenían el mayor de los cuidados por no ofenderlo.

Subió al coche, insertó la llave en el encendido y la miró, esperando a que hablara o a que se quedara callada en un silencio incómodo.

–¿Irak? –preguntó sencillamente.
–Afganistán –respondió él.
–Te las arreglas muy bien.
–No lo suficiente como para que tú no lo hayas notado –comentó, irónico.
–Simplemente vi la prótesis –explicó–. De otra manera, no me habría dado cuenta.
–¿Y ni tu hermana ni Boone se molestaron en mencionártelo?
–Ni una palabra –confirmó ella.

Se preguntó, como siempre, si eso cambiaba algo. Pero no le hizo a ella la pregunta. No tardaría en averiguarlo. Últimamente tenía el radar muy afinado. Vería una mirada compasiva o una levísima expresión de desagrado, rápidamente ocultada, pero detectable, ya que había aprendido a acechar las señales.

A veces era todavía peor la curiosidad, la ilícita fascinación que parecía provenir del deseo de averiguar qué otras partes de su cuerpo habían quedado afectadas por la explosión que se llevó su pierna. La cruda impresión que se había llevado Lisa al verlo había hecho que la perspectiva de tener intimidad con cualquier mujer hubiera perdido el atractivo de antaño, el normal en un hombre con una saludable libido.

—¿Tardaste mucho tiempo en acostumbrarte? —le preguntó Samantha.
—¿Físicamente? Claro, pero estaba muy motivado. Me esforcé en ello —dijo con un encogimiento de hombros, minimizando los meses de dolorosa rehabilitación que habían amenazado más de una vez con destruir su natural optimismo.
—¿Y emocionalmente?
Le sorprendía que se hubiera atrevido a preguntarle eso. La mayoría de la gente no se arriesgaba a llegar tan lejos.
—Sigue siendo un trabajo en marcha —admitió—. No quiero que nadie me compadezca.
Ella sonrió al oír aquello.
—Dudo que alguien se atreviera. Al menos en este pueblo, que todavía tiene un muro memorial dedicado a tus extraordinarias hazañas en el fútbol americano.
—No es un muro memorial —protestó, ruborizándose—. Solo son un par de fotos colgadas a la puerta del gimnasio.
—¿Has pasado hace poco por el instituto? Es un muro —insistió ella, y sonrió mientras reconocía—: No estoy diciendo que no te lo merezcas. Llevar al equipo a dos campeonatos estatales no es moco de pavo. Récord en pases decisivos en los dos años. No está nada mal, Cole.
Ethan la miró sorprendido. No tanto por su conocimiento de sus logros deportivos y por el embarazoso tributo del instituto, sino por su incisiva capacidad de penetración.
—No eres para nada lo que había esperado —le confesó.
—Ah —le lanzó una mirada divertida—. Algo me dice que pensabas que era vana y frívola.
Él esbozó una mueca ante tan acertada suposición.
—Algo así —admitió.
—Es una maldición común en mi profesión —reconoció—. Pero intento no ser tan previsible.

—Pues hasta ahora has hecho un gran trabajo –dijo. De hecho, ella era tan imprevisible que no sabía qué pensar, lo cual realmente lo preocupaba.

Minutos después aparcaba delante de la nueva galería de arte dirigida por su hermana Gabriella. Él había estado en la inauguración, hacía un par de meses, más que nada por Boone. Su conocimiento del arte se limitaba a reconocer un Van Gogh que le pusieran por delante... siempre y cuando fuera una pintura de girasoles. Aparte de eso, la asignatura de Arte se le había dado fatal.

—¿Vas a probarte el vestido aquí? –le preguntó, perplejo.

—Así Gabi no puede escaparse. A Emily le da pánico que nos falte tiempo. Dado que el objetivo de todo el mundo es aplacar los nervios de última hora de la novia, hacemos todo lo que nos pide –le sonrió–. Será mejor que tengas eso bien presente. Estoy convencida de que lo mismo rige para Boone. Probablemente necesite del mayor apoyo moral posible de su padrino.

—No tengo ninguna duda al respecto y pienso esforzarme al máximo –repuso Ethan, y sonrió–. Sigo órdenes estrictas de Cora Jane.

Samantha se echó a reír.

—Sí, ella es capaz de infundir terror en los corazones de la mayoría de la gente que conozco, pero es maravillosa.

—No pienso discutir eso.

Ella se dedicó a estudiarlo durante unos segundos.

—Sé que eres mayor que yo, con lo que también eres mayor que Boone. ¿Cómo es que los dos acabasteis convirtiéndoos en tan buenos amigos? –entrecerró los ojos–. ¿O acaso no lo sois? Por favor, Dios mío, dime que Emily no presionó a Boone para que te pidiera que fueras su padrino por causa mía...

Ethan se echó a reír.

—Ignoro cuándo empezó este diabólico plan, Samantha, pero Boone y yo somos amigos desde hace años. Nuestras familias están muy unidas. La diferencia de edad nunca pareció importar demasiado. Nos unían los deportes. Y nos hemos ayudado mucho el uno al otro en los momentos difíciles.

–Cuando Boone perdió a su esposa –adivinó Samantha.

Ethan le lanzó una prolongada mirada.

–Y, antes de eso, cuando perdió a Emily. Yo estaba entonces en la Facultad de Medicina, pero venía aquí lo suficiente como para enterarme de que ella le rompió el corazón. Espero que no vaya a hacerlo otra vez.

–No existe la más mínima posibilidad –le aseguró Samantha, sin intentar negar que su hermana había cometido un terrible error años atrás, cuando sacrificó a Boone por su propia carrera–. Ella es consciente de la suerte que tiene de poder contar con una segunda oportunidad.

–Las segundas oportunidades no surgen todos los días –comentó Ethan.

–¿La voz de la experiencia? –preguntó ella.

–Podrías decirlo así.

Pareció como si quisiera seguir insistiendo, pero Ethan eludió sus preguntas.

–¿Tienes alguna manera de volver a casa?

Aunque estaba claramente decepcionada por el cambio de tema, se limitó a asentir.

–Por supuesto. Con Emily, si es que todavía le dirijo la palabra después de este último giro de acontecimientos. Si no, estoy segura de que la abuela se apiadará de mí y me prestará su coche.

–Si eso no funciona, llámame. Estaré de guardia en la clínica, a no ser que surja alguna urgencia importante –no había terminado de decirlo cuando se recriminó mentalmente por ello. Pasar con aquella mujer más tiempo del absolutamente necesario era, probablemente, un suicidio emocional.

Ella le sonrió.

–Casi ha sonado a una oferta sincera.

—Lo era —insistió él.

Sacudió la cabeza.

—Algo me dice que no deberíamos animarlos más. Yo he visto cómo trabaja mi familia, Ethan. Una sola insinuación sobre que su complot está funcionando y ya no cejarán. ¿De verdad que quieres empeorarlo?

—No, supongo que no —respondió, sorprendido de descubrir que en cierta manera se sentía realmente decepcionado ante la perspectiva de frecuentar su compañía únicamente cuando se lo exigieran sus obligaciones para con la boda.

—De acuerdo, entonces —dijo ella con tono desenfadado—. Gracias por traerme. Nos veremos pronto, estoy segura.

—Hasta luego —murmuró, y la observó mientras se marchaba. Se dijo que su incapacidad para dejar de mirarla no respondía más que a la simple admiración por una mujer despampanante, pero lo cierto era que detrás también había una minúscula punzada de arrepentimiento.

Por desgracia, la clínica estaba todavía más tranquila de lo que Ethan había predicho, lo que dificultó todavía más su determinación de olvidar a Samantha Castle. Solo tenía que cerrar los ojos durante más de un segundo y la veía de nuevo con aquella vieja camiseta suya, resbalando sobre su trasero desnudo cuando se estiraba para alcanzar algo de la alacena. El hecho de que la imagen se le hubiera quedado grabada resultaba problemático. Había transcurrido mucho tiempo desde la última vez que había disfrutado de una vista tan provocativa.

Agarró la ropa deportiva que solía dejar en la clínica, se cambió en el baño y se detuvo un momento para avisar a su socio, Greg Knotts, de que iba a tomarse un descanso. El otro veterano de Afganistán lo miró con curiosidad.

—¿Algo te ronda la mente?

—Alguien, más bien —reconoció él.

–¿Una mujer?
Ethan asintió.
La expresión de Greg se iluminó.
–¡Bueno, aleluya! Ya era hora de que dieras el paso. Era una verdadera vergüenza que dejaras que una imbécil como Lisa arruinara tu vida social.
Ethan sonrió. Greg, junto con Boone y sus otros amigos, habían estado ferozmente unidos en su animadversión hacia su antigua novia. Al contrario que algunos de ellos, Greg nunca se había mostrado nada tímido a la hora de expresar su opinión. Aquel estilo directo suyo, tan irritante en ocasiones, era una de las razones por las que se llevaban tan bien. Ethan sabía que podía confiar en Greg para que le guardara las espaldas. Algo que, de todos sus otros amigos, solamente le sucedía con Boone.
–Lisa es historia pasada –le dijo a Greg–. Intento no pensar en ella.
–Pero esa mujer sigue todavía en tu cabeza –replicó su amigo–. Te he visto demostrar una chispa de interés por alguien nuevo una vez o dos, para después, de repente, ver cómo trabajaba el mecanismo de tu cerebro mientras rebobinaba la cinta de cómo te abandonó. Creo que eso es lo que más odio, no que te dejara, sino que en el proceso te destrozara el alma en pedacitos.
Era cierto, pensó Ethan, aunque se negaba a admitirlo. El hecho de que hubiera dejado que una mujer como Lisa controlara su vida, aunque solo hubiera sido un poco, era una locura. Racionalmente, lo sabía. Pero eso no hacía que fuera más fácil quemar la estúpida cinta mental de la que hablaba Greg.
–Ya no –insistió, más deseoso que convencido de que fuera cierto.
–Eso espero –dijo Greg–. Entonces, ¿quién es ella? La mujer que te ha afectado tanto esta mañana.
Ethan sabía que no iba a poder salir de la clínica sin poner a Greg al tanto de lo ocurrido. Al contrario que él,

Greg era un feliz padre de tres hijos, resignado a vivir indirectamente de la excitante vida social de los demás. Lo acosaría hasta que le sonsacara los detalles.

–Una mujer llamada Samantha Castle.

Greg silbó por lo bajo.

Ethan lo miró sorprendido.

–¿La conoces?

–Solía admirar a las hermanas Castle a distancia. Jugaban en otra liga que la mía. Samantha era espectacular, ya en aquel entonces. La he visto unas cuantas veces en televisión, anuncios mayormente, pero participó en un episodio de *Ley y Orden* no hace mucho tiempo. Salió muy poco, pero en seguida reconocí aquellas piernas increíblemente largas –suspiró–. Ponerse unos tacones con unas piernas así debería estar prohibido. Probablemente lo está ya en algunos estados.

Ethan se echó a reír.

–Ya, te entiendo. Por supuesto, esta mañana no llevaba zapatos. Y poca cosa más, por cierto.

Greg se lo quedó mirando con la boca abierta.

–¡Estás de broma!

–Entré en la cocina de la casa de su abuela y allí estaba, vestida únicamente con una vieja camiseta de fútbol americano, estirándose para alcanzar una taza del armario.

–¿Cómo sabías que no llevaba nada más?

–Era evidente –dijo Ethan, nada deseoso de describirle el vistazo que había lanzado a su delicioso trasero. Esas eran cosas que un hombre no compartía con nadie, ni siquiera con sus amigos.

–¡Santo Dios! –exclamó Greg con un tono teñido de reverencia. Su expresión se volvió especulativa de pronto–. Has dicho una vieja camiseta de fútbol americano. ¿No sería por casualidad la tuya?

Ethan frunció el ceño.

–¿Cómo lo has adivinado?

–Recuerdo haber oído que tuvo un flechazo contigo. Un

par de tipos que conocíamos le pidieron salir, pero ella les dio calabazas. Tendría quizá quince años, o dieciséis. Tú eras alumno de último curso y estabas rodeado de una horda de bellezas que te adoraban. Si quieres saber mi opinión, ninguna de ellas le hacía la menor sombra, pero tú ni te enterabas. La vi de lejos en un par de fiestas playeras, mirándote con el corazón en los ojos.

Dado que Boone le había mencionado algo similar sobre un antiguo flechazo, Ethan no pudo pasar por alto el comentario.

–Me sorprende que no te apresuraras tú a consolarla.

–Como te dije, jugaba en otra liga que la mía. Y ya tenía suficientes problemas viviendo a la sombra de tu popularidad como para arriesgarme al rechazo de una de tus adoradoras.

Ethan sabía perfectamente que el ego de Greg había sido en aquel entonces lo suficientemente sólido como para soportarlo todo. Si Ethan había sido una estrella en la táctica ofensiva del equipo, Greg había despuntado igualmente en la defensiva. Incluso habían jugado brevemente en la universidad mientras estudiaban medicina, una difícil combinación que demostraba que tenían tanto cerebro como dotes atléticas, para no hablar de agallas y determinación.

Y, sin embargo, con todo ese potencial que les habría permitido optar bien por una carrera altamente remunerada en el fútbol profesional, bien por una exitosa trayectoria en la medicina, habían elegido la milicia. Al contrario que Ethan, sin embargo, Greg había vuelto de una pieza, físicamente al menos. Solo un puñado de gente sabía de las pesadillas que lo atormentaban, pesadillas que lo dejaban emocionalmente exhausto y llenaban de consternación a su mujer e hijos.

El conocimiento que tenía Ethan del síndrome posttraumático de su amigo, así como la percepción de Greg sobre las luchas de Ethan por asumir su discapacidad física, los había convertido en socios ideales para la práctica de la medicina en una pequeña y tranquila comunidad.

Ethan advirtió señales de cansancio en el rostro de su amigo y se dio cuenta de que todo aquel interés por su vida social estaba enmascarando otra de sus malas noches.

–Cámbiate y sal a correr conmigo –le sugirió, consciente de que el ejercicio físico los ayudaría a los dos–. Debra y Pam defenderán el fuerte y nos avisarán si llega una súbita oleada de pacientes. Te sentará bien. Puede que incluso te deje ganar, para variar.

–Greg se echó a reír.

–¿Ganarme? ¿A quién crees que estás engañando? Si tienes las suficientes agallas para apostar algo de dinero, te demostraré que no eres rival para mí.

–¿Te crees eso en serio? –se burló Ethan–. Eres todavía más iluso de lo que pensaba.

–Oh, es cierto. Te daré algo de ventaja para equilibrar la competición. De lo contario no sería justo quitarte el dinero.

Ethan frunció el ceño al oír aquello.

–Últimamente soy más rápido, incluso con una sola pierna, que tú con dos. Te has ablandado, Knotts. Venga, vamos, cámbiate esa ropa y ponte las zapatillas de correr.

–Dos minutos –dijo Greg, aceptando el desafío como Ethan había sabido que haría–. El que pierda invita a comer al otro.

–De acuerdo –aceptó Ethan.

–Tengo antojo de una hamburguesa en Castle's –dijo Greg con expresión glotona–. Te lo digo para que sepas lo que nos jugamos.

Ethan se quedó viéndolo alejarse. Sí, por supuesto que sabía lo que se jugaban. ¿Comer en un lugar donde tendría todas las posibilidades de volver a ver a Samantha? Con tal de aferrarse a su duramente conseguida tranquilidad de espíritu, ganaría esa carrera.

Capítulo 3

−Mandaste a Ethan Cole a casa sin avisarme −le reprochó Samantha a su hermana al tiempo que le daba un pequeño golpe en el brazo−. ¿Cómo has podido hacer algo así?
−No quería que te negaras si te lo sugería −explicó alegremente Emily−. Y, para ser precisos, fue Boone. Yo no.
Samantha le lanzó una mirada escéptica.
−No es una buena defensa, Em. Seguro que tú puedes hacerlo mejor.
−¿Por qué habría de defenderme? −preguntó Emily sin arrepentirse, y luego sonrió−. ¿Cómo te ha ido? A juzgar por tu humor, adivino que fue exactamente el empujón que los dos necesitabais.
−No necesitamos empujones, ni codazos, ni cualquier otra forma de intromisión −replicó Samantha.
Emily puso los ojos en blanco.
−Castígame ahora, pero una vez que los dos lleguéis a ser tan felices como lo somos Boone y yo, me lo agradecerás.
−¿Eso crees? Él me sorprendió vestida únicamente con su camiseta de fútbol... mientras me estiraba para sacar una taza del armario de la cocina. Creo que todavía le brillaban los ojos del vistazo que lanzó a mi trasero desnudo.
Emily estalló en carcajadas.

—¡Oh, eso es perfecto!

—No fue perfecto –la contradijo Samantha–. Fue incómodo y embarazoso.

—Pero se quedaría intrigado, ¿no te parece? Al fin y al cabo, tienes un trasero increíblemente bonito. Y Ethan no ha salido mucho desde que su novia lo dejó tirado. Necesita a alguien como tú para volver a incorporarse al juego.

—Espera –dijo Samantha cuando asimiló el comentario de Emily, soltado al azar–. ¿Su novia lo abandonó? ¿Después de que volviera a casa de Afganistán?

—Sí –dijo Emily con expresión repentinamente seria–. Me gustaría decirle a esa mujer lo que pienso de ella.

Samantha se mostró de acuerdo.

—Esa fue definitivamente una reacción lo de lo más frívola, suponiendo que la causa fuera la pérdida de su pierna.

—Oh, claro que lo fue –le confirmó Emily–. Según me contó Boone, ella le dijo que no podía estar con alguien que no estuviera entero, o algo parecido.

—Eso es asqueroso. No me extraña que se muestre tan susceptible con las reacciones de la gente –comentó Samantha, contemplando bajo una luz diferente la conversación que había mantenido con él–. Me confesó que había esperado que yo fuera una mujer vana y frívola. Quizá no se tratara solamente de que yo fuera actriz. A lo mejor eso lo piensa de todas las mujeres.

Emily abrió mucho los ojos.

—¡No te acusaría él de todo eso! ¡Qué descaro! Él apenas te conoce. Tú no tienes un solo gramo de frivolidad en todo tu cuerpo.

Samanta suspiró ante aquella defensa tan sorprendentemente ardorosa.

—No sé. En mi trabajo, paso mucho tiempo mirándome en el espejo y sufriendo por mis arrugas.

—Pero eso es cosa de la profesión en que estás metida – dijo Emily, desterrando la sugerencia–. Tú no juzgas a la gente por esos estándares. Nunca mirarías por encima del hombro a la gente que no es perfecta.

–No, eso no lo haría jamás –reconoció Samantha, evocando aquel único instante en que había percibido una auténtica vulnerabilidad en los ojos de Ethan. Había esperado que lo juzgaran o, peor aún, que le tuvieran compasión. No podía imaginarse a ningún hombre que buscara compasión, pero para alguien que había demostrado tanto coraje, aquello habría sido humillante.

Y Ethan, que antaño había llamado su atención por su encanto, su belleza y su destreza en el deporte, era un hombre valiente. No tenía ninguna duda al respecto. Incluso durante aquel breve encuentro de la mañana, había sido consciente de la enorme fuerza que habría necesitado no solo para sobrevivir a su lesión, sino para encarar el futuro y seguir adelante pese a sus limitaciones. En su opinión, eso era algo de admirar en una persona, lo que añadía otro matiz a su antiguo y secreto flechazo.

Aun así, miró ceñuda a su hermana.

–No vuelvas a hacer eso –le dijo, rotunda–. Ethan y yo somos adultos. Estamos obligados a volver a coincidir durante las dos próximas semanas, con todo este jaleo de la boda. No necesitamos que ni tú ni Boone fabriquéis excusas para juntarnos. ¿Entendido?

–Está bien –concedió Emily, triste–. Yo solo estaba intentando hacer algo bueno.

–Solo te habría faltado enviármelo con un gran lazo rojo al cuello y un cartel que dijera «quédate conmigo» – no habían terminado de salir las palabras de su boca cuando Samantha distinguió un brillo preocupante en los ojos de su hermana–. Oh, no. No. Tus días de casamentera han terminado.

–Si tú lo dices… –aceptó Emily, resignada–. Pero que sepas que yo no soy más que una aficionada. La verdadera profesional, la abuela, ni siquiera ha empezado todavía.

Y eso, pensó Samantha, resultaba todavía más aterrador

que cualquier otra cosa que hubiera podido decir su hermana.

    Cora Jane solo necesitó mirar una sola vez a Ethan Cole y a Greg Knotts entrando en Castle's para dirigirse a la cocina y llamar por teléfono a Emily.
 —¿Habéis terminado de probaros los vestidos? —preguntó, bajando la voz hasta convertirla en un susurro.
 —Hace unos cinco minutos —respondió Emily—. ¿Por qué? ¿Y por qué estás hablando tan bajo?
 —Porque no quiero que nadie me oiga —respondió Cora Jane.
 —Oh-oh —dijo su nieta, riendo—. ¿Qué es lo que no quieres que oiga Jerry? —preguntó, refiriéndose al cocinero de Castle's, que en aquel momento estaba cortejando a Cora Jane—. ¿Qué andas tramando?
 —Deja de hacer tantas preguntas —le ordenó Cora Jane—. Tú métele prisa a tu hermana para que venga en seguida al restaurante.
 —Espera un momento —masculló Emily. Segundos después, estaba otra vez al teléfono—. ¿Tiene esto que ver con Ethan Cole? ¿Está en Castle's?
 —Acaba de entrar —confirmó Cora Jane—. Y ahora, ¿quieres mandar de una vez a Samantha para acá o necesito implicar a Gabriella en esto?
 Para disgusto de su abuela, Emily se echó a reír.
 —¿Qué es lo que te hace tanta gracia? —exigió saber Cora Jane.
 —No hace ni media hora que le prometí a Samantha que dejaría de entrometerme, pero le advertí que tú aún no habías entrado todavía en el juego.
 —Bueno, veo ahora que ha llegado mi oportunidad —dijo Cora Jane—. ¿Podrás hacerlo o tengo que llamarla yo y decirle que me he resbalado en la cocina y que creo que me he roto la cadera?

—¡Que el cielo no lo permita! —exclamó Emily, vehemente—. Te la llevo para allá. Tú procura que no se escape Ethan.

—Eso no será ningún problema —dijo Cora Jane—. Aunque tenga que sacrificar la reputación de rapidez de servicio que tiene Castle's con tal de conseguirlo. Seguramente tardaremos como una hora en servirlo. Date prisa, cariño. No quiero que sospeche.

—Algo me dice que ese barco ya ha zarpado —dijo Emily—. Pero estaremos allí tan pronto como logre sacar a Samantha por la puerta. Parece que está un poquito obsesionada jugando con el bebé. Creo que su reloj biológico empezó a activarse en el instante en que levantó en brazos a Daniella Jane. Francamente, reconozco las señales, porque esa niña me hizo a mí lo mismo.

—Mayor razón para que Samantha y Ethan estén perdidamente enamorados para cuando Boone y tú salgáis de luna de miel —dijo Cora Jane.

Colgó a Emily, encontró a la camarera asignada a la mesa de Ethan y le advirtió que se tomara su tiempo en tomarle la orden. Forzó luego una sonrisa y se acercó para saludar.

—Me alegro de verte, Greg —se dirigió al compañero de Ethan—. Ethan, tengo que decirte que me sorprende encontrarte aquí. ¿Por fin has venido a por esa comida que te prometí después de que te ocuparas tan bien de Rory Templeton y le ayudaras con la rehabilitación para que pudiera volver a trabajar?

Ethan le lanzó una mirada resentida.

—Estoy aquí porque he perdido una apuesta —admitió.

Greg sonrió.

—Le he ganado corriendo —explicó—. Este hombre es tan arrogante que pensaba que tenía alguna posibilidad.

Cora Jane rio por lo bajo.

—Bueno, sea lo que sea que te haya traído aquí, estoy contenta de verte. Aunque imagino que vendrás bastante durante las dos próximas semanas.

—Ese parece ser el plan —dijo Ethan, no demasiado contento por la perspectiva.

—Lo que quiere decir, Cora Jane, es que ya está esperando ansioso la boda —interpretó Greg—. Seguimos trabajando con sus modales ahora que ha vuelto a la sociedad civilizada.

—Vete al diablo —masculló Ethan, aunque esbozó una sonrisa arrepentida en beneficio de Cora Jane—. Perdón.

—Por mí no te disculpes. He oído cosas peores. Y ahora decidme, ¿os ha tomado la camarera la orden?

—Sí —respondió Greg, contento—. Nos dijo que la comida vendría ahora mismo.

Cora Jane asintió.

—Dejadme que lo compruebe. La cocina ha estado bastante ocupada hoy. Os traeré las bebidas mientras esperáis.

Cuando se marchaba, oyó a Ethan comentar:

—Está tramando algo. Recuerda lo que te digo.

Acababa de hacer el comentario cuando añadió, con una mezcla de triunfo y consternación:

—¡Ahí lo tienes!

Cora Jane se volvió para descubrir a Samantha entrando en el restaurante empujada por Emily. Su expresión era tan adusta como la de Ethan.

—¡Vaya, mira quién está aquí! —exclamó Emily, alegre—. ¿Te importa que nos sentemos contigo, Ethan?

Sin esperar su respuesta, acercó dos sillas a la mesa e indicó a Samantha que se sentara en una de ellas.

—Voy a lavarme las manos —dijo en ese momento Samantha, escabulléndose.

Cora Jane la interceptó cuando se dirigía, en realidad, directamente hacia la puerta de salida. Samantha se giró en redondo hacia ella.

—No creas que no sé que tú estás detrás de esto —la acusó, irritada—. Oí lo suficiente de la llamada que le hiciste a Emily como para saber que estaba planeando algo. Lo que no puedo entender es por qué corrió el riesgo de que la estrangulara cuando no había pasado ni media hora desde que le dije que no se metiera en mi vida. Debes de haberte mostrado muy persuasiva.

–Simplemente te queremos, cariño –la tranquilizó Cora Jane–. Solo queremos que seas feliz.

–Hacerme pasar por la garganta de un hombre que no está nada interesado en mí no es la mejor forma de conseguirlo.

–¡Oh, tonterías! –exclamó Cora Jane–. Por supuesto que está interesado. Tú no viste cómo se le iluminaron los ojos cuando te vio entrar por la puerta hace un momento. Yo sí.

–Lo que tú viste, en todo caso, fueron chispas de indignación por tus maniobras –repuso Samantha.

–Yo sé lo que vi –insistió Cora Jane–. Y supongo que tú no querrás ofender al padrino y generar una tensión innecesaria antes de la boda de tu hermana, ¿verdad? Y ahora vuelve allí y sé amable.

–¿Es una orden? –le preguntó.

Cora Jane la miró fijamente a los ojos.

–¿Es necesario que lo sea? –replicó, sosteniéndole la mirada.

Samantha suspiró finalmente.

–Iré, pero que sepas que no me gustará nada.

Cora Jane sabía que no era una reacción inteligente, pero no pudo evitar reírse.

–Hablas exactamente como cuando eras pequeña y te obligábamos a hacer algo que no querías.

–Si lo que pretendes es humillarme sugiriendo que me estoy comportando como una niña, no me importa.

–En realidad estaba intentando recordarte que en cada una de aquellas ocasiones, nosotras acabábamos teniendo razón y tú terminabas pasándotelo bien –le acarició la mejilla–. Dudo que esta vez sea una excepción, a no ser que te esfuerces tú para que lo sea.

–Esta es la única concesión que pienso hacer –le advirtió Samantha–. No volveré a ceder.

–Por supuesto –dijo Cora Jane, consiguiendo disimular una sonrisa–. Ni yo esperaré que lo hagas.

Samantha le lanzó una mirada escéptica y volvió a la mesa, donde Ethan parecía solo ligeramente menos irritado que ella. «No pasa nada», pensó Cora Jane. Eran muchas las relaciones que habían empezado con menos cosas en común que el disgusto compartido hacia un tercero.

Satisfecha, regresó a la cocina, donde Jerry, que estaba ante el horno, se giró para mirarla ceñudo.

–Yo creía que la única olla que había que remover tenía que estar en la cocina, supuestamente.

–Tú sigue removiendo la tuya, que yo me encargo de la mía.

–Uno de estos días, tu manía de meterte en los asuntos de los demás terminará estallándote en la cara –le advirtió–. Esas nietas tuyas son personas con capacidad de raciocinio. Tú misma las educaste para eso.

–Bueno, por supuesto que lo son –declaró, orgullosa–. Pero eso no quiere decir que alguna de ellas no necesite un empujón mío de cuando en cuando. No he oído a Emily o a Gabi quejarse, ahora que sus vidas están ya bien enfiladas.

–Samantha es harina de otro costal –dijo Jerry–. Lo mismo que Ethan Cole. Acuérdate de que yo estuve contigo el día que le lanzaste el primer cebo, hace unos meses. No picó. De hecho, puso de manifiesto su falta de interés. Puede que tengas que reajustar tu objetivo y tus tácticas.

Cora Jane sacudió la cabeza.

–Yo sé lo que sé –insistió–. Conozco a Ethan desde que era un chaval. Esos dos son tal para cual. Simplemente tienen que salirse cada uno de su propio camino y las cosas encajarán en su lugar.

–Espero que tengas razón –dijo Jerry, mirándola con ternura–. Sé las ganas que tienes de que esto funcione. Estás convencida de que si lo consiguen, finalmente tendrás a tus tres niñas de vuelta aquí, en Sand Castle Bay, con una docena de bisnietos en camino.

—¿Y qué tendría eso de malo?
—Nada en absoluto. Solo espero que no hayas malinterpretado la situación esta vez.

Cora Jane detectó una genuina preocupación en su voz, y aunque no lo admitiría ni en un millón de años, lo que le había dicho le dio que pensar. Jerry no se entrometía en nada, pero era un agudo observador, sobre todo de ella y de las nietas a las que tanto amaba. ¿Tendría razón? ¿Formarían Samantha y Ethan una mala pareja? ¿O serían ambos tan testarudos que lucharían contra el destino con tal de oponerse?

Reflexionó sobre ello, y siguió haciéndolo mientras repasaba lo que había visto con sus propios ojos. «No», concluyó. Ethan y Samantha estaban destinados a estar juntos, al igual que Emily y Boone o que Gabi y Wade. Estaba segura de ello.

Y en tantos años como llevaba de vida, su intuición no le había fallado más que en una o dos ocasiones. Esperaba que esa no fuera una de ellas. Se encargaría de que no lo fuese.

Samantha se removía incómoda bajo la tranquila mirada de Ethan. Ni siquiera el constante flujo de conversación de Emily o los firmes esfuerzos de Greg para que la conversación fluyera podían disipar la tensión de la mesa. Le estaba desquiciando los nervios.

Cuando finalmente se hartó, se levantó rápidamente.

—Ethan, ¿podría hablar un momento contigo fuera, por favor?

Todo el mundo se mostró sorprendido por la petición, pero Ethan se levantó como si ella acabara de ofrecerle una forma de escapar de una prisión particularmente desagradable.

Lanzando una última y hosca mirada a su hermana, Samantha salió a la terraza que corría por un lateral del restaurante y se dirigió a la barandilla desde la que se disfrutaba de una bonita vista del mar. Gracias a la tormenta, el agua estaba revuelta y con espuma, como un reflejo de sus propios sentimientos. Se llenó los pulmones del aire salado y refrescante antes de volverse hacia Ethan.

–Lo siento –dijo–. Debí haberme figurado que Emily y mi abuela planeaban algo en el mismo instante en que mi hermana insistió en que viniéramos aquí a comer.

La expresión de Ethan se relajó ligeramente.

–No te eches toda la culpa. Este es el restaurante de tu familia y yo vine aquí, al fin y al cabo. Sabía que era posible que anduvieras por el local.

Ella lo miró con curiosidad.

–Entonces, ¿por qué viniste?

Él se encogió de hombros.

–Para serte perfectamente sincero, porque perdí una apuesta.

Samantha frunció los labios ante su tono resignado.

–¿Con quién?

–Greg –admitió, tímido–. Estoy empezando a pensar que sus genes casamenteros podrían llegar a rivalizar con los de Emily y Cora Jane. Si hubiera sabido que tenía una vena tan retorcidamente romántica, nunca habría abierto esa clínica con él.

–¿Qué vamos a hacer entonces al respecto? Estamos advertidos. Sabemos qué es lo que pretenden. Apenas hace unas horas acordamos poner fin a esta locura, y aquí estamos otra vez. ¿Somos así de ingenuos o es su ingenuidad la que no tiene rival?

–Ni idea. En estas cosas, estoy fuera de mi elemento. Oh, ha habido unos cuantos amigos que han intentado hacerme lo mismo desde que se acabó mi compromiso, pero la mayoría terminaron por rendirse. Si dices «no» lo suficientemente a menudo y con la suficiente firmeza, al final dejan de intentarlo.

–¿Así que estás firmemente decidido a no volver a tener una relación? –le preguntó ella, esperando no dejar traslucir ningún matiz de decepción en su voz.

–Así es.

–¿Y todo por una mujer que, si se me permite decirlo, parece tener la sensibilidad de una babosa?

Ethan se sonrió.

–Esa es una buena definición de Lisa.

–Bueno, eso es una tontería –dijo ella–. Si puedes verla como la clase de mujer que verdaderamente es, entonces no deberías dejar que te influenciara.

Ethan le lanzó una mirada irónica.

–Eso ya me lo han dicho.

–¿Pero no te lo crees?

Vaciló, y luego dijo:

–Quizá deberíamos abordar esto desde un enfoque distinto. Tú eres más joven que yo, pero si me disculpas la obviedad, no eres precisamente una niña. ¿Cómo es que no estás casada? ¿O lo has estado ya?

Samantha esbozó una mueca ante aquel brusco cambio de tema.

–No. Nada de matrimonios. Supongo que nunca encontré al hombre adecuado.

–¿De modo que no hubo ningún canalla insensible que te rompiera el corazón?

Reflexionó sobre ello, no sabiendo muy bien cómo explicarle las elecciones que había hecho.

–Sorprendentemente, no guardo ningún rencor especial contra ninguno de los hombres con los que he salido. Ni siquiera contra el hombre al que estuve segura de amar.

–¿Qué pasó con él?

–Era actor, lo que no siempre es la opción ideal de pareja para una actriz, aunque los dos entiendan perfectamente las exigencias de la profesión. Esa es la ventaja.

–¿Y la desventaja?

–Mi carrera experimentó una buena racha. La suya se estancó. No supo manejarlo bien –sonaba sencillo, pero había sido el periodo más doloroso de su vida. Por mucho que se había esforzado por callar sus propios éxitos para que él no se sintiera un fracasado, no había sido suficiente.

Ethan le lanzó una mirada compasiva.

—El orgullo puede llegar a ser un gran problema, ¿verdad?

—El orgullo masculino desde luego que sí —repuso ella—. Me sorprende que tú admitas eso. Al fin y al cabo, ¿no fue tu orgullo lo que hirió tu novia, tanto como tu corazón? —lo estudió, preocupada—. ¿O acaso te rompió realmente el corazón?

Por un instante, la expresión de Ethan sugirió que había llegado demasiado lejos. Apretó la mandíbula y echó chispas por los ojos hasta que, de repente, una leve sonrisa asomó a sus labios.

—No tienes pelos en la lengua, ¿verdad?

—¿Por qué habría de tenerlos?

—Es un cambio refrescante —le dijo él—. Durante los últimos años me he encontrado siempre con gente demasiado precavida a la hora de decir lo que piensan. Aunque lo que digan no tenga nada que ver con mi herida, parecen pensar que soy demasiado frágil como para llevarme la contraria.

—¿Como si no te consideraran capaz de asumir la verdad?

—Probablemente. Y, para serte sincero, nada más volver de allá, y mientras estuve en rehabilitación, probablemente no podía asumirla. Si alguien me miraba mal, explotaba. Créeme, era un tipo imposible.

—Supongo que eso forma parte del proceso de curación, tanto como acostumbrarte a la prótesis.

Él pareció sorprendido una vez más por su capacidad de penetración.

—Así es. Unas pocas personas, como Boone y Greg, llegaron a esa misma conclusión y jamás me abandonaron. Yo les echaba a patadas, pero ellos se obstinaban en volver.

–¿Al contrario que tu novia? –preguntó. Aquella mujer le desagradaba profundamente.

Sorprendentemente, él negó con la cabeza.

–No fue mi mal genio lo que la ahuyentó. Dudo que la hubiera culpado por ello. No, no reaccionó hasta que yo volví a levantarme, a caminar sobre los dos pies, por así decirlo. Solo entonces se rindió. Me dijo que no podía seguir conmigo cuando ya no era la misma persona de la que se había enamorado, como si mi pierna fuera la parte más importante de mi anatomía y perderla me hubiera hecho menos hombre.

Samantha sacudió la cabeza.

–Esa mujer era una imbécil.

Ethan se echó a reír.

–Gracias por tan ardorosa defensa, pero quizá deberíamos volver a nuestro problema inmediato. ¿Qué hacemos con los casamenteros?

–Permanecer alerta. Dejarles hacer, supongo –sugirió, aunque estaba poco convencida de que la estrategia fuera a funcionar.

–¿En serio?

–Serán felices intentándolo –dijo–. Y no hay nada que diga que se saldrán con la suya, ¿verdad?

Él le sostuvo la mirada durante unos segundos, justo el tiempo suficiente para que una chispa de tensión sexual ardiera entre ellos.

–Nada –convino él, pese a que parecía un tanto inseguro cuando lo dijo.

Samantha le tendió la mano.

–¿Amigos entonces? ¿Trato hecho?

Ethan se la estrechó. No pudo evitar advertir que su apretón era firme, sus dedos largos y finos. Tan seguro como el de la confiada mano de un cirujano.

–Trato hecho.

Se mostró reacio a soltarle la mano. Cuando lo hizo, tenía una mirada de preocupación.

–¿Todo bien? –le preguntó ella.
–Claro.
–Ethan, yo pensaba que ser directos el uno con el otro formaba parte de nuestro trato –le recriminó.
Él le lanzó una mirada triste.
–Tengo el extraño presentimiento de que acabamos de hacer un trato inútil.
–¿Oh?
–Estoy pensando que a no ser que llevemos mucho, muchísimo cuidado, vamos a hacer saltar toda esta amistad nuestra en mil pedazos –le confesó, sincero.
Samantha tuvo que contener la risa que la asaltó ante su inequívoca frustración, porque la verdad era que aquella era, en cierto sentido, la mejor noticia que había oído en mucho tiempo.

Capítulo 4

–Entonces, ¿cuándo vas a volver a verla? –le preguntó Greg a Ethan cuando regresaban en coche a la clínica. No había duda sobre la chispa de malicia que ardía en sus ojos mientras hablaba.
–No sé de qué estás hablando–Ethan lo miró ceñudo.
–Estoy hablando de ti y de Samantha. Ni se te ocurra negar que algo sucedió entre vosotros cuando salisteis a la terraza. Volvisteis con el aspecto de dos gatos que acabaran de merendarse cada uno un sabroso canario.
–Qué encantadora analogía –comentó Ethan–. Obviamente tienes madera de poeta.
–Centrémonos en la exactitud de mi comentario –dijo Greg–. ¿Cuándo vais a volver a coincidir?
–Cuando lo dicten las circunstancias –repuso Ethan con tono irritable.
De repente los ojos de Greg se iluminaron como si acabara de descubrir los secretos del universo.
–Y no estás nada contento esperando a que esas circunstancias se presenten, ¿verdad? ¡Oh, chico, lo sabía! Estás loco por ella.
–Una vez más estás demostrando tu habilidad con las palabras –gruñó Ethan–. Yo no estoy loco por nadie. Simplemente ha resultado ser una chica maja, contrariamente a lo que esperaba.

–Y guapa también. No vayas a decirme que no lo has notado. Si no lo has hecho, voy a tener que revisar tus constantes vitales en cuanto regresemos a la clínica.
–Sí que lo he notado –reconoció Ethan, tenso–. ¿Quieres por favor dejar el tema?
–Estoy pensando que probablemente no debería hacerlo –repuso Greg, alegre–. Estoy pensando que me necesitas como una espina en tu costado, un erizo bajo tu trasero, como si dijéramos, hasta que finalmente vuelvas al juego de las citas.
–Las citas no son un juego al que quiera jugar –protestó Ethan, aunque evidentemente no estaba convenciendo a su amigo. Llevaba mucho tiempo protegiendo su corazón y estaba satisfecho de ello. No veía razón alguna para que eso cambiara. La última vez que se había arriesgado a enamorarse, no había funcionado tan bien.
–Ah, pero a veces la vida alza la voz y te regala una inesperada oportunidad de ver realizado el deseo de tu corazón, estés dispuesto o no a ello –dijo Greg–. Un hombre inteligente se apodera de esos momentos.
Ethan lo miró ceñudo.
–¿El deseo de mi corazón? ¿Un juego? ¿Qué es esto? ¿Cómo puedes ver que algo así vaya a suceder?
–Lo que yo vea no es importante –insistió Greg–. ¿Qué es lo que ves tú? Y no intentes decirme que no ves las posibilidades de todo esto.
–Yo lo que veo es el desastre a punto de suceder –dijo Ethan con un nivel de frustración que no había experimentado en meses, quizá ni siquiera en años.
¿No debería tener un mejor control de su propio maldito destino? Seguro que era solamente una cuestión de fuerza de voluntad. Si quería resistirse a Samantha, podría hacerlo, de la misma manera que había evitado cualquier otro compromiso desde que Lisa lo abandonó con tan pocas ceremonias. Por supuesto, no ayudaba que su amigo se negara a dejar en paz el tema.

—¿Porque en realidad no te sientes atraído por ella? –persistió Greg.
—No –masculló Ethan.
—¿Porque no crees entonces que ella se sienta atraída por ti?

Recordó la mirada que había visto en sus ojos más de una vez mientras estuvieron en la terraza. No había duda de que ella estaba interesada en algo más que una amistad entre ellos. ¿Estaba loco por negarse a aprovechar la oportunidad? Al fin y al cabo, ella no iba a quedarse mucho tiempo por allí. Su vida estaba en otra parte. Podían permitirse una satisfactoria aventura de un par de semanas, sin hacer daño a nadie. Greg ciertamente lo aprobaría. Bonne probablemente también, aunque tal vez se mostrara un tanto protector, ya que Samantha estaba a punto de ser su cuñada.

—No importa que ella se sienta atraída por mí o no. Hemos acordado ser amigos, punto. No sucumbiremos a las presiones exteriores, la tuya incluida.

Greg se lo quedó mirando fijamente, incrédulo.
—¿De quién ha sido una idea tan estúpida?
—De ella –respondió Ethan–. Y yo me mostré de acuerdo.
Greg sacudió la cabeza con expresión entristecida.
—Siempre pensé que Lisa era la estúpida. Ahora estoy comenzando a preguntarme si tú no eres mucho mejor.
Ethan frunció el ceño.
—¿Qué se supone que quiere decir eso?
—Esa mujer fantástica, que tiene un flechazo contigo desde hace un millón de años, se ha lanzado prácticamente a sus brazos y tú te conformas con una amistad –Greg sacudió la cabeza–. Es patético, chico. Simplemente patético.

Ethan estaba empezando a pensar que quizá su amigo tuviera razón, pero eso no quería decir que él fuera a cambiar un ápice las reglas que acababa de negociar con Samantha. Seguir aquellas reglas entrañaba seguridad. Entrañaba la paz y la tranquilidad que había afirmado desear durante años.

Y, tristemente, entrañaba también un absoluto, implacable aburrimiento.

Samantha caminaba de un lado a otro de la habitación con Daniella Jane en brazos, que de manera impaciente y ruidosa le recordaba que había llegado la hora de cenar.
–Vamos, cariño –murmuró con tono tranquilizador–. Tu madre entrará por esa puerta de un momento a otro. No dejes que se lleve la disparatada idea de que soy una tía terrible. Tranquila. La cena está en camino, te lo prometo.
La cena, por supuesto, estaba ligada directamente a la llegada de Gabi. Seguía amamantando al bebé. Normalmente se llevaba a Daniella Jane a la galería de arte, pero aquel día se había tomado un descanso y había dejado que Samantha volviera a casa con la niña. Desde entonces había pasado una hora y, evidentemente, había sido un acto de fe. Por lo que tenía entendido, el bebé apenas se había separado de los brazos de su madre desde el día en que nació.
Supuestamente, la reacia concesión de aquel día debería haber sido beneficiosa para ambas: Gabi habría disfrutado de una hora de trabajo sin distracciones mientras que Samantha se habría hecho amiga de su sobrina. Ignoraba cómo le estaría yendo a Gabi, pero ella no se estaba haciendo amiga de Daniella Jane. En todo caso, se sentía como si egoístamente estuviera privando a su sobrina del alimento necesario.
La puerta trasera de la casa de la abuela se abrió de golpe y el novio de Gabi, Wade Johnson, entró sonriendo.
–¡Esta es mi niña! –dijo mientras recogía al bebé, cuyos lloros se transformaron al instante en gritos de deleite. Le hizo un guiño a Gabi–. Ha aprendido ya a dejar saber al mundo cuándo está insatisfecha. A esta mujer nadie le pasará por encima.
Samantha rio por lo bajo. Wade podía no ser el padre biológico de Dani, pero era un padre completamente entregado.

—¿Sabes que acabas de provocarme un impresionante complejo de inferioridad? —le dijo—. Puede que renuncie a ser madre después de la manera en que esta niña se puso a gorjear de placer en el instante en que te la pasé.

—No te lo tomes tan a pecho —repuso, levantando al bebé en el aire—. Dani y yo tenemos un trato.

—¿Un trato? —preguntó Samantha, sonriendo.

—Ajá. Nos esforzamos en llevarnos bien para que no exista la menor posibilidad de que su mamá cambie de idea acerca de casarse conmigo. ¿No es verdad, nenita?

Daniella rio feliz.

—Bueno, ¿y dónde está Gabi? No es propio de ella retrasarse para la cena de la niña. ¿La convenciste de que se echara una siesta?

—¿Estás de broma? No, aceptó mi oferta de que me trajera a Dani mientras ella terminaba un trabajo. A una adicta al trabajo le puedes quitar un cargo de alta responsabilidad, pero la ambición y las ganas, no. El éxito de esa galería taller que habéis creado es su misión personal.

—Se suponía que tenía que ser una alternativa de baja intensidad a ese último trabajo de pesadilla que tuvo —gruñó Wade.

—Lo siento. Wade no está hecha para la baja intensidad —lo estudió de cerca—. Eso no será un problema grave para ti, ¿verdad?

—No hay problemas graves para mí por lo que se refiere a Gabi —replicó, rotundo—. Es la mujer de mi vida. Si ella es feliz, yo también.

Samantha apenas logró reprimir un suspiro de envidia ante la convicción que oía en su voz. Boone sonaba de la misma manera cuando hablaba de Emily. ¿Encontraría ella alguna vez la misma clase de amor, la misma clase de entrega? ¿La miraría alguien alguna vez como si fuera el sol, la luna y las estrellas concentrado todo en una sola persona?

Gabi entró en casa en aquel preciso momento, con expresión frenética.

–¿Está bien la niña? Sé que llego tarde, y sé lo nerviosa que se pone si no come a tiempo.

–Definitivamente me estuvo haciendo saber lo que pensaba al respecto –dijo Samantha–. Pero Wade ha aparecido con su toque mágico, y ella se ha portado estupendamente bien desde entonces.

Gabi se inclinó para darle a Wade un largo beso.

–Gracias –murmuró mientras recogía el bebé de sus brazos.

–Siéntate –le ordenó él, acercándola a su lado.

–Pero Dani necesita alimentarse... –protestó Gabi.

–Y este es un lugar tan bueno como cualquier otro –repuso, enlazando su mirada con la suya.

Cuando el bebé estuvo bien instalado en el regazo de su madre, Wade le acarició la mejilla con los nudillos en un gesto tan tierno que casi hizo llorar a Samantha. Con los tres tan absortos en aquel momento tan especial, se sentía de más.

–Voy a preparar la cena –murmuró, aunque dudaba que cualquiera de ellos la hubiera oído.

En la cocina, decidió hacer pasta con una sencilla salsa marinara. Mientras ponía a hervir el agua, preparó una ensalada con lechuga y tomates frescos del puesto de huerta local en el que se había detenido de camino hacia allí. Añadió algo de cebolla tierna y queso azul, acompañándolo todo de su vinagreta especial.

Acababa de machacar y dorar un diente de ajo en aceite de oliva, y se disponía a añadir la salsa de tomate, cuando aparecieron Cora Jane, Jerry y Emily.

–Huele fabulosamente bien aquí –comentó Emily, olisqueando el aire–. No tenía ni idea de que supieras cocinar.

–Todas las Castle necesitan saber defenderse en la cocina –recitó Samantha, sonriendo a su abuela–. ¿Cuántas veces nos has dicho esto cuando veníamos aquí los veranos?

–No las suficientes, al parecer, ya que ninguna de vosotras se metió en el negocio del restaurante –dijo Cora Jane. Revisó la salsa y lanzó luego una mirada especulativa a Samantha–. Por supuesto, quizá no sea demasiado tarde.

–Oh-oh –se burló Emily–. La abuela tiene esa mirada especial. Será mejor que huyas, Samantha, o terminarás llevando Castle's antes de que acabe el verano. Si esa salsa sabe tan bien como huele, habrá platos de pasta en el menú y tú estarás en la cocina haciéndolos.

Samantha le entregó a su abuela la cuchara que había estado usando para remover la salsa.

–No tienes ninguna posibilidad –le aseguró al momento–. Estos son tus dominios, abuela. Yo pasaba simplemente por aquí. Si estoy ahora mismo en la cocina es porque Gabi, Wade y Dani están disfrutando de su tiempo en familia en el salón.

–¿Y tú consentiste en que te ahuyentaran? –le preguntó Cora Jane.

–Ni siquiera eran conscientes de que estaba en la misma habitación que ellos –dijo Samantha–. Creo que sería mejor que fijáramos pronto en el calendario el día de la boda de esos dos.

–Nos fugaremos –anunció Gabi, entrando en la cocina justo a tiempo de oír el comentario–. Tanto escándalo es demasiado.

–No haréis tal cosa –dijo Cora Jane, mirándola horrorizada–. Trae aquí a Wade ahora mismo, que voy a ponerle firme.

–Está acostando a la niña –dijo Gabi–. Y tanto él como yo estamos de acuerdo en este tema. No queremos bombo y platillo alguno cuando llegue el momento. Solo una discreta ceremonia con la familia.

Samantha advirtió que Emily se ruborizaba al escuchar aquello.

–¿Estás sugiriendo que mi boda es excesiva? –preguntó Emily.

–Nadie está diciendo tal cosa, cariño –se apresuró a tranquilizarla Cora Jane, al tiempo que lanzaba una elocuente mirada a Gabi.

—Yo solo digo que es mucho trabajo y mucha tensión para una fiesta —dijo Gabi a la defensiva—. Pero ciertamente no voy a molestarme porque Boone y tú vayáis a tener la boda de nuestros sueños. Simplemente no es el estilo de Wade, ni el mío.

Emily estalló en lágrimas al oír eso y salió disparada por la puerta trasera.

—A esa chica los nervios la están afectando —reflexionó Cora Jane—. No creo que esté así solamente por la boda. Sospecho que tiene otra cosa rondándole la cabeza.

—¿Como cuál? —inquirió Samantha.

Cora Jane soltó un suspiro de frustración.

—Ni idea.

—Será mejor que me vaya con ella —anunció Gabi, suspirando también—. Debí haber mantenido cerrada esta bocaza que tengo. Sé que le preocupa que la boda se le escape de las manos.

Samantha alzó una mano.

—Iré a buscarla yo. No soy una persona muy pacificadora por lo que respecta a Emily, pero me parece que ahora mismo no tiene ninguna gana de escuchar nada de lo que las dos estáis diciendo.

—Adelante —dijo Cora Jane—. Yo terminaré de preparar la cena y la llevaré a la mesa. Pero no tardéis mucho, ¿de acuerdo?

Samantha se quitó los zapatos en el porche y caminó descalza por la hierba hasta el embarcadero. Emily estaba sentada en el banco del final, con los hombros hundidos y el rostro surcado de lágrimas.

—Probablemente estarás de acuerdo con Gabi —la acusó cuando Samantha se sentó a su lado.

—No de la manera en que tú estás pensando.

—¿Lo ves? ¡Lo sabía! Siempre piensas que yo tomo las peores decisiones.

Samantha se quedó entristecida ante la evidencia de que las dos tenían un largo camino por delante antes de llegar a comprenderse bien.

–Y tú siempre esperas lo peor de mí –replicó con tono suave–. ¿No has oído lo que te he dicho? He dicho que aunque pueda estar de acuerdo con Gabi, probablemente no sea de la manera en que tú estás pensando.

Emily la miró ceñuda.

–¿Para ti todo tiene que ser o blanco o negro?

–Por lo general, sí –respondió Emily.

–Oh, cariño, hay una tremenda cantidad de matices del gris en el mundo. Créeme, al final terminarás comprendiéndolo.

–Y ahora me estás diciendo que no soy sabia ni experimentada... –se quejó Emily, dándose por ofendida.

Samantha frunció el ceño.

–Y que la gente piense que yo soy la melodramática de la familia... –murmuró irónica, consciente de que el comentario solo añadiría gasolina al fuego–. ¿Me harías el favor de escucharme solo unos segundos?

–Adelante –masculló Emily.

–Estoy de acuerdo con Gabi en que las dos sois muy diferentes. En realidad, las tres somos muy diferentes, pese a algún que otro parecido. Creo que empezaste a soñar con la boda perfecta desde el mismo momento en que pusiste los ojos en Boone. Cuando las cosas se fastidiaron y tú decidiste dedicarte a fondo a tu carrera, ese sueño nunca murió. Simplemente quedó al margen, esperando –se animó a continuar al ver que Emily no dejaba de prestarle atención–. En cuanto volvisteis a estar juntos, no es de sorprender que tú quisieras la boda de cuento de hadas que siempre te habías imaginado –le puso un dedo bajo la barbilla–. Y no hay nada de malo en ello, créeme. ¡Nada! Ninguna de nosotras te chafará ese momento, Em. Ni un poquito. Cada mujer debe tener la boda de sus sueños.

–Pero Gabi dijo...

Samantha la interrumpió:
—Lo único que dijo Gabi fue que ella no quería ese mismo tipo de boda de bombo y platillo. Gabi probablemente ni siquiera querrá renunciar a dos horas de su jornada laboral para ir al ayuntamiento a casarse.

Emily rio al oír eso, tal como había esperado Samantha que hiciera.

—Probablemente tengas razón —concedió Emily—. En estos días está completamente concentrada en la galería de arte, en su bebé y en Wade. La ceremonia solo es una especie de formalismo a quitarse de encima.

—Exacto —dijo Samantha—. Y eso también está bien, si los dos están de acuerdo.

—Supongo que sí, aunque a mí me parece algo triste —Emily la miró con curiosidad—. ¿Qué me dices de ti? ¿Qué clase de boda quieres tú?

—Yo no he llegado tan lejos en mis previsiones —reconoció Samantha—. Después de todo, en este momento ni siquiera hay un hombre en mi vida.

—Mentirosa —se burló Emily—. Tú has visto todo tipo de bodas imaginables en esas telenovelas que solías hacer de cuando en cuando. ¿Cuál de ellas te pareció la más irresistiblemente romántica?

Samantha se relajó, ahora que la crisis parecía haber pasado, y se permitió reflexionar sobre la pregunta de Emily.

—Una boda al aire libre —respondió al fin—. En alguna playa, quizás, sintiendo el viento en mi pelo y la arena bajo mis pies.

Cuando miró a Emily, detectó un brillo de lágrimas en sus ojos.

—Suena perfecto —musitó Emily—. Y te va que ni pintado. Pero tendrá que ser al atardecer, con el cielo incendiado de colores —miró a Samantha y añadió—: Espero que tengas esa boda.

—Uno de estos días, si tengo suerte.

—Quizá suceda antes de lo que crees —repuso Emily—.

Por lo que sé, Sand Castle Bay siempre he tenido una magnífica reputación para ese tipo de bodas.

Samantha frunció el ceño.

–No sigas por ahí, ¿me oyes? O retiraré todas las cosas bonitas que acabo de decirte.

–Puedo soportarlo –repuso Emily, sonriendo–. Merecerá la pena con tal de ver cómo se desarrolla esa historia tuya con Ethan. No te olvides que yo estuve con vosotros hoy, cuando entraste en el restaurante. Las chispas saltaban por doquier. Fue un milagro que Greg y yo no acabáramos quemándonos.

–¿No se te ocurrió pensar que aquellas chispas eran de rabia contra ti por habernos juntado a propósito por segunda vez en ese día?

Emily desechó la sugerencia.

–Ni hablar. Eran las chispas de un hombre y de una mujer que sentían una fuerte atracción mutua. Feromonas, química, llámalo como quieras.

–¡Basta! –dijo Samantha, alzando la voz como para zanjar el asunto de una vez por todas–. Ethan y yo hemos acordado ser amigos, nada más.

Emily se echó a reír.

–Ya lo sé. Os imagino a los dos teniendo una conversación perfectamente sensata y racional sobre ello. Yo tuve una conversación muy similar con Boone cuando volví al pueblo –una sonrisa se dibujó en sus labios–. Voy a contarte exactamente lo que él me dijo entonces.

–¿Qué?

–Que tanta contención lo hará todo mucho más divertido para los demás.

–Diviértete entonces, pero creo que te vas a llevar una decepción –le dijo Samantha–. Pero ahora tengo otra pregunta que hacerte antes de que volvamos dentro y hagas las paces con Gabi.

–¿Cuál? –preguntó Emily, sin discutir que le correspondía a ella pedir disculpas.

—A la abuela le preocupa que tengas alguna otra cosa rondándote por la cabeza. ¿Es cierto? ¿Tiene que ver con tus desagradables suegros? ¿O se trata de algo por completo diferente?

La expresión de Emily se cerró de pronto en un gesto mucho más revelador que cualquier palabra.

—¿Emily? —insistió.

—No sé si a Boone le gusta vivir en Los Ángeles tanto como a mí —admitió al fin.

Samantha se había estado preguntando cuándo saldría a la luz aquel asunto.

—Aquello todavía sigue siendo nuevo para él.

—Pero lleva a Sand Castle Bay en la sangre.

—¿Te ha comentado algo acerca de volver?

—No, y yo pensé que cuando se desplazara allí para abrir el restaurante, todo iría bien.

—Y quizá ese sea el caso. Pregúntale cómo se siente.

—Tengo miedo de hacerlo. ¿Y si quiere que nos volvamos al pueblo?

—¿Y si es así? ¿Qué harás entonces?

Emily suspiró y miró a Samantha con expresión triste.

—Sinceramente, no tengo ni idea.

—Entonces, cariño, necesitas hablar con él ahora, antes de la boda.

Emily negó con la cabeza.

—No, rotundamente no.

—Pero...

—No —repitió Emily, y se levantó—. Volvamos dentro. Tengo que arreglar las cosas con Gabi.

Se dirigió hacia la casa, dejando a Samantha mirándola fijamente, todavía más preocupada de lo que había estado cuando salió a buscarla.

El domingo por la tarde, Cora Jane contemplaba satisfecha el jardín trasero. Con la ayuda de Jerry, Gabi, Wade y Samantha, había quedado convertido en un escaparate de pequeñas luces, grandes maceteros de vistosas flores veraniegas y mesas llenas de comida y regalos para la lluvia de regalos de Emily.

Samantha le pasó un brazo por los hombros.

—Te has superado a ti misma, abuela.

Cora Jane alzó la mirada, parpadeando para contener unas inesperadas lágrimas.

—No puedo creer que la primera de mis nietas vaya a casarse dentro de menos de dos semanas. He esperado esto durante tanto tiempo... —miró deliberadamente a Samantha—. Yo creía que tú serías la primera, ¿sabes?

—¿Porque soy la mayor?

—No, porque los chicos se amontonaban a tu alrededor desde que entraste en la adolescencia, y sé con seguridad que cuando te fuiste a Nueva York te siguió pasando lo mismo. Cada vez que hablábamos, mencionabas a un hombre o a otro.

Samantha se encogió de hombros.

—Ninguno de ellos me duró. Quiero descubrir lo que Em tiene con Boone o lo que Gabi encontró en Wade. Supongo que todas las Castle somos unas románticas incorregibles. Aspiramos a aquello de «y fueron felices y comieron perdices». Al menos fui lo suficientemente inteligente como para no conformarme con nada menos que eso.

Cora Jane asintió aprobadora.

—¿Sabes? Creo que tu padre te subestimó. Él pensaba que solo porque querías ser actriz, serías una casquivana o algo así, pero yo sabía que no. Tú sabes lo que es importante para ti. Y encontrarás al hombre adecuado. No tengo la menor duda al respecto.

Samantha le dio un abrazo.

—Gracias por tu fe en mí. En cuanto a papá, no ha estado muy sintonizada con nosotras ni con nuestras capacidades.

—No, no lo ha estado —le dio la razón Cora Jane—. Pero

creo que está dando pasos de acercamiento –desvió la mirada al fondo del patio, donde Sam estaba hablando con Jerry al pie de la parrilla–. Míralo. No solo ha venido, sino que está intentando encajar.

–¿Cómo conseguiste que viniera, especialmente a una lluvia de regalos un domingo por la tarde? Mañana es día laborable, al fin y al cabo. Me imagino que debió de soltarte un millón de excusas para no venir.

Cora Jane se echó a reír.

–Probablemente dos millones, pero yo se las rebatí todas. Le ordené que viniera. Le dije que era una orden de su madre y que me llevaría una gran decepción si no se presentaba al gran evento de su hija.

–Bien por ti. Sé que significa mucho para Em que haya venido. ¿Pero Jerry y él no se sentirán un poco incómodos en una fiesta abarrotada de mujeres?

–Oh, la fiesta no es solo para mujeres –repuso Cora Jane–. Emily no quería que lo fuera. También habrá bastantes hombres.

Vio el brillo de comprensión que empezaba a iluminar los ojos de Samantha y, acto seguido, el rubor cada vez más intenso de sus mejillas.

–Imagino que Ethan figurará en esa lista mixta.

–Por supuesto –respondió Cora Jane–. Todo el cortejo nupcial está invitado.

–Por supuesto –dijo Samantha, sacudiendo la cabeza–. Emily y tú seguís sin daros por vencidas, ¿verdad?

–No sé lo que quieres decir –insistió Cora Jane, adoptando aquel aire de inocencia en el que tenía tanta práctica, pero que seguía sin perfeccionar del todo. A juzgar por la reacción escéptica de Samantha, tampoco aquella vez resultó muy eficaz.

–¿Tienes alguna idea de lo mucho que me estáis humillando Emily y tú? –le preguntó Samantha–. Ethan se va a llevar la idea de que estoy desesperada o algo así.

–Oh, cariño, no hay riesgo alguno de eso –le aseguró

Cora Jane–. Cualquier hombre que te vea solo se preguntará por qué nadie ha tenido todavía el buen sentido de pescarte. Eres hermosa y, lo más importante, tienes un enorme corazón. Eres inteligente, tienes talento, eres ingeniosa. Cualquier hombre se sentiría afortunado de tener una oportunidad contigo. Y un hombre inteligente jamás desperdiciaría esa oportunidad.

Samantha pareció incómoda ante aquel recitado de buenas cualidades, pero para el final estaba sonriendo.

–¿Estás diciendo que si Ethan no aprovecha esta oportunidad de oro que tú le estás lanzando, entonces es que es un memo?

Cora Jane rio por lo bajo.

–Bueno, yo lo habría dicho de una manera más diplomática, pero sí, eso es exactamente lo que yo concluiría. Pero, para tu información, creo que Ethan es un hombre terriblemente inteligente. Y ahora vuelve adentro y ponte algo bonito.

Samantha se miró los pantalones capri y la colorida blusa a juego que llevaba, que incluso Cora Jane reconoció como pertenecientes a la colección de verano de una famosa marca de Nueva York. Había visto esa ropa anunciada en *Vogue* o en alguna de las otras revistas de moda que las chicas solían dejar por la casa.

–¿Más bonito que esto? –inquirió, dudosa.

–Estaba pensando en un vestidito de verano –dijo Cora Jane–. De esos que tienen algo de escote.

–¡Abuela!

Cora Jane no se mostró nada afectada por el tono de consternación de la voz de su nieta. Simplemente se limitó a sostenerle la mirada.

–¿Se te ocurre una mejor manera de dejarle saber a un hombre lo que se está perdiendo?

Esa vez Samantha gruñó, pero se volvió para dirigirse hacia la casa. Por supuesto, nadie podía saber si volvería luciendo aquel vestidito o con algo que la cubriera de la cabeza a los pies. La muchacha, pensó Cora Jane, tenía una vena rebelde que saltaba en cuanto se la presionaba demasiado. Sabía que tal vez se había acercado demasiado a aquel límite, pero seguía albergando grandes esperanzas de que la velada terminaría con una grieta más en las murallas de defensa que aquellos dos jóvenes habían alzando en torno a sus corazones.

Capítulo 5

—¿Quieres darte prisa? —gritó Boone mientras paseaba de un lado a otro del salón de Ethan—. Vamos a llegar tarde. Si no aparecemos, a Emily le dará un ataque.
—Puedes irte sin mí —gritó Ethan a su vez desde el dormitorio—. Soy perfectamente capaz de conducir solo hasta casa de Cora Jane.
—Pero la pregunta es: ¿lo harás? —replicó Boone—. Tengo la sensación de que no te gusta mucho el programa. Una de mis misiones de esta noche es asegurarme de que aparezcas y te portes bien.
Ethan salió del dormitorio con gesto ceñudo.
—Efectivamente, no me gusta el programa. ¿A ninguno de vosotros se le ha pasado por la cabeza que Samantha está tan poco contenta con esta conspiración casamentera como yo? La estáis humillando.
Solo por un instante, Boone pareció desconcertado.
—¿En serio?
—En serio. Dios mío, hombre, si solo os falta ofrecerla en sacrificio en algún arcano ritual… Me sorprende que no haya hecho ya las maletas para volar de vuelta a Nueva York.
—Ella nunca le haría eso a Emily —dijo Boone, aunque parecía vagamente afectado por la afirmación de Ethan—. Al menos eso creo.

—Tú dijiste que había algún tipo de asunto pendiente entre los dos. ¿Cómo puedes imaginar que eso pueda estar facilitando las cosas, en vez de empeorarlas? ¿Cómo te sentirías si yo persistiera en emparejarte con alguien después de que me hubieras manifestado que no tenías ningún interés?

Ethan se dio cuenta de que había llevado el debate demasiado lejos cuando un brillo de diversión apareció en los ojos de su amigo.

—Tú me presionaste bastante cuando Emily y yo estábamos intentando volver y tú pensabas que no nos dábamos la prisa suficiente.

—Eso es algo por completo distinto —protestó Ethan—. Vosotros dos estabais destinados a estar juntos. Eso era algo que resultaba evidente hasta para alguien tan poco romántico como yo.

—¿Y Samantha y tú no estáis destinados a estar juntos?

—No —declaró Ethan, firme—. Como amigo mío que eres, eres bien consciente de mi posición ante las relaciones y el amor. Soy un descreído.

—Simplemente estás asustado —lo desafió Boone.

Ethan lo miró con un ceño feroz que habría debido dejarlo aterrado.

En lugar de ello, Boone se mostró divertido.

—De acuerdo, supongamos que no te aterra correr un riesgo. ¿Qué te hace pensar que sabes lo que ella está pensando? ¿Exactamente cuánto tiempo has pasado con ella?

—Vamos, Boone. Es tan claro como el agua. No podemos ser más distintos, ella y yo. Samantha es una actriz glamurosa que vive en Nueva York. Yo soy un médico de pueblo al que le falta una pierna —dijo con brutal sinceridad—. Eso no combina bien.

La expresión de los ojos de Boone se volvió sorprendentemente furiosa.

—Si vuelvo a oírte decir eso, te juro que te rompo la pierna buena para ver si así entras en razón.

—Solo estoy siendo realista —se defendió Ethan, aunque por dentro se sentía un tanto emocionado por la rápida y vehemente defensa de su amigo. Para alguien que antaño le había mirado como si fuera una especie de héroe, Boone no se mostraba nada tímido a la hora de decirle lo que pensaba de él. Era la clase de amigo que todo hombre necesitaba, aunque Ethan no podía dejar de preguntarse si realmente se merecía a alguien así en su vida.

—Absurdo —declaró Boone—. Dale una oportunidad a esa mujer. Eso es lo único que te pedimos todos. ¿Cuál sería el peor escenario posible? Que habrías pasado un par de semanas en compañía de una mujer muy sexy. Eso ni es malo ni es dañino para nadie.

Dado que un pensamiento similar se le había pasado ya por la cabeza, Ethan no pudo oponer ningún argumento creíble contra la aventura que estaba describiendo Ethan. Pero, sencillamente, le parecía un error. Alguien estaba destinado a salir herido. Por muy inocentemente que empezaran las cosas, en su experiencia alguien salía siempre herido.

—¿Y si uno de nosotros termina sufriendo? —le preguntó a Boone—. ¿Me arrancarás el corazón si es Samantha la que termina quemándose?

—Estoy absolutamente seguro de que Samantha podrá cuidar de sí misma —Boone le lanzó una mirada de curiosidad—. Aunque... ¿estás pensando que eso podría sucederte a ti? ¿Te sientes más atraído por Samantha de lo que yo suponía?

—Rotundamente no —respondió Ethan, de manera probablemente algo forzada—. Yo solo estoy diciendo que eso podría sucedernos a cualquiera de los dos. ¿Acaso queréis asumir la responsabilidad de eso Emily, Cora Jane, tú y quienquiera más que esté complicado en esta conspiración sentimental? Porque si presionas y las cosas explotan, la culpa también será tuya.

—Creo que todos estamos contemplando el lado positivo

–dijo Boone–. Últimamente se nos dan muy bien los finales felices.

Ethan sacudió la cabeza.

–Ya, a vosotros sí, pero no todos somos tan afortunados, amigo. Hablo por experiencia. Quizá deberías dejar este asunto en paz y dejar de trampear con el destino.

Justo en aquel momento entró B.J., el hijo de Boone, con expresión ceñuda.

–¿Nos vamos de una vez o no? Emily acaba de llamarte al móvil, papá. Creo que está mosqueada de que no estemos ya allí.

Ethan sonrió al ver el súbito gesto de pánico del novio.

–Quizá sea esa la relación en la que deberías concentrarte –aconsejó a su amigo.

–Está bien. Entendido –dijo Boone.

Pero aunque sus palabras sonaron suficientemente sinceras, Ethan tuvo la corazonada de que las intromisiones estaban lejos de haber acabado.

Samantha era demasiado consciente de Ethan plantado como estaba en el jardín trasero, solo y con una lata de soda en la mano. Parecía como si quisiera estar en cualquier otra parte que no fuera en una lluvia de regalos infestada de ansiosos casamenteros. No era de extrañar. Dado que ella era la única que probablemente podía hacerlo, atravesó el jardín para reunirse con él, llevando consigo dos vasos de champán.

–Parece como si necesitaras esto –comentó.

Él arqueó una ceja.

–No creo que el champán sea la respuesta.

–¿Entonces cuál es? –preguntó ella, apurando el resto de su vaso. Había descubierto que dos copas era la cantidad justa que necesitaba para entonarse. Tres, aparentemente, eran demasiadas, concluyó cuando se tambaleó ligeramente.

Él le lanzó una mirada irónica.
—Mantener la mente en alerta total.
—Ah, para evitar la taimada confabulación que hay montada aquí esta noche.
—Exacto.
—En lugar de ello, ¿te apetece dar un paseo? Creo que estoy un poquitín mareada. Un paseo me sentaría bien.
—Y también daría pie a las murmuraciones de tu familia —dijo él.
Ella desechó la advertencia con un gesto.
—¿Y qué? Somos más resistentes que eso.
Él sonrió.
—Si tú lo dices…
Bajaron por el sendero de entrada y se disponían a rodear la casa cuando ella se detuvo y se giró de golpe. Aquello provocó que la cabeza le diera vueltas, lo cual era algo muy inoportuno, pero se las arregló para conservar el equilibrio gracias a la firme mano de Ethan en su codo.
—¿Estás bien? —le preguntó preocupado—. ¿Alguna razón en particular que explique ese brusco giro?
—Estaba presumiendo de vestido. ¿Te gusta? La abuela pensó que sí.
Vio cómo la mirada de Ethan se hundía en su escote. No hubo duda alguna sobre su ardorosa reacción. Soltó una risita.
—Ella tenía razón. Te gusta, ¿verdad? Sobre todo el escote. No puedo menos que reconocerle el mérito a esa mujer. Es muy, muy sabia. Y taimada —cabeceó varias veces—. Sí, es definitivamente taimada.
Ethan suspiró.
—¿Exactamente cuánto de mareada estás, Samantha?
—No es posible que esté borracha. Tengo resistencia al alcohol. Solo he tomado tres, o quizá cuatro vasos de champán —miró el vaso vacío que tenía en la mano—. O podrían ser cinco. Me acabo de terminar el que traje para ti.
—¿Has comido hoy?

Pensó en ello. No podía recordar haber comido nada desde el cuenco de yogur con cereales que había tomado para desayunar.

–No mucho.

–Entonces volvamos a la fiesta para que puedas comer algo.

–Más champán estaría muy bien –le dijo ella.

–No lo creo.

–De acuerdo –cedió, dócil, sorprendiéndolo claramente. Le gustaba sorprenderlo. No podía evitar preguntarse por lo que pensaría de ella, sobre todo después de todas aquellas intromisiones para juntarlos–. ¿Soy patética, Ethan?

Él se la quedó mirando fijamente con expresión consternada.

–En absoluto. ¿Por qué me preguntas algo así?

–Porque nadie en mi familia parece pensar que puedo encontrar a un hombre por mis propios medios.

–Entonces yo también tendría que ser patético, porque yo soy el único al que han designado para ti. ¿Crees que soy patético?

Ella negó con la cabeza con tanta energía que volvió a sufrir un inoportuno mareo.

–Tú eres muy, muy valiente y muy sexy –le sonrió–. Siempre lo he pensado, ¿sabes? Y continúo pensándolo.

Algo en su gesto pareció suavizarse al escuchar aquellas palabras.

–Eso es bonito –dijo–. Pero no pienso tener en cuenta nada de lo que digas esta noche. Estás un poquitín borracha.

–No estoy borracha –protestó–. Solo desinhi… –¿cómo era la palabra?–. Desinhibida, eso es. Estoy desinhibida –farfulló un poco–. Es agradable.

–Y peligroso –masculló Ethan por lo bajo.

–Peligroso –repitió ella, complacida–. Me gusta eso. ¿A ti no?

–No tanto –respondió–. La verdad es que me asustas mortalmente.

—¿Cómo es eso? —preguntó, deseando sinceramente saber cómo podía asustar a un hombre que había pasado por todo lo que había pasado Ethan. Peligrosa y aterradora sonaba mucho mejor que patética.

—Quizá sea mejor que no te lo diga. Podría volverse en contra mía.

—No entiendo.

—Las mujeres tienen fama de aprovecharse de las vulnerabilidades de los hombres.

—¿Y tú eres vulnerable ante mí? —quiso saber ella.

—Por desgracia, parece que lo soy.

—Eso es bonito —exclamó, radiante—. Me alegro de que te guste, Ethan, porque tú a mí me gustas de verdad —mientras hablaba, se dejó caer en la hierba—. Creo que me voy a echar a dormir.

Ethan permaneció ante ella durante unos instantes, mirándola con una inequívoca diversión. Hasta que Samantha sintió que la levantaban en brazos para llevarla a alguna parte. «A su cama estaría bien», pensó antes de quedarse profundamente dormida.

—¿Qué tal tu cabeza? —preguntó Gabi a Samantha mientras le tendía un vaso de agua y un par de aspirinas.

Le martilleaba la cabeza por culpa de la luz del sol que entraba por la ventana del dormitorio.

—Eso depende. ¿Estoy muerta?

—No, pero estoy absolutamente segura de que ahora mismo querrías estarlo —dijo su hermana con tono divertido—. ¿Cuánto bebiste anoche?

—Ni idea —admitió Samantha—. ¿Cuánto hice el ridículo?

—Eso tendrás que preguntárselo a Ethan. Él estaba contigo cuando te quedaste inconsciente.

Samantha enterró la cara entre las manos.

—¡Oh, santo cielo! Debe de pensar que soy horrible.

—Yo no sé lo que piensa de ti, pero no creo que la palabra «horrible» figure en su lista. Parecía terriblemente triste y afligido, para serte sincera.

Samantha bajó la mirada y se dio cuenta de que una vez más estaba llevando su camiseta de fútbol americano.

—Por favor, dime que él no me puso esto.

—No. Lo hice yo con una pequeña ayuda de Emily. Para entonces eras un peso muerto. Y Ethan parecía haberse quedado de piedra. ¿Qué diablos le dijiste antes de caer inconsciente?

Samantha se estrujó el cerebro, pero nada concreto acudió a su memoria. Seguro que no podía haberle confesado lo desesperadamente que había deseado que la llevara a la cama. ¿Pero y si lo había hecho?

—Oh, Dios —murmuró, agarrándose la cabeza.

—¿Qué? —le preguntó Gabi—. ¿Has recordado algo?

—No exactamente. Solo recuerdo haber pensado que habría sido estupendo que me llevara a su cama, pero creo que no llegué a decirlo.

Una sonrisa se dibujó en los labios de Gabi.

—¿Pero no estás segura?

—Me temo que no. Ese hombre va a pensar que soy una acosadora. Se olvidará de todos los intrigantes: Emily, Boone, la abuela... para concluir que soy yo la que está detrás de todo esto.

—¿Y si lo hace? Que el tipo te guste y tú se lo dejes saber no es tan terrible.

—¿No te parece un poquitín patético?

Gabi le lanzó una mirada impaciente.

—Reflexionemos por un momento. Tú eres una mujer espectacular. Tienes una exitosa carrera como actriz y modelo. Eres inteligente. No veo qué desventaja puede encontrar Ethan en todo eso.

—Él no me quiere —replicó Samantha—. Eso me lo ha dejado perfectamente claro. Ir detrás de él solo me hace parecer aún más desesperada. ¿Te imaginas un solo hombre en la tierra que no se sintiera completamente desestimulado por eso?

–¿Y tú no quieres que Ethan se sienta desestimulado? –le preguntó Gabi, con un brillo de diversión en los ojos.

–Por supuesto que no –respondió Samantha antes de reflexionar sobre la implicación.

–De modo que la abuela y Emily tenían razón desde el principio –concluyó–. Ese antiguo flechazo tuyo sigue vivo.

Samantha frunció el ceño.

–¿A dónde quieres ir a parar?

–A que tú, mi querida y resacosa hermana, estás en un grave problema. Esas dos nunca cejarán.

–¿Y tú? –le preguntó Samantha, desconfiada, esperando contar con el respaldo al menos de una sola persona.

–Yo estoy de tu lado –confirmó Gabi, pero en seguida arruinó el efecto al añadir–: Lo cual me pone también del lado de ellas.

–Traidora –la acusó Samantha–. ¿No podrías al menos permanecer neutral, como Suiza?

–¿Eras tú neutral cuando todas me empujaban a los brazos de Wade? No, no lo eras.

–Así que se trata de una venganza.

–Así es, pero en su modalidad más cariñosa y fraternal.

Samantha frunció el ceño ante el tono tremendamente optimista de su hermana.

–Que te zurzan –masculló.

Gabi se limitó a reírse por lo bajo.

–Por cierto, puede que quieras meterte en la ducha y vestirte rápidamente. Corre el rumor de que Ethan estará aquí dentro de veinte minutos para llevarte a Castle's. Créeme, sé lo orgullosa que eres. Seguro que no querrás que te sorprenda en estas condiciones.

–¿Cómo es que va a venir Ethan a recogerme cuando tú podrías llevarme a Castle's?

Gabi la miró con una expresión de inocencia.

—¿Acaso tienes que preguntarlo?
—Podrías decirle que se marchara.
—Podría, pero yo no estaré aquí para hacerlo. La tarea que me encomendaron para hoy ya está cumplida y salgo ahora mismo para el trabajo —depositó un beso en la frente de Samantha—. Te quiero. Todas te queremos. Intenta recordarlo —añadió mientras se marchaba.

—Ya, ya, ya —masculló Samantha, lamentando no poder esconderse bajo las sábanas y pasarse el día entero allí. Por supuesto, hacer eso significaría arriesgarse a que Ethan subiera hasta su habitación en su busca. Y no podía permitirse que la sorprendiera en el desastroso estado en que se encontraba en aquel momento.

Y esa, se dijo mientras se duchaba y se lavaba el pelo, era la única razón por la que no iba a desafiar los últimos intentos de todo el mundo por meterse en lo que no era asunto suyo. El orgullo. Fuera cual fuera la impresión que le hubiera dejado a Ethan la noche anterior, ese día necesitaba imprimir en su cerebro una completamente diferente. Una imagen despreocupada e independiente, en absoluto enamorada. Esmerarse en aquella actuación iba a poner a prueba su talento interpretativo de una manera que ningún otro papel lo había hecho nunca.

Ethan todavía se arrepentía de haber contestado al móvil cuando sonó al amanecer. Si lo hubiera ignorado, no estaría en aquel momento delante de la casa de Cora Jane con dos gigantescos recipientes de café caliente, magdalenas de arándanos y una carga completa de angustia.

—Samantha está muy preocupada pensando que ayer hizo el ridículo contigo —le había dicho Emily—. Tienes que asegurarle lo contrario. De otra manera, la situación podría volverse muy incómoda de aquí a la boda.

—Sé lo que estás haciendo —le advirtió Ethan.

—Yo solo intento asegurarme de que todo marche bien —

había insistido ella con su tono de voz más inocente–. No puedo permitirme que dos elementos claves de mi ceremonia de boda sean incapaces de mirarse a los ojos. Por favor, Ethan. Soy consciente de que yo, desde el principio, he complicado las cosas entre vosotros con mi intervención. Una vez que tú hayas arreglado la situación, yo me mantendré al margen de esto. Te lo prometo.

–Por lo general eres incapaz de mantenerte al margen de esto –había respondido Ethan.

–Lo intentaré. En serio –insistió–. Por favor, hazlo por mí.

Ethan sabía que había sufrido un acceso de locura temporal cuando aceptó, pero la verdad era que quería ver por sí mismo si Samantha se encontraba bien después de haberse quedado prácticamente inconsciente a sus pies, la víspera. Se preguntaba si se acordaría de lo que él le había dicho o, lo que era más importante, de lo que ella había contestado, que se alegraba de gustarle. Si no llevaba mucho, muchísimo cuidado, aquella espontánea conversación podía ser la chispa desencadenante de un indeseado espectáculo de fuegos artificiales. Y presentarse en su casa con café y magdalenas no era precisamente ser cuidadoso.

Recordando la última vez que había entrado sin avisar, llamó a la puerta de la cocina de Cora Jane. Como nadie respondió, llamó un poco más fuerte, pero seguía sin recibir respuesta.

–Maldita sea –masculló, preguntándose si aquello formaría parte del complot. ¿Se suponía que tenía que asustarse, subir las escaleras a la carrera, encontrarla dormida en la cama y después saltar sobre ella? No le pasaría por alto a Emily que hubiera planeado un escenario semejante. Abrió la puerta y gritó–: ¡Samantha! ¿Estás despierta?

Solo entonces oyó el sonido de la ducha interrumpiéndose. Aquello puso a funcionar inmediatamente su imaginación. Toda aquella suave piel desnuda, aquellas largas piernas, aquella melena colgando mojada hasta sus hombros. Tragó saliva contra la marea de puro deseo que lo acometió.

–No voy a hacer esto –masculló, luchando contra el deseo de subir las escaleras de dos en dos–. Ni hablar.

Se dejó caer sobre una de las sillas de la cocina, abrió uno de los recipientes de café y bebió un trago, abrasándose la garganta en el proceso. Al menos eso distrajo su mente de la mujer desnuda del piso de arriba. O debería haberlo hecho, al menos.

–¿Ethan? ¿Estás abajo?

–Estoy aquí –gritó, con voz estrangulada–. Traigo café.

–¡Oh, qué maravilla de hombre! –gritó ella a su vez, entusiasmada–. ¿Podrías subírmelo?

–¿Arriba? ¿Quieres que te suba el café? –preguntó, esforzándose por disimular el pánico de su voz. ¿Se habría sumado al complot?

Ella se echó a reír como si le hubiera leído el pensamiento.

–Te prometo que estarás a salvo. No te lo pediría si no tuviera en una desesperada necesidad de cafeína.

Él recogió el café y se dirigió a las escaleras.

–¿Estás decente?

–Entiendo por qué lo preguntas –se burló–. Y se supone que es una cuestión de opiniones, pero estoy vestida, si es eso lo que realmente quieres saber.

¿Era esa la verdadera pregunta? Le gustaba imaginársela desnuda. Pero así era mejor, se dijo cuando terminaba de subir las escaleras.

Ella lo estaba esperando en mitad del pasillo, luciendo unos vaqueros y una sencilla camiseta blanca. Iba descalza y llevaba el pelo húmedo, que empezaba a rizársele. Tenía un aspecto todavía más embriagador que el champán que había estado tomando la noche antes.

–¿Lo ves? Perfectamente decente –le dijo ella, sonriente.

–Lástima –murmuró sin poder evitarlo.

Parpadeó asombrada.
—¿Qué?
—Nada —se apresuró a decir—. Aquí tienes tu café. En la bolsa hay una magdalena de arándanos —se lo tendió todo, manteniendo una distancia de seguridad entre ellos—. Te espero abajo.
—Puedes quedarte. Solo tengo que secarme el pelo. Estoy acostumbrada a que entren y salgan hombres del camerino mientras me preparo para actuar.
Al instante experimentó una punzada de celos como ninguna otra que hubiera sentido en su vida.
—¿Ah, sí? ¿Con esa facilidad entablas relaciones?
—No estamos hablando de relaciones —replicó ella, divertida—. Los camerinos de las series suelen estar abarrotados, sobre todo de curiosos que solamente entran a trabajar de cuando en cuando. Y en los bastidores del teatro, la gente se está cambiando continuamente. En esas circunstancias, pierdes el pudor en seguida.
La imagen de hombres curioseando su cuerpo semidesnudo, fueran cuales fueran las circunstancias, le hizo apretar los dientes.
—Creo que esperaré abajo de todas formas —dijo.
—Claro. Como más cómodo te sientas.
Nada en aquella situación era cómodo, pensó irritado mientras volvía a la cocina y se terminaba su café. Diablos, en su trabajo había visto a mujeres medio desnudas todo el tiempo. Pero aquello era distinto. Eran pacientes, y estaba entrenado para actuar clínica y objetivamente con ellas.
Samantha era diferente. Ella no era una paciente. Ni siquiera era una amiga, pese a la determinación de ambos por que lo fueran. Era una amante potencial. Él lo sabía. Y ella también. Lo cual convertía aquellos fogonazos de piel desnuda y aquellos pequeños e íntimos momentos en algo peligroso. Algo peligroso, por cierto, que ella no parecía haber reconocido.

¿Sería porque no sentía la misma burbujeante química que él? ¿O acaso solamente estaba intentando ignorarla, simular que no existía?

Había sabido lo que hacer con todas aquellas intrigas para juntarlos. Había sido algo irritante, pero demasiado descarado como para que pudiera tomárselo en serio.

Incluso había sido capaz de ignorar las insinuaciones de Samantha sobre aquel antiguo flechazo que había tenido con él. El tiempo borraba aquel tipo de cosas, sobre todo cuando no habían cruzado más de una o dos palabras en aquel entonces.

¿Pero aquel nuevo giro de acontecimientos, aquella necesidad que sentía crecer dentro de él…? Aquello tenía la capacidad de partirlo en dos.

En Afganistán, no había tenido la posibilidad de esconderse de los peligros. Estaban por todos lados y formaban parte del trabajo. Pero aquel peligro era diferente, era algo que podía evitar.

Y, de alguna forma, tenía que encontrar una manera de ignorar aquellas hormonas tan súbitamente alteradas y hacerlo.

Capítulo 6

–Bajé a la cocina y se había ido. Se largó sin decir una palabra, ni diez minutos después de haberme entregado un café y una magdalena –le dijo Samantha a Emily después, aquella misma mañana, cuando finalmente consiguió llegar a Castle's gracias a un vecino que se dirigía en esa dirección–. Y ahora, ¿querréis por favor dejar de intrigar y conspirar? Es evidente que Ethan y yo no estamos destinados a estar juntos. Que nos empujéis constantemente el uno hacia el otro nos está poniendo a los dos muy incómodos. Si seguís esperando a que algo suceda, lo que obtendréis será seguramente que uno de los dos os deje plantados en la boda.

Para su consternación, Emily estalló en lágrimas ante la advertencia.

–Claro, nada te gustaría más que arruinarme la boda, ¿verdad? Pues déjame plantada, si eso es lo que quieres. Gabi te sustituirá. Debería haberla llamado a ella en primer lugar para que hiciera de dama de honor.

Samantha apenas resistió el deseo de gritarle. En lugar de ello, la tomó del brazo y la sacó fuera.

–De acuerdo, aclaremos esto ahora mismo. ¿Me quieres realmente en tu boda? –intentó dominar su furia y añadió con voz más suave–: Em, no pasa nada si no quieres. Francamente, yo nunca esperé que me lo ofrecieras. Si hubieras preferido a Gabi, me habría parecido bien.

Las lágrimas de Emily corrieron todavía con mayor fuerza.

–No, te quiero a ti en la boda. Y quería que Ethan se enamorara de ti. Yo creía que eso compensaría las cosas.

–¿Qué cosas?

–Sabes perfectamente lo que quiero decir. Tú y yo nunca hemos estado muy unidas.

–Hemos tenido nuestras diferencias, por supuesto, pero hemos estado unidas –repuso Samantha–. Somos hermanas. Siempre nos hemos ayudado. Nadie nos conoce mejor de lo que nos conocemos a nosotras mismas.

–Tú y yo nunca nos hemos llevado tan bien como tú te llevas con Gabi –insistió Emily y añadió, tras sorberse la nariz–: O como tú te llevabas con mamá.

Samantha se la quedó mirando incrédula.

–Y Gabi y yo no tenemos la misma relación que tenéis vosotras dos. Esa no es razón para sentir celos. Cada relación es diferente. En cuanto a mamá, ella te adoraba. Eras la niña de sus ojos.

–No –dijo Emily, rechazando la idea–. Yo fui el accidente de última hora que le impidió llevar la vida que quería realmente llevar.

Aquellas amargas palabras, que revelaban años de un inexpresado dolor, dejaron impresionada a Samantha.

–Cariño, tú sabes que eso no es verdad.

–Lo es –insistió Emily–. Yo se lo oí una vez, ¿sabes? Le estaba diciendo a una amiga que había presentado una solicitud para el trabajo de sus sueños, pero que luego descubrió que se había quedado embarazada de mí. Lo mismo le había sucedido antes, al poco de casarse con papá. Acababa de empezar a trabajar cuando se quedó embarazada de ti, así que renunció para hacer de madre a tiempo completo.

Samantha intentó asimilar la noticia, o más bien la implicación que todo aquello parecía tener para su hermana. Aunque sabía que el embarazo de Emily había sido una sorpresa para sus padres, no se había detenido nunca a pensar en ello. Y no podía entender de qué manera lo que Emily había escuchado de aquella conversación había causado esa brecha entre las dos.

—De acuerdo, yo ya sabía que ambos embarazos habían sido inesperados, pero... ¿qué tiene que ver eso contigo y conmigo?

—Ella nunca se resintió de que tú le hubieras arruinado la vida —explicó Emily con tono acusador—. Pero conmigo sí. Pude oírlo en su voz aquel día. Oh, intentaba disimularlo, pero yo sabía la verdad.

—¿Y me echaste a mí la culpa? —inquirió Samantha, intentando seguir su lógica.

—No fue culpa tuya —la contradijo Emily, un tanto tímida—. Yo sé cuáles eran los sentimientos de mamá.

—Pero no podías culparla a ella, sobre todo después de que hubiera muerto, así que empezaste a proyectar todo eso en mí —concluyó Samantha—. Oh, cariño, lo último que habría querido mamá era que nosotras dos compitiéramos por su amor. Ojalá me hubieras contado todo esto hace años. Quizá habríamos podido solucionarlo.

—¿Cómo? —volvió a sorberse la nariz—. Era lo que era. Y mamá no está aquí para negarlo o para explicarlo.

Agradecida de que la terraza exterior de Castle's estuviera desierta, Samantha quiso retirarle delicadamente el cabello de la frente, pero vaciló. Dudaba que su hermana apreciara aquel gesto de ternura en aquel momento.

—Sí, ojalá mamá pudiera estar aquí y ahora, con nosotras. Pero, en lugar de ello, vas a tener que escucharme a mí. Aunque muy pequeña, Gabi era entonces lo suficientemente mayor como para recordar la expresión del rostro de mamá cuando nos dijo que íbamos a tener una hermanita. Estaba en éxtasis, Em. De verdad que sí.

Emily seguía mostrándose escéptica.

—¿Entonces por qué tenía aquel tono de decepción cuando habló de aquel trabajo?

–No puedo afirmarlo, dado que yo no la escuché, pero creo que si había estado pensando en volver a trabajar, era solo porque no se esperaba otro embarazo. Deseaba la distracción de un empleo, no la satisfacción que le reportaba. La abuela me contó una vez que mamá estaba hecha para la maternidad y que para nosotros era una suerte que fuera así, ya que papá estaba demasiado absorbido por el trabajo.

Emily parecía como si se estuviera esforzando por aceptar la verdad de las palabras de su hermana, pero resultaba evidente que aún no lo había conseguido.

–Ya sé que eso no encaja en tus percepciones, pero puedes preguntarle a la abuela –le sugirió Samantha con tono suave–. Ella sabía de primera mano lo entusiasmada que estaba mamá de tenerte –sonrió–. De hecho, si alguien tenía razones para ponerse celosa por perder el afecto de mamá, esa era yo, o Gabi. Una vez que apareciste, te convertiste en el centro de su universo. Ella te adoraba.

–No –negó Emily, aunque parecía intrigada por la posibilidad.

–Sí –replicó Samantha–. Para compensar la atención que mamá te dedicaba, yo me retiré a mi mundo de sueños particular, lo cual probablemente me llevó al mundo de la actuación. Gabi se obsesionó con intentar ganar la atención de papá, y ambas sabemos en lo que terminó aquello.

–¿En serio?

–Piensa en ello. Tú sabes que es cierto.

–¿Por qué no vi nada de eso en aquel entonces? –quiso saber Emily.

–Porque eras la más pequeña. Y eras la princesa. Eso se te sube a la cabeza.

–¿Estás diciendo que era una egoísta? –preguntó, poniéndose inmediatamente a la defensiva.

–No, estoy diciendo que tu papel en la familia estaba definido por mamá, al igual que el de Gabi o el mío. Cada una

tuvimos una experiencia de crecimiento diferente, aunque compartíamos el mismo hogar.
La expresión de Emily se volvió pensativa.
–Una vez oí a la abuela decir eso. Dijo que cada hermana crece en una familia diferente. En aquel entonces no tenía idea de lo que quería decir.
–¿Y ahora?
–Después de lo que acabas de decirme, creo que quizá sí.
–¿Podemos superar entonces todo este asunto? –le suplicó Samantha–. ¿Eres capaz de aceptar que estoy sinceramente encantada y feliz por ti y por Boone, que quiero estar en tu boda y que nada me va a alejar de vosotros?
–¿Ni siquiera nuestras intrigas? –inquirió Emily, con el brillo de diversión regresando lentamente a sus ojos.
–Bueno, puede que no quieras tentar a la suerte con eso –le advirtió Samantha–. En este momento me siento tremendamente blanda y tolerante, pero puede que eso no dure si decides ponerme a prueba.
Emily asintió.
–Lo tendré en cuenta.
No era el seguro compromiso que Samantha había esperado, pero era un comienzo. Y a menos de dos semanas de la boda y con una montaña de detalles de los que ocuparse, quizá aquellas intrigas pasaran por fin a la cola de la lista de tareas de Emily.

–No vienes tan guapo como todos los días –comentó Debra cuando Ethan llegó a la clínica–. ¿Has trasnochado?
Ethan frunció el ceño ante una pregunta tan personal, aunque sabía que no estaba en el ADN de la joven recepcionista censurarse a sí misma.
–Una mañana ocupada –dijo, tenso–. ¿Cuál es el programa?
–Dos pacientes sin cita esperando, dos citas registradas

y tu tarde con los niños. Llamó Greg. Dijo que llegaría antes de que te marcharas.

Ethan asintió distraído mientras revisaba los mensajes.

—Dame cinco minutos y que Pam haga pasar al primer paciente —dijo justo antes de descubrir que uno de los mensajes era de Marty Gray, comunicando que Cass no acudiría a la excursión de la tarde con el resto de los chicos—. Espera. Necesito llamar antes a Marty. Ya avisaré yo a Pam cuando esté listo para empezar a recibir pacientes.

Una vez en su despacho, marcó el número de Marty.

—Recibí tu mensaje —le dijo a la agobiada madre—. ¿Qué pasa con Cass?

A sus diecisiete años, Cass era la adolescente de mayor edad del Proyecto Orgullo. Dos años atrás había perdido un brazo en un accidente con la máquina de podar. Aunque se las arreglaba bien con su prótesis, últimamente se estaba mostrando muy rebelde. Ethan sabía que ya era suficiente duro para una chica pasar por la adolescencia, como para encima verse a sí misma como una mutilada inadaptada. Cass y los otros como ella eran precisamente los muchachos a los que esperaba ayudar con su programa. Quería que creyeran que su capacidad de autoestima no estaba condicionada por cualquier discapacidad que pudieran padecer. En ocasiones era consciente de la particular ironía que entrañaba que tuviera que ser él quien les transmitiera aquel mensaje.

—Nada nuevo, en realidad —dijo Marty, frustrada—. Podría tratarse del típico cambio de humor adolescente.

—O quizá haya sucedido algo en el instituto —adivinó Ethan.

—Eso siempre es una posibilidad —repuso Marty—. Pero sigo sin conseguir que se abra. Los adolescentes tienen fama de herméticos, pero Cass ha convertido el silencio en una forma de arte.

—Razón por la cual necesita estar allí esta tarde. No se trata simplemente de una excursión más. Es una oportunidad de que esos chicos socialicen con otros que los entiendan.

—Ethan, eso ya lo sé —declaró Marty, impaciente—. Y Cass también lo sabe. Pero dice que no irá. ¿Qué se supone que tengo que hacer yo? ¿Hacer que mi marido la saque a rastras y la deje en tu puerta? Créeme que la idea me atrae cada vez que se porta mal, pero no te corresponde a ti lidiar con su humor ni tener que arreglar esto.

—Puede que no sea tarea mía, pero creo que puedo ayudar —afirmó Ethan—. ¿Te importa si la recojo yo del instituto? No creo que sea capaz de negarse si me ve allí.

Marty vaciló.

—¿Estás seguro? Ella podría sentirse avergonzada delante de sus amigas. Podría empeorar las cosas.

—Puedo ser diplomático en caso necesario —le aseguró—. No voy a cargármela al hombro y llevarla a la excursión a la fuerza, por muy difícil que se ponga.

—Me gustaría verte intentándolo —repuso Marty, recuperando su buen humor—. Dos férreas voluntades colisionando podría ser un espectáculo altamente entretenido.

Ethan pensó en su propia situación con Samantha. También las férreas voluntades estaban jugando un papel en ella, admitió para sus adentros antes de volver a concentrarse en la conversación.

—¿Así que te parece bien que la recoja? Si se niega, no montaré un escándalo. Te avisaré de que vuelve a casa.

—Gracias, Ethan. De verdad que eres un santo por soportar a Cass.

—No la estoy «soportando». Es una buena chica. Simplemente tiene que recordar que todavía tiene mucho que ofrecer al mundo.

Aquella era una lección que él había tardado mucho tiempo en aprender. De hecho, todavía forcejeaba con ella de cuando en cuando, sobre todo por lo que se refería a abrir su corazón. Solo había que ver lo decidido que estaba a mantener las distancias con Samantha. Eso debía de ser cien veces más difícil para una adolescente insegura que apenas se había estado descubriendo a sí misma cuando sufrió el accidente.

Con Debra, Pam y Greg echando un ojo a los demás chicos del programa, Ethan esperaba en la puerta del instituto a que saliera Cass. No le costó descubrirla.
Mientras el resto de los estudiantes salían en grupos, charlando, ella lo hacía sola, con una expresión enfadada. Aunque Ethan pudo detectar la mirada de desesperado anhelo que lanzaba subrepticiamente a sus compañeros.
Cuando lo vio, arrugó aún más el ceño, pero no se volvió ni intentó evitarlo.
—¿Qué estás haciendo aquí? –se encaró con él, agresiva.
—Esperándote –respondió, alcanzándola y manteniéndole el paso.
—No voy a ir a la excursión, así que es mejor que te marches.
—Ya sabes que esa excursión, al menos tal como la hacemos nosotros, no es otra cosa que salir a caminar un poco, ¿verdad?
—Lo que me parece una manera muy tonta de perder la tarde –replicó.
—No si tú eres uno de los chicos que tienen problemas para caminar.
—Pero yo no tengo problemas para caminar –lo desafió–. Mis piernas están perfectamente. Es un brazo lo que me falta, ¿recuerdas? ¿O es que te niegas a ver lo que tienes delante? –agitó el brazo de la prótesis para subrayar sus palabras.
—Entonces quizá hoy puedas ayudar a alguno de los chicos que no han tenido esa suerte. Hacer algo por alguien podría ayudarte a que te sintieras bien. Podrías empujar la silla de ruedas de Trevor, por ejemplo.

–¡Vaya! –exclamó, sarcástica–. Te vuelvo a recordar que solo tengo un brazo.

–Y una prótesis perfectamente útil en el otro –le dijo sin rastro alguno de compasión–. ¿O es que no has aprendido a manejarla todavía?

La chica frunció el ceño ante la sugerencia de que una falta de habilidad podía estar detrás de su negativa a sumarse a la excursión.

–Sabes que sí.

–Pues demuéstralo.

Cass soltó un suspiro, claramente consciente de que iba a perder al final. O quizá estuviera realmente deseosa de participar, siempre y cuando lo hiciera gruñendo.

–De acuerdo. Iré a esa estúpida excursión. Y empujaré la silla de Trevor tan rápido que se pondrá a chillar como una niña pequeña.

Ethan reprimió una sonrisa.

–Gracias. Estoy seguro de que apreciará tus diabólicas intenciones –señaló la calle–. Tengo el coche allí.

–Probablemente debería llamar a mamá para decirle que he cambiado de opinión.

–Buena idea, aunque yo le dije que intentaría convencerte de que nos acompañaras esta tarde.

Una vez que Cass hizo la llamada, Ethan esperó a estar a medio camino de la clínica antes de preguntarle, con la mayor naturalidad posible:

–¿Y bien? ¿Alguna novedad en tu vida últimamente?

–Voy al instituto. Vuelvo a casa. No es precisamente el material más adecuado para un programa de televisión.

–¿No hay ninguna actividad extraescolar que te interese? –insistió, sabiendo que antes había tenido una participación muy activa en el club de teatro. Había intervenido en casi todas las obras del colegio de primaria y protagonizado una durante su primer año en el instituto. Todo lo cual, en ese momento se daba cuenta de ello, había sido antes del accidente.

—Ninguna —contestó, rotunda.

Ethan la miró rápidamente y alcanzó a distinguir la lágrima que se le había escapado, lo que le confirmó que había tocado un punto sensible.

—Yo creía que ibas a participar en la obra del instituto.

Cass se giró rápidamente hacia él.

—No me menciones esa estúpida obra, ¿de acuerdo? No conseguí el papel principal. Ni siquiera uno secundario. Oí a la señora Gentry comentar con otro profesor que sería una verdadera pena desperdiciar mi talento, pero que pensaba que mi prótesis representaría una distracción para el público. Sonaba triste y compasiva, pero todo era una farsa. Creo que se alegraba de poder darle el papel principal a esa boba de Sue Ellen. ¡Como si Sue Ellen fuera capaz de memorizar el guion! —resopló, furiosa—. Está tan ocupada haciendo ojitos a los chicos del instituto que ni siquiera es capaz de recordar su propio nombre.

Ethan experimentó una punzada de furia a cuenta de Cass. Una cosa era que los chicos fueran crueles entre sí, pero un profesor debería mostrar un poco más de sensibilidad.

—Tengo la impresión de que la señora Gentry necesita que la sustituyan.

—Como si eso fuera a suceder... —repuso Cass—. Ella es una especie de institución. Sus consejos tienen mucho peso en los departamentos de teatro de otros institutos, también. Supongo que ya puedo despedirme de ello.

Ethan frunció el ceño al escuchar su tono de derrota.

—¿No quieres seguir interpretando? Vamos, Cass. Yo creía que esa era tu pasión. Te vi hace un par de años. ¡Eras estupenda!

—¿Qué sentido tiene? —le preguntó con aquel encogimiento de hombros que parecía una constante en ella—. Nadie me va a contratar.

La miró sorprendido.

—Chica, no pareces la misma. Yo creía que eras una luchadora.

–Lo soy –replicó, furiosa–. Pero sé cuándo tengo que abandonar algo. ¿Podemos dejar en paz el tema, por favor? Voy a ir a tu estúpida excursión. Una victoria en un día debería ser suficiente hasta para un tipo que detesta perder tanto como tú.

Dicho eso, bajó del coche y fue a reunirse con los demás chicos que estaban esperando para dirigirse a un parque cercano, donde había senderos deportivos accesibles para todo el mundo, o al menos con una mínima ayuda. Se inclinó para susurrar algo a Trevor que le arrancó una sonrisa. Parecía que estaban planeando una rápida escapada.

Ethan susurró mientras la observaba. Una de las cosas que todavía le costaba trabajo aceptar era que los triunfos físicos eran a veces mucho más fáciles, a largo plazo, que los emocionales, sobre todo cuando gente como la señora Gentry alimentaba las dudas y las inseguridades. Aquella mujer podía ser una institución, pero él pensaba que ya era hora de darle una buena sacudida al instituto.

Aunque Emily y Boone mantenían baja la voz, resultó evidente para Samantha que estaban discutiendo. Dado que no dejaban de mirar en su dirección, supuso que ella estaría en el centro de la misma. Eso la impulsó a cruzar el jardín hacia donde Boone estaba asando carne para la cena de la familia.

–Sssh –susurró Emily cuando la vio acercarse.

Por desgracia para ella, la advertencia llegó demasiado tarde. Samantha oyó a Boone intentar, aparentemente sin éxito, convencer a Emily de que a Ethan no le había resultado posible reunirse con ellos.

Samantha lanzó a su hermana una mirada cargada de resignación.

–¿Tan poco has tardado en olvidar nuestra conversación de esta mañana?

Boone la miró compasivo.

–Mi novia tiene una misión.

–Una misión inútil –dijo Samantha–. Creía haberlo dejado claro.

–Yo no estoy tan seguro de que sea inútil –replicó Boone, sorprendiéndolas a ambas.

Los ojos de Emily se iluminaron.

–¿De veras? ¿Crees que Ethan está interesado?

–Creo que sinceramente no se da cuenta de que lo está –explicó Boone–. Ha pasado mucho tiempo desde la última vez que se permitió tener una oportunidad con una mujer. Ese no es un hábito fácil de romper, sobre todo con un hombre con tanta determinación como él. Tiene concentradas todas sus energías en mantenerse lo más en forma posible, en sacar la clínica adelante y en sus chicos.

Samantha parpadeó extrañada.

–¿Ethan tiene hijos? ¿Ha estado casado? –miró ceñuda a su hermana–. ¿No te parece que deberías habérmelo mencionado?

–No son sus hijos –se apresuró a asegurarle Emily–. Son chicos con necesidades especiales. Algunos no pueden caminar. Otros han perdido un miembro. Él se ha propuesto demostrarles que pueden vivir una vida normal. ¿Cómo lo llama, Boone? ¿Proyecto Orgullo?

Boone asintió.

–Creo que lo que está haciendo es maravilloso –añadió Emily en caso de que Samantha necesitara que se lo dijeran.

Que no era el caso, pensó Samantha, triste. De hecho, aquello incrementaba todavía más el atractivo de Ethan. La columna de pluses a su favor era cada vez más larga. El único «pero», sin embargo, era enorme. No estaba interesado en ella. E incluso aunque lo estuviera, como Boone pensaba, estaba decidido a resistirse. ¿Acaso eso no era lo mismo, a largo plazo?

La expresión de Emily se volvió pensativa.

–¿Sabes, Samantha? Apostaría a que a algunas de las

chicas de ese grupo les vendría muy bien un poco de influencia femenina –sugirió, astuta–. ¿Te acuerdas de cuando solíamos jugar al local de belleza? Tú nos enseñabas a Gabi y a mí a maquillarnos y a arreglarnos el pelo. Esa sería una buena manera de ayudarlas con su autoestima, ¿no te parece, Boone?

Boone alzó las manos.

–Eso está fuera de mi campo –dijo–. Tendrás que decírselo a Ethan.

–Creo que lo haré ahora mismo –repuso Emily, robándole a Boone el móvil del bolsillo y buscando en la agenda el número de su amigo.

–Ahora no –le ordenó Samantha con tono firme, arreglándoselas para quitarle el teléfono justo cuando sonaba la voz de Ethan respondiendo. Soltando un suspiro, habló con él–. Perdona, Ethan. Emily se ha equivocado de número.

–¿Samantha? ¿Qué estás haciendo con el teléfono de Boone, o acaso necesito preguntarlo?

Se apartó de su hermana.

–No necesitas preguntarlo. El complot y las intrigas siguen en marcha. Fuiste lo suficientemente inteligente como para saltarte esta reunión.

–No lo hice para evitarte –replicó, sorprendiéndola.

–¿Ah, no? –inquirió, escéptica.

–En serio –le aseguró él–. Aunque después de la manera en que salí corriendo esta mañana, entiendo que puedas pensarlo.

Samantha se instaló en una mecedora, lejos del resto de la familia.

–¿Por qué te marchaste? –le preguntó.

–No puedo explicarlo.

–¿No puedes o no quieres? –le espetó, pensando en la teoría de Boone–. ¿Sufriste un ataque de pánico, Ethan?

Para su sorpresa, él se echó a reír.

–Creo que no voy a responder a eso.

—¿Por qué? —insistió, sin que supiera ella misma por qué le resultaba tan importante presionarlo. Si Boone tenía razón, quizá podría animarlo a revisar las posibilidades de una relación entre ellos.

—No vas a dejar el tema, ¿verdad? —su frustración era evidente.

—Me parece que eso sería una mala idea. ¿Y bien?

—Me descubrí a mí mismo demasiado dispuesto a arrastrarte al dormitorio más cercano —respondió con un inesperado candor.

El descubrimiento la hizo sonreír. Se alegraba de que no pudiera verle la cara.

—¿Te estás riendo? —le preguntó él—. Porque no te culparía si fuera así. Aquí estoy yo, un veterano de guerra condecorado, admitiendo que me das un miedo mortal.

—Me gustas todavía más por ser tan sincero —le dijo con tono suave—. Se necesita coraje para eso, sobre todo cuando es mucha la gente que se apoderaría de esa valiosa información y la haría correr.

—Lo que significa que sería preferible que te la guardaras para ti misma.

—Lo haré —le prometió, pensando que era algo con lo que podría soñar aquella misma noche—. Pero si yo no soy el motivo por el que te saltaste esta cena, ¿cuál es?

—Tengo comprometidas las tardes de los jueves. Con un grupo de chicos con los que trabajo.

—Ya me he enterado —le informó—. Es realmente muy bonito lo que estás haciendo por ellos.

—Hay días en los que me pregunto si estoy consiguiendo algún efecto —admitió—. Hoy es uno de esos días. Hay una chica, la más testaruda que he conocido nunca, que está decidida a luchar contra mí a cada paso del camino.

—Lo cual hace que quieras esforzarte más aún —adivinó Samantha.

—Algo parecido. Hoy me habló de algo que le había dicho una profesora, algo que la dejó destrozada. He estado intentando ponerme en contacto con la profesora esta tarde, pero hasta el momento no he tenido suerte.

–Entonces déjalo para mañana y acércate. Los filetes están a punto de salir de la parrilla. Me gustaría saber más cosas sobre esos chicos tuyos.

–¿Por qué? –preguntó.

Ella frunció el ceño ante el escepticismo que oyó en su voz.

–¿Y por qué no? Obviamente esos chicos te importan, y lo que estás haciendo por ellos es importante.

–Ni siquiera los conoces.

–Lo que no quiere decir que no me interese lo que estás haciendo –pensó en la impresión inicial que obviamente él había tenido de ella–. ¿O me consideras demasiado frívola para pensar en nadie que no sea yo?

–Yo nunca he dicho eso –replicó Ethan, disgustado.

–No es la primera vez, sin embargo, que has sugerido que pensabas que era una mujer vana y egoísta. Yo creía que habíamos superado eso, pero supongo que no es así – no pudo evitar un tono dolido de voz.

–Samantha...

Pero ella lo interrumpió:

–Ven. O no vengas. La decisión es tuya.

Cortó la llamada y lanzó el móvil a un sorprendido Boone, que se las arregló para recogerlo antes de que aterrizara en la parrilla.

–¿Qué ha dicho? –quiso saber Emily, mirándola con gesto preocupado–. No habréis discutido, ¿verdad?

Pensó en la confesión de Ethan de que se sentía atraído por ella. Aunque eso le había levantado la moral, su constante falta de fe en la mujer que realmente era minaba aquellos borrosos y cálidos sentimientos.

–No ha habido discusión. Simplemente hemos clarificado algunas cosas.

–¿Lo convenciste de que viniera? –insistió Emily.

–Dudo que pudiera convencer a Ethan de que se subiera

a la acera ni aunque un tanque se lanzara sobre él –dijo Samantha.

Emily parpadeó sorprendida al oír aquello y miró a Boone, que se limitó a encogerse de hombros.

–¿Qué diablos te ha dicho ese hombre?

–Nada importante.

Pero había sido lo suficientemente importante como para convencerla de que necesitaba olvidar todas aquellas fantasías de adolescente que nunca habían acabado de morir. Ethan Cole podía ser un verdadero héroe, pero ciertamente no iba a ser el suyo.

Capítulo 7

Ethan se quedó mirando fijamente su teléfono durante un minuto al menos, intentando asimilar lo que Samantha había malinterpretado de una forma tan completa y, peor aún, que le hubiera colgado por causa de ello. ¿No era eso una prueba más de que estaba seriamente necesitado de un curso de repaso en habilidades sociales? Tal vez quisiera guardar las distancias, pero nunca había pretendido ofenderla.

Y en aquel momento, pensó reacio, tenía que disculparse. Intentó recordar la última vez que se había sentido impelido a hacerlo. Había convertido en una práctica el hecho de no hacerlo precisamente para no cometer esa clase de estúpido error.

Aunque se había quitado la prótesis y tomado una ducha cuando regresó de la excursión, pensando en pasar una tarde tranquila mientras intentaba localizar a la señora Gentry, volvió a colocarse la pierna artificial, se puso una camiseta de la universidad de Carolina del Norte y se dirigió hacia su coche.

Cinco minutos después aparcaba frente a la casa de Boone. Llevaba recorrido medio jardín cuando B.J. lo vio y se acercó corriendo, deteniéndose justo a tiempo para no chocar contra él. Aunque el equilibrio de Ethan era ahora mucho más sólido, habría sido humillante que el chico le hubiera hecho aterrizar sobre su trasero delante de Samantha.

–¿Jugarás conmigo a mi juego de video? –le suplicó B.J.–. Todo el mundo está hablando de la boda.
–Y tú te estás aburriendo, ¿no? –dedujo Ethan.
B.J. cabeceó varias veces.
–Yo quiero que papá y Emily se casen, pero todo este asunto de la boda es una locura. ¿A quién le importan las flores, los vestidos y todo ese tipo de cosas? Lo único importante es la tarta.
Ethan se echó a reír.
–Procura que Emily no te oiga decir eso. A las mujeres les importan las flores, los vestidos y el resto. Ya comprenderás un día lo que es verdaderamente importante para tu tranquilidad de espíritu.
B.J. se mostró perplejo.
–¿Eh?
–No importa. Déjame que me ocupe antes de algo, que luego entraré en la casa y te daré una paliza a ese juego.
–Tú no puedes ganarme –se jactó B.J.–. Ni siquiera papá me gana. Soy el campeón de Carolina del Norte, quizá incluso del mundo entero.
«He ahí un adolescente que no tiene ningún problema con su autoestima», pensó Ethan sonriendo. Quizá debería pedirle a B.J. que pasara algún rato con su grupo de chicos. Él podría enseñarles un par de cosas sobre su desinhibida seguridad en sí mismo. Por supuesto, Boone era el responsable de ello. Era uno de aquellos padres que pensaban que su hijo podía conseguirlo todo y además se ocupaba de recordárselo.
–Te veré dentro –le dijo Ethan con una sonrisa, decidiendo que había llegado el momento de dejar de darle ventaja al chico cada vez que jugaban.
Mientras B.J. se marchaba a la carrera, Ethan vio a Boone levantarse. Cuando su amigo empezó a caminar en su dirección, él le indicó que no lo hiciera al tiempo que miraba deliberadamente a Samantha, que estaba haciendo todo lo posible por ignorar su llegada.

Se acercó a ella para colocarse directamente en su campo de visión.

–¿Podemos hablar? –le preguntó, cortés–. Por favor.

Ella lo miró ceñuda, pero no se resistió y se disculpó con los demás. Obviamente estaba tan poco interesada en montar una escena como él.

Ethan fue bien consciente de las miradas de curiosidad de la mesa mientras la guiaba hasta el embarcadero de Boone. Al menos allí disfrutarían de un poco de intimidad. Aunque no dudaba de que el escrutinio familiar continuaría, al menos aquellos intrigantes no oirían lo que tenía que decirle a Samantha. Eso si se le ocurría algo.

Al final del embarcadero, Samantha se plantó ante él con los brazos cruzados y la expresión implacable.

–Lo siento, Samantha –le dijo con tono suave–. Nunca, en ningún momento fue mi intención sugerir que eras una mujer vana o egoísta. Lamento que interpretaras lo que te dije de esa manera.

Ella le lanzó una mirada incrédula.

–¿Entonces qué era lo que querías decirme?

–Simplemente que tú no conoces a esos jóvenes. No estás al tanto de sus vidas. No tienes un vínculo emocional con lo que les sucede.

–Al contrario que tú –dijo ella, dignándose por fin a mirarlo.

Él asintió.

–Yo he estado antes donde ellos están, cargados de dudas, de inseguridades, de desprecio hacia sí mismos. ¿Puedes sinceramente afirmar que tú has pasado por algo siquiera remotamente parecido a lo que ellos están viviendo? ¿Puedes identificarte con lo que ellos han experimentado?

–No –concedió, aunque le sostuvo la mirada–. Pero eso no quiere decir que no pueda sentir compasión por vosotros. Y yo he experimentado dolor, Ethan. Quizá no dolor físico, como el vuestro. Quizá no pertenezca a la misma liga emocional que la vuestra, pero he sufrido. Sistemáticamente he tenido que soportar que la gente me diga que no soy lo suficientemente buena. Encajar el rechazo está en la naturaleza de mi profesión. ¿Y no crees que eso tiene capacidad de herir a cualquiera, aunque no se trate de un daño infligido de manera personal?

Ethan suspiró.

—Yo no he contemplado tu carrera de esa manera. Yo solo te veo como la chica brillante que se marchó a buscar lo que quería en una profesión muy competitiva y lo consiguió.

Ella sonrió con expresión triste al escuchar aquello.

—Ojalá fuera tan simple ser actriz o modelo. Yo arriesgo mi ego cada vez que me presento a una audición. Y cada rechazo mina un poco más mi autoconfianza. Peor aún: últimamente ni siquiera me llaman para audiciones, lo que quiere decir que la gente me rechaza sin hacerme siquiera una prueba. Eso es debido sobre todo a mi edad, creo yo. ¿Y sabes qué? Al igual que les ocurre a esos chicos discapacitados a los que estás intentando ayudar, mi edad no es algo que pueda cambiar. Solo puedo cambiar la manera en que me enfrento a ella. ¿Debería aceptar que ya no hay papeles para mí y mirar hacia delante, o seguir tocando puertas para encontrarme cada vez con más negativas?

Ethan se quedó consternado ante una perspectiva en la que jamás antes había pensado. De acuerdo, la vida de Samantha no era todo glamour. No estaba libre de tropezones y obstáculos. Eso la volvía todavía más atractiva, de una manera que no se había esperado. Como si necesitara ganar en atractivo, pensó irónico.

—A mí me parece que lo estás llevando muy bien —le dijo.

Ella se echó a reír.

—¿Eso crees? No has visto mi nevera de Nueva York. Está tan llena de helados que me sorprende que no esté hecha un tonel a estas alturas. Así es como me las arreglo.

Intentó imaginársela con un mínimo de sobrepeso y no pudo.

—¿Por qué no? Por qué no estás hecha un tonel, quiero decir.

—Puede que coma más helados de lo que debería, pero también voy al gimnasio. Salgo a correr. Porque incluso cuando más hundida estoy, sigo esforzándome por mantenerme en forma. Puede que mañana me salga el papel de mi vida, y necesito estar preparada. Así que hasta el momento, gracias a Dios, no he dejado que la sensación de derrota me robe mis últimos restos de esperanza. ¿Y no es precisamente eso lo que tú quieres para esos chicos? ¿Esperanza?

No quería reconocer que había dado en el clavo. En lugar de ello, la miró de la cabeza a los pies, deteniéndose en las largas y bien torneadas piernas reveladas por sus ajustados pantalones.

—Así que corres, ¿eh?

—Todos los días.

—¿Quieres correr conmigo mañana? —le preguntó en un impulso. Era un riesgo, lo sabía, no solo porque ello significaría pasar más tiempo con ella, sino porque no tendría manera alguna de ocultar su prótesis. Con su pantalón corto, su prótesis estaba allí, para que todo el mundo la viera. Había transcurrido mucho tiempo desde la última vez que eso le había molestado, pero... ¿delante de Samantha? Estaba arriesgando mucho al abrirse a la posibilidad de exponerse a su compasión y, en última instancia, a su rechazo.

Ella pareció sorprendida por la invitación.

—¿Quieres que pasemos tiempo juntos? ¿Estás seguro de que estás listo para eso?

Ethan asintió. Sabía que era probablemente una locura. Sabía que daría pie a especulaciones que ninguno de los dos deseaba, pero no había sido capaz de evitarlo. Ver a la verdadera mujer que tenía delante, con su propia carga de vulnerabilidades, y no a la inalcanzable chica de oro que había imaginado que sería, había acabado por minar sus defensas. Dada la velocidad a la que estaba sucediendo todo, se imaginaba que había estado destinado a ello. Bien podría disfrutar de la experiencia.

Samantha no era ninguna perezosa cuando se trataba de salir a correr. Había corrido un par de medias maratones sin hacer el ridículo. Dudaba que Ethan lo supiera. Y aunque fuera así, esperaba que no pensara que le había dejado ganar por compasión. Su espíritu competitivo jamás se lo permitiría. Y perder no debería afectarlo tanto. ¿Acaso no había admitido el otro día que había perdido una apuesta con Greg, quien le había ganado en una carrera? Por supuesto que aquella derrota había sido a manos de alguien a quien conocía bien y a quien obviamente respetaba, que no a manos de una mujer. Se preguntó si sería el tipo de hombre cuyo ego soportaría algo así.

Estaba esperando en el sendero de entrada cuando Ethan llegó poco después del amanecer. Fue un shock verlo bajar del coche en pantalones cortos que dejaban al descubierto su prótesis. Pero entonces su mirada viajó a sus hombros musculosos y a sus abdominales, y se le secó la garganta. La pierna artificial no menoscababa su masculinidad lo más mínimo. Pensó que aquella novia suya debía de haber sido una completa imbécil por rechazarlo.

Ethan se encontró con su mirada y ella distinguió un brillo de incertidumbre en sus ojos mientras él, aparentemente, esperaba su compasión o su condena. En lugar de ello, esbozó una radiante sonrisa.

–¿Seguro que estás preparado para esto, Cole? Yo corro para ganar.

Su inseguridad desapareció ante el desafío.

–Yo también.

Salió corriendo, y gritó por encima de su hombro:

–¡Y no juego limpio!

Corrieron durante casi una hora, con Ethan abriendo la marcha y cambiando de posición unas cuantas veces. La mayor parte del tiempo corrieron el uno junto al otro, en medio de un cómodo silencio.

Sin embargo, cuando giraron para regresar a casa de Cora Jane, Samantha aumentó deliberadamente el ritmo. Ethan la miró divertido y a continuación esprintó hasta adelantarla con facilidad. Sus largas zancadas devoraban el asfalto a un ritmo que ella no habría podido seguir ni en su mejor día.

Para cuando llegaron al sendero de entrada donde habían empezado, él estaba apoyado en el capó de su coche con aspecto tan relajado como si acabara de volver de un tranquilo paseo. Su cuerpo, húmedo de sudor, brillaba a la luz de la mañana.

—No está mal —comentó.

Jadeante, lo miró ceñuda.

—La próxima vez recordaré que eres un tramposo.

—¿Tramposo? Fuiste tú quien aceleró el ritmo y lo convirtió en una carrera. Yo me limité a aceptar el desafío —le tendió una botella de agua—. Me parece que necesitas esto.

Ella aceptó la botella sin hacer ningún comentario y bebió un sorbo.

—Ethan, ¿tú eras corredor antes? Quiero decir, antes de la herida.

—Si te refieres a si participaba en maratones y ese tipo de cosas, no, pero tenía que entrenar para el fútbol americano, y además en el ejército haces mucha carrera de larga distancia.

—¿Te gustaba?

—Lo odiaba —respondió—. Todavía lo odio. Durante la rehabilitación, hubo un tiempo en que apenas podía mantenerme en pie, y mucho menos caminar. Correr me parecía un sueño imposible.

—Lo que lo convirtió en un irresistible desafío —adivinó ella—. Y decidiste ganarlo.

–Algo así.
–Y si ibas a hacerlo, tenías que hacerlo bien.
–¿Hay alguna otra manera?
–Es lo mismo que siento yo con mi carrera profesional –le confesó–. Si no puedo seguir haciéndolo bien, quizá haya llegado la hora de retirarme.

Él le lanzó una mirada sorprendida.

–¿Es eso lo que quieres hacer? ¿Retirarte?
–No –contestó–. Pero podría ser la única elección. La vida en Nueva York es terriblemente cara. Emily me ha sugerido que me vaya a Los Ángeles y me instale con ellos. Tiene estupendos contactos en la industria del cine y la televisión.

–Suena como si mereciera la pena intentarlo –comentó con tono neutral.

–Quizá hace unos años, no lo habría dudado, ¿pero ahora? No estoy tan segura de tener el impulso necesario para empezar de nuevo. Interpretar no es algo que se pueda hacer sin estar convencido. Requiere una enorme cantidad de fuerza y determinación. Eso lo tenía la primera vez que fui a Nueva York. Pero ahora ya no lo sé.

–¿Cuáles son las otras opciones? –le preguntó, genuinamente interesado.

Dado que aquella era la primera vez que se encontraba sinceramente confrontada ante esa situación, por desgracia no tenía una buena respuesta.

–No lo sé –admitió–. Eso es lo que más me aterra –le sostuvo la mirada–. Tú eras cirujano, ¿no? Esa es una profesión terriblemente exigente. En algunos momentos debiste de estar cien por cien dedicado al trabajo. ¿Cómo sabías que abrir una clínica de urgencias en Sand Castle Bay sería la solución ideal para ti, que no te aburrirías?

Él sonrió, aunque su expresión estaba teñida de un sorprendente cansancio.

–Irak y Afganistán –declaró sin más–. Había experimentado más emociones fuertes de las que podía asimilar.

Y lo mismo le pasó a Greg. Cuando estuve en rehabilitación, empezamos a hablar. Él no quería volver a traumatología. Parecía como si estuviéramos en la misma situación. Y su familia estaba deseosa de que volviera a casa. A mí me encantó crecer aquí, así que aunque mis amigos se habían ido fuera, sentí que este era mi hogar. Simplemente me pareció lo que tenía que hacer.

—¿No te arrepientes un poco?

Él negó con la cabeza.

—No creo en los arrepentimientos. Si no hubiera funcionado, a estas alturas habría hecho un cambio, pero funcionó. Este es un lugar fantástico con una gente estupenda. Aunque los veranos, con tanto turista, son un poco frenéticos. Me gusta más el pueblo cuando está tranquilo —se la quedó mirando—. ¿Estás pensando que esto sería terriblemente aburrido después de haber vivido en Nueva York?

Samantha sonrió.

—Algo así.

—La vida es lo que haces con ella, estés donde estés. Puedes estar sola y aburrida en una gran ciudad, o llena de energía y ocupada en una pequeña población como esta. Depende de ti.

—De hecho creo que Gabi ha llegado a tomar conciencia de eso mismo —dijo ella—. Mi hermana era la mayor adicta al trabajo de Raleigh, pero no tenía vida aparte de eso. Aquí no solamente ha encontrado el equilibrio que había perdido, sino que ha empezado una nueva y exigente carrera que satisface su necesidad de sentirse estimulada profesionalmente.

—Ahí lo tienes —dijo Ethan—. Una prueba clara de que se puede hacer.

Pero aunque los ejemplos que representaban Ethan y su hermana eran muy inspiradores, Samantha seguía sin poder imaginar qué clase de nicho satisfactorio podía labrarse para sí misma.

Dado que no tenía ninguna respuesta, anunció:
—Tengo ganas de desayunar. ¿Y tú? No tengo el talento de mi abuela en la cocina, pero soy capaz de hacer unas tortillas con tostadas. ¿Tienes tiempo, o tienes que ir a la clínica?
—Suena bien, y tengo tiempo. Greg abre hoy. Yo me pasaré sobre las once y me quedaré para cubrir el turno de tarde.
Ella arqueó una ceja.
—¿Era una opción deliberada?
—¿Qué quieres decir?
—¿Una manera sutil de evitar quedar el viernes por la tarde?
Ethan rio por lo bajo.
—Sinceramente no había pensado en esa ventaja. Además, Greg y yo rotamos, con lo que no siempre estoy allí los viernes por la tarde. Algunas veces, en lugar de los viernes, trabajo los sábados.
—Suena a opción ganadora para un hombre que declara abiertamente que no quiere salir con nadie.
—O también puedo ser más directo y negarme cuando la gente me intenta colar una cita a ciegas —sugirió—. Eso ha funcionado razonablemente bien, por cierto, al menos hasta que se metió tu familia de por medio.
Samantha pensó en ello mientras le hacía entrar en la casa. Mientras sacaba los huevos, el queso y el jamón de la nevera, se preguntó qué habría sucedido si Ethan y ella hubieran cruzado sus caminos en circunstancias diferentes, sin todas las presiones asociadas a su participación en la boda. Y sin todas aquellas bienintencionadas intrigas casamenteras.
Estaba batiendo los huevos cuando le preguntó:
—Ethan, ¿crees que las cosas habrían sido diferentes si toda esa gente no se hubiera entrometido en nuestra relación?
—¿Qué quieres decir?

—Bueno, tienes que admitir que el hecho de que todo el mundo esté sumido en esa fiebre de la boda añade un elemento de estrés a la situación.
—¿Te refieres a que a alguna gente le gustaría vernos como la próxima pareja en avanzar hacia el altar?
—Exactamente, aunque creo que cuentan con que Wade y Gabi serán los siguientes. Pero has captado la idea.
—Posiblemente —concedió—. Pero la verdad es que es posible que nuestros caminos no se hubieran cruzado nunca de no haber sido por la boda. Tú podrías no haberte sentido impulsada a volver a Sand Castle Bay. Tal vez te habrías puesto a hacer las maletas para trasladarte a Los Ángeles, o habrías estado luchando con uñas y dientes por algún papel en Broadway. Ha sido la boda lo que te ha traído aquí y te ha regalado un tiempo muerto para pensar sobre tu futuro. Todo eso ha sido para bien, Samantha —inspiró profundamente y le sostuvo la mirada—. A pesar de todas esas intrigas, no me arrepiento de que nos estemos conociendo el uno al otro.
—Yo tampoco —repuso ella con tono suave, esperando que sus sentimientos no resultaran visibles en sus ojos. Porque cuánto más conocía a Ethan, más intenso era su enamoramiento. Y dada la oposición de Ethan a cualquier tipo de relación, aquel era el camino más seguro para un desengaño.

Ethan habría podido decirle a Samantha que no creía en los arrepentimientos, pero en aquel preciso momento se estaba arrepintiendo profundamente de no poder echar otra carrera para sacarse de la cabeza todos los pensamientos que le inspiraba aquella mujer tan tentadora.
Descubrir que ella albergaba ocultas profundidades y su propia carga de incertidumbres afectaba directamente a su antiguo y secreto deseo de ejercer de caballero de la brillante armadura. Había pensado que trabajar con el grupo de chicos de

necesidades especiales satisfaría aquel impulso, pero aparentemente eso no podía compensar el papel mucho más personal que deseaba jugar en la vida de una mujer. Al menos en la de aquella mujer.

—Vas mal, Cole.

No dejó de decirse eso mientras conducía de regreso a casa y se duchaba y cambiaba de ropa. Dado que quería pasar por el instituto de camino para la clínica, se puso unos pantalones caquis y una camisa de vestir, en lugar de la ropa de trabajo.

En el instituto, fue a la oficina y pidió hablar con Regina Gentry.

—Soy Ethan Cole —añadió.

La adolescente que trabajaba allí lo miró maravillada.

—Hay fotos tuyas en la puerta del gimnasio —dijo, lanzándole una mirada adoradora—. Y además eres un verdadero héroe de guerra. Espera un momento. Aviso a la señora Gentry.

Una vez hecha la llamada a la profesora de Arte Dramático, la muchacha volvió y se lo quedó mirando como si absorbiera cada detalle. Ethan se removió incómodo bajo su intenso escrutinio.

—Soy Sue Ellen, por cierto —dijo—. Soy alumna de último año. Trabajo aquí durante el curso. Mis notas son excelentes. No necesito ir a academias.

—Me alegro por ti —comentó Ethan, preguntándose si aquella Sue Ellen no habría sido la «boba» que se había quedado con el principal papel de la obra de teatro en detrimento de Cass. Ciertamente sabía hacer ojitos, como le había dicho Cass.

Afortunadamente, la señora Gentry llegó en pocos minutos, con aspecto arrobado.

—Ethan, no me lo podía creer cuando Sue Ellen me dijo que estabas aquí. Ha pasado mucho tiempo.

—Sí, muchísimo —dijo, recordando la materia de Lengua que había estado a punto de arruinar su buen promedio de nota. Nunca había logrado compartir su entusiasmo por Shakespeare, que había ofendido profundamente a una mujer que profesaba una verdadera pasión no solo por la literatura, sino también por el teatro.

—¿Qué te trae por aquí? —le preguntó.

—¿Podemos hablar en privado? —sugirió, advirtiendo el ávido interés de Sue Ellen por la conversación.

—Por supuesto —respondió, guiándolo hacia el pasillo—. Me temo que mi clase está llena, así que tendremos que hablar aquí.

—Aquí estamos bien. Quería hablar con usted sobre Cass Gray.

La expresión de la señora Gentry se volvió seria inmediatamente.

—Qué situación tan triste —dijo con una voz teñida de compasión—. Tenía un futuro tan prometedor por delante...

—¿Y no cree que ese sea ya el caso? —inquirió, molesto por la condescendencia de su tono.

—¿Cómo podría serlo? Nadie quiere ver en escena a una actriz sin un brazo. Es una situación incómoda. El público se concentraría en ello y eso arruinaría la obra.

Lo dijo con tal benévola certidumbre que Ethan casi perdió los estribos. Se esforzó por controlar su furia. Gritar no serviría de nada. Necesitaba educarla.

—¿Cree usted que, cuando estoy cosiendo un feo corte en mi clínica, a mis pacientes les preocupa que me falte una pierna? —le preguntó.

La señora Gentry parpadeó de sorpresa ante la pregunta, pronunciada con tono muy suave.

—No es lo mismo. Ellos acuden a que tú les cures, no a entretenerse.

—Enfoquémoslo de otra manera —sugirió—. ¿Es Cass una buena actriz?

—Por supuesto. Yo tenía muchas esperanzas puestas en ella antes del accidente.

—¿Y no se supone que una buena actriz debería ser capaz de seducir al público para que entre en la obra y le haga olvidarse de la realidad?

–Sí, pero es difícil ignorar que a esa chica le falta un brazo, Ethan. Sería cruel ponerla delante de una audiencia, exponerla a que la gente se compadeciera de ella.

–Yo pienso que es todavía más cruel destruir sus sueños sin darle siquiera una oportunidad –le lanzó una mirada dura–. Le ha destrozado usted la moral a esa chica.

–Bueno, no era mi intención hacerlo –replicó indignada–. Simplemente pensé que era lo mejor para ella y para la producción. No quería exponerla al ridículo.

–La chica que eligió usted para el papel principal, ¿es mejor que Cass?

–Sue Ellen es una chica muy guapa –respondió tras una ligera vacilación–. Acabas de conocerla. Seguro que lo has visto por ti mismo.

–No es eso lo que le he preguntado. ¿Tiene tanto talento como Cass?

La mujer pareció azorarse ante la pregunta.

–Es bastante competente –contestó al fin.

–¿Y no le preocupa que ella interprete mal el guion o se le olvide y se vea expuesta al ridículo, como usted misma ha dicho?

–Pretendo trabajar duro con ella –insistió–. Lo hará bien. Sue Ellen ya tiene el papel principal. No puedo quitárselo ahora.

Ethan suspiró.

–Mire, no he venido aquí a hacerle cambiar de decisión. Solo esperaba aportarle otra perspectiva sobre las consecuencias, posiblemente no deseadas, de su decisión de descartar a Cass del papel principal e incluso de la obra.

–Ella tenía tenía que enfrentarse a la realidad –insistió la señora Gentry–. Mejor que lo haga ahora que no más adelante, y a manos de gente que no la quiere como nosotros la queremos.

–No estoy de acuerdo. Si Cass no tiene talento, ya llegará el momento en que se enfrente a eso –le dijo Ethan–. No creo que sea responsabilidad de la profesora de Arte Dramático de un instituto destruir una inclinación que ella llevaba años cultivando, y menos aún basándose en una minusvalía suya –le sostuvo la mirada con expresión implacable–. Le aconsejo que piense sobre ello.

Se giró y empezó a alejarse, pero en el último momento se detuvo para volverse de nuevo. Ella seguía exactamente donde él la había dejado, obviamente consternada.

–Por cierto, tengo que preguntárselo –le dijo–. ¿Estaba usted concentrada en la pierna que me falta mientras yo le estaba diciendo lo que tenía que decirle, señora Gentry? ¿No le llegó mi mensaje bien alto y claro?

Ella pareció vagamente desasosegada por la pregunta.

–Me lo has dejado muy claro, Ethan. Pensaré sobre lo que me has dicho. No soy todavía tan mayor como para no poder aprender de mis errores.

Él asintió, satisfecho.

–Es todo lo que le pido.

Ethan estaba sentado ante su escritorio de la oficina, revisando las notas sobre sus pacientes, cuando la puerta se abrió de golpe y Cass entró dando botes, toda ruborizada y con los ojos chispeantes de alegría.

–¿Qué le dijiste a la señora Gentry? –exigió saber. Aunque intentaba parecer indignada, resultaba evidente que desbordaba entusiasmo.

Ethan se hizo el inocente.

–¿Qué te hace pensar que le dije algo?

–Sue Ellen se quedó embobada porque tú estuviste en la oficina. No paraba de hablar de ello. Le contó a todo el mundo que habías ido a ver a la señora Gentry. Y de repente la señora Gentry va y me pide disculpas. ¡Se ha disculpado conmigo! Era una locura. Jamás pensé que haría algo así.

—¿Vas a participar en la obra?
—No, pero me prometió que me tendría en cuenta para la siguiente. En esta primera voy a trabajar con ella como ayudante o algo así. Quiere que trabaje el guion con Sue Ellen, como suplente, lo cual es horrible, pero…Bueno, alguien tenía que hacerlo.
—¿Podrás soportarlo? –le preguntó Ethan, aunque era evidente que estaba dispuesta a olvidarse de su anterior decepción.
—¡Vamos! –resopló–. Me merecía el papel principal, pero la señora Gentry me dijo que se había equivocado conmigo. Eso es enorme. Los profesores generalmente no admiten cosas así; no delante de sus alumnos, al menos. Supongo que puedo darle un poco de margen.
—Entonces me alegro de que todo se haya resuelto bien para ti –dijo Ethan–. Tengo que decirte, sin embargo, que esperaba verte encima del escenario dejando a todo el mundo impresionado con tu actuación.
—Probablemente llegues a verlo –repuso con un brillo de diversión en los ojos–. Sue Ellen no se aprenderá bien el papel. La señora Gentry se pondrá histérica. Sue Ellen vomitará. Y, ¡bingo! Será mi oportunidad.
Ethan no pudo evitar reírse ante la rapidez en que había recuperado su autoconfianza.
—Esa es la actitud. Pero puede que quieras moderarla un tanto en presencia de Sue Ellen.
Ella le lanzó una mirada impaciente.
—No soy ninguna estúpida –replicó–. Me voy. Tengo que memorizar ese guion.
—Aun así, espero verte aquí el jueves.
—Vendré –le prometió–. Me temo que, por culpa de esto, estaré en deuda contigo para toda la vida.
—No me debes nada –dijo él. Solo el hecho de ver que había recuperado su sonrisa y el brillo de entusiasmo de sus ojos era recompensa suficiente.

Capítulo 8

–Me estoy volviendo completamente loca –le dijo Gabi a Samantha el viernes por la noche–. ¿Te das cuenta de que no he ido a ninguna parte ni he hecho nada sin Dani desde que nació? Aparte del otro día, cuando te quedaste con ella para que yo pudiera terminar un trabajo.

Samantha miró a su hermana con expresión divertida.

–Estoy segura de que la elección ha sido tuya –le recordó–. Wade se ha ofrecido a quedarse en casa con tu hija. La abuela, también. Y yo, por cierto. Y nos has rechazado a todos, con excusas muy peregrinas, debo añadir.

Gabi la miró disgustada.

–¿Te estás riendo de mí porque me estoy comportando como cualquier otra mamá primeriza del universo, al proteger exageradamente a mi bebé?

–Algo así, sobre todo teniendo en cuenta que Wade y la abuela tienen más experiencia con bebés que tú.

–Está bien. En aquel entonces no estaba preparada –reconoció Gabi.

–¿Pero ahora sí lo estás?

–Sí que lo estoy –declaró Gabi con tono fervoroso–. Quiero comer de un tirón, sin tener que levantarme. Quiero hacerme una manicura e incluso una pedicura. Necesito arreglarme el pelo. Necesito ir de compras.

Samantha soltó una risita.

–De acuerdo, no parece que tengas muchas ganas de salir hasta tarde con Wade… Iba a sugerirte que yo me quedara con Dani para que los dos pudierais disponer de una noche para vosotros solos.

–Wade ya se ha pedido quedarse con Dani. Se la va a llevar a casa de su hermana, para que sus sobrinos la mimen… Ahora la pregunta es: ¿querréis vosotras pasar una noche de chicas conmigo e impedir que le llame cada diez minutos para preguntar por la niña? Pese a lo que tú puedas pensar, reconozco que necesito un respiro.

–Yo sí que puedo –respondió Samantha, dispuesta–. ¿Y Emily? ¿Querrá sumarse?

–Ella está teniendo otra de sus reuniones con la abuela sobre los detalles de la boda. Lo que pueda quedar todavía por preparar es algo que se me escapa, pero parece que descartar cosas de su lista, para luego volverlas a revisar otra vez, es algo que le hace feliz. ¿Quién soy yo para cuestionarlo?

–Habla la experta en hacer listas de tareas –se burló Samantha–. Apuesto a que ya tienes una lista escrita para esta noche en tu agenda de la jornada.

–La tengo en mi móvil, pero sí –admitió Gabi sin disculparse lo más mínimo–. Ese talento organizativo mío lo estoy aprovechando mucho en estos días –lanzó a Samantha una mirada astuta–. Sin embargo, todavía puedo sacar algo de tiempo para organizarte una nueva campaña de relaciones públicas.

Aquello sorprendió a Samantha.

–¿Es ese el objetivo de la salida de esta noche? ¿Se trata de una sutil manera tuya de volver a encauzar mi carrera profesional?

–No, esta noche va de manicuras, pedicuras y de mimarnos un poco –insistió Gabi–. El resto son especulaciones, algo en lo que pensar mientras nos ponemos guapas.

–Si tú lo dices… –repuso Samantha, aunque su entusiasmo por la tarde que tenían por delante se había apagado un tanto–. ¿Qué te hace pensar que mi carrera necesita otro impulso? Yo no he dicho una palabra sobre el trabajo.

–Precisamente –dijo Gabi–. Y dado que habitualmente estás desbordante de entusiasmo cuando las cosas van bien, encuentro ese silencio ensordecedor. Y lo mismo les sucede a la abuela y a Emily.

–¿Pero tú eres la interrogadora elegida?

–No habrá interrogatorio alguno –le prometió–. Tan solo una oferta de impulso si quieres mi ayuda.

–Ciñámonos a los cambios de imagen, a la cena y a la noche de chicas, ¿de acuerdo? Hablar de mi carrera me deprimirá. Tengo un montón de cosas que decidir.

–Hablar de ello quizá podría ayudarte –dijo Gabi.

–De hecho, ya he hablado algo con Ethan.

Gabi ni siquiera intentó esconder su sorpresa.

–¿Cuándo habéis tenido esa conversación tan íntima? ¿Anoche, cuando se presentó en Boone's y te sacó a dar un paseo?

–Así es, y luego otra vez, esta mañana –le confesó Samantha.

Gabi abrió mucho los ojos.

–Espera. ¿Te fuiste a casa de Ethan anoche? Yo habría jurado que dormiste en tu propia cama –la miró boquiabierta–. ¿O es que Ethan se quedó en la casa?

–Borra ahora mismo esa imagen de tu cabeza –la regañó Samantha–. Nunca me acostaría con un hombre al que apenas conozco en la casa de Cora Jane. La abuela me despellejaría y cargaría luego su escopeta para asegurar una boda.

Gabi se echó a reír.

–Sí, supongo que también por eso se negaría Wade a intentarlo. Pero entonces, ¿cuándo continuaste tu conversación con Ethan?

–Fuimos a correr juntos esta mañana –dijo Samantha con naturalidad, como si fuera algo que ocurriera todos los días–. La costa está especialmente bonita después del amanecer. En realidad, todo tiene ese maravilloso color dorado. Estoy pensando en que me gustaría volver a la isla de Sea Glass si volvemos a correr. Todos esos preciosos cristalitos de colores que arrastra el mar son espectaculares con esa luz.

–¿Y qué aspecto tiene Ethan a esa hora? ¿Espectacular también? –se burló Gabi.

–¡Oh, sí! –replicó Samantha con un profundo suspiro antes de que pudiera evitarlo–. ¡Ese hombre es un dios!

–Al diablo con tus afirmaciones de que habías superado aquel antiguo flechazo del instituto… –dijo Gabi. Su expresión se volvió preocupada–. Samantha, ten cuidado.

La genuina preocupación que revelaba la voz de su hermana resultaba inquietante.

–¿Qué quieres decir? Sé a lo que me enfrento. Ethan no quiere una relación.

–Pero tú sí –le recordó Gabi–. Solo que no a largo plazo. Añade a eso la distancia, y veo un camino muy complicado por delante. A Ethan ya le desgarraron el corazón una vez. Detestaría ver cómo le sucede eso otra vez.

Samantha no se molestó en esconder su sorpresa. ¿Por qué no se le había ocurrido a nadie preocuparse por Ethan antes de intentar juntarlos a la menor oportunidad?

–¿Así que estás preocupada por él, y no por mí? –le preguntó, intentando clarificar las cosas.

–Estoy preocupada por los dos.

–Bueno, pues puedes dejar de preocuparte. Ambos entendemos la situación. Solo estaré aquí unos diez días más, o algo así. No vamos a hacer nada loco en un tiempo tan corto. Nos estamos divirtiendo. Nada más.

–¿Diversión de dormitorio?

–Eso no ha llegado –admitió Samantha, y pensó luego en la inequívoca atracción que siempre bullía bajo la superficie cada vez que se encontraban–. Al menos, todavía no.

–Cariño, hay hombres que disfrutan del sexo por el sexo

sin pensárselo dos veces. No creo que Ethan sea uno de esos tipos.

—Y yo tampoco soy una de esas mujeres —replicó Samantha, acalorada—. Vamos, Gabi, confía un poco en mí. Yo no voy por ahí seduciendo hombres para luego romperles deliberadamente el corazón.

—Yo solo estaba diciendo... —empezó Gabi, pero Samantha la cortó.

—Sé lo que estás diciendo. Llevaré cuidado —lanzó a su hermana una mirada lastimera—. Es solo que, cuando estamos juntos, después de haber pasado tantos años fantaseando con él... —sonrió—. Es mejor de lo que había imaginado.

Gabi la miró consternada.

—Esto ha ido más allá del fantaseo, ¿no? Te estás enamorando de él, ¿verdad? Creo que ninguna de nosotras se imaginó esto antes de que decidiéramos meter las narices en el asunto. Yo solo quería resarcirme un poquito por la manera en que me lanzasteis todas a los brazos de Wade.

—Creo que no sé lo que es estar enamorada —replicó Samantha—. O quizá sí.

—¿Qué ves que va a suceder a continuación?

Samantha suspiró.

—No tengo ni idea, pero dado que Ethan se muestra inflexible en su decisión de no relacionarse con nadie, probablemente eso sea irrelevante.

—Samantha, está hablando su cerebro, que no su corazón. Si su corazón y su libido están implicados, ese hombre se derrumbará como una tonelada de ladrillos, diga lo que diga su cabeza.

—Creo que estamos lejos de que eso suceda —comentó Samantha, pragmática. Pero, nada más decirlo, no pudo evitar esperar que Gabi tuviera razón y ella estuviera equivocada.

—Samantha, ¿eres tú?

Samantha oyó la voz familiar mientras esperaba a que Gabi saliera del probador de la boutique, y se giró en redondo.

—¡Señora Gentry! —exclamó con sincero deleite. Años atrás, allí mismo, en Sand Castle Bay, había trabajado en dos obras veraniegas con Regina Gentry. Había aprendido mucho de ella, más que con los profesores de su propia escuela—. ¿Qué tal está?

—Bien —respondió la profesora de Arte Dramático—. A ti no necesito preguntártelo... Te veo en la televisión todo el tiempo. Estamos todos muy orgullosos de ti.

—Gracias...

—Debes de haber venido para lo de la boda. Es la comidilla de todo el pueblo. Todo el mundo está muy contento por Boone y por Emily. El suyo ha sido todo un romance. Es bonito ver que alguien finalmente consigue su final feliz.

—«Finalmente» es la palabra clave —dijo Samantha—. No hay sido fácil para ninguno de los dos.

—No. Fue una tragedia lo que le sucedió a Jenny Farmer, pero al menos Boone y ella tuvieron a su hijo antes de que ella falleciera. Sé que ese chico es la niña de los ojos de su papá.

Samantha sonrió.

—B.J. es un chico estupendo —deseosa de cambiar de tema y pensando en lo que Ethan le había dicho sobre una de las muchachas de su grupo, le preguntó—: ¿Qué tal va el departamento de Arte Dramático del instituto? ¿Está trabajando en alguna obra?

—Desde luego que sí —se le iluminaron los ojos—. De hecho, ¿por qué no te pasas a ver un ensayo una de estas tardes y hablas con los alumnos? Sé que les encantaría la oportunidad de hablar con alguien que se dedica a la interpretación profesional. No son muchos los alumnos y las alumnas que terminarán recorriendo ese camino, pero tengo unos pocos que quieren intentarlo.

–El problema es que tengo la agenda muy apretada con los detalles de la boda –le dijo Samantha. La verdad era que no estaba muy segura de querer presentar una cara optimista cuando su carrera profesional estaba atravesando un periodo tan difícil.

–Una hora –la presionó la señora Gentry–. Seguro que podrás dedicar una hora a estimular a unos cuantos jóvenes...

–Dicho así, ¿cómo podría negarme? –cedió Samantha, reacia. Quizá de esa forma tuviera la oportunidad de conocer a la muchacha de la que le había hablado Ethan, también.

–¿El lunes por la tarde a las tres y media en el auditorio?

–Allí estaré –prometió Samantha, lanzándole una mirada irónica–. Es bonito ver que no ha perdido sus poderes de persuasión.

–Espero que no. Te veré entonces.

Y se escabulló, obviamente temerosa de que Samantha pudiera cambiar de idea a la mínima oportunidad que tuviera de reconsiderarlo.

Samantha la observó marcharse. Quizá hablar sobre su carrera, sobre sus esfuerzos y sus triunfos, sería bueno para ella también. Podría ayudarla a poner las cosas en perspectiva, quizá incluso a recordarle por qué antaño esa carrera le había importado más que cualquier otra cosa en el mundo.

–¿Esa que acaba de irse no era la señora Gentry? –preguntó Gabi cuando salía del probador, cargada con la ropa que se había estado probando–. Me pareció reconocer su voz.

–Era ella –confirmó Samantha–. Y acaba de convencerme de que el lunes vaya a hablar con los alumnos de la obra que está preparando.

–Si te descuidas, dentro de poco te pondrá a dirigirla –

predijo Gabi–. Tengo entendido que no se detiene ante nada cuando quiere algo.

–Bueno, eso es algo que puedo garantizarte que no conseguirá –declaró Samantha con tono rotundo–. Nunca he albergado el secreto deseo de dirigir.

–Yo creía que eran muchos los actores que aspiraban a colocarse detrás de la cámara en algún momento de su carrera, para ordenar a sus compañeros cómo quieren que se ruede una escena.

–Algunos sí –dijo Samantha–. Pero yo no soy una de ellos –miró el surtido de faldas, blusas, pantalones y vestidos que cargaba en los brazos–. ¿No te queda bien nada de todo esto?

Gabi sonrió.

–Todo me queda bien –dijo con expresión triunfante–. Así que no he podido decidirme. Estoy tan entusiasmada de haber recuperado mi antigua talla que me lo voy a llevar todo.

Samantha se echó a reír.

–Me alegro por ti. Supongo que el enorme helado que me está apeteciendo no figurará entre nuestros objetivos cuando nos marchemos de aquí.

–¿Quién ha dicho eso? Me merezco una celebración por haber luchado durante meses para eliminar el sobrepeso del embarazo. Un solo helado no estropeará lo que he conseguido.

–¿Entonces, cuál es la lista de tareas para esta noche?

–La peluquería ya está. La manicura y la pedicura también –dijo Gabi–. La comida en Boone's Harbor fue fantástica. Estoy cansada de compras. Si no tuviera que seguir dando el pecho, sugeriría una copa, pero lo del helado suena mucho mejor, de todas formas. No recuerdo la última vez que me permití un helado. El único capricho que me he permitido durante este último par de meses han sido los donuts calientes que Wade me sigue trayendo con el café por la mañana. A eso sí que me negué a renunciar.

–Ya. A lo que no querías renunciar era a que Wade se dejara caer por casa para darte un beso de buenos días –la acusó Samantha.

Gabi se ruborizó.

–Bueno, eso era un plus.

Unas inesperadas lágrimas asomaron a los ojos de Samantha cuando oyó aquel detalle de tierna intimidad entre su hermana y el hombre al que amaba.

–¿Sammi? –le preguntó Gabi, preocupada, usando el recurrido diminutivo de su infancia–. ¿Qué pasa? ¿Por qué lloras?

–No lo sé –respondió, secándose las lágrimas con gesto impaciente.

–Alguna idea debes de tener –insistió Gabi mientras sacaba un paquete de toallitas de bebé de su bolso–. No tengo pañuelos, pero tengo esto.

Samantha sonrió a través de las lágrimas.

–Eres tan madraza...

Gabi pareció sorprenderse por un instante, y luego se echó a reír.

–Sí que lo soy. Y ahora dime qué te pasa.

Samantha ni siquiera tuvo que pensarlo. Quería lo que tanto Emily como Gabi habían encontrado: el amor de su vida, una familia, un lugar al que llamar «hogar».

Siempre había pensado en Nueva York como su hogar. Adoraba la excitación, las luces, el bullicio. Cuando estaba encima de un escenario, se sentía llena de energía. El clamor de los aplausos había sido como música para sus oídos.

Pero luego, casi todas las veces, volvía a casa a acostarse en una cama vacía, o si no vacía, ocupada por un hombre que nunca era el hombre de su vida. No como Boone era el de Emily o Wade el de Gabi. Al menos había sido lo suficientemente perceptiva como para comprender que había una diferencia.

–Creo que tengo envidia –dijo, avergonzada por la confesión.

—¿De mí?

—De ti y de Emily, de las dos. Vosotras lo tenéis todo. Tenéis trabajos que os encantan, sobre todo ahora que Emily está trabajando en esos hogares de acogida para víctimas de violencia doméstica, y tú en esa galería-taller de arte que Wade y tú habéis creado juntos. Tenéis hombres que os adoran y que os aman con la misma intensidad. Y tú... –sonrió–. Tú tienes a Daniella Jane, esa niña tan preciosa...

—Tú también puedes tener todo eso –le dijo Gabi con tono apasionado–. Samantha, no hay nada que te impida efectuar todos los cambios que desees en tu vida profesional. En cuanto al hombre de tus sueños, lo único que tienes que hacer es abrir tu corazón. Creo que has guardado las distancias con muchos hombres porque no estabas preparada o porque sabías precisamente que no eran los adecuados para ti. ¿Es por Ethan por lo que estás pensando ahora todo esto?

—Él forma parte de ello. Es un hombre sólido y estable que sabe exactamente quién es y lo que hace en la vida. Unos rasgos que no son exactamente muy comunes entre los actores que he conocido.

—Pero tú has salido con hombres que no eran actores. Algunos eran empresarios muy importantes, si mal no recuerdo.

—Pero estaban igualmente absorbidos por la ambición, como los actores. Quizá sea esa una de las cosas que más admiro de Ethan. Renunció a una buena carrera en la medicina y está perfectamente reconciliado con su decisión. Eso dice mucho sobre él –se permitió una sonrisa–. Quizá yo solo quiera ser Ethan.

—¿Alguien satisfecho con un ritmo de vida más tranquilo? –sugirió Gabi–. Puedes hacerlo. Yo estoy aquí para testificar que la transformación puede resultar muy positiva. Para mí ha supuesto un enorme cambio.

—Ya. Sí que lo ha sido, ¿verdad? –dijo Samantha–. ¿Y no te arrepientes de nada?

—De nada en absoluto –respondió Gabi–. Aunque no siempre es fácil. Sigo descubriéndome como una adicta compulsiva al trabajo de cuando en cuando, pero entonces Dani se pone a llorar o Wade asoma la cabeza por mi despacho y mis prioridades cambian inmediatamente. He recuperado esa sensación de equilibrio que tanto necesitaba.

—Equilibrio –repitió Samantha–. ¡Eso es! Eso es lo que quiero.

—¿Lo quieres aquí? –le preguntó Gabi.

Samantha sabía lo que su hermana le estaba preguntando: deseaba saber si estaba dispuesta a renunciar a un sueño por intentar conseguir otro que podía resultar aún menos seguro.

—No lo sé –respondió en voz baja.

—Bueno, hasta que lo hagas, te diré lo que ya te he dicho antes. Ten cuidado con Ethan.

—No hay problema –dijo Samantha–. No creo que él me permita ir más lejos.

Ethan se sentía sorprendentemente irritable cuando se disponía a abandonar la clínica. Normalmente, después de un día ajetreado, se iba a casa con una sensación de satisfacción, de realización. Con ganas de disfrutar de una buena cena, quizá con una copa de vino, y de ver algún partido en la televisión. Aunque la temporada de béisbol no estaba muy avanzada y los Braves no estaban en la carrera por la copa, le seguía gustando verlos.

Aquella noche, sin embargo, nada de todo aquello parecía tener atractivo, razón por la cual se había quedado hasta tarde en la clínica. Cuando sonó su móvil, se apresuró a responder.

—¿Cómo es que todavía están encendidas las luces en la clínica? –le preguntó Greg–. Por favor, dime que no estás todavía trabajando.

—Iba a marcharme ahora mismo –le dijo–. ¿Y cómo sabes que están encendidas?

—Estoy fuera con los niños. Les llevo a tomar un helado para quitárselos de encima a Lindsey por una hora al menos. ¿Quieres acompañarnos? –nombró una heladería que frecuentaba la gente de la localidad, apenas a un kilómetro de la clínica–. Estamos entrando en el aparcamiento ahora mismo.

—Claro –aceptó Ethan en un impulso. Al menos así conseguiría quitarse a Samantha de la cabeza, aunque solo fuera por un rato. Los chicos de Greg siempre conseguían alegrarlo... y provocarle un poquito de envidia.

—Bien. Quizá tú puedas controlarlos. Hacen mucho más caso a su tío Ethan que a mí.

Ethan sonrió ante la frustración que detectaba en la voz de Greg.

—Tú eres médico. ¿No has pensado que, si se descontrolan, darles helado a esta hora no es una medida muy inteligente?

—Estoy desesperado –reconoció Greg–. Y no estaba en condiciones de hacer un circuito de minigolf, que parecía ser la alternativa preferida. Te veo luego.

—Voy para allá –dijo Ethan.

Cinco minutos después, entraba en la heladería y localizaba en seguida a Greg y a los chicos. Para su consternación, vio que Gabi y Samantha Castle acababan de dejar sus bolsos en la misma mesa antes de acercarse a la barra para pedir. Miró desconfiado a su amigo.

—¿Una trampa? –inquirió en voz baja.

Greg le lanzó una mirada inocente que no consiguió convencerlo.

—Acaban de entrar –susurró Greg–. Les dije que venías para acá y me preguntaron si podían sentarse con nosotros. Me pareció la respuesta más educada. ¿Vas a salir corriendo?

—Por supuesto que no –respondió Ethan, aunque eso era

precisamente lo que quería hacer. O lo que pensaba que debería hacer–. Será mejor que vaya a pedir a la barra.
Se colocó en la cola detrás de Samantha y Gabi.
–Vaya sorpresa –dijo.
–Estamos de noche de chicas –explicó Gabi con tono alegre–. Nos hemos puesto guapas, nos hemos atusado, hemos comido bien... Yo he saqueado mi boutique favorita y ahora vamos a disfrutar de un buen postre.
–¿Tú también has ido de compras? –le preguntó a Samantha.
–Ella no ha comprado ni una sola prenda –dijo Gabi, evidenciando su frustración–. Yo creo que lo ha hecho aposta, para hacerme sentirme culpable por haber derrochado tanto.
Samantha se encogió de hombros.
–Tengo un armario lleno de ropa que nunca me pongo. ¿Para qué comprar más?
Gabi se llevó una mano al corazón en un exagerado gesto de consternación.
–¿Qué clase de mujer dice una cosa así? Vas a aguarnos el placer de comprar al resto.
Ethan se echó a reír, aunque se preguntó si la contención de Samantha no tendría tanto que ver con una aversión a comprar como con sus finanzas. Ignoraba lo que podía ganar una actriz. Especialmente una que no estaba consiguiendo muchos contratos, como le había confesado ella misma.
–Lo único que puedo decir yo es que la actitud de Samantha es como música para los oídos de un hombre –dijo él–. Y dado que siempre estás preciosa –se dirigió directamente a ella–, no veo por qué necesitarías hacerte con un nuevo guardarropa cada pocas semanas, en todo caso.
–Gracias –dijo Samantha, con un sorprendente rubor en las mejillas.
Cuando por fin llegaron al mostrador, Ethan se ofreció:
–Los helados los pago yo.

—Puede que te arrepientas —le advirtió Samantha—. Gabi ha estado a régimen y yo ya te he hablado de mi adicción. Entre las dos, podemos agotar tu presupuesto para helados.

—Correré el riesgo —dijo Ethan.

—De acuerdo entonces. Tú lo has querido —dijo Gabi antes de pedir un *banana split* como para dos o tres personas.

Samantha mostró algo más de contención al pedir un helado grande de fruta, crema y nueces con doble ración de caramelo caliente.

—Yo tomaré lo mismo que ella —dijo Ethan, señalando el helado—. Por supuesto, para mí esto es la cena —le sonrió.

—Y, para mí, un regalo de Dios —replicó Samantha—. No vas a conseguir que me sienta culpable.

Él se echó a reír.

—Esa jamás ha sido mi intención —solo había querido volver a ver el rubor de sus mejillas. No lo decepcionó.

De vuelta en la mesa, los chicos de Greg compitieron por conseguir la atención de Ethan. Tenía a uno sentado en las rodillas y a otro apoyado contra su costado, cuando distinguió una expresión de envidia en el rostro de Samantha. Le resultaba fácil identificarse con aquella expresión. Consciente de la sensación de vacío que solía acompañar aquellos sentimientos, se inclinó hacia ella.

—¿Estás bien?

—Sí, solo estaba pensando en lo bien que te llevas con ellos —dijo—. Y te he visto con B.J., también. Se te dan de maravilla.

—Es una buena cosa, dado el número de niños que veo en la clínica todos los días.

—¿No hace eso que te entren ganas de ser padre?

—Algunas veces, sí —respondió, sincero—. Lo que pasa es que sé que no está en mis perspectivas. ¿Qué me dices de ti?

—No estaba segura de tener algún instinto maternal hasta la primera vez que tomé en brazos a la niña de Gabi.

Ahora en cambio... –suspiró–. ¿Pero por qué desear algo que no es nada probable que tenga?

–No es demasiado tarde para ello. Andas por la treintena, ¿no?

–Sin ninguna relación a la vista –le recordó. Una sonrisa asomó a sus labios–. A no ser que tú te ofrezcas voluntario.

Esa vez fue él quien se ruborizó. Pudo sentir cómo se le acaloraban las mejillas mientras reflexionaba sobre la idea solo por un instante. Él. Samantha. Un bebé. Toda una imagen, pensó, recordando el comentario de Boone de hacía un rato.

–Estoy seguro de que en cuanto anuncies que quieres un bebé, te saldrán un montón de voluntarios –dijo, aunque atragantándose casi con las palabras. Detestaba la idea de que la tocara cualquier hombre que no fuera él, pero no tenía derecho alguno a sentir unos celos tan fuertes.

–Solo que ninguno serviría –repuso con resignada expresión.

Ethan se quedó aliviado de escuchar aquello, aunque se esforzó por disimularlo.

Afortunadamente, en aquel preciso momento, Greg apareció a su lado.

–Bueno, Cameron y Lily, ha llegado el momento de dar las buenas noches. Tengo que acostaros.

–Pero nosotros queremos quedarnos con el tío Ethan –protestó Lily, aferrándose al brazo de Ethan.

–Las niñas pequeñas como tú necesitan dormir bien para poder crecer mucho y hacerse muy guapas –le dijo Ethan enfáticamente.

Lily lanzó una mirada tímida a Samantha.

–¿Cómo ella?

Ethan sonrió.

–Exactamente, como ella.

–¿Es tu novia? –quiso saber Lily.

Greg se rio de la sobresaltada expresión de Ethan, pero se apresuró a levantar a su hija en brazos.

–Basta ya de preguntas personales. No es de buena educación.

–Pero tú siempre dices que si quiero saber algo, tengo que preguntarlo –protestó Lily, obviamente confusa por la contradicción.

–Uno de estos días tendremos una larga conversación sobre qué preguntas son aceptables y qué otras no –dijo Greg–. Creo que dejaré que tu madre se encargue de eso. Dale las buenas noches al tío Ethan.

Ambos niños se despidieron con fuertes abrazos antes de correr hacia la puerta. Greg le hizo un guiño.

–Disfrutad del resto de la tarde.

Ethan tuvo el presentimiento de que su tarde iba a ser mucho menos estresante que la de Greg, que se dirigía de vuelta a casa con dos niños con el nivel de glucosa muy alto.

Capítulo 9

No bien se hubo marchado Greg con los niños, Gabi soltó un exagerado bostezo y se levantó.
—Creo que yo también voy a retirarme. Es la maldición de la maternidad, ya no me queda estamina. Ethan, ¿te importaría llevar a Samantha a casa? Sé que todavía no está lista para dar por terminada la velada.
Antes de que Samantha pudiera protestar o Ethan replicar algo, Gabi dio por garantizada su conformidad y abandonó la heladería.
—Eso ha sido muy sutil —comentó Samantha, avergonzada por el evidente complot. Se levantó de la mesa—. Todavía puedo alcanzarla.
Ethan le agarró la mano y negó con la cabeza.
—No, está bien. Tú no has terminado tu helado y yo tampoco. Quédate.
—¿Estás seguro? —inquirió, sorprendida por su fácil aceptación de la situación.
—Dado que acabo de ver salir a tu hermana del aparcamiento como si hubiera sonado el toque de queda, yo diría que tengo que estarlo —contestó, irónico—. No quería arriesgarse a que salieras corriendo tras ella.
—La verdad es que yo antes pensaba que ella era inmune al gen casamentero de la abuela, o al menos reacia a él, dados los esfuerzos que hicimos todas por juntarla con

Wade, pero supongo que estaba equivocada –dijo Samantha, encogiéndose de hombros con gesto resignado. Hizo a un lado los restos de su helado–. En cuanto a esto, mis ojos eran más grandes que mi estómago. Es difícil de imaginar, pero no puedo más.

–¿Quieres que demos un paseo? –le preguntó Ethan, sorprendiéndola de nuevo–. Podríamos ir en coche hasta el muelle de la ciudad y pasear por la arena hasta el final.

–Sí, un paseo estaría bien. Hace una noche preciosa –una romántica noche de luna llena, añadió para sus adentros. ¿Pondría eso a Ethan del mismo humor que estaba ella? ¿O sería inmune a tales cosas?

Para cuando llegaron al muelle, el cielo se había oscurecido y una enorme luna proyectaba su luz sobre el mar, arrancando reflejos de plata a las olas. Pasearon por el borde del agua. Samantha se quitó los zapatos y dejó que las olas bañaran sus pies. Iba a sugerirle a Ethan que hiciera lo mismo cuando se acordó de que caminar por la arena podría resultarle difícil con su prótesis y que el agua tampoco le haría ningún favor. Dado que había sido él quien había sugerido el paseo, sin embargo, decidió no insinuarle que pensaba que no podría hacerlo. Él conocía sus propias capacidades mejor que nadie, y obviamente se enorgullecía de su destreza con la pierna artificial.

En lugar de ello, se concentró en el sereno paisaje que se extendía ante ellos.

–Qué hermoso, ¿verdad? –dijo, incapaz de evitar un tono nostálgico–. Nunca he visto cielos tan claros en Nueva York.

–Sí que es hermoso –confirmó Ethan con una voz extraña.

Cuando alzó los ojos hacia él, vio que la estaba mirando intensamente.

–Samantha... –se interrumpió.

Ella se acercó.

–No digas nada –susurró al tiempo que le ponía una

mano en la mejilla. La áspera textura de su piel era tan masculina... Al igual que su calidez.

—Ha sido una mala idea —murmuró él, aunque a continuación desmintió su propia advertencia y se inclinó para acariciarle los labios con los suyos.

Por el contrario, Samantha pensó que había sido una idea excelente y se perdió en aquel beso. Era dulce, tierno y contenido, pero bajo su superficie corría una sensación de urgencia. Anheló desesperadamente liberarla y obligar a Ethan a que la besara como había hecho un millar de veces en sus fantasías de adolescente.

Se atrevió a tocar con la lengua la línea de sus labios, obteniendo como recompensa un gemido de placer. Sin embargo, casi al mismo tiempo, él apoyó las manos sobre sus hombros y retrocedió un paso, exhibiendo la misma exasperante contención que había presidido todos sus encuentros.

Samantha se preguntó cómo podrían pasar a aquella nueva fase cuando, en lo más profundo de su ser, él no parecía desearlo.

—Sigo pensando que estamos jugando con fuego —dijo él.

Ella sonrió ante la preocupación de su voz.

—Eso espero —replicó, deseosa de realizar todos aquellos antiguos sueños sin importarle que estuviera poniendo en riesgo su propio corazón.

Él abrió mucho los ojos ante lo atrevido de su respuesta.

—¿Realmente quieres matarme, verdad?

—Espero que no. Solo quiero tentarte.

—Eso lo consigues simplemente cuando te veo aparecer —repuso él con inesperada sinceridad—. Esto va más allá de la tentación, Samantha.

—No si todavía seguimos aquí en vez de irnos corriendo a tu casa —le dijo.

Ethan sonrió al escuchar eso y retrocedió otro paso.

—Cosa que no vamos a hacer —declaró con firmeza—. Uno de los dos tiene que pensar con claridad. Yo no puedo darte lo que tú necesitas, Samantha. No creo en los «para siempre» ni en los finales felices. Aunque existan, sé que no estoy hecho para ellos. Y tú solo estarás aquí durante una semana más o así. ¿Para qué empezar algo que solo puede terminar mal?

Si Samantha no hubiera visto la lucha interior que subyacía bajo aquellas palabras, podría haber presionado más, pero... ¿cómo podía hacerlo, sabiendo que Ethan, el hombre que nunca se arrepentía de nada, estaría cargado de arrepentimiento por la mañana? Y ella también, muy probablemente. Tal vez no estuviera de acuerdo con las restricciones que él había puesto a su vida, pero... ¿cómo podía no respetarlas?

—¿Podemos sentarnos simplemente en el muelle, a disfrutar de la noche? —le preguntó, nada dispuesta a dar la velada por terminada, no cuando no iba a tener el final que había esperado—. ¿Y conversar simplemente como amigos?

—Claro. Eso sí que podemos hacerlo —aceptó él, tomándola de la mano para regresar. La miró—. Solo para que lo sepas, Samantha, es posible que esta sea la cosa más difícil que haya hecho en toda mi vida.

—¿Rechazarme? —le preguntó, sobresaltada por su confesión.

Él asintió.

—¿Entonces por qué lo has hecho?

—Porque es lo más justo. Te mereces mucho más de lo que yo tengo que ofrecerte.

Samantha frunció el ceño ante la sugerencia de que él no se consideraba lo suficientemente bueno para ella.

—¿Puedo preguntarte algo?

—Por supuesto...

—Una de las razones por las que les dedicas tiempo a esos chicos es para estimular su autoconfianza, ¿verdad?

–Absolutamente.
–¿Cómo puedes ayudarles tan bien entonces cuando la imagen que tienes de ti mismo es tan mala?
Un profundo ceño se dibujó en su frente.
–Mi autoconfianza está bien.
–Y sin embargo acabas de decirme que no tienes suficiente que ofrecerme ni a mí ni, presumiblemente, a cualquier otra mujer. Si quieres saber mi opinión, es tu antigua novia la que ha hablado por ti y ya hemos convenido en que era una imbécil.

Ethan pareció sorprendido por su lenguaje tan directo.
–Solo estoy siendo realista –insistió–. Pese a todas las cosas que hemos descubierto que tenemos en común, todavía son muchas las que nos convierten en una pareja fallida. Y no es la menos importante de ellas que tú te encuentres en la necesidad de averiguar lo que quieres hacer realmente con tu vida.

Quiso decirle que ya lo había averiguado, que lo quería a él y que quería tener una familia y un hogar allí mismo, en el pueblo, pero, ¿cómo podía hacerlo? La idea seguía siendo demasiado nueva para ella, demasiado incierta. Dejó que su silencio hablara por sí mismo, para que pensara que había dado en el clavo porque honestamente no podía negar que lo había hecho.

Estaban sentados en un banco del muelle a la luz de la luna cuando él la miró, con un brillo de anhelo en los ojos. Le acarició la mejilla con una mano conmovedoramente temblorosa. Samantha quiso apoderarse de ella, depositar un beso en su palma, pero se contuvo.

–Tú averigua lo que quieres hacer –le dijo él con tono suave–. Después hablaremos.

Aunque el comentario le ofrecía más esperanzas que cualquier otro que le hubiera dirigido antes, no quedó satisfecha con la concesión.

–Pues para que lo sepas, en mi opinión, hablar está sobrevalorado.

–Y sin embargo te subes a un escenario y hablas para ganarte la vida –se burló de ella, en un evidente intento por animarla.

–Esas son siempre las palabras de otro, los sentimientos de otro –replicó–. Yo lo que digo es que, en el mundo real, existen maneras mejores de comunicarse.

Él le pasó un brazo por los hombros, haciéndola entrar en calor cuando la sintió estremecerse con la brisa del mar.

–Ese es tema para otro día. Concentrémonos en el aquí y el ahora. Tú. Yo. La luz de la luna. El rumor de las olas. ¿No es maravilloso?

Era más de lo que él le había ofrecido nunca, así que lo aprovechó. Se dejó envolver por aquel calor, por aquella sólida fortaleza, y suspiró.

–Es un momento perfecto –repuso con voz temblorosa.

Aunque existía una buena posibilidad de que toda aquella dulce cercanía sin ninguna contraprestación pudiera volverla un poco loca.

Mientras conducía a casa de Cora Jane, Ethan se sentía como si hubiera rozado el mayor de los peligros para salir con poco más que algunas heridas de guerra. Había deseado todo lo que Samantha le había estado ofreciendo en la playa, lo había anhelado con una intensidad que no había vuelto a experimentar desde que estuvo comprometido. Le gustaba que ella desafiara sus suposiciones, le gustaba que lo tentara deliberadamente, que pusiera en riesgo sus propios sentimientos. La atracción que sentía por ella había subido varios grados aquella noche. Pero la atracción no duraba para siempre. Su compromiso anterior constituía una buena prueba. Y cuando desaparecía, los corazones podían romperse. Y no quería que uno de esos corazones fuera el suyo, de la misma manera que no deseaba volver a pasar por aquel dolor.

Sabía que iba a pasar una solitaria noche en su fría

cama arrepintiéndose de no haber cedido, pero también que por la mañana sería capaz de mirarse al espejo. El sexo habría sido fácil. Hacer lo correcto siempre pasaba factura.

Nada más aparcar en el sendero de entrada de la casa de Cora Jane, se volvió para mirarla.

–¿Alguna idea sobre la agenda de mañana? ¿Tenemos alguna tarea relacionada con la boda?

–Los padres de Boone volarán hacia aquí con sus respectivas parejas. Él nos espera a todos a cenar en el restaurante, en el salón privado. Personalmente, creo que deberíamos hacerlo en el comedor principal, como todo el mundo.

–¿Y eso por qué?

–¿Has estado alguna vez con sus padres al mismo tiempo? Ahora que su madre va por su tercer o cuarto marido, apenas se hablan. Ella siempre tiene algún cruel comentario para la esposa florero de su ex, para empezar las hostilidades. Él replica en el mismo tono y a partir de ese momento todo va cuesta abajo.

Ethan esbozó una mueca.

–No he vuelto a encontrármelos desde su divorcio. Quizá deberíamos incluir también a los Farmer, para completar el círculo de bandos en guerra.

–¿Estás de broma? Emily me dijo que Boone insistió en que los invitara a la boda como gesto de cortesía. Pensó que quizá finalmente aceptarían la situación por el bien de B.J.

–Entiendo que no lo hicieron –dijo Ethan.

–No. Jodie rompió la invitación. Incluso tachó la dirección preimpresa en el sobre porque era de Emily y le envió los trozos directamente a ella.

Ethan suspiró ante la respuesta demasiado típica de aquella mujer, con su intento deliberado de infligir dolor a Boone.

–Espero que uno de estos días sea capaz de superar su dolor y su furia, aunque solo sea por el bien de B.J. –dijo él–. B.J, no necesita sentirse como si estuviera desgarrado entre sus abuelos y su madrastra. Los quiere a todos.

–Y los necesita –convino Samantha–. Solo que no comprendo por qué Jodie no puede ver que ella es su vínculo con su madre. Son tantas las historias que ella puede compartir con él, historias que B.J. necesita escuchar... Era muy joven cuando Jenny murió. Sé que él no quiere olvidarse de su mamá. Pero si Jodie se empeña en comportarse así, al final terminará enajenándose al chico.

–Detesto ver a los niños en la línea de fuego de las guerras de los adultos –comentó Ethan–. Habitualmente eso sucede después de un divorcio. Incluso Boone, uno de los hombres más estables que conozco, carga con el bagaje de la ruptura de sus padres. Por supuesto, en su caso, eso se convirtió en algo positivo. Trabaja dos veces más duro para proteger a B.J. y para mantener las paces con los Farmer, incluso cuando Jodie lo convierte en una tarea casi imposible.

–¿Qué me dices de tu familia? –le preguntó Samantha–. Yo solo recuerdo haber visto a tus padres en los partidos de fútbol americano en las pocas veces que veníamos aquí, en otoño, para visitar a la abuela. Ciertamente parecían estar muy unidos en tu apoyo.

–Estaban felizmente unidos, punto. Se jubilaron y se trasladaron a Asheville. Se sientan en su porche por las tardes, de la mano, a contemplar la puesta de sol en las montañas. Me siento de más cada vez que les visito.

–¿Puedes ver ese nivel de compromiso y no creer en los finales felices? –le preguntó Samantha, mirándolo incrédula.

Ethan entendía la contradicción. Había forcejeado con ella en alguna que otra ocasión, aunque no últimamente. Algo le decía, sin embargo, que Samantha iba a hacer que se cuestionara todo lo que había pensado hasta el momento sobre el amor.

–Ellos son la excepción, que no la regla –dijo al fin–. Y, por supuesto, hubo un tiempo en que yo quise lo que ellos han encontrado.

—Y luego vino la imbécil —comentó Samantha, sarcástica.
—Lisa.
—Mi argumento es que has dejado que una sola manzana podrida arruine una vida entera de recuerdos aparentemente buenos. Ella no se merece tener tanto poder sobre ti.
—Intelectualmente, eso lo sé —convino él—. Y creo que ya hemos hablado de esto bastante por esta noche.
—Quizá, dado que obviamente no estoy haciendo ningún progreso para hacerte cambiar de idea —repuso ella, evidenciando su frustración.
—¿Quieres volver a intentarlo mañana? —le preguntó—. Podría recogerte para ir a esa cena.
Ella frunció los labios.
—¿Como gesto de cortesía o como cita?
Él se habría sentido más cómodo calificándolo de lo primero.
—¿Tenemos que definirlo?
—Creo que deberíamos.
Ethan reflexionó sobre ello. Sabía cuál era la respuesta sensata. Reconocía también que eso no engañaría a ninguno de los dos.
—Podríamos calificarlo de cita —dijo, esperando que sonara perfectamente natural—. Y echar un hueso a los sabuesos metomentodo.
Ella le dio una palmadita en la mejilla.
—Si lo dices con tanto entusiasmo —se burló—, esperaré ansiosa el momento —abrió la puerta, se bajó del coche y se inclinó luego sobre la ventanilla abierta—. Solo para que lo sepas, dado que es una cita, esperaré también ansiosa el beso de buenas noches al final de la velada.
Dicho eso, se marchó contoneándose, dejando a Ethan con el corazón en la garganta y una montaña entera de expectativas.

—Corre el rumor de que saliste con Samantha anoche –

le dijo Boone a Ethan cuando se dejó caer por su casa el sábado por la mañana con dos grandes recipientes de café y una caja de donuts calientes.

Ethan miró el ofrecimiento con expresión desconfiada.

—No necesito preguntarte por qué estás aquí —comentó con tono seco—. ¿Quién te ha enviado? ¿Emily o Cora Jane? ¿Y qué os hace pensar a cualquiera de vosotros que esa información se puede comprar con café y donuts?

Boone sonrió.

—La experiencia me ha enseñado que eres mucho más accesible una vez que has tomado café. Los donuts fueron idea de Gabi. Creo que Wade empezó a hacer grandes avances con ella a partir del momento en que apareció con ellos. Pensé que merecía la pena intentarlo. Además, nunca desaprovecho la oportunidad de comprar una caja de estos.

Demostró lo dicho abriendo la caja y pescando un clásico donut glaseado, que se acabó de tres bocados antes de tomar otro de chocolate.

Apoyado en el mostrador de la cocina, Ethan bebió un sorbo de café y sacudió la cabeza mientras veía a Boone devorar tres donuts seguidos.

—¿Te importaría explicarme por qué estás tan nervioso? —le preguntó al fin, colocando la caja fuera de su alcance antes de que su amigo se pusiera enfermo.

—No estoy nervioso —insistió Boone—. ¿Por qué tengo que estar nervioso? Estoy a una semana de casarme con la mujer de mi vida.

—¿Así que no te estás replanteando lo de Emily?

—Ni por asomo —declaró con tono enfático.

—¿Qué pasa entonces?

Boone titubeó antes de preguntarle:

—¿Me juras por Dios que no dirás una palabra de esto a nadie?

—Como padrino y amigo tuyo, mis labios están sellados —prometió Ethan.

–Es todo este asunto de Los Ángeles –admitió Boone en voz muy baja, como si temiera que pudieran oírlo–. El restaurante marcha divinamente. Emily está toda concentrada en esas casas que está diseñando y reformando. B.J. está en un buen colegio.

–¿Pero...?

–Odio Los Ángeles –admitió Boone–. Ojalá pudiera explicarlo, pero no tengo una respuesta para ello. ¿Cómo se supone que voy a convencer a Emily de que nos vayamos de allí cuando ni yo mismo puedo explicarme por qué ese lugar me vuelve tan loco?

–Algo me dice que en realidad no se trata de Los Ángeles –dijo Ethan, empatizando con él.

–¿De qué se trata entonces? –quiso saber Boone, anhelante de escuchar una opinión externa.

–Los Ángeles no es tu hogar –dijo Ethan–. Tú te criaste aquí. Aquí están tus raíces. Estás muy encariñado con Cora Jane, que es como si fuera ya un familiar tuyo. Ahora incluso Gabi y Wade se están instalando aquí, lo que significa más lazos familiares. Aquí empezaste tu negocio. Incluso Josie y Frank están aquí. Este es tu hogar. Es tan sencillo como eso.

Un brillo de comprensión iluminó los ojos de Boone.

–Eso es, exactamente. Y me siento tremendamente culpable, porque puedo ver que Emily está encantada con Los Ángeles. Se supone que tu casa tiene que estar donde está tu corazón, ¿verdad? Y Emily es mi corazón.

–Pero tú, como yo, llevas en la sangre Sand Castle Bay y la brisa del mar.

–Es un pueblo de costa –replicó Boone–. Con mucha agua. Pero Los Ángeles también tiene un océano muy grande.

–No es lo mismo –dijo Ethan–. Está en la costa equivocada, para empezar.

Boone se echó a reír, tal y como él había pretendido.

–Eso es cierto, pero no creo que Emily lo considere un

buen argumento. Así que, ¿cómo se lo digo? ¿Y se lo digo o no se lo digo? Quizá lo que tenga que hacer sea tragármelo y resignarme a seguir allí.

Ethan lo miró preocupado.

–¿Todavía no has hablado de esto con ella?

Boone sacudió la cabeza con expresión entristecida.

–¿Cómo podría? Está tan entusiasmada con su trabajo, tan agradecida de que me fuera yo allí... Supongo que se habrá imaginado que se trata de algo permanente.

–¿Y tú nunca le insinuaste que para ti era una especie de compromiso temporal?

–No. Yo no quería una relación a larga distancia, así que le propuse una solución. Abrir un restaurante allí, darle algún tiempo para que aprovechara la increíble oportunidad que se le había presentado y luego volvernos aquí. Di eso por entendido.

–¿Pero ella se imaginó que eso era algo permanente?

–Sí, y ya está mirando algunos proyectos que podrían prolongarse hasta el año que viene o el otro –explicó Boone–. Tan pronto como me habló de ello, me di cuenta de que no estábamos en absoluto sintonizados.

–Entonces tendrás que decírselo –le recordó Ethan.

–¿Una semana antes de la boda? –protestó Boone–. ¿Cómo podría hacer eso?

–Porque si esperas hasta después, todo este asunto te estallará en la cara. Resuélvelo ahora, amigo. Ese es mi consejo.

Boone suspiró.

–Sé que tienes razón –miró su reloj y gruñó, soltando un taco–. Mi querido papá y su joven y pizpireta esposa vendrán en cualquier momento. Mi madre también llegará muy pronto. Será mejor que vuelva a casa antes de que estalle la guerra –lanzó a Ethan una mirada de cansancio–. ¿Vendrás a cenar esta noche, verdad?

–Lo estoy esperando ansioso –respondió Ethan, irónico.

–Ya, seguro –replicó Boone. Entrecerró los ojos–. ¿Es

cierto que te llevarás a Samantha? En ese caso, sí que no me extrañaría nada que estuvieras esperando ansioso el momento.

–Sí, pienso recogerla –reconoció Ethan–. Pero no le des demasiada importancia. De hecho, puede que quieras plantearte la posibilidad de que simplemente estemos jugando a ejercer de pareja feliz antes de tu gran día. Tengo entendido que es algo que el padrino y la dama de honor están casi obligados a hacer. Intenta meterte en mi vida, y convertiré la tuya en un infierno –miró sonriente a su amigo–. Es solo una expresión. No te lo tomes a mal.

Boone se echó a reír.

–Mensaje recibido. Me haré a un lado. Por desgracia, no puedo hablar en nombre de mi futura esposa, ni de su abuela, ni de su hermana.

Y allí residía, por supuesto, el verdadero peligro.

Gabi clavó en Samantha una mirada anhelante.

–¿Que pasó cuando os dejé a Ethan y a ti solos anoche? Suéltalo. Quiero detalles.

–Nada absolutamente –respondió Samantha, discreta–. Ah, y gracias por hacerlo. Conseguiste ponerme colorada.

–¡Oh, bobadas! –exclamó Gabi–. Tú no te pones colorada tan fácilmente. Tú deseas a Ethan. Todas estamos colaborando para que lo consigas.

–¿Cómo se supone que voy a saber si lo deseo realmente cuando el tiempo que pasamos juntos lo dedicamos en su mayor parte a intentar defendernos de mi desquiciada familia?

–Si no estás aprovechando estas pequeñas oportunidades –dijo Gabi–, entonces tú no eres la hermana a la que yo tenía por modelo en cuestión de citas amorosas.

Samantha sacudió la cabeza.

–Ese es precisamente el problema de tu teoría. A mí se

me daban fenomenal las citas. Era la reina de las citas... en el instituto, Gabi. Últimamente no. Y salir con alguien no es precisamente el objetivo aquí, ¿verdad?

—¿Y cuál podría ser el verdadero objetivo? —preguntó su hermana con un brillo en los ojos—. ¿Sexo? ¿Una corta aventura? ¿Una relación auténtica? ¿El matrimonio? Todos seríamos mucho más eficaces si supiéramos realmente qué es lo que persigues.

—Desde luego, mi objetivo no es mejorar vuestra eficacia. Quiero que me dejéis en paz —declaró Samantha, sabiendo perfectamente que eso no iba a ocurrir.

De hecho, Gabi se quedó callada, haciendo gala de la paciencia de una mujer que sabía que la táctica del silencio siempre funcionaba. Cora Jane siempre había sido famosa por su habilidad para sonsacar secretos a sus nietas simplemente sorbiendo su té y esperando.

—Llevo aquí una semana —dijo finalmente Samantha, exasperada—. Eso no es precisamente mucho tiempo para trazar un plan de futuro con un hombre al que apenas conozco. Soy consciente de que un antiguo flechazo por un tipo al que idolatraba desde lejos no es un fundamento muy sólido para una relación duradera.

Gabi asintió.

—Me parece justo. ¿Pero cuáles son tus inclinaciones? Te parece atractivo, ¿verdad?

—Por supuesto que lo es —reconoció Samantha, impaciente—. Pero esa no es base suficiente para una relación estable.

—Pero es un lugar fascinante por donde empezar —objetó Gabi.

—Y eso lo dice la mujer que se las arregló para ignorar al tórrido Wade durante meses.

La comparación hizo fruncir el ceño a Gabi.

—Cuando todas vosotras me lo plantasteis delante como si fuera un suculento postre, yo ya tenía una relación, ¿recuerdas?

—No, no la tenías —replicó Samantha—. Te estabas engañando a ti misma.

—Cierto, pero lo que pasa es que yo creía que estaba comprometida en un relación seria.

—Hasta que descubriste que no lo estabas. Y, aun así, te resististe.

—¡Estaba embarazada!

Samantha desechó también aquel argumento.

—Ya, bueno, pero eso no parecía molestar a Wade. Se enamoró de ti de todas formas.

—¿Por qué nos estamos desviando del tema? —preguntó Gabi, haciendo evidente su frustración—. Se trata de ti y de Ethan.

—Yo creía que esta era una conversación sobre la diferencia entre la atracción sexual y una relación significativa.

—Es lo mismo —insistió Gabi—. Una cosa lleva a la otra. Una relación significativa tiene que empezar de alguna manera. Y que Ethan se metiera corriendo en tu cama podría ser definitivamente un buen comienzo.

—Él no es de los que se meten corriendo en la cama de una mujer —dijo Samantha—. Admiro eso de él.

—¿Cómo lo sabes? ¿Es lo que dice él o acaso tú has intentado seducirlo?

—¡Basta! —exclamó Samantha, reacia a revelar tales detalles sobre su relación con Ethan—. Esto es ridículo.

Gabi abrió mucho los ojos.

—Lo has intentado, ¿verdad? —se regodeó en el descubrimiento—. Intentaste acostarte con él y él se negó.

—No pienso hablar de esto —dijo Samantha, recogiendo su café y retirándose escaleras arriba. De repente había recordado el lado negativo de estar rodeada de hermanas. Podían llegar a ser una plaga. Por una vez lamentaba que la pequeña Daniella no estuviera atronando la cabeza de Gabi con sus gritos, para distraerla de su misión mañanera.

En lugar de ello, Gabi subía las escaleras pisándole los

talones. Cuando Samantha le cerró la puerta de su dormitorio en las narices, su hermana simplemente la abrió y se metió dentro. Por desgracia, aunque las puertas tenían cerraduras, las llaves habían desaparecido hacía tiempo. Samantha se arrepintió de no haber buscado una solución para eso en su anterior visita.

–Vete –le ordenó–. Tienes diez segundos antes de que te tire rodando por la escalera.

Gabi se echó a reír con ganas.

–No me preocupa. Uno de estos días tendrás que admitir que no tienes la menor idea de cómo conseguir lo que quieres de Ethan, y tendrás que mendigar un consejo a Emily y a mí. Y a Cora Jane también.

En aquel momento Samantha estaba pensando que lo más probable era que les pidiera consejo sobre un buen lugar donde enterrar sus cadáveres.

Capítulo 10

La tensión que se respiraba aquella noche en el salón privado de Boone's Harbor era tan densa que podía cortarse con un cuchillo, pensó Ethan. Parte de ella podía atribuirse a las hirientes pullas que se estaban lanzando los padres de Boone, pero, al mismo tiempo, Samantha parecía encontrarse incómoda con Gabi, mientras que Boone y Emily estaban fuera, en la terraza, concentrados en lo que evidentemente era una discusión muy acalorada. Y tenía la horrible sensación de que sabía cuál era el tópico elegido.

–¿Qué les sucede a esos dos? –preguntó Samantha, señalando a la supuestamente feliz pareja mientras se reunía con él.

–Una diferencia de opiniones, diría yo –respondió Ethan–. ¿Qué me dices de ti con Gabi? ¿Ha pasado algo entre vosotras?

–Solo el típico desacuerdo entre hermanas –dijo, minimizándolo.

–Bueno, yo no tengo hermanas, pero a mí me parece algo más serio que eso–. No habréis discutido porque ella se largó corriendo de la heladería, ¿verdad? Ya te dije que no era para tanto.

–No, nada de eso –insistió ella, pero sin ofrecerle mayores explicaciones.

–Si tú lo dices... –repuso justo cuando la puerta que

daba a la terraza se abrió de golpe. Emily irrumpió dentro, recogió bruscamente su bolso de una mesa y atravesó el comedor ignorando a todo el mundo que se dirigió a ella, su abuela incluida.

–Oh, no. Esto no pinta nada bien –murmuró Samantha antes de correr tras ella, al igual que Gabi y que Cora Jane.

Boone regresó al salón con mayor parsimonia y expresión desconcertada.

–Lo siento –dijo con una voz lo suficientemente baja como para que solamente lo oyeran aquellos que tenía más cerca. Se dirigió directamente a la barra, pidió una copa y se volvió luego hacia todo el mundo. Ensayó una expresión animada, pero fracasó.

–Espero que os quedéis todos y disfrutéis de la cena –dijo, tenso–. Emily no se estaba sintiendo bien. Ha tenido que marcharse.

B.J. corrió al lado de su padre, todo preocupado.

–Papi, Emily parecía muy enfadada. ¿Os habéis peleado?

Boone acarició la cabeza de su hijo con un gesto poco entusiasta.

–Solo ha sido una pequeña discusión, hijo.

Ethan sospechaba lo contrario. Sospechaba también que Boone estaba a un pelo de desmoronarse, y no quería que eso ocurriera delante de B.J. Sin dejar de mirar preocupado a su amigo, se acercó a la madre de Boone.

–¿Podrían echar un ojo a B.J. un momento? Necesito hablar con Boone en privado.

La mujer parpadeó sorprendida ante la petición, obviamente nada acostumbrada al papel de abuela cariñosa, pero asintió con la cabeza.

–Claro. ¿Crees que están surgiendo problemas serios en el paraíso?

–Es difícil de decir –respondió secamente.

Los demás invitados, percibiendo una crisis grave, fueron lo suficientemente sensatos como para evitar a Boone.

Ethan se acercó a la barra, pidió una copa y esperó. Boone se terminó la suya delante de él y pidió otra más.

—¿He de suponer que has compartido con Emily tus reflexiones sobre Los Ángeles? —le preguntó Ethan al fin.

Boone respondió con una expresión irónica.

—Oh, sí. Una mala idea. Curiosamente, creo que ella lo había estado esperando, pero de todas maneras no se lo tomó nada bien.

—Mejor ahora que después —comentó Ethan, aferrándose a su argumento.

—Tú la has visto. ¿Te parecía como si pudiera perdonarme en algún momento de este siglo?

—¿Perdonarte por qué? ¿Por ser abierto y sincero con ella?

—No es exactamente así como ella lo ve. Me dijo... bueno, un montón de cosas, la más suave de las cuales fue que yo la había engañado. Creo que la palabra «traición» sonó unas cuantas veces también.

Ethan esbozó una mueca.

—De acuerdo, supongo que no puedes culparla del todo por sentirse así —comentó, y se apresuró a añadir—: No estoy diciendo que pretendieras hacerlo, por supuesto.

Boone le lanzó una mirada cargada de desolación.

—Todo ha terminado.

Ethan se lo quedó mirando incrédulo.

—No seas ridículo. Claro que no ha terminado —dijo con confianza, pero de repente lo estudió con gesto preocupado—. ¿Ella te dijo eso?

—No me arrojó el anillo a la cara, si eso es lo que estás preguntando, pero pudo haberlo hecho perfectamente. Dice que no quiere volver a verme, que quiere que esté fuera de la casa de Los Ángeles antes de que ella vuelva, dado que yo parezco odiarla tanto. Yo diría que eso me lo ha dejado perfectamente claro.

—El calor del momento —dijo Ethan, pese a que se preguntó por dentro si no sería algo más que eso.

–Puedo ver los signos muy claros –lo contradijo Boone, desalentado.

–Tú no eres adivino, Boone –replicó Ethan con un toque de impaciencia. Era plenamente consciente de la ironía de la situación: que él, precisamente, le estuviera soltando un discurso sobre el amor duradero. A pesar de ello, continuó–: Deja de anticipar el desastre. No es más que un bache en el camino. Lo solucionarás. Simplemente la has pillado desprevenida. Por sorpresa. Dale tiempo para que se serene y piense detenidamente sobre todo esto.

–Esta vez no –dijo Boone–. El tiempo no va a cambiar nada.

Ethan no estaba acostumbrado a defender las relaciones amorosas, pero se descubrió a sí mismo aconsejando a su amigo que confiara en lo que Emily y él tenían.

–La has herido. Y ella te está devolviendo el golpe. Por favor, no me digas que eres el tipo de hombre que se arruga ante la primera señal de problemas. Yo creía que esa mujer era el amor de tu vida. Ya la dejaste escapar una vez. Si lo vuelves a hacer, nunca te perdonarás a ti mismo.

–Fue ella la que se marchó –rezongó–. En ambas ocasiones.

–¿Quieres decir que es ella la que tiene que arreglarlo para que tu orgullo pueda permanecer intacto? Ese será un frío consuelo cuando estés solo en la cama. ¿Recuerdas la sensación?

Boone suspiró.

–Demasiado bien –admitió.

–¿Qué vas a hacer entonces?

–Ojalá lo supiera.

–Bueno, hablar conmigo no es la respuesta. Eso te lo aseguro.

–¿Crees que voy a poder acercarme esta noche a cincuenta metros de ella, una vez que Gabi, Samantha y Cora Jane conviertan aquella casa en una fortaleza contra el enemigo?

—Es una descripción muy dramática, pero la última vez que pasé por allí, todas esas mujeres te adoraban y deseaban que tú y Emily fuerais felices para siempre. Sospecho que te irá bien con ellas. Y ahora vete.

—Necesito ir a ver a BJ. —protestó Boone.

—Tu hijo está con su abuela. Ella se encargará de llevarlo a casa. Yo también estaré pendiente de él. Deja de perder el tiempo. Ve allí y humíllate ante ella, si es necesario.

—Humillarme es algo que puedo hacer —dijo Boone—. Pero eso no resolverá el problema central.

—De eso se trata el compromiso. Cedes un poco, ella cede otro poco, y... ¡*voilà*! La solución se materializa y la boda vuelve a estar en perspectiva.

Boone escuchó lo que él tenía que decirle y luego rio por lo bajo, irónico.

—No me extraña que no estés casado. Vives en una especie de mundo ilusorio por lo que respecta a las mujeres. Voy a pagar por esto. Me quedaré a vivir en Los Ángeles hasta que tenga noventa años solo para demostrarle lo mucho que la amo.

—Entonces no eres el hombre que yo creía que eras —le dijo Ethan—. Corre el rumor de que posees una gran habilidad para la negociación. Este es el momento de darle un buen uso.

Boone no parecía muy convencido, pero se marchó.

Ethan sacó el móvil y llamó a Samantha.

—¿Cómo van las cosas donde tú estás?

—Mal —contestó en voz baja—. Espera.

Esperó mientras ella buscaba aparentemente algo de intimidad.

—¿Ethan?

—Aquí estoy. Boone acaba de marcharse. Está de camino hacia allí para hacer las paces.

—¿En serio? ¿Está soñando? No puede presentarse aquí con flores y champán y esperar arreglar las cosas. Él indujo a Emily a creer que comprendía su necesidad de instalarse en Los Ángeles. Ella pensaba que tenían un acuerdo –soltó un suspiro y añadió–: Está bien, para ser sincera, ella pensaba que él se había adaptado.

–Y él pensaba que se trataba de un compromiso temporal –respondió Ethan.

–¿Él te habló a ti de eso? –le preguntó Samantha, incrédula–. ¿Tú sabías que quería volver a Sand Castle Bay?

–Lo hablamos esta mañana –le confesó–, pero yo ya había tenido la corazonada de que era eso lo que estaba pensando. Las raíces de Boone están aquí. Este es su hogar, al igual que lo es para mí.

–¿Y entonces? ¿Vosotros sois los hombres, luego ganáis?

–¿Por qué te estás enfadando conmigo? –le preguntó, perplejo por su actitud–. No es una cuestión de ganar o perder. Las parejas maduras contraen compromisos todo el tiempo. Ellos pueden repartir su tiempo de estar juntos entre las dos costas. O puede que Emily encuentre aquí un trabajo igualmente satisfactorio. Boone ya ha intentado lo de Los Ángeles. Quizá ella pueda hacer un intento similar con Sand Castle Bay. Yo no sé cuál es la solución para los dos. Lo único que sé es que ellos son los únicos capaces de encontrarla.

–Emily creía que ya la tenían.

–Luego no estaba realmente escuchando, ¿no te parece?

–No puedo hablar contigo ahora mismo –le espetó Samantha–. Mi hermana me necesita.

Era precisamente por eso, pensó Ethan mientras ella cortaba la llamada, por lo que no creía en los finales felices. Si Boone y Emily, que se profesaban prácticamente un amor eterno, ni siquiera podían llegar a pronunciar sus votos, ¿qué oportunidad les quedaba al resto de los mortales?

–¿Quién era? –preguntó Emily, desconfiada, cuando Samantha volvió a la habitación donde se encontraba, y donde no había dejado de llorar durante la última hora.

–Ethan –admitió su hermana–. Dice que Boone viene hacia aquí.

–No quiero verlo –dijo Emily, aunque con una expresión cargada de anhelo.

–¿De verdad crees que evitarlo es la respuesta? –le preguntó Gabi con tono suave.

–Ella sabe que no –la reprendió Cora Jane–. Cariño, los dos necesitáis hablar de todo esto. No dejes que se convierte en una montaña que luego no puedas escalar.

–¿Más grande que el grano de arena que tú crees que es? –preguntó Emily, cansada–. Se que te encantaría que me trasladara a vivir aquí.

Cora Jane la miró con expresión paciente.

–Donde tú vivas no es cosa mía. Boone sabía lo importante que era ese trabajo de Los Ángeles para ti, y se desarraigó a sí mismo y a B.J. para adaptarse. Incluso abrió un restaurante allí. Eso demuestra a las claras que estaba dispuesto a hacerlo para que fueras feliz.

–¿Y ahora me toca a mí hacer lo mismo? –inquirió Emily, triste–. Aquí no tengo nada.

–Excepto una familia, tu historia y un montón de posibilidades –le recordó Cora Jane–. Mientras que lo único que Boone tiene en Los Ángeles eres tú. Fue él quien hizo funcionar aquello.

–No seríais la primera pareja en cambiar los papeles – sugirió Gabi–. Yo eso lo he visto todo el tiempo. Uno recibe una oferta fantástica en algún sitio y la pareja se traslada con él. A la siguiente ocasión, los dos se mudan a donde el otro ha conseguido el trabajo de sus sueños.

–Yo también he visto eso –intervino Samantha–. Un actor consigue el papel de una película en una localización determinada y su esposa y sus hijos se adaptan. La próxima vez, la esposa obtiene un papel en una comedia y la empresa se instala en Los Ángeles mientras dura el rodaje. Así es como se hace.

–Si vas a darme una lección de madurez sobre cómo

hay que hacer las cosas, creo que te asfixiaré con una almohada –la advirtió Emily.

–Entonces no te la daré –repuso Samantha–. Aunque te la merezcas.

Emily suspiró.

–Haces que todo eso parezca tan condenadamente razonable... A mí no me lo pareció cuando Boone me soltó la bomba antes.

–¿Te exigió que volvieras directamente a Carolina del Norte después de la boda? –quiso saber Samantha.

–No. Solo dijo que esperaba que me lo pensara una vez que el proyecto de esos hogares de acogida estuviera terminado.

–Pues eso a mí me suena perfectamente razonable –terció Cora Jane.

Emily la miró ceñuda.

–Probablemente lo es. Lo que pasa es que lo sentí como una traición. Y fue todavía peor porque yo medio lo había esperado durante todo el tiempo. Yo había estado confiando en equivocarme en la percepción que tenía de lo triste que estaba él allí. No entiendo por qué tuvo que sacarlo ahora, a falta de unos cuantos días para la boda.

–Quizá entendió que tú te habías llevado una idea equivocada y pensó que era importante poner esa carta sobre la mesa antes de la boda –sugirió Samantha–. Quizá deberías apuntarle un tanto por intentar ser honesto y hablarte a las claras. ¿Cómo te habrías sentido si él se hubiera esperado para soltártelo dentro de unos meses?

–No quiero apuntarle ningún tanto –rezongó Emily, y suspiró cuando oyó que llamaban a la puerta principal.

–¿Vas a bajar? –le preguntó Samantha–. ¿O le decimos que se vaya?

Emily miró a su alrededor para encontrarse con las cansinas expresiones de todo el mundo, y volvió a suspirar.

–Por supuesto que voy a bajar –gruñó–. Pero él no se ha librado todavía.

–Ni yo lo había esperado –reconoció Gabi con una sonrisa.

Cuando Emily se disponía a abandonar la habitación, Cora Jane la llamó.

–¿Qué? –preguntó Emily.

–Simplemente ten presente lo mucho que amas a ese hombre y lo mucho que él te ama a ti. Haz eso y todo acabará saliendo bien –le dijo Cora Jane.

Samantha abrazó a su abuela.

–Es de ti de donde sacamos todas este optimismo romántico que tenemos –comentó, aunque no sabía muy bien si eso era un don o una maldición.

Cora Jane se volvió para hablar con Samantha tan pronto como Emily hubo abandonado la habitación.

–Hablemos ahora de ti –le dijo con un matiz implacable en la voz.

Samantha la miró sorprendida.

–¿Yo? ¿Por qué?

–¿Discutiste o no discutiste con Ethan cuando te llamó hace un momento para avisarte de que Boone estaba en camino? Cuando volviste con nosotras, pude ver en tus ojos que estabas furiosa.

–Está bien, sí. Me molestó que supiera lo que pensaba Boone y no nos hubiera advertido a ninguna –dijo Samantha.

–No le correspondía a él hacerlo –replicó Cora Jane con tono firme–. Y si estuvieras siendo justa con él, lo sabrías. ¿Estás buscando una excusa para mantenerlo a distancia?

–Oh, ella lo quiere mucho más cerca que eso –intervino Gabi con voz risueña.

–¡Gabriella! –protestó Samantha.

Cora Jane rio por lo bajo, satisfecha con la revelación.

–De acuerdo, entonces. Me alegro de haber estado equivocada. Llama a ese hombre y haz las paces con él. Una sola pelea de pareja es lo máximo que esta familia puede soportar por ahora.

—Lo llamaré por la mañana —dijo Samantha—. O lo veré en ese almuerzo que estás planeando. Imagino que idearás algo para que nos sentemos juntos.

Cora Jane le lanzó una mirada impaciente.

—Dejar bullir los malos sentimientos por la noche nunca es una buena cosa. ¿No os he dicho siempre que los buenos matrimonios se van a la cama con un beso, y no con un ceño?

Samantha sacudió la cabeza.

—No puedo evitar pensar que el hecho de mandar a alguien una noche a dormir castigado al sofá puede ser positivo.

Cora Jane meneó también la cabeza.

—De acuerdo, enfoquémoslo desde otro ángulo. ¿Cuándo resulta más fácil disculparse? ¿En el mismo instante en que has hecho algo malo o después de que has dejado que la mala acción crezca y crezca en la mente de la otra persona y en la tuya?

Samantha la miró ceñuda.

—¿Te estás refiriendo a aquella ocasión en la que esperé tanto para disculparme, cuando rompí aquel antiguo espejo de plata que había pertenecido a tu abuela, verdad?

—¿Cuántos días estuviste sufriendo antes de que finalmente me contaras la verdad y te disculparas? ¿Te sirvió de algo? ¿Te resultó más fácil después de haber esperado todo ese tiempo?

—No —respondió Samantha a regañadientes—. Y no pegué ojo en dos noches. Quizá, sin embargo, ese era el castigo que me merecía.

—¿Así que todo esto es para castigar a Ethan por haber sido más leal con su amigo que contigo? —le preguntó Cora Jane.

Supo por la resignada expresión de Samantha que había dado en el clavo al primer intento.

—Algo parecido —reconoció con inequívoca reluctancia.
Una sonrisa se dibujó en los labios de Gabi, que había estado escuchando con atención.
—Ahora viene la lección sobre la madurez, ¿verdad, abuela?
—Ahórratela —suplicó Samantha a Cora Jane—. Ya la he captado. Llamaré a Ethan. Espero que no te importe, sin embargo, que me cobre una pequeña satisfacción despertándolo de un profundo sueño.
—Algo me dice que estará tan despierto como tú —repuso su abuela, y se levantó—. Y ahora, si no os importa, voy a llamar a Jerry. Lo dejé prácticamente abandonado en la fiesta. Él también se merece una disculpa.
Samantha se volvió hacia Gabi.
—¿Qué me dices de ti? ¿Necesitas tú también disculparte con alguien esta noche?
—No. Wade y yo estamos bien. De hecho, está ahora mismo en la habitación de Daniella, durmiéndola.
—Bueno, por una vez, dile a ese hombre que se quede a pasar la noche aquí —decidió Cora Jane.
Dicho eso, abandonó la habitación, mientras Samantha y Gabi se la quedaban mirando boquiabiertas. Nada le gustaba más que sorprender a sus nietas y dejarlas con algo en qué pensar. Aquella noche había hecho un buen trabajo. Les había dado un pequeño empujón que, con suerte, volvería a equilibrar sus vidas. Apenas podía esperar para contárselo a Jerry.

Ethan había estado muy nervioso desde que Samantha le había colgado el teléfono. Se habría presentado con gusto en su casa para responderle con su versión de los hechos, pero imaginaba que con Boone allí intentando solucionar las cosas con Emily, ya había suficiente drama en aquella casa.
Se había dado una ducha, se había metido en la cama y

estaba mirando al techo cuando sonó el teléfono. Miró la pantalla y vio que era Samantha.

–Hola –contestó con tono helado.

–Estás enfadado –dijo ella enseguida.

–Enfadado, no. Estoy algo confundido por la forma en que lo sucedido entre Boone y Emily nos ha afectado a nosotros.

–Eso ha sido porque yo lo he convertido en asunto nuestro –admitió Samantha–. Y no debí haberlo hecho. Estoy segura de que Boone te lo contó como confidencia.

–Así es.

–Y yo habría pensado aún peor de ti si hubieras traicionado su confianza –admitió.

–Con lo que habría salido perdiendo de todas formas, ¿no?

Ella se echó a reír.

–Sí. Lo siento.

–¿Lo sientes de verdad? ¿O fue Cora Jane la que insistió en que te disculparas?

–Pudo haberme mencionado que pensaba que yo estaba equivocada y que te debía una disculpa. Aun así, de verdad que lo siento.

–Yo también. ¿Qué tal las cosas por allí?

–Boone está en casa. Emily bajó para hablar con él. Hasta el momento no ha habido gritos. Ni portazos. Y el coche de Boone sigue en la puerta.

–¿Entonces es posible que estén solucionando las cosas? –sugirió aliviado.

–¿Tienes miedo de que al final no vayas a ponerte el esmoquin?

–Créeme, eso no figura en mi lista de preocupaciones –dijo–. Si Boone no estuviera contando conmigo, con gusto me habría saltado esa parte.

–Apuesto a que estarás muy sexy con el esmoquin –dijo con voz baja, sensual–. Una mezcla de James Bond y George Clooney.

—Necesitaría algo más que un traje elegante para no desentonar con el ambiente —repuso—. Pero sospecho que estás haciéndome la pelota con todos esos cumplidos.

—No. Es así como te veo. Un hombre muy sexy. Y muy sofisticado.

—Soy un médico de pueblo —le recordó—. Puede que por fuera no desentone, pero yo nunca me sentiría cómodo en una gran ciudad como Nueva York.

—¿Es un aviso? —preguntó ella.

Ethan no lo había considerado así cuando lo dijo.

—En realidad, sí. Solo para que no haya equívocos entre nosotros al estilo de lo que ha pasado entre Boone y Emily.

—Así que, al contrario que Boone, ¿me estás dejando claro que no piensas comprometerte para nada?

Ethan detectó el desafío en su voz.

—Oh-oh. Volvemos otra vez a nosotros. Cariño, tú y yo tenemos diferencias que nada tienen que ver con nuestro lugar de residencia.

—¿Estás seguro? ¿No me dijiste una vez que una de las cosas que se interponen entre nosotros es que tú vives aquí y yo vivo en Nueva York?

Ethan suspiró.

—Supongo que sí. La distancia es un obstáculo en una relación, eso es indudable. Pero el problema no es ese. El verdadero problema es que tú crees en el amor y yo no.

—¿Entonces por qué te esforzaste tanto por que las cosas entre Boone y Emily funcionaran?

—Porque están enamorados. Incluso yo puedo verlo. ¿Pero yo? No estoy hecho para eso.

¿Demasiado egoísta? ¿Demasiado cínico? ¿Una autoestima demasiado baja?

Ethan comprendía exactamente lo que estaba haciendo. Estaba intentando provocarlo sugiriendo rasgos negativos de su persona que no quería reconocer que poseía. Aun así, no podía negar que había alguna verdad en todo aquello.

—Podría ser —admitió, sincero.

La manera en que contuvo el aliento le dijo que estaba sorprendida de que lo hubiera reconocido.

–¡Ethan, no hablarás en serio! En el poco tiempo que llevo aquí he podido ver lo bueno y generoso que eres, lo mucho que cuidas a la gente. Puede que quieras ser cínico, pero yo vi la expresión que tenías cuando me contaste lo enamorados que estaban tus padres. Y ya hemos agotado ese tema de la autoestima.

–¿A dónde quieres llegar?

–Creo que si piensas así del amor es porque te asusta –le dijo–. Ya conoces el dicho: quemado una vez, dos veces tímido. Tú te quemaste, mucho. No sería de extrañar que no quisieras arriesgarte de nuevo, colocarte a ti mismo en una situación de vulnerabilidad. El amor te puede desgarrar el corazón. De eso no hay duda. ¿Para qué arriesgarlo? ¿No es esa tu filosofía? ¿No es eso lo que te mantiene sentado en el banquillo?

Lo que le estaba sugiriendo sonaba terriblemente parecido a que era un cobarde. Eso escocía. Y sin embargo no podía decirle que estaba equivocada cuando había dado tan cerca del blanco. Nunca más quería volver a sentirse como se había sentido cuando Lisa lo dejó plantado. Le gustaba pensar que era un tipo lo suficientemente duro como para superar el abandono de una mujer. Pero era lo que le había dicho Lisa lo que no podía sacarse de la cabeza.

Por supuesto, siempre podía argumentar que no habían estado realmente enamorados, o no al menos con la clase de amor en el que obviamente creía Samantha. Aquel profundo y comprometido amor no se evaporaría a la menor señal de problemas... o ante una pierna de menos.

–¿Tienes algún título en psicología? –le preguntó, irritado.

–Presto mucha atención a la naturaleza humana. Eso me ayuda en la interpretación –respondió, nada ofendida por su comentario–. ¿Estoy equivocada?

–No del todo –admitió.

—¿Puedo preguntarte otra cosa? ¿Me responderás con sinceridad?
—Si puedo...
—¿Me parezco yo en algo a tu ex?
—¡Cielos, no! —exclamó, enfático.
Ciertamente, había querido que fuera frívola y vanidosa, pero para poder superar la inequívoca atracción que existía entre ellos. En lugar de ello, había descubierto que era una mujer con sustancia, que se preocupaba por su familia, incluso cuando esta la sacaba de quicio. Y eso era lo que hacía que fuera tan difícil resistirse a ella.
Ella se echó a reír ante su expresiva respuesta.
—Bueno, menos mal. Por cierto, ¿cómo te enamoraste de una mujer así?
Tuvo que pensar sobre ello. En aquel momento, su impresión sobre Lisa estaba seriamente afectada por todo lo que había sucedido. ¿Qué había visto en ella en un principio?
—Era guapa e inteligente —dijo al fin—. Me hacía reír. Yo era un tipo muy serio en aquel entonces. Trabajé duro, primero en la Facultad de Medicina, luego en el internado y la residencia. Ella me animaba. Me hacía reír.
—Todo eso suena muy bien —comentó Samantha.
—Lo mismo me parecía a mí —dijo él—. Pero no hubo motivos de risa cuando volví de Afganistán. Y eso hizo que me diera cuenta de que las cosas que ella había amado de mí eran, irónicamente, lo bien que me quedaba el esmoquin y el futuro que se imaginaba como esposa de un reputado cirujano de la gran ciudad.
—Y luego tú decidiste abrir una clínica en Sand Castle Bay —concluyó Samantha.
—Eso es. Creo que esa fue una de las decepciones que se llevó, pero no la única.
—¿Cuál más?
—La última vez que me vio, yo no tenía precisamente el aspecto de un modelo de Armani. Me había dejado crecer

el pelo y la barba, porque ya me daba todo igual. Apenas podía entrar andando en el salón del ayuntamiento, para no hablar de bailar en el club de campo. Y trataba a todo el mundo como si fuera un oso con una espina clavada en la garra, saltando con el más inocente de los comentarios.

—Muy comprensible —insistió Samantha—. ¿Cómo podía no darse cuenta ella?

—Toleraba mi pésimo humor sorprendentemente bien, hasta se las arreglaba para hacerme reír de cuando en cuando. Pero claramente no podía imaginarse un futuro con un hombre que no podía seguir su paso ni llevarla a los lugares a los que quería ir.

—Y sin embargo seguiste intentándolo —dijo Samantha—. No te dejaste vencer. ¿Eres consciente del hombre tan excepcional en que te convierte eso?

—No tan excepcional. Irónicamente, tengo que agradecerle a ella mi recuperación. El hecho de que me abandonara reforzó mi determinación de no rendirme nunca por haber perdido la pierna.

—Entonces no lo hagas —dijo Samantha—. Si no abres tu corazón, nunca vivirás una vida completa, Ethan. Arriésgate. Si no conmigo, con otra.

Ethan suspiró cuando ella, una vez más, cortó la comunicación. Quería hacer lo que ella le pedía, quería correr aquella clase de riesgo emocional. Pero al mismo tiempo se daba cuenta, cada vez más, de que si se atrevía a hacerlo, tendría por fuerza que ser con Samantha. Y ninguno de los problemas que él acababa de mencionarle iba a desaparecer. Ni tenía fácil solución.

Quizá fuera por eso por lo que era mejor dejar el amor para los más jóvenes, pensó con un punto de consumado cinismo. Los mayores eran más cínicos. Comprometerse les resultaba más difícil.

Y, sin embargo, no podía evitar pensar que quizá la recompensa mereciera la pena.

Capítulo 11

Después de hablar con Ethan, Samantha se quedó un rato en lo alto de las escaleras por si podía escuchar aún a Boone y a Emily. Tenía ganas de salir al porche y pensar sobre su conversación con Ethan, pero no quería interrumpir a la pareja si todavía estaban intentando solucionar las cosas.

Pero del salón no salía ningún ruido. Avanzó de puntillas hasta asomarse a la puerta. Vio a su hermana con la cabeza cómodamente apoyada en el hombro de Boone, envuelta en sus brazos. Ambos estaban dormidos, o eso parecía.

Intentó pasar de largo por delante de ellos, pero Boone abrió rápidamente los ojos.

–Lo siento –susurró ella–. ¿Todo bien?

–Estamos en ello, creo –respondió él–. ¿Vas a salir?

–Solo al porche. Todavía no tengo ganas de acostarme. Cierra los ojos. Creo que recogeré la manta del sofá y dormiré fuera esta noche. No volveré a cruzar el salón.

Boone frunció el ceño.

–No necesitas hacerlo.

Ella sonrió.

–Nunca se sabe. Emily podría despertarse y las cosas podrían tomar un giro interesante...

Boone rio por lo bajo.

—Eso no es muy probable. Ella todavía está en proceso de perdonarme.

—Bueno, pues buena suerte con eso —le deseó Samantha antes de dejarlos solos. Al menos aquella vez se estaban esforzando por comunicarse, en lugar de instalarse en sus respectivos rincones para dejar que sus heridas supuraran y los destrozaran.

Una vez en el porche se instaló en el diván, envuelta en la manta, y dejó correr los pensamientos. ¿Superaría alguna vez Ethan el dolor que le había infligido Lisa y se permitiría volver a amar a alguien? Comprometerse a fondo en una relación ya era suficientemente inquietante en la mejor de las circunstancias. Ella había sido prudente y nunca se había llevado un desengaño grave. Quizá la gente que se arriesgaba más en el amor y perdía, nunca llegaba a superarlo del todo. En el caso de Ethan, un hombre que tenía tanto que ofrecer, pasar el resto de su vida solo sería una auténtica tragedia.

Estaba reflexionando sobre ello, y preguntándose si ella tendría la fortaleza necesaria para esperarlo mientras él forcejeaba con sus viejos fantasmas, cuando un coche entró en el sendero de entrada. Para su asombro, su padre bajó del mismo y se dirigió hacia la casa.

—¡Papá!

Él se detuvo en seco, escrutando las sombras.

—¿Sammi? ¿Eres tú?

—Sí. ¿Qué diablos estás haciendo presentándote aquí tan tarde?

—Obedecer órdenes —respondió, lacónico—. Tu abuela me informó de que estaba haciendo mal al no presentarme a ninguno de los eventos relacionados con la boda. Me dijo que si me perdía el almuerzo que daba mañana en honor de Emily y de Boone, no hacía falta que me molestara en venir a ningún acto más. Que no necesitaba estar aquí para pagar las facturas. Que me las remitiría a Raleigh y con un diez por ciento de recargo a cuenta de su trabajo de consul-

toría. Tengo la impresión de que estaba dispuesta a sustituirme como padrino de Emily, también.
Samantha rio por lo bajo.
—Chantaje, ¿eh?
Asintió con expresión humilde.
—Probablemente todavía tenga que darle las gracias por no haberme cargado un treinta por ciento —se sentó en una mecedora, a su lado—. ¿Qué estás haciendo aquí fuera a estas horas? Es casi medianoche
—Pensando en cosas —admitió.
—¿Como por ejemplo?
Ella vaciló, dudando de la ayuda real que podría recibir de su padre. Él nunca se había mantenido lo suficientemente cerca como para aconsejarla. Esa había sido la especialidad de su madre. Aun así, en aquel momento estaba allí y ella bien podía necesitar un oído amable y una perspectiva masculina.
—¿Te has preguntado alguna vez por lo que habrías hecho si todo ese asunto de la biomedicina no hubiera funcionado? —inquirió.
Supo, por la expresión de perplejidad de su rostro que distinguió a la luz de la luna, que le había preguntado algo que le resultaba inconcebible.
—No importa —añadió resignada—. Supongo que tú nunca has tenido ninguna duda sobre lo que querías, ¿verdad? Siempre fuiste igual de ambicioso y de decidido desde el principio.
—Claro que sí —replicó, pero luego la sorprendió al añadir—: Pero lo que yo quería realmente era montar la mejor clínica de pediatría oncológica del país.
Samantha se lo quedó mirando boquiabierta.
—¿Estás hablando en serio? No tenía ni idea. ¿Qué pasó?
—¿Seguro que quieres oírlo? Es una vieja historia.
—Definitivamente quiero saberlo —no solo eso podría ayudarla en aquel momento, sino que le daría una inusita-

da pista sobre el hombre que durante tanto tiempo había sido un enigma para su familia.

–Desde el instante en que entré a hacer las prácticas en pediatría, me di cuenta de que nunca sería capaz de mirar aquellas dulces caritas sabiendo que no podría salvarlas. Eso me habría destrozado. Tuve suerte de que descubriera eso sobre mí mismo cuando todavía estaba a tiempo de elegir un nuevo rumbo para mi carrera –se encogió de hombros–. Así que me dediqué a la rama investigadora de la medicina. Nada de sentimientos incómodos. Nada de muertes. Todavía hoy me arrepiento de vez en cuando de aquello, pero fue la decisión más saludable para mí.

–¿Por qué ninguna de nosotras sabía nada de esto?

–Tomé la decisión mucho antes de que aparecierais.

–¿Y mamá te apoyó? ¿No pensó mal de ti porque renunciaras?

Él sonrió.

–Ella me dijo una vez que me admiraba por reconocer que había equivocado el camino. Mira, eso es lo que tiene el amor incondicional. Tú siempre deseas lo que es mejor para la otra persona, aunque tengas que cambiar tus propias necesidades para adaptarte.

Samantha intentó reconciliar eso con el énfasis que ponía siempre su abuela en comprometerse a fondo con todo. Seguro que él había sido educado en aquellos mismos principios.

–¿Y qué me dices del compromiso? –le preguntó.

Su padre se echó a reír.

–Ah, eso. Si verdaderamente amas a la otra persona, no le permites que corra con todos los sacrificios. Y sí, yo sé que vosotras pensáis que vuestra madre corrió con todos los sacrificios de nuestra relación, pero eso no es del todo cierto. Todas las decisiones las tomamos juntos. Si estábamos en Raleigh, y no en Nueva York o en alguna otra ciudad del Nordeste, era porque ella se sentía más cómoda aquí y porque insistió en que estuviéramos cerca de vuestra abuela. Ella no estaba tan encariñada con su propia familia y le gustaba que nosotros estuviéramos solamente a un par de horas en coche de aquí.

–No lo sabía. Por supuesto, sabía que ella no hablaba mucho de sus padres, pero no tenía ni idea de que tú te hubieras planteado vivir en Nueva York o en alguna otra gran ciudad de la Costa Este.

–No había razón para que lo supierais. Esa fue otra de las decisiones que tomamos antes incluso de que nos planteáramos tener hijos. Y ambos estuvimos satisfechos con ella.

–¿Entonces tú no te sentiste nunca como si ella te hubiera atado las manos? ¿Como si te hubiera impedido alcanzar grandes éxitos si hubieras estado trabajando con investigadores en Sloan-Kettering, en John Hopkins o en Harvard?

–¿Trabajo en equipo? –le lanzó una mirada irónica–. Seguro que habrás notado que no soy muy bueno tratando con la gente.

–Pero diriges una importante compañía de investigación biomédica.

Él se echó a reír.

–Son otros los que la dirigen. Yo soy lo suficientemente inteligente como para dejarles al mando. Mi nombre figura en la puerta del gran despacho, pero yo me ocupo mayormente de lo que mejor sé hacer: investigar.

–Pero mamá era una persona muy sociable –evocó Samantha–. Tú debiste de haberla vuelto loca...

–A veces –reconoció–. Sobre todo cuando me perdía alguna fiesta porque estaba enfrascado en el trabajo. Que tu madre se las arreglara para pasar por alto todas aquellas veces que yo le fallaba, y me amara de todas formas, siempre fue un misterio para mí. Pero le estaré agradecido cada día de mi vida por ello. No son muchas las mujeres que habrían podido soportarme, eso está claro. Y ahora sigo esforzándome por mejorar mi relación con vosotras, aun después de todo este tiempo.

–Has empezado muy bien –reconoció Samantha–. Ofrecerte a pagar la boda de Emily y fingirte al menos interesado por los detalles.

Su padre le lanzó una mirada irónica.

–Ignoraba que podía ser tan convincente a la hora de simular interés por las flores y el menú del banquete nupcial.

–Ha sido una interpretación admirable. Y la manera en que apoyaste a Gabi cuando descubriste que estaba embarazada –añadió–. Fuiste un gran padre entonces.

Él le lanzó una larga y triste mirada.

–Pero contigo no lo hice tan bien, ¿verdad? No te apoyé lo suficiente.

–No he tenido grandes contratiempos, afortunadamente.

–¿Ni siquiera en tu carrera profesional? –inquirió–. ¿No es por eso por lo que antes me preguntaste si yo había tenido alguna duda con la mía?

Samantha se lo quedó mirando sorprendida.

–¿Quién habría imaginado que eras tan perspicaz? No esperaba que fueras a darte cuenta de eso.

–Mi objetivo ahora es no dejar nunca de sorprenderos –dijo con un tono burlón nada habitual en él–. Así que... ¿todo marcha según tus deseos? Ya sabes que tengo un servicio de prensa. Me remiten todas las noticias que aparecen sobre ti en la prensa de Nueva York. Parece que no ha habido muchas últimamente.

–¿Has contratado una compañía de servicios de prensa? –inquirió, estupefacta.

–Tu madre no dejaba de coleccionar todo lo que salía sobre ti, pero cuando murió, me pareció la mejor manera de enterarme por mí mismo de cómo te iban las cosas. Probablemente no te lo habré dicho con la necesaria frecuencia, pero me siento orgulloso de ti, Samantha.

Aquello estuvo a punto de dejarla sin habla.

–Gracias –murmuró, luchando contra las lágrimas.
–¿Y bien? ¿Cómo van las cosas?
–No muy bien, en realidad. Lo que pasa es que no logro decidir si ya es tiempo de tirar la toalla o no.
–El tiempo de abandonar cualquier cosa llega solamente cuando dejas de sentir la pasión del principio –declaró él–. Hay gente que trabaja porque sabe que necesita el dinero, y hay otra gente que se juega el alma por hacer el tipo de trabajo que ha elegido.
–Así es como me sentía yo con la interpretación –le confesó Samantha.
–Has hablado en pasado –advirtió él.
Ella inspiró profundo y asintió.
–Sí, en pasado. Quiero más. Lo que sucede es que no sé exactamente qué.
–Ya lo descubrirás –le aseguró él, confiado–. ¿Sabes cómo lo sé? Por la manera en que tomaste la decisión de marcharte a Nueva York. Todo el mundo piensa que Gabi y Emily son las ambiciosas, las determinadas de la familia, pero tú sentaste el ejemplo.
–¿De veras?
–No lo dudes. Cuando tu madre y yo te planteamos los inconvenientes de una profesión tan arriesgada, sobre todo cuando estabas decidida a escogerla en lugar de la universidad, tú nos expusiste datos y números. Nos presentaste un plan de trabajo, un calendario, perspectivas financieras. No nos dejaste la menor duda de que te las arreglarías bien si te apoyábamos simplemente durante un año.
Samantha se había olvidado de lo segura que había estado de sí misma en aquel entonces. Había sabido que poseía talento. Había creído que lo conseguiría, pese a todas las probabilidades que habían jugado en su contra en un mundo tan duro y competitivo. Pero en aquel momento no tenía ya aquella fe ni aquel impulso. Había llegado el momento, concluyó, de abandonar.
¿Podría volver al pueblo, sin embargo, sin un plan tan

sólido como el que había tenido cuando su marcha? No podía tomar una decisión semejante pensando en que las cosas funcionarían con Ethan. Porque podían no funcionar. Aquella decisión tenía que ser suya, sobre lo que quería hacer con su propio futuro.

–Gracia, papá.

La miró sorprendido.

–¿Te he ayudado? –le preguntó como si estuviera estupefacto.

–Sí.

–Pues asegúrate de decírselo a tu abuela. Podría ganarme unos cuantos puntos con ella.

–Lo haré –le prometió.

–Será mejor que suba a acostarme –dijo él–. ¿Estás bien aquí fuera?

–Sí. Pero ten cuidado al entrar en casa. Emily y Boone se han quedado dormidos en el salón, en mitad de una discusión.

–Oh, vaya –masculló–. ¿Quiero saber lo que está pasando?

–Probablemente no. Creo que lo están solucionando, pero mantente al tanto. ¿Quién sabe lo que nos deparará la mañana?

Ni siquiera estaba segura de lo que le depararía a ella, como para que encima tuviera que pensar en su hermana.

Ethan no se presentó al almuerzo del domingo. Aunque había más de una veintena de personas reunidas en grupos en el jardín trasero, disfrutando de las tortillas, los gofres de nuez y la sémola de Jerry, la ausencia de una sola persona estaba torturando a Samantha.

–Le presioné demasiado anoche –gruñó, dirigiéndose a Gabi.

–¿Le presionaste cómo?

–Le dije que necesitaba abrir su corazón, arriesgarse

con el amor. Debí haber supuesto que sospecharía que yo tenía otras motivaciones. Lo espanté.

Gabi se echó a reír.

–No creo que Ethan se deje espantar tan fácilmente. Seguro que hay otra explicación.

–¿Ha hablado con la abuela? ¿Le ha mandado sus disculpas a Boone o a Emily?

–Cariño, le estás preguntando a la persona equivocada –dijo Gabi–. Solo tienes que dirigirte a cualquiera de ellos.

–Preguntárselo a ellos me haría quedar como una patética –se quejó Samantha.

–De acuerdo, ahora sí que estoy oficialmente confusa –reconoció Gabi con un brillo burlón en los ojos–. ¿Se trata de que heriste los sentimientos de Ethan con algo que le dijiste anoche, o se trata de que él ha herido los tuyos al no presentarse hoy?

–Oh, que te zurzan –le espetó Samantha, irritada–. Sé que lo que digo no parece tener mucho sentido.

–El sentido rara vez ha tenido mucho que ver con el enamoramiento –repuso Gabi.

–Yo no me estoy enamorando de Ethan –se apresuró a asegurarle Samantha, porque sentía que necesitaba hacerlo. Quizá si pudiera convencer a los demás de ello, acabaría por creérselo ella misma. Aquel era incuestionablemente el peor momento para enamorarse de alguien, y mucho menos de Ethan, que tenía la palabra «complicación» escrita por todo su cuerpo.

–¿Qué me dices de un gran vaso de zumo de naranja? –le ofreció Gabi.

–¿Qué? No creo que el zumo de naranja, pese a todos los nutrientes que contiene, sea la respuesta.

–¡Oh, vamos! –la urgió–. Hará que te sientas mejor, sobre todo si lo acompañas de un poquito de champán. He oído que Jerry hace una mimosa muy potente.

–¿Estás bebiendo mimosas? ¿Qué pasa con la lactancia?

Gabi le lanzó una mirada de reproche.

–Yo nunca dije que la hubiera probado. Es solo un rumor que corre por ahí: el de que sus mimosas son excelentes. Casi me arrepiento de no haber destetado a Daniella.

–Eres consciente de que tarde o temprano tendrás que llevarla a una guardería, ¿verdad? ¿La llevarás a la que elegiste después de haber investigado, con la ayuda de la hermana de Wade, todas y cada una de las de la comarca?

Gabi pareció ruborizarse.

–Sí, te aseguro que he estado pensando en ello. Pero lo de llevármela conmigo a la galería está funcionando bien.

Samantha se la quedó mirando incrédula.

–¡No puedes estar hablando en serio! He oído que media docena de artistas ya se han quejado del ruido.

Gabi hizo un gesto de indiferencia.

–Los artistas son famosos por su temperamento exagerado. Eso no significa nada.

–¿Ni siquiera cuando casualmente uno de ellos es tu futuro marido? Wade dice que lleva meses sin poder concentrarse en sus tallas. Que el único momento en que logra avanzar algo es cuando trabaja en su antiguo taller.

–Oh, tonterías. Eso es porque esa niña no tiene más que gemir un poquito para que él corra a atenderla –dijo Gabi–. Es un problema suyo.

–Bueno, la decisión es tuya –cedió Samantha–. Yo solo te estoy transmitiendo lo que he oído.

Gabi frunció el ceño.

–¿De verdad que te lo dijo Wade?

–Sí.

–¿Y por qué no me ha dicho a mí nada?

Samantha se sonrió.

–Parece que piensa que te pondrías un poquito a la defensiva. A juzgar por tu reacción de ahora mismo, yo diría que te conoce muy bien.

Gabi inspiró profundamente.

–Será mejor que vaya a buscarlo y hable de esto con él. Yo creía que le gustaba tener tan cerca al bebé como a mí.

–Cariño, Wade adora a esa niña. No te confundas con eso. Lo que pasa es que, cuando está trabajando, no es un gran admirador de su capacidad pulmonar. ¿Y los otros artistas? Ellos no son ni la mitad de adictos que él a esa cosita tan dulce.

–¿Cómo te metiste tú en medio de esto? –quiso saber Gabi, curiosa.

–No me metí. Se metió la abuela. Ella me lo mencionó y me dijo que era reacia a decírtelo. Tuve una conversación con el propio Wade, detecté la frustración en su voz y decidí que necesitabas saberlo.

–Necesitaba saberlo, efectivamente –le confirmó Gabi–. Llamaré mañana a la guardería, para ver si puedo matricular a Dani. Con todo lo que está pasando esta semana con la boda, es una buena ocasión, de todas formas.

–Si te encargas de ello, yo estaré a tu lado en su primer día con pañuelos de papel y apoyo moral –le prometió Samantha.

–Todo esto está muy bien –dijo Gabi–. Pero Wade tendrá que presentarse al menos con dos docenas de esos donuts que utiliza para sobornarme.

–Estoy segura de que estará encantado de complacerte.

–Sí que lo estará –repuso Gabi, sonriendo, aunque tenía lágrimas en los ojos–. ¿Cómo he podido llegar a ser tan afortunada?

–Siendo una fabulosa, increíble mujer Castle –respondió Samantha.

–En ese caso, tú te mereces acabar con un gran tipo, también. Que, por cierto, espero que sea Ethan.

–Es demasiado pronto para decirlo –comentó Samantha. Aunque no podía negar que ella también lo esperaba.

Para cuando Ethan pudo escaparse de la clínica para

acercarse a casa de Cora Jane, la mayor parte de los invitados se habían marchado. Solo el coche de Boone y otro más seguían aparcados en el sendero de entrada junto con los vehículos de la familia. Aunque había hecho una rápida llamada a Boone para explicarle que había tenido una urgencia, dudaba que el mensaje hubiera llegado a la única persona que probablemente se sentiría ofendida por su falta. ¿Por qué no se le había ocurrido insistir a Boone para que difundiera la noticia?

Mientras atravesaba el jardín trasero, fue consciente de que todas las miradas estaban fijas en él. Y también del ceño que arrugaba la frente de Samantha. En vez de dirigirse directamente a ella, sin embargo, se aproximó a Cora Jane y le dio un beso en la mejilla.

—Me disculpo por no haber venido antes —le dijo.

—No hay problema —repuso Cora Jane, palmeándole la mano—. He oído lo de la urgencia. ¿Está bien el chico?

Ethan asintió, mirando a Samantha, quien en aquel momento parecía algo menos molesta.

—Lo estará. Fue más el susto que otra cosa. Tragó mucha agua cuando se vio arrastrado por la resaca del mar. Y da igual las veces que les digas a la gente que se dejen llevar por la corriente cuando les sucede eso, en vez de luchar contra ella: al final todos entran en pánico. La tendencia natural es luchar contra ella. Y esa es una manera segura de agotarse. Fácilmente habría podido ahogarse si el socorrista no lo hubiera alcanzado a tiempo. La actuación del socorrista tuvo mucho mérito. Hizo un buen trabajo y tuvo la serenidad suficiente para pedir a alguien que me llamara, y también a urgencias.

—¿Estabas cerca de allí? —le preguntó Samantha.

Ethan asintió.

—Por suerte dio la casualidad de que estaba subiendo la calle de la clínica y me presenté en el lugar antes de que apareciera la ambulancia. Me quedé con el chico en urgencias hasta que llegó la familia. Pensaban que estaba en casa de un amigo. Imagino que una vez se les pasen los nervios le castigarán sin salir durante una buena temporada.

—No es el primer muchacho que sale a surfear cuando se supone que tendría que estar tranquilamente en tierra –comentó Boone.

Ethan se echó a reír.

—A nosotros siempre nos castigaban sin salir, también.

—Cuando nos pillaban –replicó Boone y miró luego a B.J., que estaba escuchando la conversación con interés. Miró ceñudo a su hijo–. Para que lo sepas, jovencito, yo tengo espías por todas partes. A ti siempre te pillarán.

—Yo ni siquiera sé surfear –protestó B.J. con evidente frustración, para enseguida preguntar, con evidente ingenuidad–: ¿Me enseñarías?

Ethan rio por lo bajo.

—Chico, te falta el don de la oportunidad. Este podría ser el peor momento para sugerir algo así.

—Tienes razón –confirmó Boone.

Samantha se levantó para acercarse a Wade.

—¿Has comido? En casa hay un montón de comida. Puedo prepararte un plato.

—Gracias. Te acompaño.

Una vez en la cocina, ella se concentró en llenarle un plato de fruta y ensalada mientras Ethan observaba sus nerviosos movimientos.

—¿Todo bien? –le preguntó al fin.

—Estoy intentando decidir si necesito disculparme contigo o no.

—¿Por?

—Por haber pensado mal de ti –admitió, alzando la mirada hacia él–. Pensaba que no habías venido aposta, solo para evitarme.

—Ya sospechaba yo que podías estar pensando eso –admitió–. Primero, no soy el tipo de hombre que se salta un compromiso solo para evitar a alguien. Segundo, si te soy

sincero, debí haberte llamado a ti en vez de a Boone. Así que la verdad es... que quizá sea más cobarde de lo que me gustaría pensar.
–No me debes ninguna explicación. No es mi fiesta.
–Eso es formalmente cierto, pero creo que se imponen las reglas de la cortesía. Supongo que quería ver si me echarías de menos o no.
Ella se lo quedó mirando fijamente y sacudió la cabeza.
–Menuda pareja que hacemos, ¿no te parece? Pese a que acordamos que no nos liaríamos, estamos jugando con fuego. ¿Se trata simplemente de la naturaleza de la dinámica hombre-mujer?
–Espero que no, aunque tampoco me extrañaría. Los hombres y las mujeres llevan jugando a esto desde hace siglos.
–Aquí es donde pensaba yo que éramos especiales –se burló ella mientras dejaba el plato sobre la mesa y le indicaba luego que se sentara–. ¿Quieres una tortilla? ¿Un gofre?
Él sacudió la cabeza.
–Solo un poco de compañía.
–¿Qué tal una mimosa? Se dice que son letales.
–Estoy de guardia en la clínica, así que no –respondió–. ¿Tú no las has probado?
–No. Estoy empezando a darme cuenta de que en estos días necesito conservar la cabeza despejada, sobre todo después de mi pequeño espectáculo de la otra noche, cuando caí fulminada a tus pies en el jardín delantero.
–Todo eso me dijo que no eres una gran bebedora en circunstancias normales. De lo contrario, unos cuantos vasos de champán no te habrían tumbado de espaldas.
–Soy una pésima bebedora –le confirmó ella–. Nunca le he visto ningún sentido a beber. Y después del otro día, cuando me desperté sintiéndome como si tuviera una orquesta entera de tambores dentro de mi cabeza, creo que eso no va a cambiar.

—Ya, no hay mucho atractivo en una resaca —convino él.
—¿Tú recurriste alguna vez al alcohol durante la etapa más dura de tu terapia? —le preguntó.
—No. No habría mezclado bien con la medicación que necesitaba tomar para el dolor. Ni siquiera me gustaba tomar esas pastillas, pero me permitían trabajar más duro con la rehabilitación, así que soporté sus efectos colaterales durante unas cuantas semanas hasta que renuncié a ellas también. Me gusta mantener el control.
Los ojos de Samantha se iluminaron.
—¡Ajá!
—¿Qué?
—Esa era la pieza del puzzle que me faltaba. Eres un maniático del control —declaró, triunfante—. Y la gente a la que le gusta el control suele tener un montón de problemas con los sentimientos, a los que consideran algo caótico e inmanejable.
Ethan no podía negar la veracidad de aquella aserción.
—Sí, es cierto. Me gustan las cosas en orden.
—¿Cómo reconcilias eso con la medicina de urgencias? Por lo que sé, no hay nada agradable ni ordenado en trabajar en una unidad de urgencias.
—Ah, en eso te equivocas —replicó él—. Los casos pueden ser especiales y las escenas totalmente caóticas, pero el trabajo del médico consiste en poner orden en todo ello, concentrarse en los detalles que derivarán en un desenlace positivo para el paciente. Nosotros intervenimos en el caos, porque sabemos enfrentarnos a cualquier posible eventualidad.
—¿Incluso a lo inesperado? —inquirió, escéptica.
—Incluso a eso. Estamos entrenados para esperar lo inesperado, para así poder controlar la emergencia. Las vidas de las personas dependen de que permanezcamos tranquilos y al control de cada situación.
Resultaba verdaderamente irónico, porque ni siquiera en la más estresante de las situaciones había sentido la cla-

se de incertidumbre que experimentaba con la mujer que tenía sentada justo delante. Ella no hacía más que esforzarse por desentrañarlo, por etiquetarlo para poder entender su resistencia a entablar una relación.

En realidad, la respuesta era muy sencilla. Samantha representaba algo que él, antaño, había anhelado con todo su corazón. En aquel momento, sin embargo, la vida le había enseñado que un hombre no siempre podía tener lo que más deseaba. Porque tan pronto como se atreviera a aspirar a ello, tenía todas las probabilidades de que se le terminara escapando.

Y aunque había lidiado con una lesión que habría podido destruir a un hombre más débil, y con un desengaño sentimental que lo había dejado destrozado por dentro, algo le decía que podía no ser lo suficientemente fuerte como para soportar perder a Samantha.

Capítulo 12

Samantha acababa de sentarse al fondo del auditorio del instituto cuando de repente se vio asaltada por un centenar de recuerdos. Incluso el olor de aquel espacio, a una especie de mezcla de maquillaje, virutas de la madera del decorado y lo rancio del viejo vestuario de teatro, le resultaba familiar. Al igual que la mareante sensación de expectación y los nervios que podía sentir emanando del escenario.

Era un auditorio muy parecido a aquel donde había pulido su talento y desarrollado su amor por el teatro. La televisión, los anuncios y todo lo demás ocupaban un lugar secundario en su corazón comparado con la inmediatez de estar encima de un escenario y enfrente de una audiencia.

Se sonrió cuando la chica que se hallaba en aquel momento sobre el escenario sucumbió a un ataque de nervios, quedándose en blanco mientras miraba al público con un brillo de pánico en los ojos. Samantha sabía lo que era aquello. A su edad, había padecido su ración correspondiente de lapsos de memoria.

Detrás de los bastidores, una voz impaciente le apuntó la frase. Pero incluso con aquella ayuda, la muchacha parecía levemente perdida y volvió a atascarse con la siguiente.

–Disculpad un momento –dijo la señora Gentry antes de levantarse y alejarse del escenario, probablemente para evitar decirle a la poco preparada alumna algo de lo que probablemente se arrepentiría.

Debió de haber advertido la presencia de Samantha en las sombras, porque sonrió de repente y se dirigió hacia ella por el pasillo central.

—Aquí estás —dijo entusiasmada—. No le comenté a los alumnos que probablemente te dejarías caer por aquí porque temía que pudiera surgirte algo y al final no aparecieras.

—¿Quiere decir que tenía alguna elección? —inquirió Samantha con tono ligero—. No me lo pareció cuando hablé con usted.

—A veces me puede mi actitud mandona... —se disculpó la profesora—. En cualquier caso, estoy encantada de que hayas venido. Si llevas aquí un rato largo, ya sabrás que esta tarde está siendo dura. A los chicos les vendrían bien unas palabras de ánimo.

—Parece que tu actriz protagonista está teniendo problemas con el texto.

La señora Gentry meneó la cabeza.

—Lo intenta. Se esfuerza de verdad, pero lo cierto es que Sue Ellen no está hecha para la presión. Ni siquiera sé por qué se postula para todas las obras, más allá de los elogios que pueda conseguir o de esa vena competitiva que tiene con las demás chicas —suspiró profundamente antes de confiarle—: Probablemente cometí un error al elegirla.

Samantha la miró sorprendida.

—¿Por qué lo hizo entonces?

—Es una larga historia, que no habla nada bien de mí —respondió la mujer—. Ethan Cole me lo hizo ver.

«Ah», pensó Samantha. Aquella era la situación que había tenido tan preocupado a Ethan unos cuantos días atrás.

—¿Está involucrado Ethan con el instituto?

—Oficialmente no. Pero eso no le impidió venir a decirme lo horrible que le parecía la decisión que había tomado con el elenco de la obra. Lo hizo de forma muy vehemente.

—¿Pensaba que otra alumna se merecía el papel? —preguntó Samantha, intentando encajar las piezas del puzzle.

Antes de que la señora Gentry pudiera responder, una muchacha se acercó a ellas, vacilante.

—Señora Gentry, Sue Ellen está vomitando. ¿Quiere que cancelemos el resto del ensayo? —lanzó a Samantha una mirada de curiosidad antes de preguntarle—: ¿La conozco?

—Samantha solía pasar los veranos en Sand Castle Bay —explicó la señora Gentry—. Ahora trabaja en Nueva York.

Los ojos de la adolescente se iluminaron.

—¡Claro, en la televisión! —exclamó entusiasmada—. Usted salía en una de las telenovelas que solía grabar mi madre.

—Sí, me dieron un par de pequeños papeles en aquellas telenovelas —confirmó Samantha.

—La mataron. Mi madre se llevó un disgusto.

—Yo tampoco me sentí precisamente encantada —dijo Samantha.

—Cass, te presento a Samantha Castle —intervino la señora Gentry—. Samantha, Cass Gray. Trabaja como ayudante mía y sustituta de Sue Ellen en la producción.

—Encantada de conocerte, Cass —le tendió la mano.

Solo cuando la chica no se la estrechó, descubrió Samantha la prótesis. Retiró la mano, avergonzada.

Instantáneamente, las piezas del puzzle terminaron de encajar en su lugar. Aquella chica era una de los protegidos de Ethan. Tenía que serlo. Y al parecer él había sido de la opinión de que le habían robado el papel principal, principalmente por culpa de su brazo, concluyó Samantha. Si ese era el caso, no le extrañaba que se lo hubiera echado en cara a Regina Gentry.

—¿Entonces? ¿Vamos a cancelar el ensayo? —preguntó Cass, levemente ruborizada después de aquel fugaz momento de incomodidad cuando Samantha fue a darle la mano.

—Lo suspenderemos por ahora, pero convoca a todo el mundo, por favor —le pidió la profesora—. Samantha nos va a dar una pequeña charla sobre su experiencia profesional. Así podréis hacerle preguntas sobre lo que significa el trabajo de actriz.

—¿De veras? —dijo Cass, animada—. En cinco minutos los tendrá a todos aquí, incluida Sue Ellen.

La señora Gentry asintió.

—Perfecto. Gracias.

Samantha se quedó mirando a Cass mientras se alejaba apresurada.

—¿Es buena? —preguntó a la señora Gentry—. Cass, quiero decir.

—Es buenísima —admitió la profesora—. Y sí, ese fue el error que cometí, al dejarla fuera de la producción por culpa de su brazo. Debí haberme mostrado más tolerante. Más abierta. Ethan se encargó de abrirme los ojos. Por supuesto, a esas alturas, yo ya no podía retirarle el papel a Sue Ellen. Cass aceptó sorprendentemente bien que la nombrara su sustituta, pese a que todo el mundo sabe que es la mejor actriz. Me avergüenza reconocer que me olvidé de eso.

—Al menos es usted capaz de admitir el error.

—No estoy segura de que eso le sirva de mucho consuelo a Cass.

—Quizá no, aunque aprender que los adultos cometen errores y que necesitan responsabilizarse de ellos no es una mala lección.

Pero mientras procuraba tranquilizar a la profesora por lo que le había hecho a una muchacha tan vulnerable, por dentro no dejaba de buscar alguna manera de poder intervenir y mejorar la situación.

Tras abandonar el instituto, Samantha se pasó por la galería para ver a Gabi. Su hermana estaba en su despacho, con el rostro bañado en lágrimas mientras Wade intentaba consolarla.

–Oh-oh ¿he llegado en un mal momento? –preguntó Samantha, vacilando en el umbral.

–Ansiedad de separación –explicó Wade, lacónico–. Hoy, después de la comida, llevé a Dani a la guardería.

–Oh, vaya –murmuró Samantha, atravesando la habitación para dar a su hermana una reconfortante palmadita en el hombro–. Cariño, no pasa nada. Está en buenas manos.

–Ya lo sé –dijo Gabi con voz estrangulada. Se sorbió la nariz y se limpió la cara con un puñado de pañuelos de papel–. Es simplemente que no me gusta. La echo de menos.

–Bueno, por supuesto que sí –dijo Samantha–. Pero tú piensa en lo mucho que avanzarás en el trabajo con la paz y tranquilidad que disfrutas ahora.

Gabi volvió a estallar en sollozos.

–Odio la paz y la tranquilidad.

Samantha reprimió una sonrisa.

–Pero tú adoras el trabajo –le recordó–. Y mira el escritorio que tienes. Nunca he visto nada más desorganizado.

Gabi bajó la mirada a la mesa y abrió los ojos con evidente consternación ante tan lamentable imagen.

–¿Qué me ha pasado?

–Te convertiste en madre –le dijo Wade–. Y a pesar del aspecto de tu mesa, has conseguido que este lugar funcione como un reloj. Nadie habría podido hacer un trabajo mejor, sobre todo teniendo que compaginarlo con las exigencias de un bebé.

Gabi desvió la mirada de Wade a Samantha y logró esbozar una emocionada sonrisa.

–¿Estáis confabulados?

–Algo parecido –dijo Samantha–. Ambos queremos que veas este cambio como una cosa positiva. Incluso le sentará bien a Gabi socializar un poco.

–No es más que un bebé –resopló Gabi–. ¿Cuánta socialización podría hacer? Ya se la pasan de unos brazos a otros como una pelota cuando Emily y tú estáis aquí. Incluso a Jerry le gusta dejarse caer un rato para alzarla en el aire hasta que se ríe. La abuela jura que, últimamente, Dani es su polo de atracción, y no ella.

–Entonces, Dani tendrá que descansar de tantas indebidas atenciones mientras esté en la guardería –le recordó Wade.

Gabi puso los ojos en blanco.

–Está bien, veo que vais a buscar el lado positivo a cada preocupación que os exprese, así que me rindo. Basta de lágrimas. Seré valiente –lanzó a Wade una mirada desafiante–. Pero hoy la recogeré temprano solo para asegurarme de que la separación no la ha dejado traumatizada.

–Si alguien se ha quedado traumatizada, eres tú –sugirió Samantha.

–¿Realmente quieres jugar con mis sentimientos ahora mismo? –replicó Gabi–. Estoy de los nervios y haciendo todo lo posible por contenerme. Me falta muy poco para estallar.

–Está bien –dijo Wade, besándola en la frente–. Comuniqué a la guardería que estarías por allí dentro de una hora.

Gabi le lanzó una mirada sorprendida y después se echó a reír.

–No me extraña que hagamos tan buena pareja. Me conoces demasiado bien.

Wade se volvió hacia Samantha.

–Procura que no se escape antes, ¿de acuerdo? Ya tuve bastante suerte de que no me siguiera hasta la escuela para llevarse a Dani nada más darme yo la vuelta.

–Descuida –le prometió Samantha, instalándose en una silla.

Gabi suspiró una vez que Wade las hubo dejado solas.

–Esto me está matando –le informó de manera innecesaria.

–Ya lo veo –repuso Samantha–. Con el tiempo será más fácil, o al menos eso dicen.

Gabi, sin embargo, no parecía muy convencida.
–Si voy a tener que aguantar una hora entera, necesitaré un poco de distracción. ¿Cómo es que estás aquí? Obviamente no sabías que Dani iba a ir a la guardería, porque lo decidí esta misma mañana.
–En realidad tengo una crisis propia –le confesó Samantha.
Gabi se mostró instantáneamente alarmada.
–¿Qué pasa? ¿Se trata de Ethan? ¿El trabajo?
–Se trata de mi vida –replicó Samantha.
–Cuéntame.
–Ya sabes que el trabajo no ha estado marchando muy bien –inspiró profundo. Tuve una conversación con papá la otra noche y él me ayudó a ver las cosas con mayor claridad.
–¿Papá hizo eso? –exclamó Gabi, incrédula–. ¿Nuestro padre?
–El mismo –dijo Samantha, sonriendo ante la estupefacta reacción de su hermana–. Tenías que haberlo visto. Estuvo sorprendentemente penetrante. Tuve como una revelación del hombre del que se enamoró mamá hace tantos años.
–Impresionante.
–Lo fue, de verdad que sí. El caso es que me dijo que el tiempo de abandonar le llegaba a uno cuando dejaba de sentir la pasión y la ambición del principio.
La expresión de Gabi se volvió pensativa.
–Creo que en eso tiene razón –dijo lentamente–. Fue exactamente así como supe yo que había llegado la hora de dejar de luchar por mi trabajo en Raleigh, o incluso de volver allí para buscarme otra cosa.
–No había caído en eso, pero ahora me doy cuenta de ello –dijo Samantha–. Así que tú ya pasaste por lo que yo estoy pasando ahora.
–Eso creo. Hace unos meses, estabas cansada de tener que luchar por pequeños papeles y de que tu representante

te ignorara –estudió a Samantha–. Pero yo pensaba que eso había cambiado.

–Cambió durante un tiempo, gracias a esa campaña de relaciones públicas que me montaste. El nuevo representante empezó muy bien. Ahora, sin embargo, creo que él también se ha estrellado contra un muro.

–Podemos montar otra campaña de publicidad –le dijo Gabi, animada–. Fue divertido.

–Bastante trabajo tienes tú ya –se opuso Samantha–. Además, eso sería una batalla interminable. No puedo dejar que me rescates cada vez que mi carrera sufre un bache.

–¿Estás segura? Porque a mí no me importaría. De verdad que no. Estaré encantada de hacer lo que sea por ti. Si no puedo poner mis habilidades al servicio de la familia, ¿para qué me sirven entonces?

–Tú necesitas concentrarte en este lugar –protestó Samantha–. Este ya es suficiente desafío profesional para ti. Y con Wade y Daniella, tienes el equilibrio vital que siempre habías necesitado. No seré yo quien lo fuerce de nuevo hasta romperlo.

–Cariño, hacer unas cuantas llamadas y enviar unos pocos comunicados de prensa no es un trabajo tan exigente.

Samantha se echó a reír.

–No minimices lo que haces. Sé lo mucho que te esforzaste por hacer que funcionara esa campaña la última vez.

–De acuerdo, de acuerdo, ya lo tienes decidido... –concluyó Gabi, cediendo–. ¿Y ahora qué vas a hacer?

–Hace un rato, cuando pasé por el instituto, se me ocurrió algo.

–Ah, es verdad, ibas a hablar a los alumnos de la señora Gentry. ¿Cómo te fue?

–Más o menos como tú te lo habrías imaginado. Muchas preguntas sobre la gente famosa a la que conocí a lo largo de los años, algunas sobre lo duro que es el trabajo y un puñado de preguntas muy perspicaces sobre la profesión por parte de dos o tres chicas que parecían verdaderamente interesadas.

—Y fueron esas últimas intervenciones las que te dieron que pensar —adivinó Gabi.

Samantha asintió, evocando de manera especial a Cass, que había demostrado tanto entusiasmo como conocimientos.

—No vi a ninguna de esas chicas actuar, así que no tengo la menor idea de si tienen talento o no, pero... ¿y si alguien con experiencia las asesorara? Sé que la señora Gentry tiene una gran reputación como profesora de Arte Dramático, pero ella enseña en un instituto donde la mayoría de los chicos están más interesados en divertirse que en la interpretación seria.

A Gabi se le iluminaron los ojos.

—¿Quieres abrir una escuela de teatro? —le preguntó, eufórica—. ¡Oh, hazlo, Samantha! Me encantaría que te quedaras a vivir aquí. Eso sería perfecto. Creo que Emily terminará cediendo y que Boone y ella se establecerán aquí, al menos parte del año. ¿Nos imaginas a las tres viviendo en este lugar fantástico, criando juntas a nuestros hijos, sentándonos a charlar con la abuela mientras todos los primos juegan juntos en el jardín? ¿Qué podría ser más maravilloso que eso?

Samantha le lanzó una mirada irónica.

—Dado que tú eres la única que tiene un bebé y Emily la única que hoy por hoy tiene una fecha para la boda, yo diría que te estás precipitando un poco. Ciñámonos únicamente a mi nueva decisión profesional. ¿Qué te parece?

Para su consternación, Gabi no saltó entusiasmada ante la idea. Se recostó en la silla mientras la sopesaba concienzudamente, dejando que su mente de ejecutiva analizara los pros y contras. Dado que Samantha había acudido precisamente a ella por su habilidad para los negocios, esperó paciente el veredicto.

—Creo que, con tu currículo, podrías abrir una escuela

de Arte Dramático en cualquier parte y conseguir estudiantes. Una buena campaña de relaciones públicas podría asegurártelo.

–Así que piensas que es una buena idea –comentó Samantha, aliviada.

–Espera. No es una mala idea –repuso Gabi, hasta que de repente sonrió–. Pero pienso que podría ser mejor.

–¿Cómo?

–Abre una sala de teatro. Presenta unas pocas producciones al año, sobre todo en verano. Quizá una durante las vacaciones dirigida mayormente a la gente de la localidad. Usa tus contactos para traer a un actor o a una actriz en régimen de residencia, tanto para que enseñe a los alumnos como para que protagonice una producción. Haz que los chicos no aprendan solamente de ti, sino de los mejores. Te llegarán solicitudes de todo el estado. Y con la afluencia de turistas que estamos viviendo, tendrás la sala llena cada noche.

Samantha la miraba admirada.

–¿Se te ha ocurrido todo eso en cinco minutos? Eres increíble. Yo llevo pensando en esto desde que salí del instituto y solamente se me ocurrió la idea de dar unas pocas clases de interpretación.

–No estabas pensando a lo grande. Es lo que digo yo siempre: si vas a hacer algo, hazlo a lo grande. Como este lugar. Yo podía haber abierto una galería pequeña, traer a un artista de cuando en cuando para que hiciera alguna presentación. Pero al convertirlo en un taller con varios artistas trabajando aquí a la vez, se ha convertido en una atracción turística –miró entusiasmada a Samantha–. ¿Y sabes qué? Está funcionando. Hemos conseguido mucha publicidad a nivel regional, y la gente está haciendo de este lugar uno de los que quieren ver cuando vienen a la costa de Carolina del Norte. Tengo una lista de espera de artistas interesados en alquilar espacios de taller. Y coleccionistas de arte y propietarios de galería de las principales ciudades esperando a ver las próximas exposiciones, a la caza del próximo talento.

–Es fantástico que esté funcionando tan bien –dijo Samantha–. ¿Pero realmente podría yo hacer algo a una escala tan grande? No dispongo precisamente de montañas de ahorros para hacer una inversión como la que hiciste tú.

Gabi desechó la objeción como si no tuviera mayor consecuencia.

–Consigue unos cuantos inversores. Utiliza el auditorio del instituto para las producciones, para ir empezando. De aquí a un par de años, cuando hayas triunfado, abre un teatro propio. O adquiere ahora una casa necesitada de reparaciones y haz que Wade y los chicos que tanto Boone como él conocen la conviertan en un teatro. Ya sabes que lo harían por un buen precio, como cuando hicieron esta galería para mí. Este edificio era una ruina hasta que ellos se pusieron con él. Míralo ahora.

–Es precioso –se mostró de acuerdo Samantha, contagiada por el entusiasmo de su hermana–. Y sería maravilloso abrir una sala de teatro propia... y quizá actuar yo misma de cuando en cuando –de repente su alegría fue barrida por la preocupación–. Pero... ¿y si no se me da bien todo esto? Yo nunca he dado clases antes. Ni he llevado un negocio.

–Toma a un par de estudiantes como alumnos por unas cuantas semanas y prueba –la aconsejó Gabi–. En cuanto a la cosa del negocio, me tienes a mí, a Emily y a la abuela, que no es nada torpe cuando se trata de hacer prosperar un negocio en esta comunidad. Por cierto que ella se pondrá como loca con la idea.

–No le digas nada todavía, ¿de acuerdo? –la previno Samantha–. Tengo que seguir pensándolo. Quizá me busque un par de chicas interesadas y practique la idea con ellas.

–Haz lo que tengas que hacer para que te sientas cómoda con el proyecto –le dijo Gabi–. Pero yo sé que funcionará. Puedo sentirlo.

De repente, Samantha experimentó el mismo entusiasmo que su hermana. Solo le faltaba compartir la misma desenfrenada confianza de Gabi.

Ethan estaba terminando de anotar pacientemente las observaciones del día cuando Cass entró corriendo en su despacho, con una sonrisa de oreja a oreja. Aquella sonrisa era tan rara en ella que no tuvo corazón para recordarle que se suponía que necesitaba un permiso para entrar en aquella parte de la clínica.

–Antes de que me grites por haber entrado así, que sepas que Debra me dijo que no pasaba nada. Me encargó además que te avisara de que se marchaba.

De manera que era su recepcionista la que necesitaba que le recordaran el protocolo de la clínica. No era de sorprender. A Debra le gustaban ese tipo de provocaciones ocasionales, sobre todo cuando estaba molesta con él, como aparentemente debía de ser el caso. No tenía la menor idea del motivo. Si no hubiera sido por lo general tan eficaz en el trabajo, hacía tiempo que habría prescindido de ella. Sorprendentemente, Greg no parecía tener los mismos problemas.

Lo de Debra, sin embargo, tendría que esperar hasta el día siguiente. Se concentró en Cass.

–Pareces contenta –observó–. ¿Qué pasa? No me digas que Sue Ellen ha abandonado la obra.

–No –dijo Cass con una nota de disgusto en la voz–. Hoy se ha olvidado de casi todas las frases del guion, pero ni siquiera así tiene el suficiente sentido común como para abandonar. La obra va a ser un desastre.

–¿Es eso lo que te alegra tanto? –preguntó, preocupado. Regodearse de los fracasos de los demás no era precisamente un rasgo muy atractivo en una persona. Y, ciertamente no era de los que pretendía estimular en Cass.

–No. Hoy tuvimos una conferenciante, una actriz de

verdad que ha actuado en anuncios y programas de televisión y hasta en Broadway. ¡Ha sido fantástico!

Ethan no tenía la menor duda sobre la identidad de la actriz, pero preguntó de todas formas:

–¿Alguien que yo conozco?

–Quizá. Es de aquí, o solía pasar los veranos aquí o algo parecido. Samantha Castle. Su abuela es propietaria de un restaurante al otro lado de la playa, en Castle-by-the-Sea. Es más joven que tú, así que es probable que no la conozcas.

–La conozco –dijo Ethan–. Seré padrino en la boda de su hermana el sábado. Ella es la dama de honor.

Cass abrió mucho los ojos.

–¡Guau! ¡Qué chulo! ¿Podrías presentármela?

Ethan la miró confuso.

–Pero si acabas de conocerla...

–Eso fue en el instituto. Éramos un montón de alumnos. Puede que ni siquiera se acuerde de mí.

–Lo dudo –dijo Ethan. Cass no era una muchacha que pasara desapercibida, y no solamente por su prótesis–. ¿Por qué quieres pasar más tiempo con ella?

–Porque es una actriz supertrabajadora y superhonesta –respondió, impaciente–. Quizá pueda darme consejos o algo así –su expresión se llenó de preocupación cuando bajó la mirada a su brazo–. O quizá sea como la señora Gentry y me diga que me olvide de convertirme en actriz. Supongo que si me lo dijera ella, tendría que hacerle caso. Ella se mueve todo el tiempo con gente que hace castings. Seguro que sabe lo que se necesita para que la elijan a una, y esas cosas no siempre tienen que ver con la interpretación.

«Oh, vaya», pensó Ethan, adivinando un campo de minas del que Samantha no querría formar parte. Ella no era la clase de mujer capaz de destrozar conscientemente el sueño de una chiquilla, pero era sincera. ¿Y si resultaba que se mostraba de acuerdo con Regina Gentry? ¿Podría Cass soportar aquello?

La única manera de proteger a Cass era tener una larga conversación con Samantha antes de que se vieran las dos.

–Esta semana estará muy ocupada con las actividades de la boda –le dijo a Cass–. Dudo que le quede tiempo. No sé cuándo piensa volverse a Nueva York, pero si se queda una temporada, veré lo que puedo hacer –le dijo, esperando que la promesa fuera lo suficientemente vaga como para que Cass no se hiciera demasiadas ilusiones.

Cass le lanzó una penetrante mirada.

–No quieres que la vea, ¿verdad? ¿Por qué?

Ethan detestó que lo hubiera interpretado tan bien.

–Yo nunca he dicho eso –replicó.

–¿Es porque piensas que me dirá que no tengo ninguna oportunidad? –insistió Cass–. Te juro que lo soportaré si lo hace. Ya no soy ninguna niña incapaz de encajar una mala noticia. Ya he tenido que encajar bastantes, ¿no te parece?

–Sé lo fuerte que eres, Cass. Sinceramente, no tengo ni idea de lo que te dirá Samantha. Y de verdad que no estoy al tanto de su agenda. Es tan sencillo como eso.

–Si tú lo dices... –murmuró Cass, escéptica.

–Yo lo digo.

La muchacha se levantó y se dirigió a la puerta, pero en el último momento se volvió hacia él.

–Hoy acompañé a Trevor al instituto, empujándole la silla –le informó–. No lo hice por quedar bien. Me dijo que le daba vergüenza que su madre le llevara todo el tiempo. Puede que no sea más que un chiquillo, pero no necesita esa clase de humillaciones.

Ethan reprimió una sonrisa.

–Es un gran detalle por tu parte.

Cass se encogió de hombros.

–No es para tanto. Simplemente pensé que debías saberlo. Supongo que dado que la autoestima es algo tan necesario para todos, yo debía ayudarle con la suya.

–Sé que Trevor te está muy agradecido.

–No es un chico tan malo –admitió ella–. Y es demasiado inteligente para las clases que recibe. Va a ayudarme con las Matemáticas, ¿te lo puedes creer? Creo que sabe más que el profesor, y eso que todavía está en primaria. Debe de ser una especie de genio.

–Por lo que se refiere a las Matemáticas, creo que sí. Su madre me dijo que estaba pensando en apuntarle a alguna clase de primer año de instituto para el siguiente semestre.

Cass frunció el ceño al escuchar la noticia.

–¡Pero será un inadaptado social! –exclamó preocupada–. ¿Estás seguro de que es buena idea? Puede que eso lo desanime.

–Creo que ni a ti ni a mí nos corresponde decidir eso, pero quizá tú podrías hablar con él, para ver cómo se siente al respecto.

La expresión de Cass se iluminó.

–Y si resulta que le da un poco de miedo, yo podría acompañarlo a veces –se ofreció–. Estando yo presente, nadie se metería con él.

Ethan se sonrió ante el feroz instinto de protección de la muchacha.

–Me gusta esta vertiente de tu personalidad, Cass.

Pareció perpleja por el cumplido.

–¿Qué vertiente?

–Estás pensando en los sentimientos de los demás. Esa es una muy buena cosa.

–Lo de Trevor no es para tanto –volvió a encogerse de hombros.

–Lo es –la corrigió él–. No intentes esconder el gran corazón que tienes.

–Bah. Hasta luego, Doc.

–Hasta luego –respondió. Solo después de que se hubo marchado se permitió esbozar una sonrisa de oreja a oreja. Aquella chica iba a ser un ejemplo de superación, alguien que iba a volver a descubrir que la vida no tenía límites.

Al menos siempre y cuando Samantha no apareciera en escena para arrebatarle eso.

Capítulo 13

Después de cenar, Samantha se retiró a su habitación, aliviada de que, por una vez, aquella noche no tuviera obligaciones para con la boda. Tenía mucho en qué pensar. Con un bloc de notas delante, pretendía redactar una de aquellas listas de tareas con las que sus hermanas se empeñaban en mantener sus vidas en orden.

Desafortunadamente, después de haber dedicado media hora a contemplar la página en blanco, no se le había ocurrido ni siquiera un primer paso que dar para saber si el nuevo rumbo de su carrera resultaría viable. ¿Por qué Gabi y Emily lo consideraban un proyecto tan estupendo? Eso le hacía darse cuenta de lo poco que sabía, porque ni siquiera conocía la clase de preguntas que necesitaba hacer.

Cuando oyó que llamaban a la puerta, acogió con gusto la interrupción.

–Adelante.

Su abuela asomó la cabeza.

–Ethan está abajo.

Samantha se miró los viejos vaqueros y la camiseta de fútbol que llevaba puesta, precisamente la de Ethan, y suspiró. Por supuesto, tenía que ser él.

–Dile que bajo ahora mismo –dijo al tiempo que empezaba a quitarse la camiseta.

Cora Jane le hizo un guiño.

—Buena decisión. Esa camiseta es como una vía muerta para tus sentimientos por él, y él ya te ha visto con ella una vez.

—Soy consciente de ello –repuso Samantha, tensa, mientras registraba un cajón en busca de algo más vistoso, pero que al mismo tiempo no fuera una especie de trapo rojo emocional.

Encontró una blusa de media manga y pechera de volantes. Si se dejaba un par de botones sin abrochar, quedaba muy femenina. Pensó en ponerse unos pantalones capri y zapatos, pero al final desechó la idea, encogiéndose de hombros. Él se había dejado caer por la casa sin avisar. Aquello era lo más que iba a conseguir de ella, decidió mientras bajaba descalza las escaleras.

Una vez abajo, lo encontró en la cocina con Cora Jane, Jerry y Gabi. Todos lo miraban expectantes.

—¿Te apetece dar un paseo? –le preguntó él, casi con una nota de desesperación en la voz.

Samantha habría podido disfrutar con su incomodidad si no hubiera estado tan dispuesta, ella misma, a escapar de aquellas miradas especulativas.

—Claro. Me pongo un suéter y los zapatos y bajo.

La mirada de Ethan fue a posarse inmediatamente en sus pies desnudos, con el esmalte rojo fuego que había elegido para hacerse la pedicura el viernes por la noche. Tenía intención de cambiar aquel color tan sensual por un tono rosa más relajante para la boda, pero evidentemente el rojo era una muy buena elección para la próxima vez que pensara seducirlo. Ethan parecía en aquel momento un tanto aturdido.

Tan pronto como ella hubo recogido sus cosas, abandonaron la casa. Solo cuando se dirigían hacia el centro del pueblo, pareció respirar aliviado.

—¿Te pone nervioso mi familia? –le preguntó ella, sonriendo.

—Antes de que se pusieran a conspirar, no. Y tengo que

confesar que Jerry me aterroriza. Es un tipo grande y se muestra muy protector con todas vosotras.

–Jerry es inofensivo –repuso ella–. A no ser que la abuela o alguna de nosotras le pida ayuda. Y, para que lo sepas, hace muchísimo tiempo que no he necesitado hacer eso.

–¿Pero lo hiciste alguna vez?

–Claro. Cuando trabajaba en el restaurante había tipos que me atosigaban. Con la mayoría me arreglaba yo sola, pero si tenía alguna duda, bastaba una sola mirada a Jerry para que me cubriera las espaldas.

–Es un gran fichaje para tenerlo de tu parte –la estudió–. ¿Había muchos imbéciles?

–Sí. Yo era una adolescente y siempre había tipos que querían demostrar lo muy hombres que eran. Todavía me tropiezo con algunos en el muy sofisticado restaurante de Nueva York en el que trabajo de camarera entre actuación y actuación. Hay hombres que son genéticamente incapaces de aceptar un rechazo. Añade a eso unas cuantas copas y la cosa puede ponerse fea.

Ethan frunció el ceño.

–¿Tu jefe de allí te respalda?

–Desde luego que sí –respondió Samantha–. Te juro que debió de haber sido portera de discoteca en una vida anterior. No debe de medir mucho más de uno setenta y cinco, pero la he visto acompañar a tipos que debían de pesar por lo menos más de treinta kilos que ella hasta la puerta, y tan rápido que seguro que se marearon. Creo que tiene taxistas en plantilla o algo así, porque siempre hay alguno esperando fuera, preparado para llevarse al expulsado. Es una escena digna de contemplarse –sonrió–. Y los pocos con los que ella no puede los deriva al camarero de barra: uno noventa y más de cien kilos de peso de puro músculo.

Ethan asintió, aparentemente aliviado.

–Eso está bien, entonces –vaciló antes de preguntarle–: ¿Trabajas allí mucho?

–En los últimos meses, más de lo que me gustaría –le confesó–. No es un mal sitio y la gente es estupenda, pero estar allí es como un recordatorio de que las cosas no están marchando tan bien en mi supuesto trabajo oficial.
–¿Has pensado alguna vez en abandonar?
–Algunas veces –respondió–. Sobre todo últimamente.
–¿Qué es lo que te lo impide?
–La terquedad, mayormente. Por naturaleza, no tengo tendencia a abandonar. Soy una optimista. Siempre pienso que mi gran oportunidad podría estar a la vuelta de la esquina. Pero me siguen saliendo suficientes papeles pequeñitos para mantener viva esa esperanza –hizo una pausa y añadió–: O al menos así había sido hasta ahora.
–¿Ya no te salen?
Ella negó con la cabeza.
–Eso debe ser duro.
–No puedo negar que lo es –dijo ella.
–Supongo que yo siempre he pensado en ese mundo como algo excitante y lleno de glamour. Y nunca me había parado a pensar en el constante estrés de no saber cada día lo que te traerá el siguiente.
–Eso pasa factura –dijo ella, sin saber por qué no quería confesarle lo mucho que últimamente había pagado por aquella factura, y que la idea de abandonar la asaltaba cada vez con mayor frecuencia.
Caminaron hasta el centro de Sand Castle Bay en silencio, pero cuando se dio cuenta de que la estaba llevando a un pequeño bar en el muelle, lo miró sorprendida.
–¿Te sientes simplemente solo esta noche o es que tienes algo en la cabeza?
–Tengo que hablar contigo –dijo, señalando una mesa libre con vistas al mar.
El dueño del restaurante vio su gesto y asintió con la cabeza. Ethan la guio hasta allí y le sacó la silla.
Esperó a explicarse hasta que estuvieron sentados y con las órdenes pedidas.

—Hoy ha sucedido algo que me ha dejado preocupado.

Samantha detectó un punto de verdadera angustia en su voz.

—¿Qué ha pasado?

—Cass Gray se pasó por mi despacho.

—Ah, entiendo —dijo ella, comprendiendo inmediatamente el problema. Quería advertirla de que no jugara con los sentimientos de la chica—. Te contó que estuvimos hablando en el instituto.

—Sí. Y creo que es estupendo que te molestaras en hablar con los estudiantes. Cass estaba eufórica. Ignoro lo que le dijiste, pero conseguiste animarla.

—¿Y eso no es bueno?

—Debería serlo —reconoció—. Lo que me preocupa es que ella quiere conocerte mejor. Creo que se ha hecho la ilusión de que tú tienes la llave de su futuro. Cuando se enteró de que nos conocíamos, me pidió que le preparara una entrevista contigo.

—¿Y por qué eso habría de ser un problema? —le preguntó Samantha, pese a que creía saber la respuesta. Él seguía sin confiar del todo en ella, o al menos no lo suficiente como para saber que no pecaría de insensible con la muchacha.

—No tiene por qué ser un problema —se apresuró a asegurarle él—. Lo que pasa es que sé lo muy decepcionada que se quedó con la negativa de la señora Gentry a incluirla en la obra. Tengo miedo de que si tú le dices que está perdiendo el tiempo al querer seguir la carrera de actriz, ese último golpe sea el definitivo. Sé que Cass se hace la dura, pero es frágil. Lo que necesita sobre todo en estos días es aferrarse a una esperanza.

—¿Aunque sea falsa? —preguntó Samantha, aunque entendía perfectamente su preocupación.

Él la miró con expresión consternada.

—¿Crees que ese es el caso?

Ella cubrió su mano con la suya.

—Ethan, yo no tengo manera de saberlo. No la he visto actuar, ni siquiera la he oído recitar una sola frase. La señora Gentry dice que es muy buena, y yo confío en su buen juicio.

—Pero eso no le impidió rechazar a Cass para un papel en la obra.

—Ella sabe ahora que ha cometido un error, que basó su decisión en las apariencias, que no en el talento de Cass –le dijo Samantha–. Ella me dijo que tú le hiciste ver eso, por cierto. ¡Bien por ti! –le sostuvo la mirada–. Pero sí que puedo prometerte una cosa: si llego a conocer a Cass, si tengo la oportunidad de oírla recitar un papel, no la juzgaré de la misma manera.

Ethan no pareció reaccionar con el alivio que ella había esperado.

—¿No te basta con eso? –le preguntó a la defensiva, dolida por su falta de fe en ella.

—Sé que es perfectamente razonable. Simplemente tengo miedo por ella. Por fin está haciendo algunos progresos con su autoestima y su percepción de sí misma. No quiero que pierda todo lo ganado.

—No puedes protegerla de la vida –le advirtió Samantha–. Si me hubieras escuchado antes, sabrías que la profesión que ha escogido no es fácil. Se necesita una piel muy dura para asumir que los rechazos forman parte natural del oficio, o las malas noticias, o el desdén de actrices que se creen con derecho a arrebatarte un papel.

—Quizá no sea posible protegerla de eso para siempre –convino él–. Pero, por ahora, yo solo quiero que experimente las cosas más positivas posibles.

—¿Y no crees que puedes confiar en mí para que sea sincera con ella sin destrozarle la moral? –concluyó ella.

—Confío en ti –le aseguró Ethan–. Solo que estoy preocupado por ella.

—¿Cuál es el problema entonces? ¿Nos facilitarás esa entrevista o no? –le sostuvo la mirada–. Ya sabes que si lo desea con la fuerza suficiente, encontrará otra manera de contactar conmigo. Aun con tanto turista, Sand Castle Bay es pequeño. Ella sabrá dónde buscarme si quiere cruzarse conmigo.

Él le lanzó una mirada irónica.

—Eso es incuestionable —reconoció—. Así que, si todavía sigues por aquí después de la boda, lo resolveremos.

—¿No piensas hacerlo en esta semana? —le preguntó, decepcionada. Cass era una de las candidatas en las que había pensado para su proyecto de la escuela de interpretación.

Él frunció el ceño.

—Tengo la sensación de que tienes tantas ganas de volver a verla como ella de pasar tiempo contigo. ¿Hay alguna razón detrás de ello?

Samantha todavía no estaba preparada para hablarle de su plan. Por un lado, porque todavía no lo tenía todo elaborado en la cabeza. Por otro, porque irónicamente, y al igual que Cass, no estaba segura de poseer la resistencia necesaria para soportar detractores. Era posible que Ethan se convirtiera en un gran propagandista suyo, pero aún no estaba en condiciones de averiguarlo.

—Es solo una idea que quería consultar con ella —dijo al fin—. Todavía estoy trabajando los detalles.

Él no pareció precisamente encantado de quedarse sin saberla.

—Cuando lo tengas todo decidido, ya me pondrás al corriente —repuso—. Solo entonces haremos lo que tengamos que hacer.

—Eres un negociador duro —comentó ella.

—Gracias.

—No sé muy bien si pretendía ser un cumplido —gruñó.

De hecho, en aquel preciso momento, parecía como si él se estuviera interponiendo delante de su sueño.

Algo estaba pasando con Samantha. Ethan lo había visto en sus ojos cuando insistió en saber más sobre su idea antes de facilitarle una entrevista con Cass. Podía imaginar, sin embargo, que sintiera la necesidad de escondérsela. Le dolía que no hubiera confiado en él. Aunque, por otro lado, dado que había sido él quien había echado el freno para evitar una excesiva intimidad, suponía que se lo tenía merecido. Lo cual no significaba que eso fuera a gustarle.

–Pareces contento –comentó Greg, irónico, nada más entrar en su despacho–. ¿Te ha robado alguien el café de la mañana?

–Nadie me ha hecho el café de la mañana, ahora que lo dices –replicó Ethan–. ¿Dónde está Debra?

–Se tomó el día libre –le informó Greg–. ¿No te lo comentó?

–Aparentemente no me dirige la palabra. ¿Alguna idea de por qué?

Greg se instaló en una silla frente a él, meneó la cabeza y se lo quedó mirando con expresión compasiva.

–No me extraña que mi mujer diga que los hombres no nos enteramos de nada. Nuestra recepcionista tiene un flechazo contigo.

–¡Pero si es una chiquilla! –protestó Ethan.

–Tiene veintitrés años, lo que la convierte en una mujer en edad de tener un serio, aunque inconveniente, flechazo con su jefe.

Ethan frunció el ceño.

–Eso no está bien.

–Bueno, maravilloso no es, pero tampoco es una calamidad –dijo Greg–. La buena noticia es que sabe perfectamente que no va a pasar nada, pero porque no eres de la clase de tipos que se acuestan con su empleada.

–¿Estás seguro de que ella tiene eso claro? –le preguntó Ethan con gesto preocupado.

–Al cien por cien. Hemos hablado de ello. Apenas ayer le dije que necesitaba superarlo, buscarse alguien de su propia edad y enamorarse locamente.

—Bueno, eso responde a una pregunta —concluyó Ethan—. Me preguntaba por qué ayer por la tarde parecía incapaz de mirarme a los ojos y se largó luego pitando sin despedirse.

—Sí, no se mostró nada contenta con la llamada de atención que yo le di de la forma más paternal y compasiva posible.

—¿Acudió ella a ti, o te adelantaste a tomar el asunto en tus manos?

Greg esbozó una mueca.

—¿Te parezco la clase de tipo que se enreda en los líos emocionales de una mujer? Fue ella la que acudió a mí, por supuesto. Tan pronto como abrió la boca, me arrepentí de no haberme bebido una copa con la comida.

Ethan rio entre dientes.

—Lamento que te pusiera en la tesitura.

—Mejor que fuera conmigo que contigo —replicó Greg—. Al menos tengo reputación de diplomático. Tú probablemente habrías metido tanto la pata que ella habría terminado presentando la dimisión.

—Probablemente —reconoció Ethan.

La puerta del despacho se abrió en aquel preciso momento, y Pam asomó la cabeza.

—¿Hay alguien aquí que piense ver a algún paciente hoy?

—Él —dijo Greg, y le sonrió—. Me la debes. Creo que me iré a surfear.

—¿A surfear? ¿Desde cuándo?

—Pensé que debía probarlo. Tengo entendido que se ven muchos biquinis.

Ethan sabía que su amigo estaba bromeando. La esposa de Greg lo mataría por mirar, por no hablar de dejarse arrastrar por sus desordenados impulsos.

—Irás a casa para volver a meterte en la cama con tu mujer, ¿verdad? —le dijo, sorprendentemente envidioso.

Greg le hizo un guiño.

—Podría ser. Volveré sobre la una. O las dos.
—Tómate tu tiempo. Que lo disfrutes.
—Gracias.
—No, gracias a ti por haberme cubierto las espaldas con el asunto de Debra.
—Tú procura no meterte en líos —le aconsejó Greg.
Ethan se echó a reír. ¿Quién podía imaginar que algo tan sencillo podía llegar a ser tan difícil?

Apenas había entrado Samantha por la puerta de Castle's, donde planeaba reunirse con Emily y con Gabi para hablar de lo que iban a hacer con la noche de chicas prevista la víspera de la boda, cuando Cora Jane la detuvo en seco y le entregó un bloc de notas.
—Atiende las mesas siete y doce —le dijo—. Una de las camareras llamó para decir que estaba enferma. La sustituta llegará dentro de una hora, pero ya estamos desbordados de clientes.
—Claro —dijo Samantha. Había adquirido práctica más que suficiente desde el huracán, cuando ella y sus hermanas habían empezado a volver a casa con mayor frecuencia—. ¿Los especiales?
—En la pizarra, como siempre —dijo Cora Jane, claramente agobiada por aquella inesperada interrupción en su tranquila pero constante rutina.
Samantha tomó las órdenes a las mesas indicadas y se dirigió a la cocina, donde Jerry la vio y arqueó una ceja.
—¿Reclutada para el servicio? —le preguntó.
Ella asintió.
—¿Qué le pasa a la abuela? Por lo general, la llamada de una camarera diciendo que está enferma no suele afectarla tanto.
—Los nervios de la boda —respondió, lacónico—. Tiene mil cosas en la cabeza. Le dije que se quedara en casa y se concentrara en ellas, pero ella me respondió que el día en

que no pueda resolver unos cuantos detalles como esos será el día en que se jubile. Dado que yo quiero que tome conciencia de la necesidad que tiene de jubilarse, cerré inmediatamente la boca.

Samantha asintió.

—Estoy contigo en lo de la jubilación, pero ambos sabemos que nunca lo hará. Mientras tanto, sin embargo, intentaré convencerla de que se vaya a casa para que se concentre en la boda. Yo puedo quedarme para la hora punta de la comida.

—Dios te bendiga —le dijo, y continuó dando la vuelta a las hamburguesas con una mano mientras removía de cuando en cuando una olla de sopa con la otra.

Samantha sirvió las órdenes a las mesas que le correspondían y sentó a unos clientes en otras tres. Todo con tal de que no trabajara Cora Jane.

—Vete a casa —le susurró—. Siempre has sido la primera en recordarnos que la familia tiene preferencia sobre todo lo demás. Eso quiere decir que la boda de Emily tiene que ser tu prioridad, sobre todo desde que te negaste rotundamente a contratar a un planificador de bodas mientras insistías en que podías hacerte cargo de todo. Vete a casa y hazlo.

Cora Jane la miró ceñuda.

—Jerry te dijo que hicieras esto, ¿verdad? Él piensa que soy demasiado vieja para encargarme de tantas cosas a la vez —blandió un puñado de papeles—. Pero es por eso por lo que sigo haciendo listas.

Samantha reprimió una sonrisa.

—Nadie te está llamando vieja. Ninguna se atrevería. Solo queremos que te relajes y disfrutes de la boda. No queremos que te agotes para que luego te pases la ceremonia dormida. Además, tú ordenaste a papá que viniera. Ya está aquí. Ponle a trabajar.

—¿Qué sabe tu padre de planear una boda? —exclamó, desdeñosa.

—Absolutamente nada —dijo Samantha—. Lo que quiere decir que tendrás que mandarle. Y eso te encantará.

Cora Jane se echó a reír al oír aquello.

—Tienes razón. Podría ser divertido. De acuerdo, iré si estás segura de que te las puedes arreglar aquí.

—Lo que no sepa, se lo preguntaré a Jerry o a una de las camareras. Emily y Gabi llegarán en cualquier momento. Las pondré a trabajar a ellas también. Todo estará perfecto.

Pese a aquellas seguridades, Cora Jane todavía dudó.

—Quizá debería llamar a otra camarera.

—Me ofendería si lo hicieras. ¡Vete ya!

Cora Jane la miró desconfiada.

—¿Estás planeando comprarme el negocio?

Samantha rio.

—Ya te gustaría.

—Llámame si me necesitas.

Todavía tardó cinco minutos en conseguir echarla. Para entonces, Samantha estaba más exhausta que si hubiera atendido una docena de mesas.

—Dios santo, sí que es terca —masculló cuando pasó al lado de Jerry.

—Forma parte de su encanto —repuso él, y le hizo un guiño—. Por cierto, que las tres chicas habéis heredado eso de ella. Eso ayuda cuando te propones conseguir algo.

Sonaba casi como si supiera que Samantha tenía algo grande en mente, pero... ¿cómo podía saberlo? Gabi no se habría ido de la lengua, y nadie más estaba al tanto.

—Lo tendré en cuenta —dijo antes de volver al comedor cargada de platos.

Sabía que tenía la experiencia profesional suficiente para hacer realidad su sueño. En aquel momento, Jerry le había recordado que era más que probable que tuviera también las agallas necesarias para conseguirlo.

Pero mientras no hubiera diseñado un plan viable, no pensaba decirle una palabra a nadie. Necesitaba poner el concepto en negro sobre blanco, quizá incluso con un primer presupuesto, antes de permitirse creer en él.

—Dejaste a Samantha a cargo de Castle's —le dijo Sam Castle a su madre, incrédulo—. Ma, ¿qué andas tramando?

—¿Yo? Si prácticamente me echó a patadas —replicó, simulando una buena dosis de indignación.

—Lo cual era exactamente lo que querías —concluyó su hijo—. ¿No estarás pensando en que Samantha es tu última y mejor esperanza de que se ocupe del restaurante, verdad?

—Bueno, ¿por qué no? Cualquiera puede ver que necesita cambiar. Y además, se está enamorando de Ethan. Necesita una razón para quedarse aquí.

—Y tú necesitas que ella encuentre su propia razón —repuso Sam—. No la enredes. La harás desgraciada y vivirás para arrepentirte de ello.

—Bueno, ¿y qué quieres que haga? Tú mismo dijiste que pensabas que ella no quería seguir trabajando de actriz. Yo le estoy ofreciendo una alternativa.

—Una que te ha dejado repetidamente claro que no desea —le recordó él—. Deja que vaya resolviendo eso ella misma. Samantha tiene la cabeza muy bien amueblada.

—Oh, ¿qué sabes tú? ¿Cuánto tiempo has pasado con ella en los últimos años?

Sam frunció el ceño al oír aquello, pero no intentó negarlo.

—Quizá sea precisamente por eso por lo que puedo ver las cosas con mayor claridad —dijo—. Y recuerdo muy bien con qué exquisito cuidado planeó su salida a Nueva York. Se mostró tan meticulosa con los detalles como Gabi y Emily con sus respectivas carreras. Samantha volverá a hacer eso tan pronto como haya averiguado lo que quiere hacer con su vida.

—¿Pondrás alguna objeción si decide hacerse cargo de Castle's?

–Por supuesto que no. Pero el restaurante era el sueño de papá. Tú has estado tirando de él desde entonces. Quizá haya llegado la hora de dejarlo.

Cora Jane sintió que le llenaban los ojos de lágrimas solamente con la sugerencia.

–¿Cómo puedo hacer eso? Es el legado de nuestra familia.

–Entonces busca alguien que se haga cargo del restaurante, alguien en quien confíes lo suficiente como para que lo lleve como a ti te gustaría.

–Estás hablando de Boone –dijo ella.

–Confías en él, ¿no?

–Por supuesto. Y él sabe lo importante que es Castle's para esta comunidad. No lo transformaría en algo que nunca estuvo destinado a ser –reconoció ella. Pero aun así, desechó la idea–. De todas maneras, eso no es algo que haya que decidir ahora mismo. ¿Has hecho todas esas llamadas de la lista que te di?

Él le sonrió.

–Claro. Y todos me han confirmado que está cubierto hasta el último detalle. Esta boda va a salir adelante sin el menor tropiezo. Puedes dejar de preocuparte.

–Tal vez, pero revisarlo dos veces y hasta tres es la mejor manera de asegurarse –le dijo ella–. Y aunque te parezca divertido, eso es precisamente lo que pretendo hacer.

Él se echó a reír.

–Nunca lo he dudado.

–Y tú vas a ayudarme –declaró, enfática.

–Eso tampoco lo he dudado –añadió con resignación.

Cora Jane se quedó mirando fijamente al hombre al que había engendrado pero que, a veces, tenía la sensación de no conocer en absoluto.

–Disfrutas participando en esto, ¿verdad?

–Sorprendentemente, sí –admitió–. Así que supongo que debería darte las gracias por encargarte de que haga algo más que firmar cheques.

–No es necesario que me des las gracias –le dijo Cora Jane–. Solo recuerda que nunca es demasiado tarde para hacer las cosas bien.

Sam se inclinó para darle un beso en la mejilla.

–Y gracias también por recordarme eso. Bueno, me voy a hacer esos recados que me encargaste.

Cora Jane lo observó marcharse y sonrió. Aunque durante mucho tiempo había desesperado de que Sam tuviera una buena relación con sus hijas, últimamente estaba empezando a pensar que todo aquello había quedado atrás. Aunque mantendría un ojo vigilante, solo por si acaso.

Capítulo 14

Después de lo que Ethan le había contado la noche anterior, Samantha no se sorprendió lo más mínimo de ver a Cass Gray entrando en Castle's, justo después del cierre de las tres de la tarde. La muchacha se acercó a ella, vacilante.

—No sé si me recuerda de la charla que dio ayer en el instituto —dijo apresuradamente—. Me preguntaba si tendría un rato para hablar conmigo —miró el restaurante vacío con gesto preocupado—. No pasa nada porque haya venido, ¿verdad? Vi el cartel de *cerrado*, pero la puerta estaba abierta.

Sin esperar su respuesta, la mirada de Cass voló a Gabi y a Emily. Estaban sentadas en el banco, con Samantha. Palideció inmediatamente.

—Supongo que estoy interrumpiendo. Perdón —se volvió para marcharse.

Pero Samantha se levantó y le tocó un hombro.

—Cass, no pasa nada. Todavía no habíamos cerrado del todo. Estas son mis hermanas —le explicó haciendo las presentaciones—. Y no estás interrumpiendo nada importante. Solo estábamos hablando de la boda de Emily. Es sábado.

Los ojos de Cass se iluminaron.

—¡Pero eso sí que es importante! Sé lo de la boda por el doctor Cole. Me dijo que haría de padrino.

—Sí, como hombre, es el mejor candidato que conozco. Aunque el mejor hombre de todos es mi futuro marido, claro —bromeó Emily—. Pero Cole le sigue de cerca.

Cass se sonrió.

—¡Qué graciosa!

—Oh, mi hermana es una auténtica cómica, créeme —dijo Gabi—. Por eso necesito sacarla de aquí —se volvió hacia Samantha—. Entonces, ¿todas de acuerdo en que la noche loca de chicas será esta noche?

—Desde luego —afirmó Emily—. Apenas puedo esperar para disfrutar de una última y tórrida aventura antes de hacer los votos.

—No vas a tener ninguna aventura —la reprendió Gabi—. Samantha y yo tenemos que responder ante Boone.

Mientras Gabi se llevaba a Emily, Samantha se volvió hacia Cass y señaló el banco que habían dejado libre.

—¿Qué te trae por aquí?

Cass se removió incómoda.

—Quería hacerle algunas preguntas más sobre las dificultades de la profesión de actriz. Si no es molestia, claro está.

—No es ninguna molestia —le aseguró Samantha. Como tenía bien presentes las preocupaciones de Ethan, se sintió impelida a decirle—: Esto no es fácil, Cass. Solo muy pocos, poquísimos, logran convertirse en estrellas de la noche a la mañana. La mayoría de nosotros tienen que esforzarse mucho para seguir trabajando. Se necesita mucha fuerza y mucha determinación para soportarlo. Y hay enormes diferencias entre empezar en los escenarios neoyorquinos y actuar en los filmes de Hollywood o en televisión. Muchos hacen anuncios cuando están empezando. Yo todavía lo hago.

—Siempre y cuando se trate de actuar, a mí no me importa lo que haya que hacer —dijo Cass—. Me gusta ser otra persona de cuando en cuando, por un rato.

Samantha se preguntó si eso siempre había sido cierto o

si ella había desarrollado aquel interés solo después del accidente.

–¿Cuándo supiste por primera vez que eso era lo que querías hacer?

–En segundo curso, cuando canté un solo en la obra del instituto –contestó Samantha, radiante–. La gente me aplaudió mucho.

–Los aplausos son adictivos –le confirmó Samantha–. ¿Te han abucheado alguna vez?

Cass se mostró horrorizada.

–Nunca. ¿Y a usted?

Samantha asintió, recordando una producción para Broadway que había sido un desastre completo.

–No fue ni mucho menos tan divertido.

–Bueno, quienquiera que hizo eso fue un auténtico grosero –comentó Cass, indignada.

–Cierto, pero las críticas pueden ser crueles, también. Sus textos pueden contener igual dosis de abucheos y en un marco mucho más público. ¿Crees que serás lo suficientemente dura como para soportar eso?

–Seguro –respondió Cass con bravuconería, pero en seguida dudó–. Supongo que no podría pegarles, ¿verdad?

Samantha se echó a reír.

–Está mal visto, pero supongo que ha sucedido en más de una ocasión.

–Cuando empezó usted, ¿estaba asustada?

–A veces –admitió Samantha–, pero más que nada de defraudar a mi familia.

–¿Fue a la universidad?

–No, pero esa es una buena elección: un lugar donde aprender las técnicas y adquirir más experiencia. En el programa de Arte Dramático adecuado, te verán directores y productores que podrán ayudarte en tu carrera si tienes talento.

–¿Por qué no fue usted?

–Me planteé hacerlo, pero la universidad puede ser muy

cara. Pensé que parte de ese dinero podrían gastarlo mejor mis padres en cubrir mi estancia en Nueva York durante un año, y así probarme a mí misma. En cierto sentido, contemplé la universidad como un plan B, algo que hacer si no podía encontrar trabajo. No sé si era el plan más inteligente, pero a mí me sirvió. No le tenía miedo al trabajo duro, así que lo combiné con un par de empleos a tiempo parcial, tomé clases de interpretación e intenté encontrar un representante. No te mentiré, fue un año duro. Pensé en abandonar más de una vez.

–Pero se quedó y mereció la pena, seguro –repuso Cass, entusiasmada–. Yo trabajo duro. Haré lo que sea con tal de conseguirlo –de repente se entristeció–. Pero sé que hay gente que pensará que estoy perdiendo el tiempo.

–¿Qué gente?

–La señora Gentry, por ejemplo –alzó su brazo ortopédico–. Es por esto por lo que no me dio ningún papel en el instituto. Dijo que sería una distracción, que la gente me tendría lástima.

Samantha experimentó la misma punzada de disgusto que debía de haber sentido Ethan.

–Cariño, no puedo negarte que tu lesión podría privarte de algunos papeles, pero hay muchos otros en los que eso no importaría nada. Podría ser incluso un recurso, algo con lo que trabajar en el guion. ¿Te acuerdas de aquel actor que resultó gravemente herido mientras servía en el ejército, y triunfó luego con *All my Children*, pese a sus bien visibles cicatrices? La obra las integró en el guion. Ganó incluso un premio importante porque consiguió que la gente mirara más allá de sus heridas y viera al enorme, maravilloso, divertido e inspirador actor que es.

–Sí, es J.R. Martínez –dijo Cass al momento–. Es fantástico. Y muy sexy.

–Sí que lo es –convino Samantha.

–¿Así que está usted diciendo que no es imposible que yo llegue a tener éxito?

—Soy una firme creyente de que nada es imposible si lo deseas con la suficiente fuerza —le dijo Samantha—. Pero necesitas el talento necesario para sustentar ese sueño.

—Yo lo tengo —dijo Cass con una imperturbable confianza que habría hecho sentirse orgulloso a Ethan.

—¿Quieres enseñármelo? —le preguntó Samantha.

Cass parpadeó sorprendida.

—¿Qué quiere decir?

—Podríamos leer un par de escenas juntas, quizá probar algunas con otro actor o actriz y ver cómo va. Sé que te sabes de memoria el papel de Sue Ellen. Podríamos empezar con eso.

—¿De veras? —inquirió Cass, entusiasmada—. ¿De verdad que no sería mucha molestia para usted?

—Ninguna en absoluto —le aseguró Samantha—. Pero tendrá que ser un único día de la semana que viene. Esta boda nos va a ocupar lo que queda de esta.

—La semana que viene me parece muy bien —dijo Cass—. En el momento que usted diga —vaciló, esbozando una mueca—. Bueno, no cuando tenemos ensayos. Sue Ellen está perdida si no estoy allí para apuntarle el texto. Sería una irresponsabilidad por mi parte si no me presentara.

Samantha asintió, aprobadora.

—Demuestras mucho carácter al estar dispuesta a anteponer la obra, a pesar de que debió de dolerte no entrar en el reparto.

Cass se encogió de hombros.

—Alguien tiene que evitar que eso termine convirtiéndose en un desastre. De todas formas, no soy tan buenecita como eso puede dar a entender. Imagino que acabaré subiendo al escenario cuando Sue Ellen se desmaye en el escenario o sufra un ataque de pánico. Quiero asegurarme de estar preparada para ese momento.

Samantha rio.

—Me encanta tu actitud, de hecho. ¿Tiene idea el doctor Cole de lo muy optimista que eres?

—No, porque la mayoría de las veces él me ha visto en mi peor momento —admitió Cass—. Desde el accidente, no todos los días han sido tan buenos como este. La verdad es que, por un tiempo, no mostré mucho amor por nadie ni por nada. Él tuvo que empujarme en serio para que me diera cuenta de que quizá mi vida no era tan horrible.

—Comprensible —dijo Samantha—. La clave para llevar una buena vida es, creo, aferrarse más a los días buenos que a los malos. ¿Y sabes qué? Creo que realmente podemos controlar eso.

—Eso es lo que dice el doctor Cole —le dijo Cass. Su expresión se volvió pensativa—. Quizá deberían terminar juntos ustedes dos. Harían una pareja estupenda.

«Fantástico», pensó Samantha. «¡Justo lo que necesitaba, otra casamentera!» Podía imaginarse lo que diría Ethan si oía hablar de la teoría de Cass.

—Quizá deberías dejar de jugar a la casamentera conmigo y limitarte a preparar esos guiones —le dijo. Le entregó una nota de papel—. Apúntame tu número de teléfono y te llamaré el lunes. Quedaremos un día.

Cass así lo hizo, para después darle un impulsivo abrazo.

—¡Es estupendo! Muchas gracias.

—No me las des todavía —repuso Samantha. Por mucho que le gustara el entusiasmo de Cass y admiraba su determinación, seguía sin saber si la adolescente tenía lo que tendría que tener para enfrentarse a los prejuicios de más de un director de casting. Y si no lo tenía, ella iba a necesitar de una enorme habilidad diplomática, una que no estaba muy segura de poseer, para decírselo... por muy confiada que se hubiera mostrado cuando le aseguró a Ethan que protegería sus sentimientos.

Aquella semana, Ethan había cambiado su habitual sesión con los niños al martes, dado que había programado la despedida de soltero de Boone para la noche del jueves en la terraza de Castle's, que llevaría un buen rato cerrado para cuando empezara la fiesta.

Ese día pensaba llevarles a una piscina, para que recibieran clases de natación. La mayor parte de los niños que vivían en las comunidades de la costa sabían nadar perfectamente, pero para aquellos de movilidad afectada por las lesiones, el mar se había convertido en una especie de enemigo. Y él quería que redescubrieran la alegría de nadar. Para muchos de ellos, el ejercicio físico resultaría mucho más llevadero en el agua. Había convocado a varios monitores voluntarios con experiencia en el trabajo con personas discapacitadas, suficientes para que los niños contaran con atención personalizada.

Para cuando llegó la hora de salir para la piscina, Cass seguía sin aparecer. Como no podía esperar mucho más, le dijo al conductor que se pusieran en marcha. Ya en camino, la llamó por el móvil.

—¿Dónde estás? —le preguntó sin preámbulos en cuanto contestó—. Hace diez minutos que se suponía que tenías que estar en la clínica.

—Huy —exclamó, aunque parecía más entusiasmada que arrepentida—. He estado con Samantha Castle. Me olvidé de que habíamos programado nuestra salida para hoy.

Ethan sintió que se le encogía el corazón. Había estado preocupado por aquella misma posibilidad, y la propia Samantha le había advertido de que Cass la buscaría por su cuenta, en caso de que necesitara desesperadamente su consejo.

Pero al menos, por su tono, Cass parecía bastante animada.

—¿Fue bien la conversación? —le preguntó.

—Mejor que bien —le aseguró la muchacha—. Voy a leer algunas escenas con ella. ¿Te imaginas? Voy a leer con alguien que ha trabajado en televisión y en obras de Broadway.

—Es estupendo —repuso él, forzando un tono alegre. Como poco, eso quería decir que Samantha se quedaría en el pueblo durante un tiempo más. Aunque no podía evitar preguntarse por lo que eso querría decir—. ¿Quieres que nos veamos en la piscina? Así podrás contármelo todo.

—¿Pasaría algo porque me perdiese la salida de hoy? De verdad que se me olvidó, así que me olvidé el bañador. Para cuando pase por casa a recogerlo y vaya luego a la piscina, vosotros ya habréis terminado.

—Tranquila —le dijo él, reconociendo la lógica de su argumento—. Pero la próxima vez que nos veamos, quiero saber más sobre tu entrevista con Samantha.

—Prometido —aceptó de inmediato—. Probablemente te hartarás de oírme. ¡Es una mujer tan fantástica...!

Sí, pensó Ethan. Él era de la misma opinión. Y tenía cada vez más la sensación de estar cometiendo una estupidez por no estar haciendo nada para que Samantha se quedara allí, en Sand Castle Bay.

Tan pronto como Samantha llegó a casa, su abuela la miró y sonrió.

—Tienes cara de gato que acabara de tragarse un canario. ¿Sucedió algo después de que me echaras de Castle's?

—Cass Gray se pasó por allí.

—Entiendo —dijo Cora Jane—. Imagino que querría que la aconsejaras sobre la profesión de actriz.

Su comentario la sorprendió.

—¿La conoces?

—Por supuesto. Me he ocupado siempre de asistir a todas las obras de las escuelas para apoyar a los muchachos. Cass siempre ha sido un portento. ¿Qué le dijiste?

—Le propuse que leyera conmigo un guion la semana que viene. Quiero ver si realmente tiene lo que se necesita antes de decirle nada sobre sus perspectivas. Todo eso podría ser muy duro para ella, incluso aunque estuviera cargada de talento. Si está viviendo una situación tan delicada, necesita saber esto ahora –suspiró–. Por supuesto, Ethan no está de acuerdo.

–¿Ah?

–Me ha dejado muy claras las ganas que tiene de que la chica esté rodeada en estos días de vibraciones positivas.

Cora Jane asintió.

–Supongo que tiene razón. Durante el último par de años, Cass lo ha pasado muy mal. Adaptarse a una lesión como la suya ya es suficiente duro, pero con el anhelo que tiene de dedicarse a una profesión que da tanta importancia al aspecto físico, el chasco que se llevaría sería devastador.

–Eso lo entiendo, pero... ¿qué se supone que he de hacer yo? ¿Mentirle? –inquirió, frustrada.

–Bueno, espero que no tengas que hacer eso. Como acabo de decirte, la he visto en varias obras. Por supuesto, las de la escuela primaria no cuentan mucho, pero la de primavera que hizo en el instituto fue muy buena. Y posee inequívocas cualidades de actriz, o al menos eso me pareció a mí. Y también tiene una voz encantadora. Aquella obra del instituto era un musical y ella hacía de protagonista. He oído a suficientes chicos destrozar las melodías de algunas bonitas canciones como para reconocer a alguien con talento.

Samantha se animó al escuchar aquello.

–Eso es muy estimulante. Pero sigo sin tener muchas ganas de hablarle a Ethan de esto, la verdad. Él quería controlar la situación, decidir cuándo y dónde debía hablar con ella. Pero Cass zanjó el asunto presentándose en Castle's por su cuenta.

–Eso no es culpa tuya –le dijo Cora Jane, quitando importancia al asunto–. Pero tengo que decirte que pareces más que dispuesta a examinar las capacidades de la chica. ¿Tienes alguna razón en particular para ello?

Samantha vaciló antes de admitir:

–Después de pasarme por el ensayo del instituto el otro

día, he estado pensando en dar quizá algunas clases de Arte Dramático aquí.

Los ojos de Cora Jane se iluminaron inmediatamente.

–¿Te quedarías?

–Lo suficiente al menos como para intentarlo. ¿Qué te parece?

–Creo que es una idea increíble, pero... ¿te proporcionaría la sensación de realización y el estilo de vida que tú estás buscando? Imagino que no demasiado.

–Gabi piensa que estoy pensando demasiado en pequeño. Ella quiere que monte algo grande y abra una sala de teatro.

Cora Jane aplaudió al oír aquello.

–¡Qué idea tan maravillosa! Sería un aporte maravilloso a la comunidad.

Samantha la estudió de cerca.

–¿No me estarás diciendo todo esto solo porque quieres que me quede?

–Bueno, ese es un factor, pero no el único. Tienes todos esos estupendos contactos que has ido haciendo con el transcurso de los años. Sería una gran contribución al paisaje cultural del pueblo.

–Eso suena algo más ambicioso de lo que es probable que sea –repuso Samantha, irónica–. Pero podría ser divertido.

–¿En qué puedo ayudar yo?

–En nada todavía. Tengo un montón de detalles que decidir sobre el proyecto antes incluso de decidir que es factible. Para empezar, tengo que encontrar un local que me pueda permitir alquilar, y averiguar si existe en la comarca gente suficientemente interesada en la interpretación, y probablemente otro millón de cosas que aún no se me han ocurrido. Iba a hacer una lista, pero me parece que no tengo el mismo don de Gabi o de Emily para ello.

–Lo conseguirás. En cuanto a la sede, habla con tu padre. Él posee un pedazo de terreno con una pequeña vi-

vienda. Está en la zona que ahora se ha convertido en residencial-comercial, así que te resultaría fácil obtener los permisos. No sé en qué condiciones está la casa, pero hay tierra suficiente para el aparcamiento. Y Tommy Cahill y Wade podrán decirte si te costaría una fortuna o no reformarla.

Sorprendida por la noticia, Samantha se lanzó a los brazos de su abuela.

—Acabas de darme exactamente el impulso que necesito para dar el próximo paso. Has hecho que todo parezca factible.

—Es factible —subrayó Cora Jane, enfática—. Las Castle pueden hacer realidad lo imposible. ¡Recuérdalo siempre!

Samantha se echó a reír. Con una mujer tan positiva y llena de energías como Cora Jane de modelo, ¿cómo podría olvidarse de algo así?

En lugar de salir las tres hermanas solas en la noche de Emily, decidieron incluir a algunas de las amigas que había hecho Gabi desde que había vuelto al pueblo. La hermana de Wade, Louise; Meg, la dueña de una fantástica tienda de regalos de la localidad; y Sally, que había hecho de mentora de Gabi cuando esta había intentado hacer campanillas de cristales pintados a mano. Las tres habían sido convocadas en un pequeño bar del pueblo con banda de música country.

—No recuerdo la última vez que hice una noche de chicas —les confesó Louise, madre de cinco niños—. Gracias por haberme invitado.

—No solo estás aquí porque eres la más sensata del grupo, sino para ayudarnos a salir de cualquier problema en el que nos podamos meter —le dijo Gabi a la mujer, que también tenía una destacada carrera como abogada.

Louise frunció el ceño.

—¿Me convierte eso en la chófer oficial, también? Yo

no quiero ser la chófer oficial –protestó, mirando la margarita helada que acababan de colocarle delante.

–No hay chófer oficial –dijo Samantha–. Boone, Wade y Ethan vendrán más tarde para recogernos y llevarnos a casa.

–¿Mi hermano va a venir? –exclamó Louise, aparentemente consternada–. Me echará la bronca –dijo, pero luego se encogió de hombros–. Bueno –bebió un largo trago de su margarita y suspiró de placer–. Definitivamente esto hace que merezca la pena una pequeña humillación.

Emily no parecía mucho más contenta que Louise con aquel arreglo.

–Se supone que mi prometido no tiene que verme esta noche –protestó.

–Se supone que no tiene que verte el día de la boda –la corrigió Gabi–. ¿Pero esta noche? Prácticamente me suplicó que le dejara venir. Y Ethan también, por cierto –añadió mirando deliberadamente a Samantha–. Me pareció que estaba especialmente deseoso de pasar un rato hablando con mi hermana, de hecho.

Samantha dio un buen trago a su copa de margarita.

–Puede que esté algo disgustado conmigo –admitió–. Me ordenó que me alejara de Cass Gray.

–¿Quién es Cass Gray? –quiso saber Sally. Como relativa recién llegada a la zona, no estaba todavía muy familiarizada con la gente del pueblo. Y al parecer tampoco había estado allí cuando el accidente de Cass.

Samantha le habló de la discapacidad de la adolescente y de su anhelo de actuar.

–Así que, por supuesto, Ethan está preocupado de que yo vaya a destrozar su sueño. No tiene ninguna confianza en mis habilidades diplomáticas. Pero yo tengo tan pocas ganas de que Cass sufra como él.

–Cariño, si vas a seguir bebiendo copas a la velocidad a la que te has bebido esta, ese hombre no será capaz de mantener contigo una conversación inteligente esta noche, de todas formas.

Samantha se sonrió.

—Tienes razón —dijo. Y pidió otra.

—Oh, cariño —intervino Gabi, preocupada—. Si ella es la única que acaba completamente borracha, vamos a tener que darle alguna explicación.

—¿A Ethan? —preguntó Samantha—. Él no es mi jefe.

Emily rio por lo bajo.

—Algo me dice que es demasiado tarde para evitarlo. Nuestra hermana es una floja por lo que se refiere al alcohol.

—Quizá le ayude que bailemos —sugirió Meg, mirando la pista de baile con envidia—. Yo siempre he querido aprender el dos-pasos, el baile texano.

—Vamos, entonces —dijo Sally, tirando de ella—. Nada nos impide acorralar a un par de tipos de este local para que nos lo enseñen. ¿Quién parece saber lo que está haciendo?

—Aquel —dijo Meg. Su expresión se iluminó mientras señalaba a un tipo larguirucho que tenía muy buen aspecto con unos viejos vaqueros y una camiseta ajustada.

—Es Tommy Cahill —dijo Gabi, siguiendo la dirección de su gesto. Agarró la mano de Meg—. Vamos. Trabaja con Wade, o Wade trabaja para él. No importa. Es un tipo majo.

Ante la posibilidad de una presentación inminente, Meg se retrajo

—¿Casado?

—No —le aseguró Gabi—. Ni siquiera está saliendo con nadie, por lo que sé. Es contratista, con una excelente reputación en construcción y reforma de casas de lujo.

Sally frunció el ceño de pronto.

—¿Gay?

Gabi sonrió.

—Para nada. Solo algo tímido, creo. Venga, vamos. Está con amigos. Creo que podremos sacarlos a todos a la pista de baile. No pienso tenderte ninguna trampa.

–Oh, ¿qué diablos? Yo quería bailar, no casarme –dijo Meg, siguiendo a Gabi por la tarima de planchas de madera.

Samantha se quedó donde estaba.

–¿No vas a bailar? –le preguntó Emily–. A ti te encantaba bailar. Nos enseñaste a Gabi y a mí.

–Eso era cuando todavía podía mantenerme de pie sin caerme de espaldas.

Emily se echó a reír.

–¿La cabeza todavía te da vueltas?

–Oh-oh –admitió–. Tenías razón. Soy una floja para el alcohol. Y dado que no pienso volver a hacer el ridículo delante de Ethan por haber bebido demasiado, voy a pasarme al café.

–¿Crees que Boone se enfadará si aparece y me sorprende bailando con otro hombre? –inquirió Emily, mirando envidiosa a las otras parejas que estaban bailando ya el dos-pasos.

–Creo que querría que disfrutaras de tu despedida de soltera –respondió Samantha–. Sáltate simplemente los bailes lentos –barrió la habitación con la mirada–. Me parece que allí hay alguien sin pareja. Ve a por él.

Emily se disponía a atravesar la sala cuando de repente se volvió hacia ella, con los ojos muy abiertos.

–Es Boone –susurró–. Se suponía que no debería estar aquí.

Samantha rio por lo bajo.

–Imagino que no podía mantenerse alejado.

–Quizá no confía en mí –siseó Emily.

–Ese brillo que puedo ver en sus ojos me sugiere enteramente lo contrario –le aseguró Samantha–. Se dirige hacia aquí, así que exhibe tu mejor sonrisa y sal a la pista. Siempre ha sido el único hombre de tu vida, así que... ¿para qué fingir lo contrario, incluso aunque solo sea por una noche?

–Es guapísimo, ¿verdad? –dijo Emily, con una sonrisa

dibujándose lentamente en sus labios. Acentuó el contoneo de sus caderas mientras se dirigía hacia Boone–. Oye, marinero, ¿te apetece bailar?

Boone sonrió.

–Estaba buscando a esa belleza que está sentada justo detrás de ti. ¿Está disponible?

Emily le golpeó en el brazo.

–Eso no tiene ninguna gracia. Mantente alejado de mi hermana.

Boone la miró con una expresión cargada de adoración.

–Ella no está a tu altura –le aseguró él.

Eso fue lo último que oyó Samantha cuando Boone atrajo a Emily a sus brazos. Suspiró. Eso mismo era lo que quería ella. Lo quería de verdad.

–¿Quieres bailar?

Sobresaltada, alzó la mirada para encontrarse con Ethan de pie a su lado.

–¡Estás aquí!

Él sonrió.

–Eso parece. No me acuerdo muy bien de los pasos de este baile, pero estoy dispuesto a intentarlo, si quieres.

–Claro –dijo ella, deseosa de sentir sus brazos en torno a sí.

Se tambaleó ligeramente cuando se dirigía hacia un hueco en la pista. Ethan enarcó las cejas.

–¿Ya estás achispada?

–Eso me temo –suspiró.

Él se echó a reír.

–Entonces esto va a ser divertido...

Pero cuando Ethan la atrajo a sus brazos, ella pudo sentir todo aquel duro músculo y tenso control, y supo con absoluta certidumbre que estaba en buenas manos.

–Ethan, ¿estás enfadado conmigo porque he hablado con Cass? –inquirió de pronto.

–Ahora mismo no –respondió, con su aliento abanicándole la mejilla–. Vivamos sin más este momento.

–Pero no estás contento conmigo, ¿verdad? –persistió.
Él la miró a los ojos.
–Sigo preocupado, eso es todo. Y no lo vamos a resolver esta noche, así que dejémoslo para otro día. ¿Por qué no te limitas a disfrutar atormentándome?
–¿Atormentándote? –preguntó intrigada.
–Claro. ¿Es que no sabes que el hecho de tenerte tan cerca sabiendo que la cosa terminará aquí es una absoluta tortura para mí?
–Cualquier otro hombre podría concluir que la cosa no tendría por qué terminar aquí –susurró ella, y sintió su sonrisa contra su mejilla.
–Entonces me alegro de no ser cualquier otro hombre.
–Podrías reconsiderarlo –sugirió Samantha–. Desmadrarte un poco.
Él se echó a reír.
–Créeme, querida, que la idea posee mucho atractivo.
–¿Pero no vas a ceder a la tentación, verdad?
–Me temo que no.
Ella suspiró y apoyó la cabeza sobre su pecho, escuchando el firme latido de su corazón, mientras se preguntaba por lo que tendría que hacer para acelerarlo lo suficiente y obligarlo a ceder.
Uno de aquellos días, decidió, iba a hacer todo cuanto estuviera en su poder para averiguarlo.

Capítulo 15

−¿Crees que Ethan contratará a una *stripper* para la despedida de soltero de Boone? −preguntó Emily con tono lastimero durante el desayuno, a la mañana siguiente de la noche de chicas−. No creo que eso me gustara, sobre todo después de que los chicos me estropearan la fiesta evitando que tuviera una última aventura como mujer soltera.

−No iba a haber ninguna aventura −le recordó Gabi, severa−. Vas de boquilla, hermanita. Nunca le harías algo así a Boone.

Emily sonrió con expresión soñadora.

−Probablemente tienes razón. ¿Por qué habría de querer engañar al hombre perfecto?

−Oh, me das náuseas...

−Yo creo que es muy dulce que esté de una vena tan romántica −intervino Samantha−. Así es como deben ser las cosas. En cambio, cuando te veo a ti con Wade, siempre tan sensata y tan práctica... bueno, das un poco de miedo. ¿Qué le sucedió al amor loco?

−Estamos locamente enamorados −insistió Gabi−. Lo que pasa es que somos personas maduras.

−Oh-oh −dijo Samantha, captando un brillo de enfado en los ojos de Emily−. Eso no quiere decir que tú seas inmadura, Em. Cada pareja es diferente, ¿verdad, Gabi?

−Absolutamente −se apresuró a darle la razón.

—Lo que sea —dijo Emily, bebiendo otro sorbo de café—. Volvamos a la despedida de soltero. ¿Y si Ethan invita a una *stripper*?

Samantha rio al ver la genuinamente preocupada expresión de su hermana.

—Ese no me parece el estilo de Ethan —intentó reconfortarla, para a continuación pensar sobre ello—. Aunque, ahora que lo dices, creo que tampoco a mí me haría ninguna ilusión. No me gustaría ver a mi hombre comiéndose con los ojos a una mujer desnuda justo antes de nuestra boda.

—Exactamente —dijo Emily.

Gabi las escuchaba sacudiendo la cabeza.

—Podrías encargar una tarta y salir de ella solo para ver lo que está pasando allí —sugirió con tono suave.

La expresión de Emily se iluminó inmediatamente, tomándose perfectamente en serio su absurdo comentario.

—¡Qué gran idea! Samantha, hazlo tú. No quiero que Boone piense que no confío en él.

Samantha miró ceñuda a las dos; a Gabi por haber sugerido una idea tan ridícula y a Emily por aprovecharla como si fuera una tabla salvavidas. Conocía lo suficiente a su hermana pequeña como para saber que era altamente improbable que renunciara a ella.

—Yo no pienso saltar de una tarta —declaró Samantha, rotunda, aunque había aceptado trabajos todavía más embarazosos para pagarse los gastos al poco de su llegada a Nueva York.

—Deslumbrarías a Ethan —sugirió Gabi, sumándose al espíritu de la idea, o quizá intentando aplacar a Emily alineándose con ella por una vez—. Tú misma nos dijiste que parece responder a un imprevisible lado de tu naturaleza, por no hablar de la manera que tiene de mirarte, embobado, cada vez que te ve. Y eso teniendo en cuenta que nunca te ha visto desnuda.

—Exactamente —la secundó Emily, entusiasmada—. Y no tendrías que esta desnuda. De *hecho*, eso sería algo chabacano, mientras que en biquini estarías fantástica. Hasta te pagaría un espray de bronceado.

Samantha miraba incrédula a sus hermanas.

–¿Realmente estáis hablando en serio? ¿Queréis que salte del interior de una tarta en la despedida de soltero de Boone solo para asegurarme de que no hay *strippers* allí?

–Y para remover unas cuantas fantasías que tiene Ethan –señaló Emily–. Ese hombre necesita vivir un poco. Oh, está haciendo lo que tiene que hacer por la boda, pero últimamente está demasiado mustio. Para ti prácticamente sería un deber patriótico, para no hablar del favor que me harías a mí. Y todas sabemos que quieres acostarte con él, por mucho que te empeñes en negarlo.

Samantha podía ver que su hermana había puesto el corazón en aquella absurda idea. Dado que se había prometido a sí misma no hacer nada que pudiera estropearle aquellos próximos días a Emily, suspiró resignada.

–Si podéis arreglar lo de la tarta, está bien, lo haré. Pero lanzaré una rápida mirada alrededor y me largaré en seguida. Aun haciéndolo por ti, será demasiada humillación.

Gabi sonrió y chocó la mano que alzó Emily.

–Te dije que lo haría. Lo de mencionarle lo serio y tenso que está últimamente Ethan fue una buena táctica. Anoche, ella volvió toda acalorada y enfadada porque él seguía guardando las distancias.

Samantha frunció el ceño ante aquella observación, tan acertada como irritante.

–Cuidado, que todavía puedo volverme atrás.

–Pero no lo harás –dijo Emily, abrazándola–. Porque me quieres demasiado, y ya estás medio enamorada de Ethan. Esto podría ser el gran empujón.

–Cualquier relación que tenga con Ethan... y no estoy diciendo que la tenga... no necesita ningún empujón de gente como vosotras –declaró, aunque sabía que no serviría de nada.

–Si no te lo damos nosotras, ¿quién entonces?–. La abuela sirve, sí, pero no es ni la mitad de creativa.

–Quizá porque la abuela tiene la sensatez suficiente para saber cuándo dejarla en paz a una –replicó Samantha.

Gabi se echó a reír.

–Bah, no es eso. Solo está ganando tiempo. Estoy convencida de que todavía tiene unos cuantos trucos en la manga en caso de que Ethan y tú no sigáis adelante con el programa.

Samantha sospechaba que su hermana tenía toda la razón. El pensamiento de Cora Jane ejercitando a tope sus habilidades casamenteras la asustaba mortalmente. Afortunadamente, en aquel momento estaba tan concentrada en los detalles de la boda que ni ella ni Ethan habían entrado todavía dentro de su radar.

Ethan alzó la mirada cuando la puerta que daba a la terraza de Castle's se abrió para dar paso a una enorme tarta cargada en un carrito. No había suficiente glaseado en el universo para disimular que la tarta era falsa. Dado que no había encargado ninguna de aquel tamaño, su llegada era una auténtica sorpresa, y muy sospechosa.

Y de repente tenía música. Boone y la docena de hombres que se habían reunido para la despedida de soltero cesaron de hablar y se quedaron mirando fijamente la tarta. Boone se volvió hacia Ethan con una expresión inquisitiva. Ethan se encogió de hombros.

Boone se apartó de la tarta.

–Por favor, decidme que Emily no va a saltar de aquí dentro –dijo, con la mirada clavada en aquella monstruosidad de cartón piedra, exageradamente decorada–. Y si es así, por favor, que no esté desnuda. Esa imagen es para mí solo. No pienso compartirla.

–No tengo ni idea –dijo Ethan, tenso.

–¿Y no es una *stripper*? –quiso saber Boone.
–Si lo es, entonces alguien más ha pedido una –le aseguró Ethan–. Lo siento, pero el pensamiento no se me pasó por la cabeza, dado que imaginé que todos los amigos aquí presentes eran demasiado maduros para hacer algo así.
Boone sonrió ante el estirado comentario.
–Bueno, esto es una despedida de soltero. ¿Quién sabe si volveré a ver a otra mujer desnuda que no sea mi mujer? Estoy empezando a desear que sea una *stripper*.
–Si tantas ganas tienes de ver a mujeres desnudas, puede que quieras reconsiderar la idea de casarte –le sugirió Ethan, irónico, justo en el momento en que la tapa de la tarta empezaba a temblar y a agitarse. Aquello se presentó acompañado de unos cuantos gruñidos, unos golpes insistentes y, por último, un aullido consternado. Un aullido que se le antojó extraña e inquietantemente familiar.
–Quizá deberíamos hacer algo –sugirió Boone, con la mirada clavada en la tarta.
Ethan sonrió. Estaba empezando a sentirse curiosamente fascinado por ver lo que la futura mujer de Boone había planeado... con la ayuda de sus hermanas, sin duda.
–Permíteme.
Se acercó a la tarta y dio unos golpecitos en la tapa.
–¿Algún problema? –preguntó.
–¡Sácame de aquí! –exigió una imperiosa voz.
–¿No estropeará eso el efecto sorpresa? –preguntó, confirmadas sus sospechas sobre quién se escondía dentro. ¡Samantha! ¿A quién si no habría sido capaz de convencer Emily de que se prestara a una artimaña así? El motivo apenas importaba.
–Ethan, si no me ayudas ahora mismo, te juro que cuando salga de aquí, yo... –pareció quedarse sin palabras.
–¿Qué? –inquirió, curioso.
–No estoy muy segura, pero no te gustará.

—Podríamos esperar y ver.
—Ethan, aquí dentro hace mucho calor y estoy enfadada.
—Está bien, está bien... ¿Cómo se suponía que tenías que salir?
—La tapa tenía que abrirse de golpe, pero debe de haberse atascado. Creo que el falso glaseado se ha convertido en cola de contacto.

Ethan buscó algún tipo de bisagra, hasta que se dio cuenta de que cuando la tapa quedó cerrada, la pintura debía de haber estado algo húmeda y se había secado. O quizá el glaseado se había convertido en cemento. Era difícil decirlo. En cualquier caso las secciones habían quedado bien pegadas, al igual que la tapa. Se sacó una navaja suiza del bolsillo y fue introduciéndola en los bordes, descubriendo la ranura.

—Inténtalo ahora –le dijo–. Debería abrirse de golpe, con lo que podrás hacer tu gran número. ¿Quieres que pongamos música de *stripper*? La cinta de la tarta se ha terminado. Probablemente necesites rebobinarla y empezar de nuevo.

Debió de darle un buen empujón a la tapa, porque la tarta se abrió y Samantha emergió cual magnífica aunque agobiada diosa griega. Definitivamente no estaba nada contenta, ni siquiera después de los vítores y pitadas de júbilo que resonaron por toda la terraza. Mientras los hombres pateaban el suelo y silbaban a la vista de la bella en biquini, el humor de Ethan se fue deteriorando tan rápidamente como el de Samantha.

—De acuerdo, ya está –masculló–. Ya has hecho tu show. Vámonos.

Samantha se limitó a arquear una ceja.
—Se supone que tengo que cantar.
—Creo que te disculparemos si no lo haces.

Lo miró con expresión terca.
—He estado ensayando la canción favorita de Boone. Es lo único que me gustaba de todo esto.
—¿De veras? ¿Querías salir de una tarta chabacana y ex-

hibirte delante de un puñado de borrachos mientras cantabas?

—Bueno, dicho de esa manera, no —respondió, intentando salir de la tarta. A punto estuvo de tropezar con el carrito y caer el suelo. Afortunadamente aterrizó directamente en sus brazos.

Ethan la miró a los ojos, sacudió la cabeza y se dirigió con ella en brazos hacia la puerta.

—Desde el primer día que te vi, supe que ibas a ser una chica problemática.

—Según los escasos amigos que tenemos en común, eso es justo lo que necesitas.

—No, lo que necesito es superar esta boda sin perder los anillos, y volver luego a mi bonita y tranquila existencia —le aseguró.

Ella se lo quedó mirando dubitativa.

—¿Eras feliz aburriéndote?

—Yo nunca me he aburrido.

—¿No te sientes solo?

Ese, pensó Ethan, era otro problema.

—Solo tampoco —mintió.

Samantha suspiró.

—Qué afortunado eres —murmuró con un tono que nuevamente lo tomó por sorpresa.

Ethan pensó que probablemente era de eso de lo que debían hablar: de aquella glamurosa vida que había imaginado él que llevaba y que, quizá, la realidad era muy diferente. Aquellas confesiones que ella le había hecho acerca de que su vida no era precisamente de color de rosa no dejaban de sorprenderle. Aquella noche, sin embargo, con una casi desnuda Samantha entre sus brazos, hablar era lo último que tenía en mente.

Solo la pura fuerza de voluntad que lo había ayudado a superar dos guerras lo libró de sucumbir a la tentación mientras la llevaba a algún lugar lejos de Castle's y de las miradas de los curiosos. Y decidido como estaba a averiguar si realmente ella pretendía poner en práctica lo que con tanto descaro le estaba ofreciendo.

Mientras era trasportada con tanta brusquedad fuera de Castle's, Samantha tenía la sensación de que había agotado la paciencia de Ethan. Pero por debajo de su desaprobación, había percibido algo más: un hombre a punto de caer en la tentación. Interesante.

—Ya puedes bajarme. Mi coche está justo allí —señaló el extremo más alejado del aparcamiento.

—Y el mío aquí mismo —replicó, abriendo la puerta del pasajero y depositándola en el asiento con pocas ceremonias.

—No puedes abandonar tu propia fiesta.

—Volveré pronto —le dijo—. Casi no me echarán de menos.

—Ethan, no estoy bebida —protestó, aunque el pensamiento de haber tomado una copa o dos antes de meterse dentro de aquella horrible tarta se le había antojado muy atractivo—. No tienes por qué llevarme a casa.

—¿Quién ha dicho que vaya a hacerlo?

—¿Vamos a ir a la tuya? —le preguntó, sabiendo que probablemente sonaba demasiado deseosa.

Pese a su ceño, no cabía duda alguna sobre el asomo de sonrisa de las comisuras de sus labios.

—Te encantaría, ¿verdad?

—No diría que no.

Él sacudió la cabeza.

—Me lo temía.

—¿La idea de dormir conmigo te da miedo?

—No el acto de hacer el amor —le aseguró—. Las implicaciones. No, borra eso. Las complicaciones.

—No tiene por qué haber complicaciones —replicó—. Somos dos adultos responsables. Ambos queremos esto. ¿Por qué habría de salir mal?

—Porque tú te mereces un «para siempre». Las mujeres Castle son todas «para siempre», y eso no figura en mi agenda.

—Quizá deberíamos poner a prueba tu teoría. Podrías estar equivocado sobre lo que quieres —incluso mientras hablaba, enterró la cara entre las manos—. Dios mío, debo de sonar patética. O desesperada. Lo siento. No sé por qué estoy insistiendo tanto cuando obviamente no estás interesado en mí.

Él la miró con expresión consternada.

—No suenas desesperada. No te atrevas a pensar de esa manera de ti. No se trata de eso

—¡Oh, por favor! —protestó ella—. Prácticamente te estoy suplicando que me lleves a la cama. Eso, a mí, me suena a mujer desesperada.

Para su sorpresa, él abandonó la carretera de la costa para entrar en el aparcamiento de su clínica, y apagó el motor. Cuando se volvió hacia Samantha, tenía una expresión tan desolada como se sentía ella por dentro.

—Estoy intentando hacer lo correcto. He sido sincero contigo por lo que se refiere a las relaciones. Y, sin embargo, aquí estás.

Ella se permitió una sonrisa.

—No me has ahuyentado —adivinó—. Eso debe de estar volviéndote loco.

—Así es. Aunque fuerte, soy humano. Y Dios sabe que te deseo.

El corazón de Samantha se le subió a la garganta ante aquella confesión, expresada con tanta resistencia.

—Gracias a Dios. Estaba empezando a pensar que estaba sola en esto.

—Bueno, pues no lo estás, ¿de acuerdo? No sé qué hacer contigo.

—Llévame a tu casa. Quizá yo pueda recordártelo.

—¡Samantha! —profirió el nombre con un gemido torturado.

Ella alzó una mano y le acarició una mejilla. El músculo de su mandíbula tembló bajo su contacto.

–No voy a suplicarte, Ethan. Estoy sentada aquí en biquini, por el amor de Dios. Estoy dejando bien poco a tu imaginación y, sin embargo, tú te sigues resistiendo. He recibido el mensaje.

Él se apoderó de su mano y depositó un beso en su palma.

–No lo creo, no si el mensaje es que te estoy rechazando.

–¿No es ese el asunto principal?

–Te estoy protegiendo –insistió.

Ella sacudió la cabeza.

–Puedes seguir diciéndotelo si quieres, pero yo no me lo creo, Ethan. Te estás protegiendo a ti mismo.

Pareció momentáneamente sobresaltado. Recostándose en su asiento, cerró los ojos y se quedó callado. Samantha seguía esperando.

–Quizá –reconoció al fin.

–Has corrido muchos riesgos en la vida, Ethan. Pusiste tu vida en juego cuando estuviste sirviendo en Irak y Afganistán. Avísame cuando estés dispuesto a correr uno más, ¿de acuerdo? –abrió la puerta y bajó del coche.

–¿Adónde vas? –le preguntó él, claramente desprevenido–. Ven aquí. Te llevaré a casa o de vuelta a tu coche, donde me digas.

–No, gracias –sacó su móvil, que llevaba precariamente encajado en la braga del biquini–. Emily está esperando mi llamada. Ella vendrá a buscarme. Vuelve a la fiesta, Ethan.

–No voy a dejarte aquí sola y de noche –le dijo, terco–. Déjame llevarte al menos de vuelta.

Pero Samantha ya estaba hablando con su hermana.

–Em, estoy en el aparcamiento de la clínica de Ethan. Ven a buscarme, ¿de acuerdo?

–Diez minutos –dijo Emily, lacónica–. Y si ese hombre te ha hecho algo malo, yo misma le arrancaré el corazón.

Samantha sonrió ante aquella declaración tan fiera.

–Puede que te dé permiso para hacerlo –le dijo con tono suave, intentando contener las lágrimas. Cortó la llamada. De espaldas a Ethan, le espetó–: Ya está en camino. Puedes irte.

–Me marcharé cuando llegue –la desafió con tono firme.

–Ella dice que te arrancará el corazón –le dijo, mirándolo para evaluar su reacción.

Él se limitó a sonreír.

–Probablemente me lo merezca. Aun así, no me marcharé.

Dado que resultaba evidente que no iba a irse a ninguna parte hasta que apareciera Emily, Samantha se apoyó en el coche a esperar, todavía de espaldas a él. Solo cuando vio las luces del coche de su hermana entrando en el aparcamiento, rodeó el morro para acercarse a la ventanilla del conductor. Ethan bajó el cristal de la ventanilla y, antes de que él pudiera adivinar su intención, Samantha lo besó de la manera que llevaba queriendo hacer desde que lo vio aquel primer día en la cocina de su abuela.

–Esto es solo una pequeña muestra para que recuerdes esta noche –le dijo con tono desenfadado mientras se alejaba rápidamente y subía al coche de Emily.

Sentada en el asiento del pasajero, Gabi comentó al tiempo que se abanicaba el rostro, impresionada:

–Esa no era la clase de despedida que me estaba imaginando cuando veníamos hacia aquí.

–Yo tampoco –añadió Emily.

Samantha se sonrió.

–Ethan tampoco se lo esperaba. ¿Sabéis lo que se dice en mi profesión? «Déjalos siempre queriendo más». Imagino que Ethan se pasará el resto de la noche esperando muchísimo más que ese beso.

–Oh, Dios... –murmuró Gabi.

–¿Qué diablos ha pasado esta noche? –le preguntó Emily.

—No lo que probablemente te estás imaginando —respondió Samantha—. Nada de *strippers* en la fiesta. Nada de pasión tórrida en el aparcamiento de la clínica. Solo un empate más entre dos objetos inamovibles.

Tenía la corazonada, sin embargo, de que uno de los dos iba a sucumbir. La última mirada que lanzó al rostro de Ethan antes de alejarse le había revelado a un hombre cansado de mantenerse estoico mientras ella se esforzaba infructuosamente por seducirlo.

Ethan regresó a la terraza de Castle's y se sirvió una bebida fuerte. Se volvió hacia Greg, que estaba tomando un agua con gas.

—Te encargarás tú de llevarme a casa —le dijo a su amigo.

—Yo encantado —repuso Greg de buena gana—. Sobre todo si vas a contarme lo que ha pasado con la deliciosa Samantha. Por aquí abundaron las especulaciones hasta que Boone recordó a todo el mundo que estaban hablando de su futura cuñada. Eso les calló la boca.

—Discutimos —le dijo Ethan—. Igual que siempre. Y eso es todo lo que pienso decirte.

—¿Pero la llevaste a su casa?

—Lo más lejos que llegué fue al aparcamiento de la clínica, donde me detuve para hablar con ella. Luego ella llamó a su hermana para que viniera a recogerla.

Greg se lo quedó mirando incrédulo.

—Chico, de verdad que estás falto de práctica en el tema de salir con chicas...

—No tenía planeado volver a ser un adepto a esa actividad —le recordó Ethan.

Greg lo estudió de cerca.

—Pero quieres hacerlo, ¿no? Contra todo ese buen sentido que afirmas poseer, tú deseas a esa mujer.

—Por supuesto que la deseo. ¿Qué hombre no desearía

a Samantha? Cuando estoy con ella, me duele hasta respirar.
—Estoy hablando de algo más que sexo —dijo Greg.
Ethan suspiró.
—Y yo, si te soy sincero. Ella dice que tengo miedo de correr riesgos.
—De eso no hay duda —repuso Greg sin vacilar.
—Gracias por ponerte de mi lado.
—Siempre estoy de tu lado, pero la verdad es la verdad. Hasta que consigas sacarte a esa estúpida antigua novia tuya de la cabeza, siempre te pasará lo mismo. Llegarás justo al borde de la pista de baile, pero no darás un solo paso para entrar.
—Estuve en la pista de baile anoche.
Greg lo miró impaciente.
—Era una metáfora.
—Ya lo sé —volvió a suspirar Ethan—. Es que detesto admitir que cualquiera pueda estar en lo cierto al afirmar que soy un cobarde. Soy un héroe de guerra condecorado. Nadie debería atreverse a asociar la palabra «cobardía» con mi nombre. Y tú eres la segunda persona en la última media hora que ha hecho la asociación.
—No creo que nadie tenga derecho a cuestionar tus credenciales como héroe —dijo Greg—. No eres el primer hombre que preferiría enfrentarse a una bala antes que arriesgar su corazón. Creo que era más fácil enamorarse de la forma en que lo hice yo, cuando era joven y estúpido y no sabía lo suficiente de la vida como para tener miedo. Ahora tengo miedo cada día de mi vida de que mi esposa se canse de mi problema de estrés post-traumático y se marche de casa con mis hijos.
—Eso nunca sucederá —replicó Ethan con total certidumbre, aliviado de que el foco de conversación se hubiera desviado de sus problemas—. Esa mujer está tan loca por ti que sería capaz de caminar sobre brasas. Nunca la ahuyentarás, siempre y cuando la dejes entrar en tu alma. Lo úni-

co que necesita Lindsey es saber que confías en ella lo suficiente como para hacerlo.

Greg entrecerró los ojos.

–¿Vosotros dos habéis hablado de esto?

–Ya sabes que sí. Ella no tiene a nadie más con quién hablar, así que no te enfades. Nadie te está traicionando. Te queremos.

Su amigo suspiró.

–Lo entiendo, de verdad. Y nadie entiende mi problema mejor que tú. Lo que pasa es que odio tener que estar pasando por todo esto. Ella no firmó para encontrarse con algo así.

–Ella firmó para amarte en cualquier circunstancia –le corrigió Ethan–. Y, definitivamente, es lo bastante fuerte como para soportarlo. Y tú también, por cierto.

Bebieron en silencio. El whisky escocés había perdido todo atractivo para Ethan, así que lo dejó a un lado y pidió otro vaso de agua con gas.

–Buena táctica la de desviar el tema de Samantha, por cierto –le echó en cara Greg, recuperado su buen humor.

–Esquiva y zigzaguea –comentó Ethan–. La primera maniobra de defensa que aprendimos.

–No creo que fuera pensada para aplicarse a una conversación ente dos amigos –le recordó Greg.

–Probablemente no –convino Ethan–, pero esta noche estoy cansado de hablar de Samantha, de mi vida amorosa o del inquietante tópico del amor –miró al otro lado de la terraza y descubrió a Boone haciendo eses–. De hecho, dado lo cínico de mi humor, creo que será mejor que proponga un brindis por el feliz novio, antes de que me siente tentado de decir algo que acabe con el buen ambiente de la fiesta.

–¿Estás seguro de que no es demasiado tarde? –le preguntó Greg con gesto preocupado.

–No, conozco el guion. Emily es la mejor. El brillante futuro de la pareja. Eres un hombre afortunado. Bla, bla, bla.

Greg se echó a reír.

–Intenta decirlo con un poco más de sentimiento, ¿de acuerdo?

–Haré lo que pueda –le prometió Ethan. Desgraciadamente, no compartía ninguna de las habilidades interpretativas de Samantha, así que resultaba bastante probable que errara el objetivo.

Capítulo 16

El dolor de cabeza que tenía Samantha a la mañana siguiente apenas era más llevadero que la resaca que tuvo que soportar durante toda la semana anterior. Después de haberla rescatado del aparcamiento de la clínica, Gabi y Emily se habían quedado hablando con ella hasta pasada la medianoche. Samantha había puesto en práctica sus poco ensayadas habilidades como camarera de barra para preparar daiquiris de fresa. Muchos daiquiris, al parecer, a juzgar por el martilleo de su cabeza. Había perdido la cuenta después de la tercera ronda.

Estuvo bajo la ducha caliente durante un rato largo, confiando en despejarse. Durante la noche, un único pensamiento había resonado una y otra vez en su mente: que la única manera que tenía de conseguir el futuro que quería para su vida era quedándose allí, en Sand Castle Bay, y luchar por él. Eso significaba abandonar Nueva York y todo lo que alguna vez había representado aquella ciudad para ella. Necesitaba comprometerse plenamente con un nuevo plan de vida y lanzarse a hacerlo realidad con absoluta pasión.

Todo lo cual no tendría nada que ver con Ethan, se dijo con firmeza. Tenía que tratarse de lo que ella quería. Debería tener eso bien presente. Si él, al final, terminaba encajando en el plan, mejor que mejor.

Cuando finalmente consiguió bajar las escaleras, se encontró con sus dos hermanas sentadas a la mesa de la cocina. El café ya estaba hecho, pero descubrió que ninguna de ellas parecía tener estómago para desayunar algo aquella mañana.

–Tienes un aspecto sorprendentemente bueno para una mujer que anoche subió las escaleras a gatas –le dijo Gabi con tono alegre–. ¿Es debido a tus grandes poderes de recuperación o a un excelente maquillaje?

–Que te zurzan –sugirió Samantha con el mismo tono, mientras se servía el humeante café en el tazón más grande que pudo encontrar.

Emily rio por lo bajo.

–Me encanta verte así.

–¿Cómo?

–Fuera de tu estilo –dijo Emily–. Siempre he sabido que tenías tus puntos débiles. No serías humana si no los tuvieras, pero siempre los disimulaste tan bien... Eso, junto con todo lo demás, me desquiciaba un poco.

–Encantada de darte el regalo de mis inseguridades –repuso Samantha–. Considéralo un presente de boda.

–Me conformaría con eso y con nada más –le aseguró Emily, sonriendo–. Pero las copas de cristal que me enviaste eran magníficas, un punto demasiado lujosas.

Gabi pareció divertirse mucho con el comentario.

–Vaya, yo creía que no había nada que pudieras considerar demasiado lujoso... Tu lista de bodas es una buena prueba de ello.

–Dado que es la única vez que voy a hacer esto, quiero cosas que me duren toda la vida –replicó Emily sin el menor indicio de remordimiento–. Imagino que tú ni siquiera te has molestado en empezarla, dado que no quieres esta clase de boda.

–De hecho, no pensamos hacer ninguna lista –reconoció Gabi–. Pero de ti sí esperamos regalos. Muchos. Estoy pensando en cristal Waterford, porcelana francesa y cubertería de plata.

–¿Para que puedas usarlo todo en las barbacoas del jardín? –se burló Emily.
–No hay razón para no poner una mesa bonita y elegante allá donde sea –replicó Gabi con un tono que recordaba al de Cora Jane.
–Basta –dijo Samantha, intentando no reírse de una discusión tan estúpida. Alzó su tazón–. Brindo porque cada una de nosotras tenga la boda de sus sueños, punto. Y seamos felices y comamos perdices, etcétera.
–Puedo brindar por eso –dijo Emily.
–Y yo –secundó Gabi.
Tomaron el café en medio de un silencio cómodo, hasta que Emily miró a Samantha con verdadera preocupación.
–¿Vas a renunciar a Ethan? Eso es lo que me pareció anoche. Por cierto, creo que sería una verdadera lástima que lo hicieras.
–Estoy de acuerdo –dijo Gabi–. Incluso después de lo que sucedió anoche, llevas ahora mismo puesta esa camiseta de fútbol americano suya. Es como tu manta personal de apoyo, tu manera de estar cerca de él. Sé que no eres inmune, por mucho que te esfuerces en convencernos de lo contrario. No importa que pienses que él es el único que se está protegiendo del riesgo de volver a resultar herido. Creo que a ti te pasa un poco lo mismo. Quizá Ethan necesite saber que esto no es ningún juego para ti, que no vas a marcharte de aquí. Eso podría darle seguridades.
–Ethan sabe que yo no soy inmune a él –dijo Samantha–. ¿Por qué no puede conformarse con eso?
–Porque es Ethan y tiene verdadero terror a un nuevo rechazo –respondió Emily.
–¡Maldita sea, yo no soy Lisa! –exclamó Samantha.
–Todas lo sabemos –la tranquilizó Gabi–. A un cierto nivel, él lo sabe también. Aun así, después de todo lo que ha pasado, es lógico que le aterre volver a arriesgar su orgullo, por no hablar de su corazón.
–Todo eso ya lo sé –dijo Samantha–. Y él también, si es

sincero consigo mismo. Pero eso no quiere decir que podamos resolver las cosas entre nosotros.

–Bueno, seguro que no las resolverás si te vuelves corriendo a Nueva York después de la boda –repuso Emily–. Yo puedo dar fe de lo difícil que es hacerlo a distancia. Pese a que ambos teníamos las mejores intenciones del mundo, ni Boone ni yo pudimos conseguirlo.

Samantha inspiró profundamente antes de comunicarles lo que había decidido.

–No voy a volver a Nueva York, al menos no para quedarme. Más adelante sí que regresaré para recoger las cosas y subarrendar mi apartamento, pero me instalaré aquí.

Los ojos de Gabi se iluminaron de inmediato.

–¿Y abrirás la sala de teatro?

–Eso tendré que verlo –dijo Samantha, cautelosa–. Pero si a la abuela no le importa tenerme en su casa, empezaré al menos con esas clases de interpretación y veré a dónde me lleva todo eso.

–¡Es fantástico! –exclamó Gabi con auténtico entusiasmo.

Samantha miró a Emily, cuya expresión no reflejaba ni mucho menos tanta alegría.

–¿Tú no estás de acuerdo?

Emily sacudió la cabeza.

–No, creo que la idea de las clases y la sala de teatro es estupenda, perfecta para ti. Lo que pasa es que estaba pensando en mí... Sé que suena egoísta, pero esto va a significar todavía más presión para que yo termine cediendo y vuelva también al pueblo –se le llenaron los ojos de lágrimas–. A mí me encantaría estar aquí con vosotras, para que nuestros hijos pudieran crecer juntos, pero me temo que me perderé a mí misma y todo lo que he conseguido si me quedo en el pueblo. Aquí me resultará fácil olvidarme de todo lo que quería hacer.

Gabi se la quedó mirando compasiva.

–Sabes que yo entiendo completamente esa clase de

preocupación. Pero también te digo que yo soy la prueba de que puedes reinventar tu vida para ser cualquier cosa que quieras ser aquí mismo, en Sand Castle Bay.

—Y si necesitas realizar algún que otro proyecto en Los Ángeles, seguro que Boone te apoyará —añadió Samantha.

La expresión de Gabi se iluminó.

—Y si quieres hacer alguna contribución diseñando casas de acogida para las mujeres que las necesiten, puedes montar una organización en Carolina del Norte que se encargue de ello, en caso de que no exista ninguna. Apostaría lo que fuera a que Sophia te proporcionaría toda la ayuda del mundo. El hecho de vivir aquí solo te limitaría en la medida en que tú quisieras dejarte limitar.

Samantha asintió.

—Estoy totalmente de acuerdo, Em. Has demostrado lo que vales, has excedido quizá tus expectativas más ambiciosas. Haz ahora acopio de toda esa experiencia y todo ese talento y aprovéchalos. Haz algo que realmente te importe, pero hazlo aquí.

—Yo soy la prueba viviente de que eso puede suceder —le recordó Gabi.

Finalmente, una sonrisa asomó a los labios de Emily.

—Puedo hacerlo, ¿verdad? Especialmente con vosotras como animadoras.

—Claro que puedes hacerlo —le aseguró Gabi—. Las mujeres Castle pueden hacer cualquier cosa que se propongan. Es lo que siempre dice Cora Jane.

—En cuanto Boone y yo regresemos de la luna de miel, hablaré con Sophia a ver qué piensa de todo esto —afirmó Emily, decidida.

—¿Para qué esperar? —le preguntó Samantha—. Ella estará aquí después, para el ensayo de la cena, ¿no? Siéntate a su lado. Irás a la boda con el corazón más ligero si cuentas antes con sus ideas y con su beneplácito. Sé que la consideras una especie de modelo a seguir, una mentora.

—Así lo haré —dijo Emily, levantándose para abrazarlas a las dos—. Os quiero, chicas. Sois increíbles.

—Somos Castle —repitió Gabi—. Según la abuela, eso está en el ADN —se volvió hacia Samantha—. Ahora que ya tenemos enfilada a Em en la dirección correcta, ¿cuál es tu siguiente paso? ¿Vas a repartir *flyers*? ¿Anuncios de que vas a impartir clases? ¿Buscarás un local para abrir la escuela?

—Todavía estoy trabajando con los detalles —dijo Samantha.

—Bueno, si tu objetivo está en la enseñanza de la interpretación, ¿por qué no empezar hablando con Regina Gentry? —sugirió Gabi—. Imagino que ella tendrá un montón de ideas al respecto. Podría incluso tener una larga lista de estudiantes potenciales a compartir contigo. Y quizá sería inteligente conseguir que se implicara todavía más.

Samantha frunció el ceño.

—¿Implicarse más? ¿Cómo? ¿Por qué?

—Ella lleva años aquí como reputada profesora de Arte Dramático —le recordó Gabi—. Tú no querrás darle la sensación de que vas a quitarle eso. Eso podría provocar una rivalidad que no necesitas para nada. Pídele que dirija escenas para una primera presentación. Haz que imparta alguna técnica específica. No sé. Que se involucre de alguna manera en tus planes, más allá de darte consejo.

Aunque a Samantha la preocupaba un poco lo que pudiera pensar Ethan de que se pusiera a trabajar con una mujer a la que tan recientemente había reprochado su insensibilidad, inmediatamente se decantó por la idea.

—Tienes toda la razón. Esta misma mañana me pasaré por el instituto a ver si puedo hablar con ella. Necesito empezar con este plan para que Ethan sepa que voy en serio con él.

Emily y Gabi cruzaron una mirada de complicidad.

—Pese a tus negativas, sabía que Ethan estaba detrás de todo esto —dijo Emily, obviamente deleitada—. ¿Tan buena soy haciendo de casamentera?

—Tan pronto como hayas terminado de felicitarte a ti misma, ¿qué tal si dejas de meterte en mis asuntos?
—Eso está por ver —repuso Emily—. Si no veo ningún progreso en lo tuyo, volveré a meterme.
Samantha suspiró.
—Por supuesto.
—Es algo que haría toda amorosa hermana, ¿verdad, Gabi? —le preguntó, sonriendo.
Gabi rio entre dientes y levantó su taza una vez más.
—Cuenta conmigo.
—Os daréis cuenta de que no soy yo la que está oponiendo resistencia...
—Tiene razón —dijo Gabi, quedándose de pronto pensativa—. Necesitamos conseguir que Wade y Boone se trabajen a Ethan.
—¡Por favor, no! —suplicó Samantha—. Hará las maletas y se mudará a Alaska, seguro...
—A donde podrías seguirle tú y darle caza, para terminar haciendo el amor con él delante de una fogata —dijo Emily, soñadora.
Samantha puso los ojos en blanco.
—Y yo que creía que era la única que había hecho carrera con la ficción...
—Las historias con final feliz no son una ficción —protestó Emily—. Yo tengo la mía, Gabi tiene la suya y la tuya está a la vuelta de la esquina.
Samantha se echó a reír. No había nada como una sana dosis de desaforado optimismo para empezar una mañana con buen pie.

Cuando Samantha se pasó por la oficina del instituto, fue recibida por una jovencita de ojos grandes que le resultó vagamente familiar.
—Hola, soy Sue Ellen —se presentó la adolescente—. Y usted es Samantha Castle. No se imagina los ánimos que

me dio con su conferencia del otro día después de los ensayos. Me hizo desear trabajar con mayor ahínco para convertirme en una gran estrella.

Samantha sonrió, recordando en aquel momento que ella era la protagonista de la obra, la muchacha que había sufrido un ataque de nervios casi terminal.

—¿Piensas dedicarte a la interpretación? —le preguntó, cautelosa.

—Claro —respondió Sue Ellen, y al momento se ruborizó—. Bueno, sé que no soy buena delante de una audiencia. Toda esa gente me asusta mortalmente, pero sé actuar. Y el cine y la televisión no son tan difíciles, ¿verdad? Puedo aprenderme unas cuantas frases de poco en poco y luego actuar ante la cámara.

—No es tan sencillo —le dijo Samantha, pero Sue Ellen no pareció dejarse influir por su discreta advertencia—. He venido a ver a la señora Gentry. ¿Está disponible?

—Está en la sala de estudio ahora mismo, pero seguro que no le importará que la visite usted allí —le apuntó el número de la habitación y le garabateó un mapa de los pasillos—. Entre sin más. Se supone que tiene que tener un pase oficial, pero no se enterará nadie.

Evidentemente a Sue Ellen le gustaba romper normas, pensó Samantha, disimulando una sonrisa. Quizá con eso le bastara para conseguir una oportunidad en Hollywood.

Minutos después encontró la sala, tocó la puerta y asomó la cabeza. La expresión de la señora Gentry se iluminó.

—Samantha, ¿qué te trae por aquí? La boda, ¿no es mañana? Imaginaba que estarías ocupada con los detalles de última hora.

—Cora Jane lo tiene todo bajo control desde hace un mes —dijo Samantha—. Jura y perjura que lo único que necesitamos hacer es presentarnos en el ensayo de cena de esta noche y en la ceremonia de mañana.

—Qué suerte la tuya. Recuerdo lo caótico que fue todo

cuando se casó mi hija, aunque yo no tenía el talento organizativo de tu abuela.
—Poca gente lo tiene —repuso Samantha.
—¿Y bien? ¿Qué puedo hacer por ti? ¿Persuadirte quizá de que te pases a ver otro ensayo la semana que viene, para darle algún consejo más a los estudiantes?
—Estaría encantada de hacerlo, pero estoy segura de que no necesitan mis sugerencias —dijo Samantha—. Usted siempre ha sido una excelente directora. Recuerdo lo mucho que disfrutaba trabajando con usted. Aprendí mucho aquel verano.
—Un buen estudiante siempre saca provecho de la experiencia —dijo la señora Gentry—. Me encantaría que te pasases el lunes a la tarde.
—Entonces lo haré —prometió Samantha—. Y, mientras tanto, me gustaría comentarle una idea.
—¿Ah, sí?
—Estoy pensando en establecerme aquí, en Sand Castle Bay, e impartir clases de interpretación —le dijo a la profesora—. A lo mejor abro una escuela y, con el tiempo, incluso una sala de teatro. Si lo hiciera, me encantaría contar con su participación. ¿Qué le parece?
La profesora vaciló durante largo rato antes de contestar.
—Si quieres que te sea completamente sincera, tengo sentimientos contradictorios —contestó—. Y espero que no me malinterpretes. No se trata en absoluto de que esté celosa o temerosa de que me robes a mis alumnos más prometedores. Como te dije hace un momento, creo que los estudiantes más trabajadores podrían sacar un tremendo provecho de ti.
—Pero no es entusiasta con la idea —concluyó Samantha, desanimada—. ¿Por qué?
—En esta comunidad hay gente muy conservadora —explicó la señora Gentry—. Para ellos la interpretación es sinónimo de Hollywood, un puñado de gente de lo más libe-

ral que no está en contacto con la realidad. Aunque nunca le dirían eso a Cora Jane, hay algunos que sospecharían de cualquiera que se dedicara a esas cosas. Tendrías que estar completamente a salvo de sus reproches para que te confiaran a sus hijos.

Samantha se debatió entre la indignación y el descubrimiento de que Regina Gentry muy bien podía tener razón: que su propia trayectoria, en lugar de constituir una ventaja, podía suponer un inconveniente en algunos círculos.

–Mi nombre no ha figurado precisamente en los titulares de la prensa sensacionalista –respondió–. Y Cora Jane es un miembro muy respetado de esta comunidad. Al igual que usted, razón por la cual su participación podría resultar muy beneficiosa para el proyecto.

–Esas cosas son definitivamente una ventaja –convino la profesora–. Pero no hay mucho margen para las equivocaciones.

–Si usted piensa eso, ¿por qué me invitó a hablar para sus alumnos?

–Una cosa es una conferenciante con tus credenciales –replicó–. Pero dejar que un niño reciba clases regulares de ti, de manera que pudieras influenciarle de una manera no deseada... –se encogió de hombros–. Eso es otra cosa.

Samantha se esforzó por disimular su sorpresa ante tan inesperada reacción.

–Gracias por ser tan sincera conmigo –le dijo, manteniendo un tono neutro–. Tendré que pensar más sobre ello.

Estaba a punto de marcharse cuando la profesora la detuvo. Con expresión compasiva, le dijo:

–Si decides quedarte, solo quería que supieras la situación con la que podrías enfrentarte, Samantha. Dicho eso, yo espero que te quedes. En mi opinión, cualquier cosa que estimule a esos chicos a realizar su sueño y les proporcione recursos adicionales para hacerlo es algo muy positivo. Y yo estaría encantada de participar, si todavía quieres que lo haga después de esto.

—Estaremos en contacto —dijo Samantha, poco deseosa de comprometerse más.

Samantha intentó no sentirse decepcionada mientras abandonaba el instituto. Pese a sus últimas palabras, resultaba claro que Regina Gentry no iba a ofrecerle un apoyo estimulante. Tal vez ni siquiera le derivaría estudiantes si pensaba que eso podría perjudicar su propia reputación.

Pero aquellos muchachos que, como Cass Gray, estuvieran decididos a dedicarse a la interpretación podrían encontrar su propia manera de llegar hasta ella.

Intentó imaginar algún episodio de su pasado susceptible de ser contemplado de una manera negativa que pudiera influenciar a algunos padres a desconfiar de ella. No se le ocurrió ninguno. Y dado que hacía tiempo que había superado su fase rebelde y temeraria, le parecía muy improbable que pudiera tener algún problema en ese sentido.

Ethan no sabía qué esperar cuando el viernes por la tarde entró en la iglesia para el ensayo. Sabía el papel que tenía que representar, pero nadie le había orientado sobre cómo tenía que comportarse con Samantha después de la desastrosa noche en el aparcamiento de la clínica. Se recordó severamente que ambos eran dos adultos cuya obligación era apoyar a Boone y a Emily. Se prometió no hacer nada que pudiera convertir aquella tarde en un evento desagradable o incómodo.

Al parecer, Samantha había hecho una promesa semejante, porque mientras se dirigía a la cabecera de la iglesia vio que le lanzaba una vacilante sonrisa. Atraído por aquella sonrisa, se sentó en el banco a su lado.

—Veo que llegaste bien a casa.

Su sonrisa se amplió al oír aquello.

—Y al final no te mandé a Emily y a Gabi para que te arrancaran el corazón. En conjunto, fue una buena noche para ambos.

Ethan rio por lo bajo.

—Supongo que sí —señaló a Emily, que estaba revoloteando en torno al altar como un colibrí, arreglándolo todo—. ¿Ella está bien?

—Está a tope de adrenalina —dijo Samantha—. Pese a haber revisado personalmente un millar de veces todas las listas de Cora Jane, está convencida de que algún detalle ha escapado a su atención. ¿Qué tal Boone?

—Más tranquilo de lo que lo estaría yo —le dijo Ethan—. Deseoso de terminar con la ceremonia y de disfrutar de su feliz vida de casado.

—Pareces escéptico.

Ethan se limitó a arquear una ceja.

—Creo que será mejor que aparque mi cinismo durante los dos próximos días.

—Probablemente sea una buena idea.

—Será mejor que vaya a ver a Boone —se levantó—. Está intentando pacificar a sus padres y, la última vez que le vi, estaba desesperado.

Samantha siguió la dirección de su mirada.

—Dios. No te envidio nada.

—Simplemente forma parte de mis obligaciones, o al menos eso fue lo que me dijeron —repuso, y se dirigió hacia la parte del altar donde se encontraba el novio—. ¿Todo bien?

El ceño de Boone resultaba suficientemente elocuente.

—¿Cuál es el problema? —quiso saber Ethan.

—Parece que mi madre se opone a que mi padre se siente en el mismo banco que ella durante la ceremonia —explicó Boone, mirándola ceñudo—. Por supuesto, lo que realmente le fastidia es que se haya presentado con su esposa.

—Se lo estaba diciendo ahora mismo: ella no es de la familia —sostuvo en aquel momento la antigua señora Dorsett.

—Tu marido tampoco —replicó el señor Dorsett—. ¿También lo vamos a desterrar?

Ethan alzó una mano, decidido a poner a prueba sus habilidades pacificadoras.

—Es un banco largo. ¿Es que no pueden compartirlo todos por el bien de Boone? La ceremonia durará... ¿cuánto? ¿Una hora? Seguro que podrán comportarse civilizadamente durante todo ese tiempo.

—Yo no me sentaré en el mismo banco que esa Barbie –protestó Felicity.

—No hables así de mi esposa –le espetó su exmarido–. O tendré que llamar por su nombre al hombre con el que te has casado.

—¿Cuál es? Dilo, Martin. ¿Qué crees que es?

—Un gigoló –respondió Martin, acalorado–. Todo el mundo lo sabe.

—Bueno, Sheila es una cazafortunas –replicó ella–. ¿Por qué si no se habría casado contigo una muchacha de veintitrés años?

Boone arqueó las cejas. Ethan se situó justo en la línea de fuego.

—¡Basta! –intervino, enfático–. Esto no tiene nada que ver con ustedes ni con la opinión que cada uno tenga del matrimonio del otro. Mañana se tratará de Boone y de Emily, y si no se comportan como adultos civilizados, entonces quizá deberían abstenerse de asistir a la ceremonia.

La madre de Boone se lo quedó mirando asombrada.

—¿Quieres que me pierda la boda de mi único hijo?

—Yo no quiero que se pierda usted nada –respondió Ethan, a punto de perder la paciencia–. Lo que no quiero es que lo arruinen todo con ese pueril juego que están jugando los dos.

La mujer rompió a llorar y echó a correr por el pasillo. El señor Dorsett se volvió hacia su hijo.

—¿Y tú estás de acuerdo? ¿Es eso lo que quieres? ¿Alejarnos a los dos?

—Yo quiero que estés aquí –le contradijo Boone–. Pero Ethan tiene razón. No si montáis una escena.

Martin Dorsett pareció sorprendido por la reacción de su hijo. Finalmente asintió, resignado.

–Esa mujer siempre ha conseguido sacarme de quicio, pero tienes razón. Lo soportaré –miró a Ethan–. Gracias por haber hecho de voz de la razón. Sé que es una tarea muy ingrata por lo que se refiere a Felicity y a mí.

Ethan asintió.

–En cualquier caso, merecía la pena.

Mientras se marchaba, Boone alzó una mano para chocarla con la de Ethan.

–Gracias por apoyarme. Se me habían acabado los argumentos con esos dos. Cualquiera imaginaría que después de haber pasado tantos años separados, los antiguos rencores estarían bien muertos y enterrados.

–Trata a los niños con autoridad –dijo Ethan, y sonrió–. Aunque tengan más de cincuenta años.

–Tendré que tenerlo presente si alguna vez se me vuelve a ocurrir la locura de juntarlos a los dos en una misma habitación –suspiró Boone–. Será mejor que vaya a ver si Emily está lista para empezar. Por lo que sé, esta escenita la ha espantado.

–Creo que se necesita algo más que eso para espantarla –replicó Ethan.

Boone empezó a alejarse, pero en seguida volvió, con expresión preocupada.

–¿Samantha y tú estáis bien? Sé que algo pasó entre vosotros dos anoche. Cuando hablé con Emily, estaban algo achispadas en la cocina de Cora Jane.

–Samantha y yo estamos bien –le aseguró Ethan. Al menos esperaba que lo estuvieran. Y, si no lo estaban, tendrían que disimular durante las siguientes veinticuatro horas.

Samantha había contemplado asombrada la escena que se desarrolló en la iglesia mientras Ethan se esforzaba por controlar la situación. Mejor él que ella, había sido su conclusión. Aunque no había llegado a oír las palabras que se habían cruzado, resultaba obvio que los padres de Boone se habían comportado fatal.

Una vez que la situación se hubo calmado, el resto del ensayo transcurrió sin contratiempos, y una hora después se encontraban todos reunidos en el salón privado de Boone's Harbor para la cena de víspera de la boda. Varias de las amistades de Emily en Los Ángeles habían sido invitadas para la ocasión, así que su presencia camuflaba cualquier diferencia entre los padres de Boone. Advirtió, sin embargo, que Ethan se había propuesto como misión de la noche mantenerlos bien alejados a los dos.

En la pausa que precedió al postre, Samantha miró a su alrededor y no vio por ninguna parte a los padres de Boone.

–Oh-oh –murmuró y fue a buscar a Ethan. Cuando lo encontró, se inclinó para susurrarle–: Parece que tus prisioneros se han escapado.

Él la miró con expresión alarmada.

–¿Qué?

–La madre y el padre de Boone han desertado.

Ethan masculló una palabrota.

–Ayúdame a buscarlos, ¿quieres? ¿Alguna señal de sus cónyuges?

Ella señaló la mesa que una de las parejas había ocupado antes. Los respectivos compañeros del antiguo matrimonio Dorsett se habían apiñado allí. Ninguno de ellos parecía especialmente contento. Aquello no pintaba nada bien, decidió Samantha.

–Esto no puede ser bueno –comentó Ethan.

–Justo lo que estaba pensando yo. ¿Alguna idea de dónde pueden estar mami y papi?

–Espero que bien lejos el uno del otro –respondió–. Tú registra el servicio de señoras y cualquier otro rincón que pueda haber por aquí. Yo miraré en el de caballeros y luego saldré a explorar fuera.

Samantha intentó abrir el lavabo de mujeres, pero descubrió que habían cerrado por dentro. Era una habitación grande con muchos cubículos, con lo que echar el cerrojo era algo innecesario a no ser que el responsable hubiera buscado una absoluta intimidad. Se le encogió el estómago.

–No, por favor, no –susurró, esperando a que volviera Ethan antes de actuar. Pegó el oído a la puerta y soltó un gruñido cuando oyó una colección de sonidos de lo más apasionados.

Ethan apareció en cuestión de minutos, la miró y preguntó:

–¿Qué?

–No estoy segura, pero creo que se han encerrado aquí dentro –le dijo.

Ethan se la quedó mirando sorprendido.

–¿Pero por qué? –inquirió, y se quedó sin aliento cuando por fin comprendió–. ¿Estás segura?

–Escucha –le dijo, apartándose de la puerta.

Él pegó el oído a la puerta, se quedó pálido y se apartó bruscamente. Una sonrisa se dibujó en sus labios y, antes de que Samantha pudiera reaccionar a una visión tan insólita, se estaba riendo. Le agarró la mano y tiró de ella.

–Vayámonos de aquí.

–¿Pero no deberíamos hacer algo?

–No voy a derribar la puerta –dijo Ethan–. ¿Y tú?

–Podrían estar matándose el uno al otro –dijo Samantha, lanzando una última mirada preocupada al lavabo.

–¿Has oído algún grito de auxilio?

Ella negó con la cabeza. Definitivamente los gritos que había oído no eran de esa clase. Al menos no de alguien que estuviera en problemas.

–Entonces esperemos lo mejor –concluyó.

–¿Que es qué, exactamente? Los padres de Boone, divorciados desde hace siglos y casados cada uno con su respectivas parejas... ¿se lo están montando ahí dentro?

–No es un escenario que me guste grabar en la memoria –le dijo Ethan–, pero sí. Es el único en el que no debemos meter las narices.

La risa acometió a Samantha en cuanto se encontraron fuera del local.

–Nunca podremos contarles esto a Boone y a Emily, ¿verdad?

–Quizá algún día –respondió Ethan–. Cuando todos seamos muy, muy viejos, y estemos sentados en un porche delante con algún licor fuerte a mano.

Samantha le lanzó una mirada soñadora.

–¿Crees que para entonces seguiremos siendo amigos?

Ethan le sostuvo la mirada y, de repente, le acarició una mejilla con ternura.

–Estoy empezando a pensar que podemos contar con ello.

Cuando le pasó un brazo por los hombros mientras caminaban por la marina, ella se arrebujó en su calor y encontró consuelo en aquellas palabras. Estaba lejos de ser un compromiso, pero en la víspera de la boda de su hermana, le daba la esperanza de que pudiera abrirle por fin su corazón.

Capítulo 17

Samantha permanecía de pie en la puerta de la iglesia viendo cómo su padre se pasaba nerviosamente un dedo por debajo del cuello de la camisa. Sam Castle vestido de esmoquin, con aquel distinguido toque gris en su cabello, ofrecía una estampa impresionante.

–Papá, estás guapísimo –le dijo–. Estás hecho para llevar esmoquin.

En lugar de parecer tranquilizado por su comentario, que era lo que ella había esperado, frunció el ceño.

–¿Sabes cuál es una de las cosas de las que más me arrepiento? –le preguntó. Luego, sin esperar su respuesta, contestó a su propia pregunta–. Que muy rara vez me lo puse con tu madre.

–Los dos no erais precisamente unos aficionados a las fiestas.

–A eso me refería. A ella la encantaba acicalarse para las fiestas elegantes, mientras que yo no podía soportarlas. Al cabo de un tiempo, dejó de asistir a esos eventos conmigo. Yo, inadvertidamente, la encasillé en el papel de fiel esposa de ejecutivo, y no colaboré luego en ninguna de las cosas que ella consideraba importantes. Nada de cenas ni de bailes benéficos. Peor aún: la descuidé.

–Lo siento.

Quiso decirle que eso no era cierto, pero no pudo. Obsesionado con su trabajo, su padre las había abandonado a todas.

–Que esto te sirva de lección, Samantha. La vida es corta. Yo siempre pensé que llegaría un momento en que haríamos todas las cosas que tu madre siempre quiso hacer. Ese momento no llegó nunca.

–Mamá entendía tus prioridades –le recordó Samantha–. Estaba orgullosa de ti y de tu trabajo.

–No debería haber tenido que comprender mis prioridades, ni sacrificar las suyas por las mías, al menos durante todo el tiempo –replicó Sam Castle–. Ella debería haber constituido mi prioridad. Ella y vosotras tres –miró al interior de la iglesia–. Debería haber estado aquí para ver esto.

–Yo creo que está –le dijo Samantha con tono suave–. Y estaría muy feliz de ver que ahora sí que nos estás anteponiendo.

–Demasiado tarde, demasiado tarde –quitó importancia al comentario–. Pero este no es momento de regodearme en mis errores. A partir de ahora, los actos hablarán más alto que las palabras. Estaré a vuestro lado. Se lo debo a tu madre, a ti y a mí mismo. Lo haré mejor como abuelo que como padre –se la quedó mirando por unos instantes–. ¿Me has estado distrayendo aposta para que no me devoren los nervios?

Ella rio por lo bajo.

–Un poco, sí. Y a Gabi se le da mejor que a mí tranquilizar a Emily.

Sam frunció el ceño.

–¿Cómo es eso?

–La habitual disensión entre hermanas –respondió, minimizándolo–. En su mayor parte, ya está arreglado. No tienes motivo para preocuparte. El día de hoy es de felicidad.

Él asintió.

–Hoy nos concentraremos completamente en tu hermana –convino él–, pero mañana hablaremos tú y yo. Quiero saber por qué no me has preguntado todavía por la propiedad que heredé de mi padre.

Samantha le lanzó una mirada sobresaltada.

—¿La abuela te lo ha contado?

—Ya sabes que le gusta asegurar el resultado de las cosas —le dijo con un brillo divertido en los ojos—. Ella quería que yo estuviera de un humor receptivo cuando me lo preguntases. Dado que nunca he estado interesado en hacer nada con esa propiedad, no entiendo por qué estaba tan preocupada. Si la quieres, es tuya.

—¿Así, sin más? —inquirió, abriendo mucho los ojos.

Él sonrió ante su asombro.

—Hasta yo soy capaz de un magnánimo gesto de cuando en cuando, sobre todo si puede hacer realidad el sueño de una de mis hijas.

—No estoy seguro de que sea mi sueño —admitió ella—. O de si estoy preparada para dar un paso tan grande.

—Entonces hablaremos de eso, también —le prometió—. Creo que yo puedo convencerte de que lo estás.

Samantha se echó a reír, pese a su tono perfectamente serio.

—Cuando te metes en el papel de padre, sabes lanzarte a fondo...

—Solo conozco una manera de hacer las cosas. Tenlo en cuenta —añadió él con un guiño.

Ethan estaba tan preocupado de llevar a Boone ante el altar a tiempo, de no perder los anillos de vista y de echar constantemente un ojo a los descarriados padres del novio, que la misma ceremonia se le pasó volando. Cuando terminó, soltó un profundo suspiro de alivio.

La sensación del deber cumplido solo duró hasta que el fotógrafo los reunió para las fotos. Le parecieron infinitas. La única compensación fue que, en la mayoría de ellas, le colocaron al lado de Samantha.

Mientras estaban posando durante lo que le pareció una eternidad, se inclinó para susurrarle al oído:

−¿Tienes ganas de fugarte? Conozco un lavabo de señoras donde podemos encerrarnos.

Ella se echó a reír.

−Por tentadora que suene la oferta, me temo que nos echarían en falta −le dijo, aunque con un evidente arrepentimiento en la voz.

−No lo dirás por Boone y por Emily −replicó−. Esos dos solo han tenido ojos el uno para el otro desde que se presentaron en la iglesia.

−Como debe ser −dijo Samantha−. Si hay un día en que las parejas visibilizan la intensidad de su amor, es el de su boda.

−¿No forma eso parte del problema? −le preguntó Ethan, incapaz de disimular el cinismo de su voz.−. Después de aquel día de nervios y romanticismo de alto voltaje, la realidad se impone. Hay discusiones sobre quién deja tirados los calcetines sucios o carga el lavaplatos.

−Esas cosas son minucias comparadas con el cuadro general −objetó Samantha.

−Pero erosionan, como una diminuta gota de agua termina excavando un acantilado.

−¡Eh, vosotros dos! −los interrumpió Emily de repente−. Estáis estropeando las fotos. Lo que sea que os tiene tan serios puede esperar.

Ethan asintió.

−Ya está −dijo Ethan, forzando una sonrisa.

Samantha fue apenas más sincera.

−¿Sabes? −dijo cuando el fotógrafo los dejó por fin en paz−, precisamente ayer estaba pensando que tu actitud hacia el amor estaba mejorando.

−Me temo que no.

Ella se detuvo y le sostuvo la mirada.

−¿Estás seguro?

−Por supuesto que sí −respondió con tono firme.

–¿Quieres saber lo que pienso? Me jugaría dinero a que dices esas cosas automáticamente porque el cinismo es como una segunda naturaleza en ti. Es tu mecanismo de defensa, la manera que tienes de evitar involucrarte. Lo cual probablemente hace que las mujeres salgan corriendo, al menos las pocas que dejas que se acerquen.

Ethan no supo cómo responder a la exactitud de su observación. Con los años, ser cínico se había convertido en algo muy fácil. Eso mantenía a las mujeres a distancia, protegía sus sentimientos y hacía más sencilla su vida. Nadie se lo había echado en cara antes. Ninguna mujer, al menos. Porque Greg y Boone sí se lo reprochaban de cuando en cuando. Era fácil ignorar sus opiniones bienintencionadas. Eran grandes tipos, los mejores amigos, ¿pero perspicaces? No.

Descubrir que Samantha lo conocía lo suficiente no solo para haber percibido aquello, sino para reprochárselo, le hacía pensar en ella de una manera completamente diferente. Veía una nueva profundidad en ella, un casi irresistible grado de sensibilidad. Era toda una mujer, concluyó. Entendía las cosas que importaban.

–¿Has adivinado todo esto tú sola? –le preguntó desconfiado, casi esperando que uno de sus amigos le hubiera puesto al tanto de sus teorías.

–Sí, Ethan, yo sola –contestó divertida–. No eres tan complicado.

–Así que piensas que mi cinismo es una actuación.

–No tanto una actuación como una manera conveniente de librarte de situaciones emocionales comprometidas. Tengo la sensación de que tú te crees eso hasta la última palabra, pero que está empezando a sonarte vacío. Incluso a ti.

–¿Estás pensando que yo estoy viviendo una especie de enorme transformación gracias a ti?

–¡Cielos, no! No estoy reclamando ningún mérito. Simplemente pienso que ese cinismo tuyo ha agotado su utili-

dad. Más tarde o más temprano, hasta los puercoespines terminan corriendo el riesgo de amar.
Él se rio a pesar de sí mismo.
–¿Yo soy el puercoespín aquí?
Ella sonrió.
–Quien se pica...
–¿Cómo es que no has renunciado a mí todavía?
–¿Quieres decir como lo hacen las demás mujeres?
–Sí, aunque no es que haya habido muchas otras mujeres. Podría contar con los dedos de una mano las citas fallidas que he tenido desde la ruptura de mi compromiso.
–Quizá es que soy así de testaruda –respondió con tono ligero. Sosteniéndole la mirada, añadió quedamente–: O quizá sea porque pienso que mereces el esfuerzo –le acarició una mejilla–. Piensa en ello, Ethan. Te veré dentro. Resérvame un baile.
Intentó comprender los sentimientos que le anegaban mientras la observaba marcharse. El deseo nunca estaba demasiado lejos de la superficie, eso era seguro. Pero también estaba el anhelo. Por vez primera en su memoria reciente, quería algo que estaba casi convencido de que se encontraba a su alcance: una mujer que lo amaría incondicionalmente. ¿Podría confiar en su propio corazón? O quizá, lo que era más importante: ¿se atrevería a confiar en Samantha, una mujer destinada a marcharse para volver a una vida mucho más glamourosa?

La recepción se celebró al aire libre, en la casa de Boone. Una carpa había sido levantada cerca del agua, llena de mesas. Una banda tocaba en un quiosco portátil con una pista de baile delante. Había flores por todas partes, una mezcla de rosas blancas y hortensias azules. Pequeños arreglos con las mismas flores hacían de centros de mesa, sobre manteles azul violeta. Las velas estaban preparadas para ser encendidas tan pronto como cayera la tarde. Boone y Emily parecían esperar que la fiesta durara para siempre.

Samantha buscó a su abuela.

—Ha sido absolutamente maravilloso —le dijo a Cora Jane al tiempo que le daba un gran abrazo—. Te has superado a ti misma en todo. Le has regalado a Emily la boda de sus sueños.

Cora Jane sonrió de placer ante el cumplido.

—Creo que está contenta con la manera en que ha salido todo.

—Por supuesto que está contenta. ¿Y quién no lo estaría?

—Estaba segura de que tu hermana, aunque no lo decía, pensaba que contratando a una planificadora de bodas de Hollywood quedaría mejor.

—Es imposible que esto hubiera salido mejor —le aseguró Samantha justo en el momento en que Sophia Grayson, la amiga de Emily, se unía a ellas.

Al parecer había escuchado la queja de Cora Jane, porque le dijo con expresión radiante:

—Yo he visto muchas de esas fiestas de Hollywood, señora Castle, y esta las supera en elegancia.

Cora Jane le lanzó una sorprendida mirada.

—Parece que habla usted en serio.

Sophia se echó a reír.

—Puede que sea de Los Ángeles, pero no soy actriz. Cuando digo algo, soy sincera.

—Gracias —dijo Cora Jane.

—Ahora dígame durante cuánto tiempo más voy a poder disponer del tiempo de Emily antes de que usted la convenza de que se vuelva al pueblo de manera permanente —dijo Sophia.

—Eso es cosa de ella —replicó Cora Jane—, pero no puedo negar que me gustaría verla a ella y a Boone fundando una familia aquí.

—Ayer mismo me comentó que le gustaría hacer el mismo trabajo que está haciendo en Los Ángeles, solo que mucho más cerca de casa –le informó Sophia–. Está decidida a hacer algo significativo con su vida. El lugar donde lo haga apenas importa. Yo le prometí que la ayudaría todo lo posible –miró a su alrededor–. Hasta me plantearía pasar algún tiempo en la costa para ayudarla a despegar.

–Qué oferta tan generosa –dijo Cora Jane–. Sé que eso significará muchísimo para mi nieta. La admira mucho.

–Y yo a ella –repuso Sophia–. Algo me dice que ha salido a usted. Me gustaría llegar a conocerla mejor. Ahora tengo que seguir circulando un poco. Hace un rato vi a un hombre muy atractivo que llamó mi atención…

Para su asombro, Samantha vio que la mujer se dirigía directamente hacia Sam Castle.

–¡Vaya! –exclamó Cora Jane, con ojos como platos–. ¿Crees que…?

Samantha se echó a reír.

–Bueno, esta es una noche mágica. Y algo me dice que si papá está en el objetivo de Sophia…

Cora Jane asintió, claramente complacida.

–Es justo lo que él necesita. La clase de mujer que podría hacerle pensar en otra cosa que no fuera el trabajo –se volvió hacia Samantha–. ¿Dónde está tu galán?

–Ethan me está evitando, muy probablemente. Antes le dije algo que se acercaba demasiado a la verdad, y eso lo asustó. No le gusta pensar de sí mismo que es un misterio tan insoluble.

–Les pasa a todos los hombres. Ve a buscarlo, cariño. Si alguien ha necesitado alguna vez que zarandearan su vida, ese es Ethan. Me dolió ver cómo se retraía sobre sí mismo después de que aquella horrible mujer rompiera su compromiso –la miró a los ojos–. Tampoco a ti te hará ningún daño correr unos pocos riesgos.

Dado que permanecer apartada del camino de Ethan no se había revelado ni mucho menos tan divertido como meterse en su vida, Samantha aceptó el consejo de su abuela y fue a buscarlo. En cualquier caso, le debía un baile.

Ethan no dejó de moverse durante la recepción, yendo de un lado a otro con aparente propósito, convencido como estaba de que así sería un blanco menos fácil para la familia Castle. Ella había leído en su alma, había visto en él algo que otros, muy pocos, habían tardado mucho tiempo en ver. De hecho, había visto algo que él no había querido admitir, ni siquiera para sí mismo: que quería una mujer en su vida, después de todo. Quizá incluso a Samantha.

Desgraciadamente, abandonar la terca posición que había adoptado desde su ruptura iba a proporcionar entretenimiento a mucha gente. Greg y Boone, por ejemplo, se desternillarían de risa cuando descubrieran que habían tenido razón durante todo el tiempo.

–No puedes evitarme para siempre –le susurró a la oreja una voz con tono divertido, justo en aquel momento.

Se giró para encontrarse con la mujer en cuestión. Se había quitado los altos tacones que había lucido durante la ceremonia y estaba descalza en la hierba. Su vestido, de un tono melocotón absolutamente femenino, resaltaba el color de sus mejillas y daba mayor brillo a sus ojos. O quizá se tratara del brillo de malicia que creía haber detectado.

–No estaba intentando evitarte –protestó–. He estado ocupado. Ya sabes lo que se dice: los deberes del padrino del novio son interminables.

Ella parecía escéptica.

–¿Entonces no debería ser eso cierto también para la dama de honor? Nadie me ha informado de ningún deber, más allá del brindis que tendré que hacer dentro de poco.

–Ah, pero tus obligaciones no incluyen a Felicity y a Martin –le recordó–. Boone quiere que esté en alerta máxima, y eso que no sabe el último giro de acontecimientos de anoche.

Samantha miró a su alrededor.

–Ahora que pienso en ello, no los he visto. ¿Dónde están?

–En este momento, con sus respectivos cónyuges –le aseguró él–. En mesas separadas. Cambié algunas cartelas de mesa para asegurarme de que no volvieran a estar cerca.

–Cora Jane te matará si llega a enterarse –repuso ella–. Le llevó semanas elaborar el orden de los asientos.

–Correré el riesgo. Mejor un sermón de Cora Jane que una debacle en la mesa de la familia del novio.

Ella se echó a reír.

–Tienes razón –lo miró expectante.

–¿Qué pasa? –preguntó, fingiendo no saber por qué le había buscado.

–Estaba esperando ese baile que supuestamente me habías reservado –dijo ella.

–¿Ahora? –inquirió cauteloso, esforzándose por encontrar un táctica dilatoria que resultara creíble–. Probablemente deberíamos hacer los brindis y continuar desempeñando nuestras obligaciones oficiales antes de empezar a disfrutar.

Pero ella le agarró la mano.

–Hagámoslo entonces –le dijo, guiándolo hasta la parte delantera de la carpa donde se había sentado el grupo principal.

Para su consternación, Ethan vio que recogía una copa de champán, llamaba al camarero y se la hacía llenar hasta el borde antes de golpearla para llamar la atención de todo el mundo.

Se volvió hacia su hermana, haciéndole un guiño de complicidad.

–Cuando yo era pequeña y Emily vino al mundo –empezó–, yo tenía edad suficiente para leerle cuentos de hadas. En aquellos que más le gustaban, un guapo príncipe siempre aparecía para conquistar el corazón de la bella princesa. Creo que aquellas historias modelaron a la mujer en que luego se convirtió, porque cuando se presentó su príncipe, le robó el corazón para siempre. Emily y Boone no cayeron en los brazos el uno del otro y vivieron felices para siempre a la primera oportunidad... solo tenían catorce años, por el amor de Dios... pero creo que eso es lo que hace su historia tan maravillosa. Su amor nunca murió y, cuando tuvieron una segunda oportunidad, la aprovecharon –alzó su copa–. Por mi hermana y su príncipe. Que su futuro sea tan jubiloso como soñaron. ¡Por Emily y por Boone!

–¡Por Emily y por Boone! –el brindis resonó por toda la carpa.

Ethan sonrió a la mujer que tenía al lado.

–Y ahora me toca a mí intentar superar esto –dijo, arrancando carcajadas–. Conozco a Boone de toda la vida, desde la primera vez que sus padres se acercaron a visitar a los míos con aquel flacucho bebé en los brazos. Tengo que admitir que no me sentí nada impresionado.

–¡Gracias, amigo! –dijo Boone, levantando su copa a manera de saludo burlón.

–Espera un poco –le reprendió Ethan–. No me llevó mucho tiempo descubrir que aquel chico me hacía sombra en todo, como atleta de talento y como gran amigo, y que creció hasta convertirse en un hombre increíble. Se convirtió en el hermano pequeño que yo nunca había tenido, y ahora es uno de mis mejores amigos, uno de aquellos que nunca se esconde de la verdad, por mucho que duela –alzó su copa en dirección de Emily–. En el corazón de quién es, en el centro de su alma, está Emily. Desde el mismo momento en que se conocieron, resultó evidente que estaban hechos el uno para el otro. Prácticamente todos los invitados de esta fiesta saben que yo no soy un gran creyente en el amor duradero, pero no puedo negar esta verdad: el suyo ha durado. Y hoy no puedo menos que estar aquí con asombro y respeto reverencial y desearles a ambos años y años de los mismos sentimientos que están viviendo en este instante –para su sorpresa, sintió un picor de lágrimas en los ojos mientras levantaba bien alto su copa–. Por Boone y por Emily. Que encontréis la felicidad que os merecéis.

–Ya la hemos encontrado, amigo –gritó Boone–. Ahora es tu turno –miró deliberadamente a Samantha, y sonrió luego al advertir la incomodidad de Ethan–. Yo solo lo decía por decir...

Una salva de vítores se elevó entre los invitados, o quizá fuera cosa solamente de las Castle: en cualquier caso, lo único que oyó Ethan fue el coro de la gente cantando:

–¡Que la bese! ¡Que la bese!

Tal vez se referían a Boone y a Emily. O tal vez se estuvieran dirigiendo a él, pero lo cierto era que no podía apartar la mirada del rostro de Samantha levantado hacia el suyo, con expresión expectante. «¡Qué diablos!», exclamó para sus adentros, cediendo a la tentación largamente reprimida.

La atrajo hacia sus brazos y se apoderó de sus labios, consciente únicamente de la manera en que le entregaba su boca, de la forma en que su cuerpo se amoldaba al suyo, del calor y del deseo que de repente lo consumieron todo. Ella era todo lo que había soñado y más.

Había sabido que sería así. Debía de haberlo sabido. Era probablemente por eso por lo que había luchado contra sus sentimientos durante tiempo. Había sabido que una vez que la dejara entrar, aunque solo fuera un poco, estaría perdido.

Y en aquel preciso instante, con ambos poniendo su corazón y su alma en aquel beso, supo que la lucha había terminado. Había hecho la única cosa que se había prometido no volver a hacer. Se había enamorado sin remedio.

Samantha miró a Ethan con aturdida expresión cuando este al fin la soltó.

–Chico, cuando te descontrolas, lo haces a fondo –susurró sin aliento.

Él sonrió.

–Si vas a hacer algo, hazlo a tope –confirmó–. Ese siempre ha sido mi lema.

–¿Quieres ir a algún lugar menos público y repetirlo? –inquirió esperanzada–. Dijiste antes que una vez que hubiéramos cumplido con nuestras obligaciones oficiales, seríamos libres para divertirnos.

Ella lo vio vacilar por un momento, claramente tentado. Pero de repente aquella estoica resolución suya volvió a hacer acto de presencia.

–Quizá sea preferible que bailemos. Si llamamos más la atención, cundirán las especulaciones. Y le robaremos el protagonismo a Emily. Ella nunca nos lo perdonaría.

–O podría jalearnos –replicó Samantha–. Esto es precisamente lo que ella quería.

–Cierto, pero probablemente no en medio de su recepción nupcial –le tendió la mano–. Bailemos. Es una canción lenta. Te apretaré fuerte.

–Si esa es tu mejor oferta, supongo que no tengo más remedio que aceptar –dijo, siguiéndolo hasta la pista de baile. Una vez que estuvo entre sus brazos, musitó–: Pero te lo advierto. No creas que voy a dejar de intentar seducirte esta noche.

–Tomo buena nota –repuso él.

Ella pudo sentir su sonrisa contra su mejilla.

Se movieron por la pista con sorprendente elegancia, con la firme mano de Ethan guiándola.

–Está bien, ¿qué relación tienes tú con el baile? –le preguntó–. La otra noche bailaste también de maravilla. ¿Has estado practicando?

Él se ruborizó ante su escrutinio.

–En realidad, no.

Samantha frunció el ceño.

–Pero tomaste clases de baile después de tu lesión –persistió ella–. Por fuerza tuviste que hacerlo. Tus movimientos son perfectamente fluidos.

–Está bien, sí, tomé unas cuantas lecciones –admitió, claramente incómodo.

–¿Porque...?

–Lisa insistió en ello –respondió–. La gente que estaba a cargo de mi rehabilitación sugirió que eso me ayudaría con el equilibrio y la coordinación. Dado que pensé que eso podría convencerla de que así no iba a pisarle los pies, seguí delante con ello. Creo que ambos sabíamos para entonces que todo había terminado, pero yo no podía resignarme a tirar la toalla. Seguí intentando demostrarle que era el mismo hombre que antes.

Samantha lo miró consternada. Estaba indignada con aquella mujer.

–Pero tú no eres el mismo hombre que antes. Eres mil veces mejor. Eres bravo, valiente. Has superado una lesión muy grave que habría podido destrozarte.

–No he superado nada que otros miles de soldados no hayan tenido que enfrentar.

–Y todos sois héroes, Ethan. Tú te mereces mucho más que cientos de mujeres frívolas y egoístas como Lisa.

La miró un poco sorprendido por una defensa tan feroz, aunque no era la primera vez que le decía algo parecido.

–Pareces muy segura de ello.

–Lo estoy.

–¿Qué he hecho yo para ganarme esa clase de apoyo? –le preguntó con tono perplejo–. Desde que nos conocimos, te lo he hecho pasar mal. Para no hablar de años atrás, cuando ni siquiera reparaba en tu existencia.

Ella se encogió de hombros.

–En aquel entonces eras un héroe del deporte. Yo no era más que una chiquilla. No es de extrañar que no estuviera en tu radar, así que estás perdonado por ello –le dijo–. En cuanto a todo lo que ha sucedido desde que nuestros caminos volvieron a cruzarse esta segunda vez, lo entiendo

–le sostuvo la mirada–. De verdad que lo entiendo, Ethan. A veces tengo algún que otro problema para creerme que este que ves es mi ser verdadero, y soy una gran creyente en el amor.

–Tú nunca has dejado traslucir tus dudas –le dijo él.

–Imagino que con uno de nosotros paralizado ya era todo suficientemente difícil. Uno de los dos necesitaba implicarse.

Pareció sobresaltado por su elección de palabras.

–¿Y tú estás implicada?

Ella asintió.

–Sí. Ni se te ocurra dejarte asustar por eso. Llegarás a ello cuando tengas que llegar –se encogió de hombros, simulando una indiferencia que estaba lejos de sentir–. O no.

–¿Y tú estás conforme con eso?

–No, no estoy conforme –contestó ella–. Por supuesto que no. Pero no puedo cambiarlo, ¿verdad? Tus sentimientos son tus sentimientos. Solo quiero que estés seguro de que sabes cuáles son esos sentimientos antes de que se te ocurra arrojar por la borda esta oportunidad que tenemos.

Él sacudió la cabeza.

–Me asustas mortalmente.

–¿Y eso?

–Haces que parezca tan fácil…

–Yo nunca dije que fuera fácil. Mira a Boone y a Emily, o a Wade y a Gabi. Nada en sus respectivas trayectorias ha sido fácil. Yo solo creo que el amor merece todo el trabajo duro que conlleva –miró a su alrededor y alzó luego la mirada hasta sus ojos–. Parece que los invitados se están marchando.

–Sí, eso parece.

–¿Qué sucederá ahora, Ethan?

Él vaciló durante tanto tiempo que Samantha llegó a pensar que había perdido la batalla de aquella noche, cuando no la guerra.

–Te irás a mi casa conmigo –respondió con un levísimo matiz de ansiedad detrás de sus palabras.

Podía leer la vulnerabilidad en sus ojos, escucharla en su voz. Incluso a esas alturas, resultaba evidente que temía el rechazo, si no en aquel momento, después, cuando podía resultar aún más devastador. Ella asintió de inmediato, confiando en que su buena disposición le diera la seguridad que necesitaba.

–Es la mejor oferta que he recibido en siglos –le dijo, sincera.

–Quizá deberías esperar a ver qué tal va –repuso él.

–No –declaró, enfática–. No te atrevas a venderte tan barato, Ethan.

–Es solo una honesta advertencia. Estoy bastante oxidado en estas cosas.

Se la inflamó el corazón ante la confianza que estaba depositando en ella.

–Suceda lo que suceda, tú eres suficiente hombre para mí. Y más. ¿Entendido? Nada de lo que suceda esta noche podrá cambiar eso.

Estaba dispuesta a garantizárselo, pero el alivio que vio en sus ojos le dijo que la había creído. Estaba decidido a demostrarle que no iba a fallarle.

Capítulo 18

Ethan nunca se había sentido tan aterrorizado, ni siquiera en Afganistán o en Irak. Allá había arriesgado la vida. Esa noche iba a arriesgar su alma y su corazón. Samantha le había demostrado un nivel de confianza que impresionaba. Solo eso habría debido impulsarle a amarla, pero eran muchas otras razones las que lo tenían ya convencido de que no podía dejarla marchar. Aquella noche sabía que no podía fallarle, ni tampoco fallarse a sí mismo.

Había hecho el amor desde que salió de rehabilitación: una vez hasta lo había hecho con Lisa, en una experiencia desastrosa que era mejor olvidar. Ella no le había dado margen alguno ni había hecho nada para que se sintiera cómodo. Como siempre, todo había girado en torno a ella, y él no había sido capaz de satisfacerla, no como antes. Ella claramente no había tenido la paciencia suficiente para esperar a ver si desaparecía su incomodidad.

Otros encuentros habían sido más exitosos, pero habían carecido de sentimiento: solo había sido satisfacción física. Al menos a ese nivel le habían dado cierta seguridad.

Pero en aquel momento estaba delante de una mujer maravillosa que quería anteponerlo a él, que creía completamente en él. Y, tanto si le gustaba como si no, su corazón estaba comprometido. Aquella noche no se trataba de sexo. Se trataba de forjar algo duradero, algo con potencial de duración. Y eso elevaba las apuestas a un nivel antes inimaginable.

Tras aparcar frente a su casa, apagó el motor y se volvió hacia Samantha.

—Todavía estás a tiempo de retirarte —le dijo, inyectando un tono ligero en su voz mientras le hacía la oferta.

Ella parpadeó sorprendida ante la sugerencia.

—¿Por qué habría de hacer eso?

Él se encogió de hombros.

—¿Por arrepentimiento?

—No tengo ninguno —frunció el ceño—. ¿Y tú?

—Una montaña de ellos —admitió, y le acarició la mejilla—. Pero quiero esto, Samantha. Quiero pasar esta noche contigo. Más que cualquier otra cosa que haya querido nunca.

Ella asintió satisfecha.

—Entonces necesitaremos salir de este coche antes de que cambies de idea.

Una vez dentro de la casa, Ethan se detuvo en la cocina.

—¿Vino? Creo que tengo una botella de champán, si lo prefieres.

—No. Quiero tener la cabeza despejada —dijo—. O lo más despejada posible después de todos aquellos brindis.

Sintiéndose falto de práctica en aquel tipo de cosas, permaneció durante unos segundos más ante ella hasta que admitió al fin, tímido:

—No tengo ni idea de lo que sigue ahora.

Ella se echó a reír.

—No puedes estar tan oxidado.

—Te lo advertí —le recordó—. ¿Sexo? Puedo hacerlo. ¿Hacer el amor? De eso ya no estoy tan seguro. Tengo la sensación de que debería haber regado toda esta habitación de pétalos de rosa, haberla decorado con velas... ya sabes, el romanticismo necesario. Pero me negué a esperar que esta noche pudiera terminar así —le lanzó una mirada irónica—. Seguía resistiéndome por dentro.

Ella se le acercó y apoyó las manos sobre su pecho, justo encima del atronador latido de su corazón.

–Eso que dices es muy dulce, pero tú eres el romanticismo, Ethan. Solo tú. Eso es todo lo que necesito.

Animado, la levantó en brazos, ganándose una sorprendida mirada.

–¡Cuidado! –exclamó ella, aunque una sonrisa bailaba en sus labios.

–¿Tienes miedo de que vaya a dejarte caer? –inquirió a su vez él, bromista. Se sentía más ligero y confiado de lo que se había sentido en años.

Samantha se arrebujó contra él.

–Ni por un instante –le dijo.

Cuando llegó a su dormitorio, volvió a lamentar la falta de ambiente. La decoración nunca le había importado mucho. La habitación era limpia y la cama grande y cómoda. En aquel momento estaba bañada por la luz de la luna y eso, al menos, era algo. La depositó sobre la colcha de color chocolate oscuro, admirado de la manera en que se le subió el vestido para revelar sus largas y bien torneadas piernas. Llevaba ya un tiempo cautivado por aquellas piernas.

–Te has quedado mirando mis piernas –se burló.

–Así –admitió, nada contrito–. No he sido capaz de quitármelas de la cabeza desde el día en que entré en la cocina de Cora Jane y te vi con mi camiseta como única vestimenta. No es una imagen que un hombre pueda olvidar fácilmente.

–¿Cómo sabes que no llevaba nada más?

Él sonrió.

–Lo sabía –dijo, optando por no confesarle que había llegado a ver, parcialmente, su trasero desnudo–. Un hombre más débil de voluntad que yo te habría subido a la habitación en aquel mismo momento.

–Y tú te resististe durante dos semanas enteras –le dijo–. Estoy impresionada con tu fortaleza de carácter.

—Bueno, pues en este momento se ha ido al diablo —repuso, quitándose la chaqueta y aflojándose el cuello de la camisa para tenderse luego a su lado—. Ven aquí —al momento la atrajo hacia sí y la hizo tumbarse encima, deleitado con la sensación de su peso, con la manera en que sus curvas se adaptaban a su cuerpo.

Le acunó el rostro entre las manos mientras observaba cómo se oscurecían sus ojos de anticipación, la deliciosa manera en que se humedecía los labios con la punta de la lengua.

—¿Cómo podría resistírsete cualquier hombre? —murmuró.

—Se necesitaría ser un santo —comentó ella, recuperado el matiz burlón de su voz.

—Entonces has dado con el tipo equivocado —repuso, dejándose envolver por sensaciones que hacía demasiado tiempo que no había vuelto a experimentar.

Pero incluso mientras redescubría la pasión, se encontró con algo inesperado: el puro gozo de abandonar toda pretensión y enamorarse locamente. Sorprendentemente, no fue en absoluto como había sido con Lisa. Aunque tan bueno como aquello en un principio, en aquel momento era mil veces mejor, y no solo por la profunda conexión de sus almas, sino porque lo sentía fácil, cómodo... como si se hubiera pasado la vida entera esperando exactamente a la mujer adecuada y la hubiera encontrado al fin.

Consciente de lo que estaba en juego, la inequívocamente frágil autoestima de Ethan, Samantha se había preocupado terriblemente durante el trayecto en coche hasta su casa. Tenía que hacerlo bien, tenía que demostrarle que él tenía todo y más que ofrecerle.

Al final descubrió que tanta preocupación había sido para nada. Se unieron como si hubieran estado destinados desde siempre a hacerlo, con sorprendente abandono y sin inhibición alguna. Hacer el amor con él fue algo mágico, algo que superaba cualquier fantasía que hubiera tenido. Incluso el momento de potencial peligro cuando se quitó el pantalón para revelar la prótesis había pasado como en una especie de niebla, eclipsado por las sensaciones que él era capaz de provocarle con una sencilla caricia aquí, un prolongado y lento toque allá...

–Oh, cielos –dijo sin aliento, derrumbándose de nuevo sobre las almohadas–. Esto ha sido... –le faltaban las palabras.

–¿Increíble? –sugirió Ethan, a su lado. Se medio incorporó sobre un codo para estudiarla–. ¿O estoy equivocado?

–Oh, no –dijo ella–. No estás para nada equivocado. La palabra «increíble» lo describe bien. Y también «asombroso». Quizá «apabullante».

–No exageres –la reprendió, aunque estaba sonriendo.

–No estoy exagerando –le aseguró–. Te lo prometo.

Samantha vislumbró un fugaz brillo de alivio en sus ojos.

–A mí también me ha parecido muy bueno.

–¿Solo «muy bueno»? –exclamó indignada–. No aceptaré nada por debajo de «fantástico».

Él se echó a reír.

–Fantástico, entonces. Supongo que podemos entonces borrar una preocupación de la larga lista que tenía.

–¿Oh?

–El sexo no va a constituir un problema entre nosotros.

–Oh, no –exclamó, para luego mirarlo con curiosidad–. ¿Qué más hay en esa lista tuya? Yo creía que el hecho de que estuviera en tu cama significaba que habías hecho una bola con ella para arrojarla a la papelera.

Él vaciló.

–Vamos, Ethan. Suéltalo todo.

–¿Aunque arruine con ello este momento?

–Nada va a arruinar este momento –le aseguró–. A no

ser que estés pensando en levantarte de esta cama, ponerte la ropa y llevarme a mi casa.

–Eso no figura en mi agenda. Al menos antes de que llegue la mañana –se interrumpió con expresión pensativa–. O la tarde.

–¡Eso sí que suena bien! –exclamó entusiasmada–. ¿Y bien? ¿Qué más hay en esa lista?

–La distancia –respondió–. Sé que Nueva York no está precisamente en la otra punta del país, pero sigue estando demasiado lejos para mi gusto.

Ella sonrió.

–¿No es entonces una buena cosa que tenga un plan que pueda tranquilizarte en ese sentido?

Ethan frunció el ceño.

–¿No requerirá eso que yo me traslade a Nueva York, verdad? La ciudad me pone claustrofóbico. Demasiada gente apiñada en un mismo lugar.

–¿Quién habría imaginado que eras un chico tan de campo? –sacudió la cabeza como si estuviera desesperada–. Un día irás conmigo a Nueva York y cambiarás de idea. La clave radica en escoger el barrio correcto, la atmósfera de pequeña población en la ciudad enorme e impersonal.

–No me lo creo –dijo–. Eso es imposible.

–Está bien, escéptico. Un nuevo desafío con el que tendré que lidiar. Pero puedes borrar también esa preocupación de tu lista. Nueva York no es una exigencia para el futuro.

–¿Ah, no?

–No. Estás a salvo –vaciló, dejando que la expectación aumentara antes de soltarle la gran noticia. O quizá ganando tiempo en caso de que él no se lo tomara tan bien como ella esperaba que hiciera.

–Samantha, ¿por qué Nueva York no es un problema?

–Porque voy a volver aquí. Ya he empezado con los preparativos –de hecho, aquella misma mañana había llamado a su casero para advertirle de que lo subarrendara.

Dado que los apartamentos de aquel barrio tenían una demanda alta, no tardaría mucho tiempo en volver a tenerlo ocupado.

Ethan pareció primeramente alarmado, y después preocupado.

–No será por mí, espero.

–No, tú eres un aliciente… al menos si estás dispuesto a serlo –le dijo, sincera–. Quiero abrir una escuela de interpretación, dar clases… quizá, con el tiempo, abrir un auditorio de teatro.

Samantha le dio tiempo para asimilar la noticia, observándolo mientras reflexionaba.

–¿Era por eso por lo que tenías tantas ganas de encontrarte con Cass? –adivinó–. Crees que es una estudiante con potencial.

–Tal vez. Tendremos que ver si está interesada. Pero no le haré malgastar su tiempo ni su dinero. No puedo hacerle eso, Ethan.

Él frunció el ceño.

–Así que si esas pruebas o lo que sea que las dos tenéis planeado para esta semana no va bien… ¿le romperás el corazón?

–No si puedo evitarlo –respondió, y añadió impaciente–: Concédeme un margen de confianza. Cass te importa, así que ella me importa a mí. Y aunque ese no fuera el caso, sé lo muy sensibles y delicados que son los adolescentes. Mi objetivo es estimular a esos chicos todo lo posible, aun negándome a darles falsas esperanzas.

Ethan suspiró.

–Tienes razón. Lo siento. Además, ahora mismo no se trata de Cass. Se trata de ti. Esa escuela… ¿es algo que realmente quieres? Es la primera vez que la mencionas.

Samantha asintió.

–En realidad, las piezas empezaron a juntarse el día en que fui al instituto para asistir a aquel ensayo. Me descubrí deseando ayudar a la señora Gentry, encontrar alguna manera de curar el pánico escénico de Sue Ellen, despertar entre los jóvenes la misma pasión por la escena que yo solía tener.

Él sonrió ante su entusiasmo.

—Es un buen objetivo.

—Eso creo, y potencialmente muy gratificante, pero no se trata solo de eso. Quiero volver a estar con mi familia. Nueva York ha supuesto una experiencia maravillosa para mí. No me arrepiento ni un solo segundo de ella, pero estoy preparada para volver a casa. Y tomé la decisión antes de lo que acaba de suceder entre nosotros, así que no te pongas paranoico conmigo, ¿de acuerdo?

—Yo no me pongo paranoico —protestó Ethan.

—Oh, por favor...

—Bueno, quizá un poco. Es un cambio un poco inquietante, este de dejar a alguien entrar en mi vida. Ya era bastante difícil cuando pensaba que te marcharías. Ahora que sé que podrías quedarte, resulta todavía más aterrador.

—¿Y eso? —preguntó ella.

—Eso no tiene una salida fácil

Su sinceridad resultaba sorprendente, pero también era de agradecer.

—Solo voy a estar en tu vida el tiempo que tú quieras que esté —le aseguró—. Simplemente estaré a mano en caso de que decidas que no puedes seguir resistiéndote a mis encantos.

—Creía que habíamos dejado claro que, por lo que a ti se refiere, yo ya no tengo resistencia alguna.

Ella lo miró con expresión radiante.

—Así es. ¿Quieres que comprobemos si todavía sigue siendo ese el caso?

—¿Por qué? Siempre y cuando sigas aquí, en mi cama.

—Justo lo que estaba pensando.

—La verdad es que no hemos pensado bien en esto —se

lamentó Samantha mientras Ethan la llevaba a casa de Cora Jane el mediodía del domingo. Bajó la mirada a su vestido de dama de honor y a las sandalias de tacón que llevaba en el regazo. El vestido era un atuendo muy poco conveniente para lucirlo de día, a no ser que fuera en una boda. Y las sandalias, aunque bonitas, no eran nada cómodas.

–¿Tienes miedo de que alguien se pregunte dónde has estado? –inquirió Ethan con un brillo de diversión en los ojos.

–Oh, sabrán exactamente dónde he estado –se lamentó ella–. Probablemente nos vitorearán.

–¿Sabes si Cora Jane tiene una escopeta en alguna parte? –quiso saber él. De repente parecía algo más nervioso.

–Por suerte para ti, sigue encerrada en el armario –respondió Samantha.

–¿Y tu padre? ¿Cómo reaccionará él?

Ella frunció el ceño ante la pregunta.

–¿Sabes? No tengo ni idea. Nunca fue de esos padres que esperan a sus hijas en casa cuando vuelven de sus citas. No creo que se muestre especialmente protector. De todas formas, durante los últimos días ha hecho un montón de cosas que me han sorprendido.

–Así que es la figura imprevisible –dijo Ethan, asintiendo–. Haré entonces una maniobra preventiva.

Samantha se echó a reír a pesar de lo incómodo de la situación.

–¿Exactamente cómo piensas hacer eso?

–Le diré que mis intenciones son honorables.

Ella negó inmediatamente con la cabeza.

–Oh, no. Mala idea. Las intenciones honorables tienden a llevarte directamente al altar, al menos según su punto de vista. No quiero que les predispongas para que se lleven una enorme decepción solo para que salves hoy el pellejo.

–Eso de la decepción está por ver –objetó él.

Samantha se lo quedó mirando incrédula.

–¿Qué? ¿Matrimonio? ¿Y lo está diciendo el mismo hombre que ayer ni siquiera quería tener sexo conmigo?
Para su disgusto, él se echó a reír.
–Oh, claro que quería tener sexo contigo –dijo–. Lo que pasa es que no quería ninguna complicación emocional.
–¿Qué crees que es el matrimonio? –le preguntó ella–. Hace unas pocas horas, ¿acaso no seguías pensando en eso como la mayor complicación emocional de todas?
–No puedo negarlo –respondió–. He estado pensando sobre ello. Quizá deberíamos arriesgarnos.
–Chico, debo de ser mucho mejor en la cama de lo que pensaba –murmuró ella por lo bajo.
–Eres increíble en la cama –le confirmó él–. Pero no se trata de eso.
–Entonces se trata de una transformación digna de un filme de ciencia ficción. Nadie cambia todo su sistema de creencias tan rápidamente.
–Yo no sé si ha sido tan rápido –objetó con un tono perfectamente sincero–. Creo que lo vi venir desde el instante en que me sentí atraído por ti. Luché contra ello con uñas y dientes, pero aquí estamos. Quizá haya llegado la hora de dejar de luchar.
–Es el «quizá» lo que yo encuentro preocupante –dijo ella–. Sé que eres el tipo de hombre que quiere hacerlo todo de la manera correcta, pero yo no soy una adolescente enamoradiza a la que hayas robado la virtud. Anoche fuimos iguales en la cama. Hoy no hay expectativa ninguna, ni por mi parte ni, menos aún, por la de mi familia.
–Bueno, dado que ahora mismo hay una media docena de personas espiándonos desde cada ventana de la casa, creo que deberíamos dejar esta conversación para después –sugirió, señalando con la cabeza la casa de Cora Jane.
Así era. Gabi estaba apostada en la ventana del piso superior desde la que se controlaba el sendero de entrada; Wade estaba detrás de ella, con una sonrisa en los labios. Cora Jane y Jerry eran los fascinados observadores de la

cocina. Y muy juntos, de pie en las puertas ventana del salón que daban a la terraza, Samantha descubrió estupefacta a su padre y a Sophia Grayson, que parecían contemplarlos muy divertidos.

Concentró su atención en aquella improbable pareja.

—Creo que acabamos de encontrar la respuesta a nuestras plegarias —comentó—. Mi padre y Sophia. Si entramos en la casa y lanzo una primera ofensiva sobre esos dos, esquivaremos cualquier pregunta sobre lo nuestro.

Estaba a punto de bajar del coche cuando Ethan la detuvo. Ella se volvió hacia él.

—¿Qué pasa?

—¿Realmente quieres poner a esos dos bajo los focos? Tu padre ha estado solo desde que murió tu madre. Ese asunto con Sophia, si es que hay tal asunto, podría ser lo mejor que le ha sucedido en estos años. ¿Para qué generarles problemas para evitárnoslos nosotros?

Sabía que tenía razón, pero tanta consideración por su parte podía ser muy inconveniente para los dos.

—¿Tienes alguna idea mejor? ¿Aparte de declararme amor eterno, quiero decir?

Él sonrió.

—Vayamos allí, enfrentémonos a lo que haya y preguntemos qué hay para comer. Ya sabes que Cora Jane no será capaz de resistirse a la oportunidad de alimentarnos.

—Dudo que se muestre aplacada por la oportunidad de prepararnos unos sándwiches —dijo Samantha.

—Lleva la hospitalidad sureña en la sangre —insistió Ethan.

—Bueno, pero es tu cuello el que estará en juego.

—Correré el riesgo —afirmó él, rodeando el morro del coche para ayudarla a bajar. Inclinándose sobre ella, le besó la sensible zona de detrás de la oreja—. Y en caso de que las cosas salgan terriblemente mal ahí dentro, solo quiero que sepas que habrá merecido la pena. Me llevaré el recuerdo de esta última noche a la tumba.

Lo dijo con una exagerada sinceridad que arrancó una carcajada a Samantha.

–¿Qué diablos se supone que voy a hacer contigo? –murmuró.

Él sonrió.

–Intentaré hacer una lista.

–Tú concéntrate en sobrevivir el tiempo suficiente para que podamos llegar a esa fase –le dijo con tono urgente, y luego le hizo un guiño–. De todas formas, por si acaso, también para mí habrá merecido la pena.

A Ethan no le sorprendió nada descubrir que todo el mundo se había reunido en la cocina para cuando entraron en la casa. Todos se estaban esforzando por parecer muy ocupados, y desinteresados además por los recién llegados.

Cora Jane alzó la mirada de la olla de sopa que estaba removiendo, con expresión inocente.

–Aquí estáis –dijo–. ¿Tenéis apetito? Llegáis a tiempo para la comida.

Ethan lanzó una mirada triunfante a Samantha, que se limitó a menear la cabeza.

–Yo estoy muerto de hambre –respondió–. ¿Puedo ayudar en algo?

–¿Estás de broma? –intervino Gabi–. Con la abuela y Jerry al mando, solo conseguirías estorbar –concentro su atención en su hermana–. Creo que ya va siendo hora de que te quites ese vestido –de repente simuló una expresión de horror–. ¡Oh! ¿Son manchas verdes de hierba lo que estoy viendo en tu espalda?

Ethan vio cómo se encendían las mejillas de Samantha antes de que se diera cuenta de que no había mancha de hierba alguna. No podía ser, dado que habían estado sanos y salvos en la habitación de su casa antes de que se enzarzaran en la refriega amorosa.

–¡Cállate! –le dijo Samantha–. ¡Solo estás intentando crear problemas!

Gabi sonrió.

–Ya lo sé, pero tu expresión de ahora mismo no tiene precio. Es evidente que algo ocurrió anoche.

–Deja de burlarte de tu hermana –ordenó Sam Castle con tono sorprendentemente firme a pesar del brillo divertido de sus ojos.

Gabi y Samantha se lo quedaron mirando asombradas.

–¿Papá?

Él se echó a reír.

–Solo estaba intentando aplicar un poco de esa técnica disciplinaria que aprendí de vuestra madre.

–Ha sonado muy autoritario –dijo Sophia, mirándolo con evidente fascinación–. Tus hijas tienen suerte de tener un padre tan implicado en sus vidas.

Gabi empezó a toser. Samantha dudó entre poner a Sophia al tanto de la verdad o dejar que continuara la charada. Al final fue el propio Sam quien corrigió su equivocada impresión.

–Me temo que lo del involucramiento con mis hijas es demasiado nuevo para mí –le dijo–. Fue su madre la que las educó hasta convertirlas en las maravillosas mujeres que son ahora. Y lo hizo con muy poca ayuda de mi parte, lamento decirlo.

Sophia pareció momentáneamente desconcertada por su sinceridad, pero en seguida sonrió.

–No creo haber conocido antes a un hombre tan dispuesto a admitir sus errores –se volvió hacia Cora Jane–. Imagino que eso le vendrá de usted.

–Creo que la virtud de ser directa y sincera, sí –dijo Cora Jane–. Hasta este mismo momento, sin embargo, no estaba segura de que mi hijo hubiera comprendido su valor.

–Hasta un perro viejo puede aprender un truco o dos –replicó él.

Ethan advirtió que Samantha parecía como maravillada ante la escena. Se inclinó hacia ella.

–Esta es una buena oportunidad para fugarte, ¿no te parece? Para cuando te hayas cambiado de vestido, quizá se habrán olvidado de que te presentaste con él.

–Qué iluso eres –susurró a su vez–. Pero me cambiaré. Si la emprenden contigo, mi habitación es la segunda a la derecha nada más subir las escaleras. Yo te protegeré.

–Oh, no –dijo él–. No vas a conseguir atraerme a tu habitación.

–Pero yo... –balbuceó–. No era mi intención...

–Creo que será mejor que me arriesgue a quedarme aquí. En cuanto haga amago de irme, tendré a una patrulla persiguiéndome.

–Tú mismo –le dijo, y le hizo un guiño–. Pero la perspectiva del piso de arriba sería mucho más interesante.

Ethan sacudió la cabeza.

–¿Te gusta vivir peligrosamente, verdad? ¿Cómo es que no me he dado cuenta hasta ahora?

–Estabas demasiado ocupado intentando encontrar maneras de escaparte de mis perversas trampas –respondió ella.

–Ya es demasiado tarde. Ahora mi objetivo debe ser evitar que tu adicción al peligro no nos traiga más problemas de los que ya sabemos que tendremos que enfrentar. Anda, lárgate. Yo me quedaré aquí para encargarme del control de daños.

Ella frunció el ceño.

–¿Cómo?

–No importa. Lo tengo pensado.

–No sigas esa táctica de la honorabilidad de intenciones –le advirtió–. Recuerda lo que te dije.

–Tomo buena nota de ello –repuso, pero sin comprometerse a nada. Haría lo que fuera para evitar que su familia se llevara una idea equivocada de él, a la vez que les aseguraría que el corazón de Samantha estaba en buenas manos.

Capítulo 19

Cora Jane contempló la cocina con expresión satisfecha. Wade y Gabi estaban haciendo carantoñas al bebé. Ethan miraba a Samantha con los ojos brillantes. Y su hijo... reprimió una sonrisa... bueno, Sam parecía deslumbrado por la mujer de aspecto decidido que tenía a su lado. Sophia Grayson era obviamente una mujer que sabía lo que quería y que, por alguna razón, aparentemente había decidido que quería a Sam. Era un giro de acontecimientos inesperado, pero muy agradable.

–¿En qué estás pensando? –le preguntó Jerry, acercando un poco más su silla–. Pareces terriblemente satisfecha contigo misma.

–Hacía años que no me sentía tan optimista –le dijo–. He visto a mis nietas alcanzar grandes logros en sus vidas profesionales, pero al mismo tiempo no podía evitar pensar que se estaban perdiendo lo mejor que la vida tenía que ofrecerles.

–Enamorarse –adivinó Jerry.

Cora Jane asintió.

–Míralas. Gabi es una madre entregada que está con un hombre que la adora a ella y a su bebé. Samantha no solo ha encontrado un nuevo sueño aquí, en Sand Castle Bay, sino al hombre adecuado para compartirlo con ella.

–¿Y tu hijo? ¿Forma también él parte del contento que estás sintiendo?

–Tengo que reconocer que eso no lo había previsto –admitió–. Pero míralo. Hacía años que no le veía esa expresión tan animada. Sophia está disintiendo abiertamente con él, algo que su maravillosa esposa nunca hacía, y evidentemente está encantado. Quizá simplemente se hayan visto atrapados los dos por todo el romanticismo que habitualmente rodea a una boda, pero no puedo evitar pensar que ella podría ser la mujer adecuada para él. No es de la clase de mujeres que se queda al margen dejando que el hombre se deje la piel en su trabajo. Ella lo sacará de su caparazón, se asegurará de que tenga una vida. Podría ser algo tremendamente interesante de contemplar.

Jerry se echó a reír.

–¿Qué diablos harás cuando tengas a toda tu familia felizmente establecida?

–Disfrutarla –respondió de inmediato–. Sobre todo cuando tantos de sus miembros se están instalando aquí mismo.

–¿Estás incluyendo a tu hijo adicto al trabajo y a la trotamundos de Samantha en ese cuadro? Eso me parece un poquito exagerado.

Ella sonrió.

–Cosas más extrañas han sucedido. Sam podría jubilarse mañana mismo y vivir cómodamente durante el resto de su vida. Sophia obviamente tiene los medios para hacer lo que quiera, también. Y ya se ha comprometido a ayudar a Emily a empezar ese proyecto de casas de acogida en esta parte de Carolina del Norte. Tiene sentido que todos ellos se establezcan aquí.

–¿Y tú? –le preguntó Jerry, mirándola fijamente–. ¿Cuáles son tus planes, aparte de regodearte con la felicidad de todo el mundo?

–Estoy viviendo exactamente la vida que quiero vivir –le dijo, para descubrir a continuación que un ceño oscurecía su frente–. ¿Qué tiene eso de malo?

–Esperaba que encontrarías tiempo para invertir un poco de ese saldo positivo en tu propia vida.

Sorprendida por la exasperación de su tono, Cora Jane lo miró a los ojos.

–¿Estás perdiendo la paciencia conmigo, Jeremiah?

–Llevo años y años poniendo en práctica mi paciencia –respondió–. Puedo esperar un poco más, pero no puedo menos que preguntarme por qué estás tan decidida a seguir malgastando ese precioso tiempo que podría quedarnos a los dos de seguir en este mundo.

Cora Jane pensó en Caleb, el hombre del que se había enamorado cuando era adolescente, el hombre al que había perdido hacía ya tantos años. ¿Por qué se aferraba al pasado con tanta fuerza cuando el hombre que tenía en ese momento a su lado era todo lo que había esperado y más? Jerry la había amado en silencio durante años, respetando su matrimonio. Y seguía amándola cuando ya no existía ningún obstáculo entre ellos, aparte de su propia testarudez y su sentimiento de nostalgia.

–¿Quieres mudarte aquí? –le preguntó ella, con el corazón en la garganta por tan atrevida sugerencia.

–Solo con una condición. Que seamos marido y mujer. No me conformaré con menos, Cora Jane, pero puedo esperar un poco más si es que todavía no estás lista para ello. Lo que pasa es que pienso que con tanto amor a nuestro alrededor, ya es hora de que tú y yo reclamemos un poco para nosotros mismos.

Cora Jane vaciló, aterrada de dar el salto y de destruir determinadas cosas a cambio de otras mucho menos seguras. A su edad, cambiar de estatus se le antojaba un asunto particularmente arriesgado.

Pero entonces volvió a pasear la mirada por la cocina para clavarla en la gente que amaba, personas cuyas vidas estaban cambiando ante sus propios ojos. Seguramente también ella era capaz de arriesgar su corazón, como estaba animando a los demás a arriesgar el suyo. ¿Acaso no había sido ella quien había intentado enseñarles a todos que el amor era algo que debían atesorar y venerar?

–De acuerdo –susurró, mirando a Jerry a los ojos.

Era un hombre firme, lleno de certidumbres. Y Cora Jane se aferró a la seguridad que veía en él.

Jerry parpadeó entonces.

–¿De acuerdo? –alzó la voz, llamando la atención de todos los que estaban en la cocina–. ¿Has dicho que estás de acuerdo? ¿Has aceptado casarte conmigo?

Cora Jane asintió, consciente del calor que encendía sus mejillas y de las sorprendidas miradas que se volvían hacia ellos.

–Sí.

–¡Bien! –exclamó su hijo, con el rostro desbordante de alegría, a pesar de que Cora Jane había estado esperando su desaprobación. Se levantó de un salto y se acercó a estrecharle efusivamente la mano a Jerry–. ¡Felicidades!

Gabi y Samantha fueron las siguientes, cubriendo a Jerry de besos y abrazos.

–Y en el momento ideal –dijo Gabi–. Así tendré algo que decirle a Emily cuando llame. ¿Qué tal si ponemos una fecha? ¿Habéis pensado ya en alguna?

Cora Jane alzó la mano.

–No la pondremos hasta que Wade y tú os hayáis casado –le advirtió Cora Jane con firmeza.

Gabi se quedó tan paralizada que Samantha soltó una carcajada.

–¡Bien hecho, abuela! –aprobó Samantha–. Es justo la presión que necesita para poner el espectáculo en marcha.

–Totalmente de acuerdo –suscribió Wade.

Cora Jane lanzó a Samantha una mirada implacable.

–Y lo mismo te digo a ti, jovencita –desvió la mirada hacia Ethan–. ¿Ha quedado claro?

–¡Abuela! –protestó Samantha.

–Ese es mi plan y pienso ceñirme a él –advirtió Cora Jane a todas ellas.

Jerry suspiró profundamente.

–Supongo que eso deja mi futuro en vuestras manos –

miró a Wade–. En tu caso, no estoy muy preocupado –se volvió después hacia Ethan–. Pero tú procura recordar que ya no soy ningún joven, ¿de acuerdo?

Ethan se echó a reír.

–No estoy de broma –le advirtió Jerry con firmeza.

Cora Jane se inclinó para darle un beso.

–Esa es exactamente la razón por la que te quiero. Siempre estamos en sintonía.

El lunes por la mañana, Ethan esperó experimentar el ataque de pánico correspondiente, una vez que la boda había pasado por fin y él había empezado a asimilar la noticia de que Samantha iba a quedarse en el pueblo. Pero, en lugar de ello, se sintió mucho más optimista de lo que se había sentido en mucho tiempo. Ni siquiera la presión que había añadido Jerry le parecía tan agobiante como se lo habría parecido incluso una semana atrás.

–Pareces contento –comentó Greg, mirándolo con recelo–. ¿Ha pasado algo este fin de semana para ponerte de tan buen humor? Teniendo en cuenta lo que piensas sobre el amor y el matrimonio, pensaba que sería imposible que sobrevivieras hasta hoy. ¿No es eso lo que suele pasarles a los cínicos? Se supone que tienen que exagerar un poco para demostrar que no se tragan todas esas tonterías románticas que acompañan a una boda.

–Si lo que esperabas era encontrarme particularmente gruñón, sigue presionándome. Estaré encantado de satisfacer tus expectativas –contestó Ethan.

Greg sonrió.

–Eso es más propio de ti.

–¿No tienes pacientes ni otra cosa que hacer, aparte de fastidiarme?

–No, la zona de recepción está muy tranquila, acabo de comprobarlo. No ha habido visitas imprevistas y la primera cita no la tengo hasta dentro de media hora –vaciló por un instante–. Por supuesto, Debra parece tener mucho que decir, pero la he dejado en manos de Pam para que la tranquilice.

–¿Qué le pasa hoy? Por favor, dime que yo no tengo nada que ver.

–Al parecer, siguió mi consejo y aceptó una cita. La cosa no fue bien. Creo que está hablando sobre el lamentable estado de la población masculina. Tengo que admitir que he salido huyendo antes de que terminara la diatriba. Sin embargo, Pam parecía entusiasmada con todo esto. Su marido y ella han vuelto a tener una discusión este fin de semana.

–Y después te asombras de que yo tenga tan poca fe en el amor y el matrimonio.

–Porque eliges los ejemplos que te convienen. ¿Qué me dices de Lindsey? ¿O de Boone y Emily? ¿O de Wade y Gabi? –lo miró con expresión pícara–. ¿O de Samantha y tú?

Ethan lo miró con dureza.

–¿Samantha y yo?

Greg se echó a reír.

–Ella es la razón por la que estás tan resplandeciente y de tan buen humor esta mañana, ¿verdad?

–De acuerdo, quizá un poco –admitió–. Después de haber pasado todo el día de ayer con las Castle, resulta difícil ser escéptico. Definitivamente, el amor se respiraba en el aire. Cora Jane por fin ha aceptado casarse con Jerry. Hasta Sam Castle parece haberse liado con una de las amigas de Hollywood de Emily.

–Debía de ser esa mujer tan elegante que llevaba un diamante con el que habríamos podido pagar la mitad de nuestros préstamos de la Facultad de Medicina –dijo Greg–. Se movía por entre la multitud como una profesional, y lo digo con admiración. No me extraña que haya ganado tanto dinero. Jamás había conocido a nadie capaz de mirar a un desconocido a los ojos y enterarse de la historia de su vida en menos de dos minutos. Es tan seductora que da miedo.

—¿Encuentras eso admirable?

—En determinadas circunstancias, desde luego. Me gusta la gente que sabe cómo conseguir lo que quiere. Entiendo que a Sam Castle le guste. En realidad, no lo conozco, pero sí su reputación, y he seguido las investigaciones que está llevando a cabo su empresa. Están a la cabeza en muchos temas. Piensa en lo que podrían llegar a hacer con una buena inyección de dinero que les permitiera contratar a más investigadores punteros.

—¿Crees que Sam va detrás de su dinero? —preguntó Ethan. No le gustaba el giro que acababa de dar la conversación, aunque el comentario tuviera perfecto sentido.

—Por supuesto que no —Greg pareció sorprendido por la sugerencia—. Creo que está interesado en sus poderes de persuasión —vaciló un instante. Su expresión se tornó pensativa antes de añadir con una maliciosa sonrisa—: O a lo mejor va detrás de su cuerpo. Es una mujer muy atractiva para la edad que tiene.

—Estoy seguro de que a ella le encantaría ese cumplido.

Greg se limitó a encogerse de hombros.

—Volvamos a Samantha y a ti.

—Yo prefiero que no.

—¿Sabes? Tuve que sufrir todo el fiasco de tu relación con Lisa. Creo que es justo que me toque compartir también las cosas buenas.

—Deja de intentar vivir a través de mí —le regañó Ethan—. Tienes una esposa adorable en casa. Hoy todo esto está muy tranquilo. Tómate una hora libre y vete a casa con Lindsey.

—Esta semana está de voluntaria en el colegio —se lamentó Greg—. Se marchó de casa esta mañana con suficientes magdalenas como para que le suba el azúcar a toda la clase durante una semana. ¿Y sabes qué es lo peor de todo?

—Que no te ha dejado ninguna a ti —aventuró Ethan.

—Exactamente. ¿Te parece justo?

Ethan reprimió una carcajada ante la indignación de su amigo.

–A lo mejor lo ha hecho para protegerte, porque sabe que no estás más necesitado de azúcar que todos esos niños.

–Pero ellos van a comer magdalenas –protestó–. Además, tenían buen aspecto. Eran de chocolate, con espirales de azúcar glaseada y confites.

Ethan soltó por fin la carcajada.

–¿Cuántos años tienes? ¿No deberías haber superado ya la etapa de los pucheros? Si tantas ganas tienes de comer magdalenas, vete a la panadería y cómprate una docena.

–Es una cuestión de principios –replicó Greg–. Yo he pagado esas magdalenas. Y las ha hecho mi esposa.

Aparentemente, Greg terminó por asimilar las palabras de Ethan, porque de repente lo miró desazonado.

–Estoy fatal, ¿verdad?

Ethan asintió.

–Yo diría que sí.

–Y esa es la razón por la que deberías intentar distraerme contándome tus aventuras con Samantha –concluyó Greg.

–Buen intento –alabó Ethan–, pero no. Ve a ordenar el armario de las medicinas. Eso no solo te distraerá, sino que será productivo.

Pero Greg estaba negando con la cabeza antes de que Ethan hubiera terminado la frase.

–De ninguna manera. La última vez que lo hice, Pam casi me despelleja. Lo tiene todo exactamente tal como ella quiere.

Justo en ese momento, Pam asomó la cabeza por la puerta.

–¿Alguno de vosotros piensa trabajar algo esta mañana? Mitzi Rogers está dejando perdida de sangre la zona de recepción por culpa de un pequeño corte que se ha hecho en la frente y su madre está histérica.

–Toda tuya –le dijo Ethan a Greg.
–Pero normalmente eres tú quien atiende a Mitzi –protestó Pam.
–Y hoy la atenderá Greg.
–Está un poco preocupado porque la mamá de Mitzi tiene planes para él –le explicó Greg a Pam–. Y su corazón pertenece a otra mujer.
A Pam se le iluminó la mirada.
–¿Eso es verdad?
–¿Queréis hacer el favor de concentraros en la paciente y dejar mi vida sentimental en paz? –suplicó Ethan–. Tengo cosas que hacer.
–¿Qué cosas? –preguntó Pam, desconfiada.
–Voy a preparar una lista –contestó Ethan–. Y todo lo que tengo que hacer me obligará a estar lejos, muy lejos de aquí.

Samantha cumplió su promesa de participar en el ensayo del instituto del lunes. En cuanto Regina Gentry la vio, dio una palmada para reclamar la atención de sus alumnos. Cuando la consiguió, les presentó a Samantha.
–Le pedí que viniera al ensayo de hoy y que os diera algunas indicaciones –anunció la profesora–. Antes de empezar, Samantha, quizá deberías llevarte a Sue Ellen a un aparte y darle algunos consejos para superar el pánico escénico.
Samantha pensó que iba a hacer falta algo más que una conversación rápida para librar a Sue Ellen de sus miedos, pero asintió y se llevó a la joven al fondo del salón de actos.
–Preferiría que no hubiera dicho nada de mi pánico escénico –se lamentó Sue Ellen, desconsolada–. Eso solo sirve para cohibirme más.
–¿Sabes lo que realmente agrava el pánico escénico? –le preguntó Samantha con delicadeza–. No saberse el tex-

to. ¿Crees que es posible que eso sea parte del problema?

Sue Ellen parpadeó sorprendida.

—Esa pregunta es como la del huevo y la gallina —contestó—. ¿Me entra pánico porque no me sé el texto o se me olvida el texto por culpa del pánico?

—¿Podrías recitarlo ahora mismo? —preguntó Samantha—. ¿Solo para mí?

—Claro. Ayer por la noche lo recité de memoria.

Samantha se preguntó si sería cierto ¿Lo habría hecho de verdad, o había tenido a algún familiar al lado apuntándole convenientemente las líneas que olvidaba? Solo había una manera de averiguarlo. Miró el texto que la señora Gentry le había entregado, le indicó a Sue Ellen la escena que iban a representar y leyó la primera frase.

Sue Ellen respondió no solo con precisión, sino con la intensidad emocional adecuada.

A medida que iba avanzando la escena, solo titubeó en un par de ocasiones, algo que no estaba nada mal teniendo en cuenta que los ensayos habían comenzado un par de semanas atrás.

—Estoy impresionada —admitió Samantha al final de la escena.

Sue Ellen sonrió.

—Ya te he dicho que es porque me pongo nerviosa delante de toda esa gente.

—Si vas a hacer teatro, tendrás que hacerlo delante de una audiencia —le recordó Samantha.

—Es precisamente por eso por lo que quiero hacer de todo menos teatro —dijo Sue Ellen con sentimiento—. Pero aquí no se puede hacer otra cosa —vaciló por un instante—. Y también hay otra cosa que me echa para atrás.

—¿Cuál es?

—Sé que todo el mundo piensa que Cass se merece este papel. Y no me ayuda mucho el que sea mi sustituta. Está todo el tiempo esperando entre bastidores para ver si me confundo. Y cuando me equivoco, se regodea con mis errores.

Samantha no podía imaginarse a Cass regodeándose de nada, al menos públicamente, pero su presencia podría ciertamente desalentar a una actriz insegura y con poca experiencia.

—¿Preferirías tener a otra persona entre bastidores para que te apuntara el texto?

—Sí, eso sería increíble —admitió Sue Ellen—. Pero no quiero que Cass se enfade conmigo. Por lo menos, no más de lo que ya lo está. Y me parece bien que sea mi sustituta. Eso no debería cambiar.

Samantha asintió.

—Hablaré con la señora Gentry y con Cass para ver cómo se puede solucionar. Y ahora sube al escenario y recita ese texto tan convincentemente como acabas de hacerlo conmigo.

—¡Gracias, señorita Castle! —le agradeció Sue Ellen antes de correr a escena.

Samantha se acercó lentamente al pie del escenario. Le habló a la señora Gentry de los sentimientos de Sue Ellen y sugirió que la ayudara alguien que no fuera Cass.

—Es posible que todo esté en la cabeza de Sue Ellen, pero Cass parece intimidarla. Eso podría ser parte del problema.

La señora Gentry asintió, asignó rápidamente la misión a otra alumna y pidió que se leyera la escena. Cass se acercó a ellas con el ceño fruncido. Samantha le apretó la mano con cariño.

—Luego te lo explicaré —le prometió.

Para aparente sorpresa de todo el mundo, Sue Ellen interpretó la escena sin un solo error o vacilación. La señora Gentry aplaudió y después salió a escena para comentar a los actores su actuación.

—¡Dios mío! —exclamó Cass cuando se quedó a solas con Samantha—. Es realmente buena.

Samantha sonrió.

—Es que la estabas asustando.

A Cass se le iluminó la mirada.

–¡Estás de broma!

–Yo no me alegraría tanto por una cosa así –la regañó Samantha.

La señora Gentry regresó a su lado.

–Estoy impresionada, Samantha.

–No es para tanto.

–Bueno, para mí sí –contestó la señora Gentry. Dio un par de palmadas, reclamando atención–. ¡Atención todo el mundo! ¡Tengo algo que anunciar! La señorita Castle me ha dicho que va a ofrecer clases de interpretación en Sand Castle Bay en un futuro próximo. Ya habéis visto lo que ha conseguido hoy con Sue Ellen. Si alguno de vosotros tiene interés en recibir más información sobre esas clases, podéis apuntaros en una hoja de registro al final del ensayo. Más adelante, ella se pondrá en contacto con vosotros para explicaros los detalles –miró a Samantha–. ¿Te parece bien?

–Es increíble –dijo Samantha, sorprendida por tan inesperado apoyo–. Gracias.

La señora Gentry bajó la voz.

–Pero no te olvides de lo que te dije. Necesitas que tu conducta esté a salvo de cualquier reproche.

Samantha asintió.

Cass la miró con entusiasmo.

–¿Puedo apuntarme ahora?

–Puedes apuntarte en cuanto haya algo específico a lo que apuntarse –respondió Samantha–. Mientras tanto, si estás libre mañana por la tarde, ¿por qué no pasas por Castle's después del instituto y lees un par de escenas conmigo?

–¡Genial! Ya sé que estás impresionada por la actuación de Sue Ellen, pero espera a oírme a mí –dijo Cass–. Te vas a quedar con la boca abierta.

Samantha sonrió ante la impresionante confianza de Cass y deseó que Ethan estuviera ahí para oírla. Había hecho un buen trabajo con aquella chica.

–Cuento con ello –le dijo.

Porque Cass iba a tener que superar con mucho a las otras actrices con las que tendría que competir para conseguir papeles, si quería salvar los innegables obstáculos que la esperarían.

Y por motivos que no se atrevía a analizar, Samantha quería que Cass tuviera suficiente talento como para impresionar a los más duros directores de Broadway.

Capítulo 20

Cuando Samantha cruzó la puerta de casa después de la ajetreada tarde en el instituto, Cora Jane señaló con la cabeza en dirección al jardín con los ojos chispeantes de alegría.
Samantha frunció el ceño.
–¿Qué pasa?
–Tienes compañía.
Samantha miró hacia allí. Ethan estaba sentado al final del embarcadero con los pantalones enrollados hasta las rodillas y el pie bueno colgando sobre el agua. Al parecer se había colocado la prótesis en una posición que le permitía mantenerla seca sin tener que quitársela. Vestido con la ropa de trabajo, parecía un hombre que estuviera haciendo novillos.
–¿Está pescando?
–No de la manera que tú piensas. Ha estado merodeando por aquí, intentando conseguir información sobre tu paradero. Como yo no tenía ni idea, le sugerí que te esperara aquí. Imaginaba que aparecerías antes o después. Si se va a quedar a cenar, avísame.
Samantha asintió, se quitó los zapatos y caminó descalza por la hierba para reunirse con él. Ethan alzó la mirada cuando ella comenzaba a cruzar el muelle, y le tendió la mano para ayudarla a sentarse a su lado.
–No esperaba verte aquí –dijo Samantha.

–Pues deberías. Deberías haber sabido que iba a estar pensando en ti durante todo el día.
–¿De verdad? –preguntó complacida–. ¿Durante todo el día?
–Durante cada minuto del día –confirmó Ethan, y no parecía particularmente contento–. Y cuando por fin he conseguido distraerme un momento, allí estaba Greg fastidiándome, pidiéndome detalles sobre el fin de semana. Parecía pensar que tú eras la responsable de mi estado de ánimo.
Samantha lo miró de reojo.
–¿Estabas enfadado?
Ethan sonrió.
–Más bien todo lo contrario.
–En ese caso, eso es bueno.
–No, es malo, muy malo. Hace que mis amigos sospechen algo. Y cuando sospechan, comienzan a hacer preguntas que no sé cómo contestar.
Samantha sabía que el concepto de relación sentimental era algo nuevo para él o, si no algo exactamente nuevo, un recuerdo doloroso de todo lo que podía salir mal. Era evidente que estaba luchando contra eso, de modo que optó por liberarlo de cualquier obligación.
–¿Sabes? –comenzó a decir–. En realidad, no ha cambiado nada.
Ethan la miró con incredulidad.
–No puedes estar hablando en serio. Ha cambiado todo –frunció el ceño–. Por lo menos para mí. ¿Me estás diciendo que lo que ha pasado este fin de semana no tiene ninguna importancia?
–Claro que tiene importancia. Definitivamente, yo espero que sea algo más que una aventura de una noche. Desde luego, fue algo extraordinario.
Ethan profundizó su ceño.
–¡No fue una maldita aventura de una noche! –afirmó con énfasis.

Samantha sonrió ante la fiereza de su declaración.
—Me alegro de saberlo. ¿Se te ocurre alguna otra forma de definirlo?
Ethan la miró con los ojos entrecerrados.
—¿Quieres que defina lo que sucedió entre nosotros?
—Podría ayudar a aclarar las cosas por ambas partes —le explicó—. Pareces un poco perdido.
—No estoy perdido. Estoy enfadado.
—¿Conmigo?
—No, con toda la gente que espera que pongamos etiquetas a lo que nos ha pasado.
—Pero eso me incluye a mí —le recordó.
—Sí, pero tú estás intentando ayudar. Lo único que hacen ellos es molestar.
Samantha se echó a reír ante la exactitud de aquel argumento.
—Ethan, no me debes ninguna explicación. Te la debes a ti mismo, y no me importaría saber a qué conclusión llegas. Pero no tengo ninguna prisa. Ya tengo suficientes asuntos en la cabeza como para empezar a preocuparme ahora de dónde estamos exactamente.
Solo para cambiar de tema y darle así un respiro, se puso a contarle lo que había pasado en el instituto con Sue Ellen, Cass y la señora Gentry.
—No me podía creer que la señora Gentry me estuviera dando su beneplácito y abriera incluso una lista para que se apuntaran los alumnos interesados. La semana pasada se mostró bastante escéptica. Parecía tener miedo de que aparecieran de golpe un montón de esqueletos en mi armario y resultara perjudicada su reputación por estar directamente relacionada conmigo.
Ethan la miró intrigado.
—¿Esqueletos en el armario? ¿Tienes alguno?
¿Había un matiz de esperanza en su voz?, se preguntó Samantha. Seguramente no. ¿O esperaba quizá encontrar algo que le diera motivos para alejarse de ella?

Samantha respondió a su mirada intrigada con una mirada firme, antes de encogerse de hombros.

—No que yo sepa, pero solo el cielo sabe lo que podría llegar a decir la gente. Supongo que con un enfoque negativo, la mayoría de nosotros podríamos considerar problemáticas algunas de las cosas que hicimos en el pasado.

—¿Así que sigues adelante con lo de las clases?

—He pensado en empezar con dos o tres —le dijo—. Para ver cuál es la demanda. Necesito sentarme y pensar en el objetivo de cada clase. Supongo que podría comenzar con un nivel para principiantes y otro más avanzado, o quizá dedicar unas sesiones a la comedia y otras al drama.

—¿Nada de musicales?

Samantha sonrió.

—No son mi fuerte. Si me hubieras dejado cantar cuando aparecí dentro de la tarta en la fiesta de despedida de Boone, lo sabrías a estas alturas. El problema es que me encanta cantar. Pero no soy capaz de seguir una melodía. Había depositado grandes esperanzas en aquella noche. Tenía un público cautivo. Y borracho también, con lo cual era más probable que apreciaran mi arte.

Ethan soltó una carcajada.

—Míralo de esta manera: evité que hicieras el ridículo.

—Difícilmente —contestó Samantha uniéndose a sus risas—. Ya era demasiado tarde para eso.

Se puso seria y alzó la mirada hacia él. La tensión de sus hombros parecía haberse relajado.

—¿Vas a quedarte a cenar? —le preguntó—. Cora Jane dice que estás invitado.

—Solo si vamos luego a mi casa a tomar el postre...

—Me parece un buen trato —dijo Samantha, inclinándose hacia él—. ¿Ya has superado el ataque de pánico?

—No tuve ningún ataque de pánico —protestó—. Por si no lo has oído, hasta que tú llegaste, yo tenía una vida completamente ordenada y predecible. Ahora ya no lo es tanto. Solo estoy intentando conseguir que las cosas vuelvan a su cauce.

Era inconfundible la frustración que reflejaba su voz. Aun así, Samantha consiguió disimular una sonrisa.

—¿Y ahora ya has conseguido encauzarlas? —le preguntó.

Ethan se encogió de hombros.

—En realidad, no —respondió, con una sonrisa jugando en sus labios—. Pero de repente ya no me importa.

Poco después de las doce del mediodía del miércoles, Samantha recibió una llamada de Gabi.

—¿Tienes algo previsto para hoy a las cuatro? —le preguntó su hermana.

—No, he estado echando una mano en el restaurante esta mañana, para las cuatro estaré libre. ¿Qué pasa?

—¿Podrías venir a casa, ponerte algo bonito y quedar con Wade y conmigo en el juzgado?

Samantha cayó inmediatamente en la cuenta de lo que le estaba proponiendo. Al descubrimiento lo siguió de cerca una sensación de consternación.

—¿Os vais a casar? ¿Hoy? ¿Lo sabe la abuela? ¡Oh, Dios mío, le va a dar un ataque, Gabi! Ella quería que tuvieras la boda de tus sueños, como Emily.

—No, lo que ella quiere es que me case con Wade. No creo que ese tipo de detalles le importen más que a nosotros.

—Pero no puedes casarte ahora que ni Emily ni Boone están en el pueblo —protestó Samantha—. Jamás te lo perdonarán.

—Ellos ya me han dado su bendición. Cuando vuelvan, nos organizarán la fiesta. No hay nada que pueda impedir que nuestra hermana desaproveche una oportunidad de organizar una fiesta. Eso garantizará que se quede en la costa durante un par de semanas más, con lo cual, la abuela estará encantada. Es una de esas soluciones que gustan a todo el mundo porque todos salen ganando.

—Pero va a ser todo tan rápido... —se descubrió protestando Samantha—. ¿Y papá? Por lo menos le invitarás a él.

—Todavía no se ha ido del pueblo. Está con Sophia, alojado en un hotel junto al mar. Creo que estará encantado con una ceremonia que esta vez no le va a costar un riñón. Es la siguiente persona a la que pensaba llamar. Antes tenía que asegurarme de que podía contar con mi dama de honor.

—Cuenta con ella —le aseguró Samantha.

—Puedes llevar a Ethan —añadió Gabi—. Por supuesto, le diré a papá que puede invitar a Sophia y, por supuesto, Jerry estará allí con la abuela. Louise, su marido y todos los sobrinos de Wade también irán, además de Meg y de Sally. Tommy Cahill hará de padrino de Wade. Creo que es más por Meg que por Wade. Congeniaron muy bien en la despedida de soltera que le organizamos a Emily. Eso en cuanto a la lista de invitados. Después, habrá una barbacoa en el patio. Cocinará Jerry. Louise se encargará de comprar una tarta en la pastelería y de decorarla con motivos de boda.

—No me lo puedo creer —musitó Samantha—. ¿Y qué puedo hacer yo?

—Si puedes estar en mi casa a las tres, podrás evitar que me desmaye. Si no, bastará con que llegues al juzgado a tiempo.

—Estaré en tu casa a las tres —le prometió Samantha—. ¿Quieres un ramo de flores? Puedo prepararte uno. Con una sola flor y un lazo si lo prefieres, pero deberías llevar uno. Es una pena que la mayor parte de las flores de la abuela no estén ahora en su mejor momento.

—Muy bien, trae lo que quieras —contestó Gabi sin el menor interés—. Ahora tengo que colgar, me quedan otras llamadas por hacer. Tú encárgate de que Ethan también vaya.

—Entendido —dijo Samantha—. Cariño, no sabes cuánto me alegro por ti y por Wade. Espero que el día de hoy te depare toda la felicidad del mundo.

—Mientras estén Daniella y Wade allí, así será —dijo Gabi con convicción.

—Voy a comprar también algunas cámaras desechables —propuso Samantha—. Necesitas fotografías y nadie imprime las que saca con los teléfonos móviles.

—Gracias. Estoy segura de que no voy a olvidar ni un segundo de esta boda, pero me gustará tener fotografías.

En cuanto terminó de hablar con Gabi, Samantha llamó a Ethan.

—Agárrate —le dijo—. Tenemos una boda improvisada hoy a las cuatro.

Ethan soltó una carcajada.

—No será la nuestra, ¿verdad?

—No, ni siquiera yo soy tan espontánea. Se casan Gabi y Wade. Supongo que se les ha contagiado la fiebre de las bodas. ¿Podrás quedar con nosotros en el juzgado?

—Me encargaré de poder —le prometió.

—Y no te preocupes —le dijo—. No se me está ocurriendo ninguna idea.

—En ese caso, serás la única —musitó Ethan, y colgó el teléfono.

Samantha no tuvo tiempo de analizar el comentario, porque Cora Jane estaba cruzando el restaurante en aquel momento, nerviosa y con una enorme sonrisa en el rostro.

—¿Te has enterado?

—Me he enterado —le confirmó Samantha—. ¿No estás enfadada porque están haciendo esto a toda prisa?

—Se van a casar. El cómo lo hagan apenas importa.

Samantha dio a su abuela un fuerte abrazo.

—¡Esa es la mejor actitud!

Cora Jane le guiñó un ojo.

—Ya van dos. Solo queda una.

—No empieces ahora conmigo —le advirtió Samantha—. Ni con Ethan.

—¡Oh, vamos! Ese hombre está a punto de caer. Un empujoncito y caerá rendido en tus brazos.

—No estoy tan segura —contestó Samantha, aunque deseaba desesperadamente creer que su abuela tenía razón—. Pero asegúrate de no ser tú la que le dé el empujón.

Los hijos de Louise correteaban por las salas del juzgado, creando un caos aun mayor en una situación ya de por sí descontrolada. Ethan estuvo a punto de regañarlos, pero como nadie más parecía molesto, ni siquiera el juez, les dejó seguir.

Sophia se sentó a su lado.

—Estoy empezando a enamorarme de esta familia —le dijo—. Cuando volé desde Los Ángeles para venir a la boda de Emily, no tenía ni idea de que iba a disfrutar de dos bodas por el precio de una.

—¿Y mucho menos que iba a haber un hombre nuevo en tu vida? —preguntó Ethan.

Un ligero rubor, que no parecía en absoluto artificial, tiñó las mejillas de Sophia.

—Definitivamente, eso es un plus —contestó, mirándolo con un inconfundible brillo de diversión en los ojos—. ¿Y qué papel juegas tú en todo este romanticismo? ¿Samantha y tú seréis los siguientes? Es evidente que Cora Jane cuenta con ello.

—Una información preocupante —respondió Ethan.

Sophia se echó a reír.

—Supongo que sí. Cora Jane parece el tipo de mujer que consigue todo lo que se propone.

—Tú también —respondió él.

—Tienes toda la razón, y ese es precisamente el motivo por el que comprendo a lo que te enfrentas.

Intentando desviar la conversación hacia otro tema, Ethan le pidió:

—¿Puedo hacerte una pregunta personal?

—¿No acabo yo de entrometerme en tu vida? —replicó Sophia, claramente divertida por su vacilación—. Y ni siquiera necesitas preguntármelo. Sí, Sam me parece fascinante. Hacía tiempo que no conocía a un hombre con tanta sustancia, valores y sentido del humor.

–¿Piensas quedarte por aquí?

–Durante una temporada, sí.

–¿Hasta que te aburras de la novedad? –preguntó él, temiendo que Sam pudiera hacerse ilusiones. Sabía que no era su problema, pero sería un motivo de preocupación para Samantha y sus hermanas.

–Yo no lo veo así –le reprendió Sophia–. Cuando se llega a mi edad, aprendes a valorar las cosas buenas que te encuentras en el camino y las atesoras mientras duran.

Ethan se descubrió a sí mismo en la difícil situación de defender las historias de final feliz.

–Eso suena un poco fatalista. Yo creo que una buena relación es algo que se debe cuidar y, si uno se esfuerza lo suficiente, puede durar para siempre.

Sophia arqueó una ceja.

–¿Habla la voz de la experiencia?

Ethan negó con la cabeza.

–Al contrario, yo nunca he creído en el amor eterno. Por lo menos, hace tiempo que no creo en él. Pero, para mi propia sorpresa, me estoy descubriendo a mí mismo en la posición de defenderlo.

–Eso debe de tener algo que ver con la familia Castle –repuso Sophia–. Después de varios divorcios, estoy empezando a pensar que Sam podría convertirme también a mí en una creyente.

Miró una vez más a Sam Castle, que en aquel momento se hallaba inclinado sobre Gabi, susurrándole algo al oído. Sam alzó la cabeza, la sorprendió mirándolo y le hizo un guiño. Para diversión de Ethan, aquella mujer tan experimentada y sofisticada enrojeció como una colegiala.

–Acércate allí –la animó Ethan.

–No quiero entrometerme –protestó ella.

–A juzgar por la manera en que le brillan los ojos, no lo considerará una intrusión.

La observó cruzar la habitación con el andar de la mujer confiada y poderosa que todos pensaban que era. Le gustaba saber que existía un fondo de vulnerabilidad bajo la superficie. Él podía comprenderlo mejor que nadie. Porque era así como le hacía sentirse Samantha.

Samantha sonrió mientras el juez Masters, un viejo amigo de la familia, oficiaba la ceremonia. Gabi y Wade parecían ajenos a cuantos había en la sala. La única ocasión en que dejaron de mirarse fue cuando Daniella comenzó a lloriquear en brazos de Samantha.

–Tranquila –la tranquilizó Samantha, meciendo a la niña para tranquilizarla.

El juez asintió con expresión satisfecha.

–Y bien, Gabriella, ¿tomas a Wade como esposo?

–Sí –contestó Gabi con una sonrisa en los labios.

–Y, Wade, ¿tomas…?

–Sí –le interrumpió Wade.

El juez lo miró ceñudo.

–¡Eh! No tengo tantas frases que decir. Al menos podrías dejarme terminarlas.

–Ya sabía cómo acababa –replicó Wade–. Estaba deseando contestar.

El juez Masters se echó a reír.

–En ese caso, acabemos con esto cuanto antes. Os declaro marido y mujer.

Daniella eligió aquel momento para lanzar su puñito al aire y soltar un grito a pleno pulmón. Wade se volvió inmediatamente para tomarla en brazos.

–¿Es esta tu manera de decir que apruebas que me case con tu madre? –le preguntó a la niña, que inmediatamente comenzó a balbucear feliz.

Gabi sacudió la cabeza.

—Esa niña le tiene comiendo de su mano.

—A mí me parece que es casi al contrario —comentó Samantha—. Es maravilloso ver lo unidos que están. Por lo que a Wade respecta, la biología es lo de menos. Esa niñita es hija suya.

—Sí, es maravilloso —convino Gabi—. Somos tan afortunadas, Dani y yo... Tenemos al hombre perfecto en nuestras vidas.

Samantha abrazó a su hermana.

—Me alegro muchísimo por ti

—Yo también —dijo Ethan, reuniéndose con ellas y deslizando el brazo por la cintura de Samantha—. Y tengo que reconocer que hay muchas cosas buenas que decir sobre esta boda improvisada. Es mucho menos estresante.

—No te equivoques —le advirtió Gabi—. Esto es lo que Wade y yo queríamos, pero Samantha tiene sus propias ideas...

—Este no es el momento —protestó Samantha al ver que Ethan palidecía ligeramente. Le palmeó la mano—. No te preocupes. Esta especie de carrera de bodas de las Castle no tiene nada que ver con nosotros.

—Tendrás que admitir que va a ser difícil estar a su altura —comentó Ethan.

Samantha negó con la cabeza.

—¡No, qué va! La boda espectáculo es propia de Emily. Y este tipo de ceremonia tan sencilla está hecha exactamente a la medida de Gabi.

Ethan la miró con interés y sin ningún pánico aparente.

—¿Y tú? ¿Cuál es la boda de tus sueños?

—Una puesta de sol en la playa —contestó—. En Hawái o en el Caribe.

—¿Y aquí? —preguntó Ethan—. Aquí cerca tenemos una larga franja de mar. Vienen parejas de todas partes para aprovechar este escenario. Las bodas son una industria importante en la zona.

—Es cierto, pero en una telenovela en la que trabajé, se

hicieron las localizaciones de una boda en Hawái. Yo tuve que ir para el rodaje. A partir de entonces, supe que quería una boda exótica.

Ethan asintió.

—Lo tendré en cuenta.

A Gabi se le iluminó la mirada.

—Interesante. Lo ha dicho sin la menor sombra de histeria en la voz. ¿Será que se ha resignado a su destino? ¿O que incluso está deseándolo?

—¿Podemos dejarlo ya, por favor? —suplicó Samantha.

Por muy tranquilo que pudiera parecer Ethan en aquel momento, ella sabía que no estaba preparado para dar un salto como aquel en su relación. Y ella tampoco.

—Y me parece incluso más interesante que seas tú la que parezca un poco nerviosa, Samantha —señaló Gabi.

—Lo que pasa es que creo que nos estamos precipitando. Wade y tú lleváis juntos una eternidad. Boone y Emily... bueno, ellos han estado enamorados desde hace años. Ethan y yo apenas nos conocemos desde hace un par de semanas.

Ethan arqueó las cejas.

—¿Así es como ves nuestra relación?

Samantha le dio un codazo en las costillas.

—Estoy intentando echarte un cable. Tienes que cooperar.

Gabi se estaba riendo a carcajadas con aquella discusión.

—Tengo que reconocer que has conseguido dar al verbo «conocer» una nueva definición. Creo que haré un rápido sondeo entre la gente que ha venido a la boda para ver qué es lo que opina.

—Como se te ocurra hacerlo no vivirás para la luna de miel —la amenazó Samantha.

—No te tengo miedo —le sonrió a Ethan—. Cuando se enfadaba con Emily y conmigo, nos lanzaba todo tipo de amenazas terribles propias de una hermana mayor. Pero jamás cumplió ninguna.

–Los tiempos cambian –dijo Samantha–. Aprendí unos cuantos secretos sobre cómo cometer el crimen perfecto cuando actuaba en telenovelas.

–De acuerdo, ya basta, dejad de discutir –ordenó Cora Jane cuando se reunió con ellas–. Hoy tiene que ser un día feliz.

Gabi sonrió con expresión radiante al recordarlo.

–Sí, claro que lo es –miró a Samantha a los ojos–. Te perdono.

–¿Qué es lo que tienes que perdonarme? –le preguntó Samantha, indignada.

–Que me hayas amenazado de muerte en el día más feliz de mi vida.

–Evidentemente, se supone que tengo que dejar que te entrometas en mi vida porque es el día de tu boda –refunfuñó Samantha.

–No estaría mal –se mostró de acuerdo Gabi–. Sobre todo, teniendo en cuenta que solamente estoy pensando en tu propio interés.

–Muy bien –aprobó Cora Jane, satisfecha–. Así es como se supone que tiene que ser. Y ahora vayamos a celebrarlo a casa. Jerry ya ha marchado para ir preparando la barbacoa –miró a Gabi con firmeza–. Tu padre te ha reservado la suite nupcial del hotel de playa donde se aloja. Wade y tú pasaréis la noche allí y Samantha y yo nos quedaremos con Daniella. Nada de peros, ¿de acuerdo? Y a partir de mañana, Wade se trasladará con nosotras, por lo menos hasta que decidas si vas a vivir en su casa o si buscaréis otra para los dos.

Gabi le dio un abrazo.

–Me alegro de que por lo menos una de nosotras se haya ocupado de todos los detalles. Tengo que admitir que lo único que he hecho yo ha sido decidir el día de la boda.

–La pieza más importante del rompecabezas –le aseguró Cora Jane–. Para todo lo demás, siempre puedes contar con el apoyo de la familia.

Samantha sabía que era cierto. Y, últimamente, contaba con ello cada vez más.

La fiesta de Gabi y Wade terminó temprano, en parte porque Wade estaba manifiestamente deseoso de tener a su flamante esposa solo para él y, en parte también, por respeto a los horarios de Cora Jane y de Jerry, que tenían que abrir Castle's poco después del amanecer. Ethan también se marchó.

—¿No has tenido la sensación de que estaba enormemente aliviado de marcharse de aquí? —le preguntó Samantha a su abuela.

—Absolutamente no —respondió Cora Jane—. Simplemente sabía que ibas a estar muy ocupada con Daniella, puesto que yo necesito dormir.

—Sophia y yo nos quedaremos por aquí por si Samantha necesita que le echemos una mano —se ofreció Sam Castle—. Por lo menos, hasta que Daniella se duerma.

Samantha miró sorprendida a su padre.

—No hace falta, papá.

—Nos apetece hacerlo —le aseguró Sophia, recogiendo a la niña y meciéndola en sus brazos—. Hacía tiempo que no tenía oportunidad de mimar a una cosita así. Hasta mis nietos más pequeños van ya al colegio. Y el mayor está ya en el instituto.

Sam pareció sobresaltado.

—Debiste de haber sido una madre muy joven.

—Lo fui, sí, y desgraciadamente mi hija mayor siguió mis pasos. Parece ser que cuando las personas se dejan llevar por el corazón, hay algunos errores que no se pueden evitar.

Samantha tenía la sensación de que aquel era un tema del que Sophia y su padre deberían hablar en privado, pero tampoco iba a endosarles la misión de cuidar a la niña. En lugar de ello, se volvió hacia su padre.

–A lo mejor podríamos hablar ahora sobre esa propiedad tuya… –sugirió.

Para su sorpresa, a Sophia se le iluminó la mirada.

–Tu padre me ha contado que estás pensando en abrir una sala de teatro. ¡Me parece una idea maravillosa! Debes de estar emocionada.

–Ahora mismo estoy más asustada que emocionada. No dejo de preguntarme si no estaré abarcando más de lo que puedo.

–No te atrevas a decir eso –la reprendió su padre–. Si crees realmente en algo, siempre es posible hacerlo realidad. Sophia y yo hemos pasado hoy por allí. Creo que la ubicación es muy buena, pero la casa está en muy mal estado. A lo mejor deberíamos pedirle a Tommy Cahill que se pase mañana para ver si se puede salvar algo. Puedo llamarle si quieres.

Samantha asintió. Era el paso más lógico, aunque tenía la sensación de que las cosas estaban empezando a ir demasiado rápido.

–Es una pena que Emily no esté aquí –se lamentó Sophia–. Es un auténtico genio a la hora de hacer obras con un presupuesto limitado. Me encantaría que pudierais ver los milagros que ha hecho con las casas de acogida.

–Volverá la semana que viene –dijo Samantha–. Así podrá echar un vistazo a la casa. Definitivamente, quiero contar con su opinión.

–Pero este proyecto es tuyo –le recordó su padre–. Tienes que tener las ideas claras. Es posible que quieras derribar la casa y empezar desde cero.

–No creo que tenga presupuesto para tanto –repuso Samantha.

–Lo tendrás –la contradijo su padre–. Es posible que consigas más financiación a la larga. Trabajaremos en ello.

–Haz caso a tu padre –la animó Sophia–. Sabe mucho de estas cosas.

Samantha disimuló una sonrisa ante la fe que tenía Sophia en un hombre en quien, en muchos aspectos, su familia nunca había podido fiarse. O bien estaba cegada por los sentimientos, o los cambios que se habían operado en Sam eran más profundos de lo que ella había pensado.

Sophia bajó la mirada al bebé que tenía en brazos.

—Creo que se ha quedado dormida —susurró.

—La llevaré a la cama —se ofreció Samantha—. Gracias por quedaros a echarme una mano.

—Te veremos mañana por la mañana —se despidió su padre—. ¿A las diez te parece bien?

—Allí nos veremos —dijo Samantha—. Pero si Gabi y Wade todavía no han vuelto a por la niña, tendremos que dejarlo para otro momento.

—Seguro que vendrán antes a por ella —predijo Sam—. De hecho, me sorprende que Gabi no haya llamado ya una docena de veces para ver cómo está.

—Claro que ha llamado —le informó Samantha, riendo—. La abuela ha atendido la primera media docena de llamadas, Ethan ha contestado a dos y yo he hablado con ella por lo menos un par de veces más antes de decirle que no pensaba volver a contestar el teléfono.

Sophia soltó una carcajada.

—Recuerdo perfectamente esa etapa. Y todas hemos sobrevivido a ella. Tendré que decírselo.

—Sí, por favor —le pidió Samantha mientras se dirigía a las escaleras—. Buenas noches —les dijo en voz baja.

Pero cuando se volvió hacia ellos, descubrió que se estaban mirando el uno al otro de una manera que sugería que, en aquel momento, ya no les importaba nadie más.

¿Qué habría en la brisa de aquel mar?, se preguntó Samantha. A su alrededor, se estaban desplegando las historias de amor más inesperadas.

Capítulo 21

Tal y como habían anticipado, Gabi y Wade llegaron a casa de Cora Jane justo cuando Samantha estaba dando de desayunar a la niña.
–¡Menuda luna de miel! –comentó Samantha cuando los vio entrar en la cocina.
–Ya tendremos una luna de miel como es debido más adelante –dijo Gabi, alargando ya los brazos hacia la niña.
–Supongo que para cuando Daniella esté en la universidad –comentó Wade, aunque también él estaba pendiente de la niña.
–¿Eres consciente de que, si no superas esta fase tan protectora, tu hija tendrá una adolescencia más rebelde de lo que se ha visto nunca en esta familia? –le preguntó Samantha.
–¿Este pobre angelito? –dijo Gabi con escepticismo–. De ningún modo.
–Acuérdate de cómo te sentías cuando mamá andaba siempre encima de ti –dijo Samantha–. Me tocaba escuchar amargas quejas tuyas y de Emily a diario.
Gabi se quedó mirándola fijamente y se estremeció.
–Cierto, pero ahora me doy cuenta de que ella solo estaba intentando cubrir la ausencia de papá –respondió, aunque era una defensa más automática que sincera.
–Eso no cambia el hecho de que estabas desesperada –

dijo Samantha–. Lo único que estoy diciendo es que, probablemente, hasta los bebés necesitan su propio espacio.

–Cuando tengas un hijo, hablaremos –la contradijo Gabi.

Samantha soltó una carcajada.

–Lo reconozco, ahí me has ganado. Probablemente sea mucho peor de lo que tú puedas imaginarte.

–¿Qué planes tienes para hoy? –le preguntó Gabi–. ¿Has quedado con Ethan?

–No, pero se supone que tengo que quedar con papá y con Sophia en esa casa de la que es propietario para ver si es posible convertirla en un teatro. Papá iba a llamar a Tommy para que nos viéramos allí.

A Wade se le iluminó la mirada al oír hablar de un proyecto de reforma. Aunque últimamente ganaba más dinero con las tallas que estaba exponiendo en su nueva galería de arte, todavía le seguían encantando la ebanistería y la restauración.

–¿A qué hora?

–A las diez en punto.

–Iré yo también –le ofreció–. No vendrán mal otro par de ojos expertos.

–Buena idea –dijo Gabi con entusiasmo–. Voy a llevar a Dani a la guardería y después estaré un par de horas en la oficina. Podríamos quedar a comer en Castle's. Estoy deseando oír lo que pensáis sobre la propiedad. Tengo muchas ganas de saber si vas a seguir adelante y quedarte aquí, Samantha. Sería genial.

–Claro que sí –se mostró de acuerdo Samantha, dejándose llevar por todos los aspectos positivos que implicaba aquel cambio–. Y me parece un buen plan que quedemos a comer. Wade, ¿vas a llevar tu coche o quieres venir conmigo?

–Será mejor que lleve mi coche –le dijo–. Seguro que en algún momento tendremos que separarnos. Incluso es posible que intente persuadir a mi mujer para que haga novillos esta tarde.

—¡Eso es! —exclamó Samantha con tono aprobador—. Una luna de miel en diferentes etapas. No sabes cuánto me alivia oírte.

Vio la mirada que cruzaron Wade y su hermana y concluyó que, en ese mismo momento, se estaba inmiscuyendo en una de aquellas etapas.

—Voy a vestirme —dijo.

Pero nadie la oyó. Al parecer, aquello se estaba convirtiendo en un patrón de conducta en aquella casa.

Para Ethan fue un alivio descubrir que tenía una agenda bien apretada la mañana del jueves. La tarde la tendría ocupada con una excursión del Proyecto Orgullo a Corolla, para ver los caballos salvajes en la playa. Con un poco de suerte, no tendría ni un segundo libre para que sus pensamientos volaran hacia Samantha y la boda de sus sueños que había descrito.

Mientras Samantha se la describía, él se había descubierto a sí mismo deseando ofrecérsela. Quería ser el hombre que estuviera a su lado cuando el sol se ocultara en el horizonte en medio de un luminoso resplandor anaranjado. Quería ser el hombre que mirara hacia el futuro con ella.

Lo cual le había suscitado un miedo mortal. ¿Cómo era posible que las cosas hubieran avanzado tan rápido? ¿Sería aquello consecuencia de una especie de hechizo de la familia Castle? ¿Acaso había olvidado que él no creía en el amor? ¿Se habían desvanecido ya los recuerdos del dolor que podía causar? Necesitaba resolver aquellas dudas. Y necesitaba tiempo y espacio para hacerlo.

Pero no demasiado. En el fondo, sabía que no podía dejar a Samantha a la espera durante mucho tiempo. Las propias dudas de Samantha podían entrometerse en su relación y lo que habían encontrado podría resultar perjudicado, e incluso desaparecer para siempre, si Samantha pensaba que él nunca sería capaz de dar el salto que ella imaginaba con tanta claridad.

De modo que, aquel día, dispondría del espacio que necesitaba. Y quizá también al día siguiente. Y después tendría una respuesta, aunque la verdad era que seguía sin saber cómo iba a encontrar alguna certidumbre en medio de tanta duda.

—¿Estás bien? —le preguntó Pam, mirándolo preocupada desde el umbral de la oficina.

—Perfectamente —se levantó—. ¿Quién viene ahora?

Pam vaciló un instante y después dijo:

—Antes de que atiendas al próximo paciente, probablemente tengas que ver esto. Puede que se extienda —le tendió el semanario local—. Primera página.

Ethan clavó la mirada en la imagen de Samantha en sus brazos, durante la fiesta de despedida de soltero de Boone, con aquella enorme tarta detrás de ella. Leyó después el pie de foto, en el que se la describía como una *stripper*. Musitó una palabrota subida de tono.

—Ya he recibido un par de llamadas preguntando por esa fotografía —le explicó Pam—. He pensado que debías saber que puede tener repercusiones. Ya sabes cómo son algunas personas, siempre dispuestas a sembrar cizaña.

Ethan no quería creer que su enfermera pudiera tener razón, pero sabía que era absurdo negarlo. Y sabía que, aunque no le afectara a él, aquel tipo de publicidad sería muy perjudicial para los planes que tenía Samantha de iniciar una nueva carrera profesional en Sand Castle Bay. Se preguntó cuánto tiempo tardaría en decidir que aquel no era el lugar adecuado para ella.

—Ahora no estoy en condiciones de ocuparme de esto —musitó.

—Pronto se olvidará —dijo Pam, intentando tranquilizarlo. Lo miró preocupada—. A lo mejor no debería habértelo enseñado.

—No. Tenía que verlo —respondió, y añadió con energía–: Y ahora, empecemos de una vez. Tenemos mucho trabajo esta mañana.

–¿No quieres llamar a Samantha?

–Más tarde –respondió, lacónico.

Pam lo miró como si quisiera replicar algo, pero finalmente suspiró, le tendió un historial y recitó la información sobre el paciente que había reunido con anterioridad. Ethan asintió y forzó una sonrisa mientras abría la puerta de la consulta.

A partir de aquel momento, la mañana transcurrió exactamente conforme a su plan. No dispuso de un solo momento libre. Solo hubo un problema. Samantha conseguía infiltrarse en sus pensamientos de mil maneras, junto con aquella última complicación que parecía condenar su relación. Él siempre había sido el *niño bonito* del pueblo, gracias primero a sus éxitos deportivos en el instituto y después a su condición de héroe de guerra. Pero había visto también la otra cara de la moneda. Sabía el efecto que podía tener una información negativa en un pueblo pequeño. Samantha, a pesar de su relación con Cora Jane, no era de allí. La gente no la juzgaría con el mismo patrón con que lo juzgarían a él. Y si aquello acababa con los planes de Samantha para su nuevo futuro profesional, ¿qué futuro tendrían como pareja?

A lo mejor había llegado el momento para él de admitir su derrota, de aferrarse al último vestigio de orgullo que le quedaba y de dejarla regresar a Nueva York, la ciudad a la que ella pertenecía, donde una noticia como aquella apenas tendría la menor repercusión.

Definitivamente, sería lo más sensato, lo más seguro, concluyó.

Pero su corazón no parecía en absoluto feliz con aquella decisión.

Samantha apareció en la clínica de urgencias a mediodía, provista de una cesta de picnic con todos los platos que, según le había asegurado su abuela, eran los favoritos de Ethan. Se había disculpado por no poder almorzar en Castle's, pero estaba deseando compartir las noticias sobre la propiedad de su padre con Ethan. La cabeza le funcionaba a toda velocidad, rebosante de todas las posibilidades de restauración del edificio.

Cuando entró, fue recibida con una sonrisa de suficiencia por parte de la recepcionista que estaba tras el mostrador.

—Tú debes de ser Samantha —fue el saludo de una joven de poco más de veinte años. La tarjeta que llevaba en el pecho indicaba que se llamaba Debra—. No pareces una *stripper*.

Samantha palideció.

—No soy una *stripper*. ¿De donde has sacado eso?

—Es lo que dice el semanario local.

Samantha sintió que un frío helado se extendía por todo su cuerpo. Solo había un motivo por el que pudieran haberla considerado una *stripper*: lo ocurrido en la despedida de soltero de Boone. ¿Cómo se le había ocurrido pensar que nadie se enteraría de los detalles más humillantes de aquella fiesta? Aunque dudaba de que alguien hubiera llevado ex profeso una cámara para registrar los acontecimientos de aquella noche, probablemente todas y cada una de las personas que habían acudido a la fiesta habían sacado el teléfono móvil un segundo después de que Ethan abriera aquella catástrofe de tarta y apareciera ella con un sugerente bikini.

—¿El semanario local? —repitió, aterrada.

—Claro —contestó Debra muy contenta, claramente encantada de ser la portadora de la noticia—. Boone es muy importante en este lugar y su boda está teniendo una gran cobertura mediática. Si quieres saber mi opinión, la fotografía no te hace justicia. Eres mucho más guapa. Creo que te han pillado en un mal ángulo. Y la iluminación es terrible –sonrió de oreja a oreja–. Yo lo habría hecho mucho mejor.

Samantha tenía la sensación de que estaban a punto de flaquearle las rodillas. Aunque estaba bastante claro lo que había pasado, seguía intentando encontrarle algún sentido.

–¿Ha salido una fotografía en el semanario? –preguntó para asegurarse.

–Sí, ¿no la has visto? –Debra recogió su ejemplar y se lo tendió.

Samantha tuvo la sensación de que la muchacha parecía demasiado complacida de enseñarle aquella humillante fotografía. De hecho, su actitud revelaba todos los rasgos de una mujer celosa, deseando vengarse de una competidora. En cualquier caso, aquello era algo que tendría que investigar en otro momento, y no en medio de una crisis tan grave.

Samantha clavó la mirada en la fotografía. Allí aparecía ella, y en primera plana. Por lo menos era un semanario local. La noticia de la despedida de soltero debía de haberles llegado justo cuando estaban cerrando la edición. Probablemente resultaba mucho más interesante que la de la propia boda.

–¡Oh, Dios mío! –musitó al verse sacada en brazos de aquella ridícula tarta por Ethan, que la miraba como si tuviera preparados para ella toda clase de terribles destinos.

Aquel no era un héroe al rescate. Era un hombre al límite de la paciencia. De hecho, recordaba que en aquel momento se había mostrado terriblemente malhumorado.

Le entró pánico. Ethan le había preguntado si tenía algún esqueleto escondido en el armario. Al parecer, él mismo iba a resultar afectado por aquel esqueleto en particular. Aquella noche todo había sido totalmente inocente, pero la noticia parecía sugerir precisamente lo contrario.

–¿Dónde está Ethan? Necesito verlo.

–Iba a pasar la tarde fuera. Los jueves por la tarde los tiene libres. Es el día que dedica a los niños.

Samantha se la quedó mirando sin entender, antes de caer en la cuenta de que Debra se refería a los niños con los que trabajaba. Simplemente no sabía qué día de la semana dedicaba a aquellas salidas.

–Por supuesto. Tenía que haberme acordado –farfulló.

Pero estaba claro que Debra no se tragó aquel rápido intento de rectificación. La joven le lanzó una mirada de compasión con la que parecía decirle que, probablemente, ella no significaría gran cosa para él si ni siquiera estaba al tanto de su horario.

–Seguramente te habrá hablado del Proyecto Orgullo – le dijo Debra, aunque su forma de engolar la voz sugería una actitud de superioridad por el hecho de disponer de una información que Samantha desconocía–. Hoy han ido a Corolla a ver los caballos salvajes.

–Sí, ya entiendo –dijo Samantha, aunque no entendía nada. Señaló la cesta de picnic–. Por favor, dale esto cuando venga y dile que me he pasado por aquí. Y dile también que tenemos que hablar.

La recepcionista pareció sentirse de pronto vagamente culpable por el mal rato que le había hecho pasar.

–¿No se estropeará la comida? A lo mejor deberías acercarte más tarde a su casa. O puedes venir a buscarle a la furgoneta cuando regresen de Corolla. Probablemente será alrededor de las cinco.

–Claro –dijo Samantha, deseosa de marcharse–. Volveré después.

O no. Quizá aquel no fuera el mejor día para ver a Ethan, cuando probablemente todo el pueblo estaría tomándole el pelo por culpa de aquella fotografía. De hecho, tendría suerte si alguna vez volvía a dirigirle la palabra.

De repente se le ocurrió otra cosa. Aquel era exactamente el tipo de escándalo que había preocupado a Regina Gentry cuando la advirtió de que su conducta debía ser absolutamente intachable. Aquella maldita fotografía y lo que ella implicaba podían ser suficientes para sabotear todos sus planes de futuro.

Y si se arruinaban sus planes de futuro por culpa del estúpido favor que le había hecho a su hermana, Emily iba a sentirse abrumada por la culpa cuando se enterara. Lo que añadiría un problema más a una relación ya tensa de por sí pero que por fin estaba empezando a arreglarse.

Aunque se dijo a sí misma por lo menos una docena de veces que debía mantener las distancias, a las cinco en punto de la tarde, Samantha estaba sentada en su coche, en el aparcamiento de la clínica, cuando entró una furgoneta. Una media docena de padres se arremolinaron a su alrededor. Evidentemente estaban esperando su llegada y ninguno de ellos prestó a Samantha la menor atención.

En cuanto se detuvo la reluciente furgoneta roja con el logotipo del Proyecto Orgullo, se abrieron las dobles puertas y descendió una rampa por la que bajaron dos sillas de ruedas y sus pasajeros, que no parecían tener más de diez o doce años. Bajaron después otros tres niños, uno con un pesado aparato ortopédico en una pierna, el segundo con muletas y el tercero con un caminar rígido y torpe. Sin embargo, lo que realmente distinguía a todos ellos, y lo que hizo que Samantha se quedara sin aliento, fueron las radiantes sonrisas de sus rostros y sus gritos de alegría al ver a sus padres. Las palabras salían atropelladas mientras intentaban hablar unos por encima de los otros, relatando las anécdotas de aquel día de aventura.

Ethan fue el siguiente en bajar con una preciosa niña de pelo rizado en los brazos. Samantha reprimió una exclamación al ver que le faltaba la parte inferior de la pierna derecha.

En aquel momento lo entendió todo. Por supuesto, había oído hablar de aquellos niños a los que Ethan estaba tan decidido a ayudar, pero no había comprendido realmente la profundidad de aquella pasión. Aquello era lo más importante para Ethan, lo que daba sentido a su vida: demostrar a esos niños que nada podía impedirles alcanzar sus sueños.

Frente a ello, los temores y las preocupaciones de Samantha por culpa de unas cuantas arrugas parecían insignificantes e intrascendentes. Y también hacía que la jugarreta de la despedida de soltero de Boone se le antojara estúpida e inmadura, aunque solo lo hubiera hecho para complacer a su hermana y, quizá también, para irritar un poco a Ethan.

Estaba tan conmovida por aquel descubrimiento que se quedó donde estaba, sentada al volante de su coche y rezando para que Ethan no la viera mientras charlaba con los padres y se despedía de los niños.

Aun así, no se sorprendió al verlo caminar hacia el coche cuando se hubo marchado la última familia. Abrió la puerta del pasajero y se sentó sin esperar a que lo invitara. La actitud jovial de apenas unos segundos antes había desaparecido. En lugar de ello, parecía agotado. Aquello la dejó tan conmovida como lo que había descubierto sobre él.

–Debe de ser duro –dijo Samantha con voz queda.

La miró.

–¿El qué?

–Darles todo lo que necesitan –intentó encontrar las palabras adecuadas para demostrar que lo había entendido–. Demostrarles lo que pueden llegar a hacer con sus vidas, sobre todo cuando muchos de ellos no están preparados para oírlo.

Un brillo de sorpresa apareció en los ojos de Ethan.

–¿Has visto todo eso en un par de minutos?

–La única manera de ser una actriz decente es saber observar a la gente, intentar meterse dentro de su cabeza.

–¿Y crees que has conseguido meterte dentro de la mía?

Samantha se sonrió.

–Todavía no, pero lo estoy consiguiendo.

La estudió en silencio durante lo que a ella le pareció una eternidad. Cuando habló, la dejó paralizada.

−¿Sabes las ganas que tengo de besarte? Para ser un hombre que hace solo unos días se creía inmune al amor, parece que estoy obsesionado contigo.

¿Le diría lo mismo si supiera lo de la fotografía? Samantha lo dudaba. Tragó saliva ante aquella inesperada confesión e intentó concentrarse en ella.

−Me temo que me han pasado desapercibidas las señales de esa obsesión.

Ethan suspiró.

−Probablemente porque no quería que lo supieras. ¡Qué diablos! Ni siquiera quería admitirlo ante mí mismo. ¿Y ahora? La verdad es que resulta bastante irónico.

−¿El qué? −preguntó Samantha, mirándolo confundida.

−No creo que pueda salvar esta relación.

Samantha soltó un profundo suspiro.

−Has visto la noticia −dijo, desanimada.

−Todo el mundo ha visto la noticia −repuso él−. No ha habido un solo padre que no me haya hecho algún comentario.

−En realidad, no tiene por qué ser asunto suyo −sugirió ella tentativamente, esperando que fuera capaz de verlo de la misma manera.

Ethan la miró con expresión incrédula.

−Sé que no eres ninguna ingenua, Samantha. Esas personas me confían a sus hijos. ¿Crees que seguirán haciéndolo si creen que me estoy comportando en público de una forma tan inapropiada?

Samantha se encogió al oírlo.

−¿Eso es lo que te han dicho? ¿Te han amenazado con sacar a sus hijos de tu programa?

−Todavía no. Creo que he sido capaz de convencerlos de que en las despedidas de soltero ocurren las cosas más disparatadas. Tengo la sensación de que, por esta vez, lo van a dejar pasar −desvió la mirada−. Pero lo que de verdad me preocupa es que tú no vas a tener tanta suerte.

—¿Eso qué quiere decir?
—Ya sabes lo que te dijo Regina Gentry sobre los esqueletos en el armario —le recordó—. Este incidente no ha pasado aún. Ahora mismo está en el centro de todas las miradas.
—¿Y quieres que renuncie sin luchar? ¿Esperas que me vaya? —le preguntó.
—Quizá sea lo mejor —contestó, aunque no parecía muy feliz ante aquella posibilidad—. ¿Por qué exponerte a un enfrentamiento?
—¿Estás de broma? —le preguntó indignada—. Voy a quedarme a pelear porque merece la pena luchar. Tú sabes exactamente lo que pasó en aquella fiesta. Sabes que fue algo completamente inocente. Y de repente, ¿qué? Un semanario local me describe como una *stripper*, algo por lo que pienso poner una denuncia, por cierto, ¿y qué? ¿Crees que a partir de ahora todo el mundo me verá como a una zorra?
Ethan pareció sinceramente impactado por aquella definición.
—Por supuesto que no, pero eres un espíritu libre.
—Ethan, eso no es ningún delito.
—Sencillamente, no quiero que te hagan daño por culpa de un puñado de personas de mira estrecha —contestó.
—¿Estás preocupado por mí? ¿O lo estás por ti? ¿Tienes miedo de que esto pueda dañar tu reputación?
—Ya te he dicho que puedo arreglármelas —insistió Ethan.
Pero no la miró a los ojos. Tenía la mirada clavada al frente.
Samantha lo comprendió entonces.
—Es eso, ¿verdad? Ya tienes la excusa que estabas esperando para dar por terminada nuestra relación.
Él frunció el ceño al oírla, pero no lo negó.
—¡Oh, Ethan! —susurró—. ¿Cuándo vas a dejar de esperar que lo nuestro se acabe? Estás convencido de que voy a

dar media vuelta para salir corriendo, así que has decidido minimizar los daños por tu cuenta –alzó una mano, la posó sobre su mejilla y advirtió la tensión de su mandíbula–. No voy a irme a ninguna parte.

Pero él seguía sin parecer dispuesto a creerla.

–¿De verdad crees que esa estúpida fotografía demuestra que no voy a encajar nunca en este lugar? Pues bien, Ethan, me importa muy poco lo que puedas pensar, porque pienso encajar en Sand Castle Bay.

Lo miró a los ojos mientras hablaba e incluso creyó reconocer en ellos un fugaz brillo de anhelo, pero no podía estar segura.

¿Cómo iba a llevar adelante su proyecto si Ethan insistía en expulsarla de su vida? Se había dicho a sí misma que sus planes de quedarse y su futuro con Ethan no tenían por qué estar relacionados, pero… ¿eso era realmente cierto?

Tan solo unas horas atrás, había pensado que estaba todo arreglado. Había estado entusiasmada con la perspectiva de abrir una sala de teatro, emocionada por la posibilidad de encontrar y cultivar nuevos talentos, ansiosa por explorar los sentimientos cada vez más intensos entre Ethan y ella. Había empezado incluso a pensar que estaba cerca de conocerse mejor, y de descubrir un objetivo más trascendente que ella misma, al igual que había hecho Ethan.

Y, sin embargo, debido a los efectos que podía tener aquella ridícula fotografía, y también a la propia voluntad de Ethan de aprovecharlos como excusa para alejarla de su lado, nada parecía tener ya sentido.

–Tengo que irme –le dijo–. Esta mañana fui a la clínica con la idea de compartir las últimas novedades contigo. Tu recepcionista me enseñó entonces el semanario, por eso he vuelto para disculparme. Pero ya veo que no te importa nada lo que yo tenga que decirte. Has tomado una decisión y la has tomado por mí, ni más ni menos, sin necesidad de que yo aporte nada.

Esperó algún comentario, una reacción, cualquier cosa. Pero Ethan continuó sentado en silencio, mirando al frente con gesto estoico.

–Muy bien –continuó Samantha, comprendiendo que lo único que iba a obtener de Ethan era su silencio–. Es una verdadera pena, porque, a diferencia de ti, yo creo que estábamos a punto de iniciar algo maravilloso.

Ethan cerró la mano sobre la manilla de la puerta, pero llegó a abrirla.

–Samantha –dijo por fin con voz quebrada. La miró y suspiró–. Adiós.

Samantha contempló estupefacta como abandonaba el coche y se alejaba. Ni siquiera miró hacia atrás antes de entrar en la clínica.

Imaginaba que Debra estaría esperándolo dentro, ansiosa por consolarlo, y le entraron ganas de entrar y estrangularlos a los dos. En lugar de ello, arrancó el motor y condujo hasta casa de Cora Jane, deteniéndose dos veces en el camino para enjugarse las lágrimas que la cegaban y que era incapaz de contener.

Apenas había llegado al sendero de entrada cuando sonó el teléfono. Era Regina Gentry. Supo lo que la profesora iba a decirle antes incluso de contestar. Aun así, permaneció sentada y escuchó sin hacer ningún comentario, sin intentar siquiera defenderse.

«Todo ha terminado», pensó mientras colgaba. «Todo ha terminado».

En cuanto vio los ojos hinchados de Samantha y su expresión de desconsuelo, Cora Jane adivinó exactamente lo que había pasado.

–Has visto el periódico –dijo con enfado–. Cariño, lo siento mucho, pero todo esto se olvidará. Nadie puede tomarse algo así en serio. Solo fue una broma en una despedida de soltero.

–Sí, es posible que fuera una broma estúpida, pero Ethan acaba de romper conmigo por eso mismo.

Cora Jane ni siquiera intentó disimular su sorpresa.

–¡No! ¿Por qué iba a hacer una cosa así?

–Parece pensar que esto va a ser el catalizador para que todo el proyecto de la sala de teatro sea un fracaso, yo me vea obligada a abandonar el pueblo y le abandone. Creo que está intentando proteger su corazón, puede que incluso piense que me está evitando algún sufrimiento, pero, el caso es que hemos terminado.

–¡Tonterías! –exclamó Cora Jane.

Samantha la miró con tristeza.

–Bueno, en una cosa sí tiene razón. Esa fotografía tendrá repercusiones. Justo cuando estaba aparcando en casa, he recibido una llamada de Regina Gentry. Me retira el apoyo para las clases de teatro. Me ha dicho que, en conciencia, no me puede recomendar como profesora para impresionables adolescentes.

–Pues se equivoca –dijo Cora Jane, y la miró con expresión preocupada–. Sé que todo esto es un contratiempo, pero no irás a cambiar de opinión y marcharte ahora, ¿verdad? Sería un crimen que una cosa tan ridícula te alejara de aquí.

Para desconcierto de Cora Jane, Samantha no le prometió que se quedaría a luchar. De hecho, parecía absolutamente derrotada.

–Samantha, no dejes que una mujer de mente tan estrecha como Regina te ahuyente de aquí. Esta misma mañana hervías de entusiasmo con el proyecto. Cuando fuiste a Castle's a buscar la comida que querías llevarle a Ethan, no podías parar de hablar de lo emocionada que estabas. En realidad, nada ha cambiado desde entonces.

–Excepto que mi patrocinadora más importante me ha retirado su apoyo y el hombre al que quiero me ha dejado –respondió.

–Podrás superar la desaprobación de Regina Gentry. Mi

palabra tiene mucho más peso en esta comarca que la suya. Tendrás más alumnos de los que jamás habrías imaginado. Puedo recurrir a gente influyente y tu sala de teatro será recibida como la auténtica bendición que será para esta comunidad.

Samantha sonrió al oír aquello.

–Tú nunca has perdido la confianza en ti misma, ¿verdad?

–Claro que sí –reconoció Cora Jane, necesitada de hacerle ver que todo el mundo se enfrentaba a serios contratiempos en su vida–. Cuando tu abuelo murió, estaba aterrada de tener que hacerme cargo sola del restaurante. Pensé muy seriamente en vendérselo a Jerry. Incluso llegué a proponérselo.

–¿Y no aceptó? –preguntó Samantha, claramente sorprendida.

Cora Jane sonrió.

–Pues no. Me dijo que ese restaurante me pertenecía; que sin mí, el establecimiento perdería mucho. Dijo un montón de tonterías sobre que yo era el alma y el corazón de este lugar.

–No eran tonterías –la contradijo Samantha.

Cora Jane se encogió de hombros.

–Fuera como fuera, el caso es que me convenció diciéndome que estaría a mi lado en todo momento, que formaríamos un equipo. Así que respiré profundo y me lancé a ello. Eso es lo que tienes que hacer tú ahora. Respirar profundo antes de tomar cualquier decisión.

–No creo que eso me haga cambiar de opinión –repuso Samantha–. A lo mejor Ethan tiene razón. A lo mejor mi lugar está en Nueva York.

–No voy a presionarte ni en un sentido ni en otro –respondió Cora Jane–. Eres tú la que tiene que tomar una decisión. Solo quiero hacerte una pregunta. Ahora mismo, Nueva York te parece un lugar seguro y familiar, ¿pero eras realmente feliz cuando vivías allí? No me refiero al principio, cuando todo era nuevo y emocionante, sino últimamente. Creo que si eres capaz de contestar sinceramente a esa pregunta, sabrás lo que tienes que hacer.

En aquel momento lo único que podía hacer Cora Jane era retirarse y rezar para que Samantha encontrara su camino en medio del dolor que estaba sufriendo, y se concentrara en las luminosas posibilidades que tenía por delante.

Capítulo 22

Después de dejar a Samantha en el aparcamiento, Ethan entró en una sala llena de rostros sombríos. Él también miró ceñudo a todo el mundo.

−¿Qué pasa?

−Has roto con ella, ¿verdad? −preguntó Greg en tono acusador.

−No tenía otra opción −respondió Ethan, rotundo−. Y no es un tema abierto a discusión.

Pam miró deliberadamente a Debra, cuya expresión se tornó inmediatamente culpable.

−Esta mañana le enseñé la fotografía que había aparecido en el semanario −admitió la recepcionista−. No la había visto. Es posible que me haya regodeado un poco.

Ethan suspiró.

−No ha sido lo mejor que podrías haber hecho, pero eso no cambia nada. La decisión la he tomado yo.

−Si no te importa que te lo diga, jefe, eres imbécil −le insultó de pronto Pam−. Esa mujer te ha cambiado, todos lo hemos visto.

−Eso es cierto −confirmó Debra con evidente desgana−. Parecías muy feliz. Sé que hoy me he portado fatal, pero a lo mejor deberías reconsiderarlo. Ya es hora de que tengas una vida propia.

Greg frunció el ceño.

–Has sido tú quien ha roto con ella, ¿verdad? ¿Samantha no te ha dejado? Pues yo creo que ella habría tenido todo el derecho a hacerlo. Si no fuera porque tú eres quien eres y Boone es quien es, esa fotografía ni siquiera habría aparecido en la prensa local. ¿Y esas especulaciones sobre que podría ser una *stripper*? Ha tenido que ser una broma pesada de alguien. ¿En qué estaría pensando Ken Jones cuando publicó una cosa así? ¿Acaso le debía a alguien algún favor?

Ethan se olvidó de su tristeza el tiempo suficiente como para ponerse a reflexionar sobre lo que Greg estaba diciendo. Sabía que había hecho lo correcto al advertirle a Samantha de a lo que tendría que enfrentarse si se quedaba en el pueblo, pero no se sentía nada satisfecho con ello.

–Ahora que lo mencionas, no puedo evitar preguntarme quién envió esa fotografía al semanario –admitió. Su ira empezaba a dirigirse hacia la persona que había iniciado aquella cadena de acontecimientos–. Tiene que ser alguien que estuviera en la fiesta, ¿verdad? Dudo seriamente que hubiera algún fotógrafo acechando en una despedida de soltero de Sand Castle Bay.

La expresión de Greg se volvió pensativa.

–¿Estás seguro? –preguntó lentamente–. Es posible que no hubiera un fotógrafo, pero pudo haber sido alguien de la antigua familia política de Boone. A lo mejor pretendían pillarlo haciendo alguna estupidez. Se suponía que todo ese asunto de la custodia ya estaba solucionado, pero a lo mejor Boone solo ha estado haciéndose ilusiones. La familia de Jenny puede haber intentado desacreditarlo por última vez, con la esperanza de reclamar la custodia de B.J.

Ethan consideró aquella posibilidad. Era algo que podrían haber hecho los Farmer, una familia amargada y resentida.

–Pero esa fotografía no incrimina a Boone. Soy yo el que tiene a una supuesta *stripper* en brazos.

–A lo mejor imaginaron que el ambiente era suficientemente tóxico como para ayudar a su causa –sugirió Pam–. Y, al fin y al cabo, era a la futura cuñada de Boone a la que llevabas en brazos. Estoy segura de que les encantaría dar la impresión de que las Castle van a ser una mala influencia para B.J. Todo el mundo sabe que culpan a Emily de todas las desgracias de su hija. Nadie está de acuerdo con ellos, por cierto. Todos sabemos que Boone hizo todo lo posible por ayudar a Jenny. Ella fue muy feliz con él. Pero eso no impide que los Farmer sigan odiando a Boone, a Emily y a cualquiera que tenga algún tipo de relación con ellos.

–Me parece de lo más retorcido –dijo Ethan, aunque sabía que era algo completamente cierto.

–Pero entra dentro de lo posible que hicieran algo así –repuso Greg–. En resumidas cuentas, tanto Samantha como tú sois espectadores inocentes de todo este montaje.

Ethan no pudo menos que reconocerle el mérito por aquel cambio de perspectiva.

–Buen intento, pero Samantha salió de la tarta en biquini. Eso no lo organizaron los Farmer.

–¿Y piensas echárselo en cara a ella? –le reprendió Greg–. Vamos, Ethan. Le estaba haciendo un favor a su hermana. Ya sabes lo persuasiva que puede llegar a ser Emily. Todo el mundo estuvo dispuesto a pasar por el aro para darle todo lo que pedía para preparar la boda, incluso tú.

–Los motivos por los que lo hizo Samantha no cambian nada –insistió Ethan aferrándose a su postura, pese a ser consciente de que estaba pisando un terreno muy resbaladizo–. Se equivocó al tomar esa decisión. Si piensa convertirse en una empresaria de éxito en este pueblo, tendrá que pensarse mucho mejor las cosas.

Greg lo miró ceñudo.

–¿Desde cuándo eres tan rígido?

Ethan sabía que era eso lo que parecía, pero ya había tomado una decisión y tenía que defenderla.

—¿Tienes idea de las maniobras que tuve que hacer con los padres de los niños del Proyecto Orgullo? Un par de madres estaban dispuestas a sacar a los niños del programa, pero las convencí de que todo había sido un malentendido. Incluso saqué a relucir el nombre de Cora Jane, puesto que no hay nadie en los alrededores que no la respete, por muy graves que hayan sido las calumnias.

Pam lo miró con incredulidad.

—¿Así que utilizaste el nombre de la abuela de Samantha para quitarte un problema de encima? Muy bonito, jefe.

—Le estaba ahorrando problemas a Samantha al mismo tiempo —protestó—. Les dije que Samantha era tan íntegra y digna de confianza como su abuela, que no debían juzgarla por una simple broma. La defendí.

—Un argumento muy convincente —se mostró de acuerdo Greg—. Es una pena que no te sirviera a ti mismo para pasar por alto el fiasco de la fotografía —sacudió la cabeza—. Detesto decírtelo, pero nunca culparía a Samantha si no te perdonase nunca por no haber dado la cara por ella, montándole incluso un escándalo al periódico. ¿Has pensado en esa posibilidad? Conoces a Ken desde siempre, igual que yo. Por supuesto, siempre ha sido una auténtica rata.

Ethan profundizó su ceño. No había ido a ver a Ken porque todo aquel desastre, por muy injusto que hubiera sido, había funcionado a su favor. Le había proporcionado una cobarde manera de escapar de una relación que le aterraba. ¿Pero qué decía eso de él? Nada bueno, ciertamente.

—Por supuesto que no, porque no te convenía —dijo Greg, contestando por él y dando en el clavo—. No entiendo qué te ha pasado, Ethan.

—Yo tampoco —añadió Pam, evidentemente defraudada.

Debra se mostró indecisa durante unos segundos y finalmente esbozó una mueca.

—Estoy con ellos —admitió—. La has fastidiado.

Probablemente lo había hecho, admitió Ethan para sí.

Pero se había sentido mil veces más seguro desde que había roto con Samantha.

No pudo evitar preguntarse, sin embargo, si era así como quería vivir. Porque tenía la impresión de que aquella seguridad iba a implicar una terrible soledad.

Samantha no había sido capaz de olvidar la conversación que había mantenido con Cora Jane la tarde anterior. La verdad era que hacía mucho tiempo que no era feliz en Nueva York. Y aunque estar en Sand Castle Bay continuaba siendo algo nuevo para ella, también la llenaba de esperanza. Le gustaba estar cerca de su familia. Le entusiasmaba ser tía. Ni siquiera le importaba trabajar algún turno en Castle's durante su tiempo libre. Los clientes eran muy amables con ella y la gente del pueblo la hacía sentirse bienvenida.

Y si se suponía que aquel verano tenía que producirse una gran transformación, imaginaba que no solo debería cambiar la orientación de su carrera. En el mundo de la interpretación era muy poco lo que dependía de su propio control. Sin embargo, en aquel momento tenía la oportunidad de hacerse cargo de su propio destino. Y necesitaba hacerlo.

Estaba terminando otro turno en Castle's cuando llegaron Sophia y su padre y se sentaron en la mesa que ocupaba siempre la familia. Sam iba vestido con una ropa informal de sport, que Samantha estaba segura de que no procedía de su fondo de armario en Raleigh. Sophia parecía recién salida de un anuncio de ropa elegante de *resort*. A pesar de todo, parecían sentirse perfectamente cómodos en la sencilla atmósfera del restaurante de costa, en el que la mayoría de los clientes lucían bañadores, pareos y chanclas.

–He visto el periódico –dijo su padre sin ningún preámbulo.

Sophia le apretó la mano a Samantha.

–Supongo que te entraron ganas de ir allí y destrozarlos, pero, créeme, no serviría de nada. Ten un poco de paciencia. Para cuando salga la próxima edición, ya se habrán olvidado.

–Desgraciadamente, la noticia ya ha tenido consecuencias –respondió Samantha.

Les contó que Regina Gentry le había retirado el apoyo y, después de respirar profundo, les habló también de la reacción de Ethan.

Su padre la miró indignado.

–A nadie le importa lo que pueda pensar Regina –declaró con firmeza–. Pero me sorprende lo de Ethan. Yo pensaba que era un hombre en el que se podía confiar.

–Yo también –dijo Sophia–. Su actitud me parece completamente irracional.

–En realidad, no me está juzgando. Solo se está escondiendo dentro de su caparazón –explicó Samantha, saliendo en su defensa–. Todos le sacamos con gritos y patadas de allí y ahora ha encontrado la excusa perfecta para regresar a su vida tranquila y formal.

–Pues es una verdadera pena –se lamentó Sophia–. Me cae muy bien.

A Samantha se le llenaron los ojos de lágrimas.

–A mí también, pero, probablemente, esto tenía que pasar.

–Olvídate de Ethan –le aconsejó su padre–. Nada de esto tiene por qué cambiar tus planes de futuro. He cerrado un presupuesto con Tommy. Está dispuesto a empezar a restaurar el edificio en cuanto tú se lo digas.

–No –dijo Samantha. Todavía no estaba preparada para dar el salto. Tenía que pensar en todo aquello, decidir hasta qué punto deseaba llevar a cabo aquel proyecto. Y si lo desearía lo suficiente como para luchar por él–. No sé si quiero seguir adelante –confesó.

Aquel incidente la había afectado más de lo que había creído.

–Por supuesto que vas a seguir adelante –le dijo Sophia

con firmeza–. En esta vida, retroceder nunca es una opción. Acuérdate de lo que hablamos ayer. Tu padre y yo nos dimos perfecta cuenta de lo mucho que este proyecto significa para ti. Estabas desbordante de ideas y entusiasmo. Si renuncias por culpa de una discusión con Ethan o por un ridículo revuelo provocado por un semanario local, jamás te lo perdonarás a ti misma.

–No ha sido una discusión –le explicó a Sophia–. Y el revuelo no ha sido ridículo, por lo menos para algunas personas del pueblo.

–Ethan entrará en razón –le discutió Sophia–. Y si no lo hace, es que no es el hombre que creemos que es, y tendrás que seguir adelante sin él.

–Pareces muy convencida –dijo Samantha.

–¡Oh! Hay muchas cosas en la vida que me hacen dudar, pero esta no es una de ellas. Se me da muy bien juzgar a la gente. Él te quiere, Samantha. Es posible que todavía esté luchando contra esos sentimientos, pero el amor siempre triunfa, incluso cuando menos lo esperamos –miró a Sam mientras lo decía, con todo un mundo de intenciones en la mirada.

–Hazle caso –le recomendó su padre–. Es una mujer inteligente.

–Pero eso no significa que el resto de la gente sea capaz de pasar por alto lo que ha pasado.

Sophia le lanzó una larga mirada.

–¿Ha habido una sola persona que haya sacado hoy el tema aquí, en el restaurante?

–La verdad es que no –admitió Samantha–, aunque la mayor parte de los clientes son turistas.

–Pero no todos –respondió su padre, mirando a su alrededor–. Ahora mismo hay por lo menos seis personas del pueblo.

Samantha sabía que tenía razón. Sabía que era posible que ella fuera tan culpable de agarrarse a aquella excusa para salir corriendo como Ethan.

—De acuerdo, a lo mejor todo se olvida con el tiempo.
—Se olvidará —le aseguró su padre, confiado—. Y ahora, ¿quieres que le diga a Tommy que vamos a empezar?

Al igual que Sophia y su padre recordaban su entusiasmo del día anterior, Samantha intentó volver a capturar aquel sentimiento. Pensó en Cass e incluso en Sue Ellen, que podrían beneficiarse de lo que ella podía ofrecerles. Todo el pueblo podría enriquecerse con su aportación de las clases y la sala de teatro.

Inspiró profundo, se aferró a la última brizna de confianza que le quedaba y asintió con la cabeza.

—Si estás seguro de que no te importa dejarme el dinero, me lanzaré a por ello —le dijo a su padre.

Su padre le lanzó una mirada aprobadora.

—¡Esta es mi chica!

—No te arrepentirás —le aseguró Sophia—. Sé que todo va a salir tal y como tú quieres que salga.

Samantha deseó estar la mitad de segura que ella, pero en cualquier caso iba a luchar con todas sus fuerzas para conseguirlo.

—¿Te apetece salir a correr? —le preguntó Ethan a Greg al final de la jornada, un par de días después del improvisado debate entre los empleados de la clínica.

Les había perdonado a todos que se hubieran entrometido de aquella forma en su vida, puesto que era evidente lo mucho que lo apreciaban.

—Claro —aceptó Greg de buena gana—. Pero solo si eres consciente de que no voy a dejar de recordarte que eres un cabezota.

—No esperaba menos —respondió Ethan—. Pero te advierto que perderás el tiempo. Todo ha salido de la mejor manera posible.

—No creo que Samantha esté de acuerdo. Y sospecho que, en el fondo, tú tampoco.

–Creo que ya lo he dejado claro, ¿no? –replicó Ethan con tono impaciente.

Greg se encogió de hombros.

–Solo estoy expresando mi opinión. No tienes por qué hacerme caso.

–No pienso hacértelo –le espetó Ethan, rotundo.

Greg sacudió la cabeza.

–Me cambiaré y te veré en la puerta.

Veinte minutos después estaban corriendo a lo largo de la carretera de la costa. El arcén no era demasiado ancho y la acera estaba a rebosar de gente, de modo que tuvieron que tener mucho cuidado para sortear lo que era casi un atasco. Por lo menos se movía a paso de tortuga, a diferencia de lo que ocurría en la autopista, situada solo a dos manzanas al oeste.

Corrieron hasta el muelle, rodearon la carretera principal y regresaron hacia el norte por la acera. Ethan marcaba deliberadamente un ritmo que dificultaba la conversación. Si a eso se añadía el ruido del tráfico, hablar era imposible.

Cuando llegaron a una propiedad cerrada que Ethan sabía pertenecía a Sam Castle, se detuvo y se quedó mirándola fijamente. El camino estaba lleno de camionetas y la zona bullía de actividad. Vio a Tommy Cahill en medio de aquel revuelo.

–Para –le pidió a Greg y se detuvo a esperarlo. Señaló la casa con la cabeza–. Tengo que echar un vistazo.

Nada más verlo, Tommy se dirigió hacia él.

–Hace una buena tarde para correr.

–¿Qué estás haciendo aquí? –le preguntó Ethan–. ¿Sam ha decido arreglar la casa y trasladarse aquí? –formuló aquella pregunta con un matiz de esperanza en la voz.

Porque no le hacía ninguna gracia la que imaginaba era la respuesta más obvia: que Samantha pensaba quedarse y seguir adelante con sus planes, a pesar de los obstáculos que él había predicho.

Tommy negó con la cabeza.

–Estamos vaciando la casa para convertirla en una sala de teatro. Por lo menos ese será el plan en cuanto Samantha tenga los diseños hechos y los permisos tramitados. Desde luego, no está perdiendo el tiempo. Esa mujer sabe exactamente muy bien lo que quiere –dijo.

El tono de admiración de Tommy le puso a Ethan los nervios de punta.

–Pensaba que estabas saliendo con Meg –respondió malhumorado–. ¿No habíais congeniado muy bien?

Tommy lo miró desconcertado.

–Hemos salido un par de veces. ¿Pero qué tiene eso que ver con lo que estábamos hablando?

Greg sacudió la cabeza.

–Tío, eres patético –le reprochó a Ethan, y se volvió después hacia Tommy–. No le hagas caso. Ha roto con Samantha, pero parece ser que no quiere ver a ningún hombre soltero a menos de cien metros de ella.

Tommy esbozó una sonrisa de oreja a oreja.

–¿Estás celoso? ¿De mí y de Samantha Castle?

–No estoy celoso –contestó Ethan, rechinando los dientes. Miró a Greg con el ceño fruncido–. Este no sabe lo que dice.

–A mí me parece que ha dado en el clavo –respondió Tommy, obviamente divertido–. No tienes que preocuparte de nada. Samantha está fuera de mi alcance. Además, yo pensaba que vuestra relación era bastante estable y tengo por principio no quitarle la mujer a un amigo.

–No es mi mujer –reiteró Ethan, imaginando cuál sería la reacción de Samantha si le oyera decir lo contrario.

Dudaba de que a Samantha le gustara la idea de convertirse en propiedad de nadie y, en aquel momento, teniendo en cuenta que la había abandonado en vez de acudir en su defensa, probablemente no querría tener ninguna relación con él en absoluto.

–Tenemos que irnos –dijo bruscamente–. Adiós, Tommy.

Greg miró a Tommy con compasión.

—No le hagas caso. Está un poco estresado.

Cuando se alejaron de allí, Ethan lo miró con el ceño fruncido.

—Ya podrías tener eso bien presente —le advirtió a Greg.

—¿El qué?

—Que estoy estresado. ¿No deberías intentar tranquilizarme, en vez de echar más leña al fuego?

Greg le puso una mano en el hombro.

—Qué va. Mi misión consiste en ayudarte a enmendar el error que has cometido. Y todavía no hemos llegado a eso.

Ethan lo miró resignado y después aceleró el ritmo. Quizá no fuera capaz de impedir que Greg compartiera con él sus irritantes puntos de vista, pero sí que podía adelantarle.

Pero había algo de lo que no podía alejarse, y era su propia conciencia. Un hombre supuestamente bueno, un hombre al que todo el mundo en el pueblo consideraba un héroe, debería haberse puesto del lado de Samantha desde que empezó aquella debacle.

Samantha había estado pasando mucho tiempo con su padre y Sophia, terminando el diseño de la sala de teatro. Su padre había asumido la misión de conseguir que el ayuntamiento aprobara los planos.

—Tengo un arma secreta —le dijo, señalando a Sophia—. Ha conseguido seducir a todo el mundo en el ayuntamiento. Es asombroso verla en acción.

—Solo es cuestión de práctica —repuso Sophia con modestia, pero sus ojos resplandecían de placer.

Habían estado reuniéndose todas las tardes en Castle's. Dedicaban una hora a dos a revisarlo todo, desde el presupuesto hasta los planes de publicidad. Gabi participaba también en aquellas sesiones, deseosa de ayudar cada vez que podía.

Acababan de cerrar el encuentro de aquel día cuando

apareció Cass Gray buscando a Samantha. A juzgar por su expresión taciturna, no estaba nada contenta.

–¿Ya hemos terminado? –le preguntó Samantha a su padre–. Tengo que hablar con Cass.

–Adelante –contestó él–. Aquí ya hemos terminado. Vendremos a cenar, así que nos veremos más tarde.

Cuando se fueron, Samantha señaló los asientos que habían dejado vacíos.

–Siéntate conmigo –le propuso a Cass.

Cass dejó la mochila de los libros y se sentó.

–¿Hoy no ha habido ensayo? –le preguntó Samantha.

–Me lo he saltado.

«Oh-oh», pensó Samantha. Definitivamente, aquella era una mala señal.

–¿Y por qué?

–Porque la señora Gentry nos ha estado contando algunas cosas y he venido a hablar contigo para saber si son ciertas.

A Samantha se le cayó el corazón a los pies.

–¿Qué tipo de cosas?

–Dice que seguramente te irás del pueblo.

No era la respuesta que Samantha había esperado.

–¿Y os ha explicado por qué?

–Dice que ha habido un escándalo y que jamás volverás a recuperar tu reputación –miró a Samantha con tristeza–. Es por esa fotografía que salió en el semanario local, ¿verdad?

–Sí, ha habido un poco de escándalo a cuenta de eso –admitió–. Pero sabes que no es cierto, ¿verdad? Yo jamás he trabajado como *stripper*.

–¡Y eso qué más da! –exclamó Cass, impaciente–. También has hecho muchas otras cosas buenas. Eso es lo que cuenta. Y seguro que el doctor Cole te habrá dicho lo mismo. ¿Cómo vas a dejarle ahora? Por fin está empezando a tener una vida, ¿entiendes lo que quiero decir? Ayer le vi y se estuvo comportando como un oso gruñón. Estoy segura de que eso es porque te vas.

Samantha pensó que la dinámica de su relación con Ethan debería constituir un asunto estrictamente privado entre los dos.

—Dejemos a Ethan fuera de esto. Lo que importa ahora es que no voy a irme a ninguna parte.

Los ojos de Cass se iluminaron.

—¿No? ¿En serio?

—En serio —confirmó Samantha.

—Pero no has dicho nada de las clases.

—Tenía otras cosas de las que ocuparme antes de poder pensar en eso —le explicó Samantha.

—¿Como cuáles?

—Como diseñar los planos para la sala de teatro y conseguir que empezaran a trabajar.

—¡Dios mío! —exclamó Cass con evidente asombro—. ¿Vas a producir obras de teatro en el pueblo? ¿Obras de teatro de verdad?

—Ese es el plan.

—¿Podré actuar en alguna?

Samantha se echó a reír ante su entusiasmo.

—Si eres capaz de aprenderte el papel, claro que sí. Y antes de que me lo preguntes, no tengo la menor idea de cuándo montaremos la primera obra. Pero estoy segura de que será antes del verano que viene. Quedan muchas cosas por hacer para llegar hasta ese punto.

—¿Pero seguro que no te vas?

—Seguro —le prometió.

Cass sonrió.

—¡Es la mejor noticia que me han dado nunca!

Samantha no pudo menos que desear que todo el mundo lo contemplara de la misma forma. Sonrió a Cass.

—Ahora cuéntame cómo van los ensayos.

—Bueno, todo el mundo está muy sorprendido. Sue Ellen ha conseguido aprenderse su papel. No ha estado mal.

—Todo un elogio, viniendo de ti. Supongo que eso significa que no vas a aparecer en escena. ¿Cómo te sientes?

Cass se encogió de hombros.

–No sé qué decir. Lo odio, pero sé que este tipo de cosas pasan. Tengo que aprender a enfrentarme a ellas, ¿verdad?

–En ese caso, quizá hayas aprendido una buena lección –sugirió Samantha–. Porque tienes razón. Sufrirás rechazos, y decepciones, Cass. Eso es algo que forma parte de la naturaleza del trabajo de una actriz.

–¿Alguna vez te han rechazado para un papel?

–Más de las que soy capaz de recordar –admitió Samantha.

–¿Y qué haces cuando te pasa eso?

–Como un montón de helado –confesó Samantha con arrepentimiento–. Y después voy a otra audición, y a otra, así hasta que alguna sale bien.

Incluso mientras hablaba, se daba cuenta de que era una práctica que casi había olvidado. Había permitido que lo ocurrido con Ethan la hundiera hasta tal punto que había estado a punto de retirarse sin pelear. ¿No había aprendido nada de todas aquellas veces que había tenido que reafirmarse y enfrentarse a otro director de reparto o a otro productor?

Gracias a su padre, a Sophia y a Cora Jane, había evitado cometer un terrible error, pero necesitaba recordar su propia filosofía y recuperar el espíritu de lucha que le había permitido seguir adelante cuando otros habrían renunciado.

–Gracias, Cass.

La adolescente parpadeó sin entender.

–¿Por qué?

–Por recordarme lo importante que es seguir luchando por algo cuando realmente vale la pena.

–¿Es eso lo que has estado intentando decirme durante todo este tiempo? –le preguntó Cass perpleja.

—Sí, pero aparentemente yo no había estado siguiendo mi propio consejo.
—¿Se supone que tengo que saber de lo que estás hablando?
Samantha soltó una carcajada.
—No, en realidad, no.
—¿Pero de todas formas te he ayudado?
—Sí.
Cass sonrió radiante.
—Genial.
—Hablaremos pronto —le prometió Samantha—. Espero poder anunciar esas clases dentro de una semana más o menos.
—Perfecto. Y no te preocupes por la señora Gentry. Haré correr la voz. Sé que Sue Ellen quiere apuntarse a tus clases. Te considera una especie de diosa porque le curaste el pánico escénico y has conseguido que yo deje de molestarla. Otros chicos también están interesados. Y cuando se enteren de lo del teatro, se van a volver locos de alegría. ¿Puedo contárselo?
—Por supuesto —contestó Samantha.
A lo mejor, si se corría la voz de que iba a quedarse, un cierto médico cobardón podría arrepentirse de haber renunciado a lo que tenían. Y si no era así, ella tenía intención de demostrarle hasta qué punto sería un error arrojar su futuro por la borda.

Después de que Greg hubiera sembrado la duda en su mente sobre la participación de la familia política de Boone en la publicación de la fotografía, Ethan había reflexionado mucho sobre ello. Por un lado, se decía a sí mismo que era mejor dejarlo pasar, que lo hecho, hecho estaba. Pero, por otro, sabía que le debía a Samantha aclarar lo ocurrido.
Fue a la oficina del periódico, decidido a llegar al fondo

de aquel asunto. También pretendía hacer lo que debería haber hecho desde la primera vez que vio la fotografía, y era exigir que se retractaran sobre lo que habían dicho acerca del trabajo de Samantha como *stripper*. A lo mejor era Samantha la que debería librar aquella batalla, en caso de que quisiera hacerlo, pero como Greg le había recordado, él tenía un pasado con Ken Jones y pretendía utilizar su influencia para forzar una rectificación.

Ken alzó la mirada cuando vio a Ethan cruzar la sala de prensa, se quitó las gafas y se levantó.

–Esperaba verte antes o después –admitió con expresión sombría y, quizá, con un ligero sentimiento de culpa–. Mira, sé que la fotografía probablemente era ofensiva, pero Boone y tú sois noticia en esta zona. Era una oportunidad demasiado buena para dejarla pasar.

–Claro, en el caso de que estuvieras más preocupado por vender periódicos que por destrozar la reputación de alguien –le contradijo Ethan–. ¿Es eso, Ken? ¿Tu periodicucho está teniendo problemas financieros?

Ken parpadeó sorprendido ante aquel ataque y volvió a calarse las gafas. Ethan se preguntó si aquella rata suscribiría la idea de que no se podía pegar a un hombre con gafas.

–Era una noticia –repitió Ken, aunque parecía un poco más nervioso.

–¿Y lo de describir a Samantha como una *stripper*? ¿De dónde salió esa idea? Sabes que no es verdad.

–Sí –respondió Ken, haciendo una mueca–. Cora Jane y mi madre ya se encargaron de recordármelo.

Ethan se permitió una sonrisa.

–Bien por ellas. Debería haber estado yo aquí para añadir mi aportación. ¿Sabes que podrían acusarte de difamación en el caso de que Samantha decidiera denunciarte?

–También he tenido noticias de mi abogado y no está más contento que tú.

–Para empezar, ¿de dónde sacaste la idea de que era una *stripper*?

—Del fotógrafo —admitió.

—¿Quién es? Me fijé en que no aparecía su nombre debajo de la fotografía.

Ken esbozó una mueca.

—La fotografía me llegó por correo electrónico sin pedir a cambio dinero ni reconocimiento de la autoría. Y como las cámaras no mienten, la publiqué.

—Pero la gente que envía correos anónimos sí que puede mentir y, además, siempre deja un rastro. No eres ningún estúpido, Ken. Eras el genio informático de nuestra clase. Y supongo que en alguna parte debe de quedar algo del verdadero periodista que fuiste. ¿De dónde salió esa fotografía? Estoy seguro de que lo sabes.

Ken vaciló, intentando probablemente reunir argumentos sobre la confidencialidad de las fuentes. Pero finalmente cedió.

—Jodie Farmer —admitió—. Y sé que tiene interés en hacer daño a los Castle, o, por lo menos, a Emily. Cometí un error, ¿de acuerdo? Eso no lo discuto.

—En ese caso, supongo que no tendrás ningún problema en utilizar esa integridad que olvidaste temporalmente para enmendar la situación —aventuró Ethan en un tono amable, pero firme.

—No sé de qué serviría eso ahora.

Ethan lo miró incrédulo.

—¿Describes a alguien como una *stripper*, que es algo que sabes que puede dañar su reputación, y no entiendes que es necesario rectificar? Déjame echarte una mano. Si limpiar tu conciencia y tu historial como periodista no te parece razón suficiente, ¿qué me dices de esta? Animaré a Samantha a denunciarte para que te saque hasta el último céntimo, a este mísero periódico y a ti personalmente por haber sabido que cometías un error y no haberlo enmendado en la siguiente edición. ¿Ese te parece un buen motivo?

Ken suspiró profundamente.

—De acuerdo, estás enfadado y lo comprendo, Ethan.

¿Pero puedes decirme qué interés tienes tú en todo esto? ¿Son ciertos los rumores? ¿Estáis juntos?

–Mi relación con Samantha no es asunto tuyo. Lo único que tienes que hacer es corregir tu error –le sostuvo la mirada–. Lo quiero en la primera página, con tipografía suficientemente grande como para que todo el mundo pueda verlo desde el otro lado de la calle, igual que pudieron ver la fotografía.

–Vamos, Ethan... –protestó Ken.

–Haz lo que te he dicho –insistió–. O me aseguraré de que Samantha acabe contigo.

Se sintió mil veces mejor cuando salió de allí, pero al mismo tiempo se preguntó si habría hecho lo suficiente como para arreglar las cosas. ¿O quizá era aquella una de las situaciones de las que tendría que arrepentirse durante toda su vida, recriminándose a sí mismo haber actuado demasiado tarde?

Capítulo 23

Samantha estaba caminando por el edificio vaciado por dentro que, con el tiempo, se convertiría en un pequeño teatro que acogería a varios cientos de espectadores, cuando entró Gabi corriendo con el semanario local en la mano. Samantha la miró con recelo.
—¡No, otra vez no! —musitó—. ¿Qué han publicado esta vez?
—Espera y verás —se regodeó su hermana—. Es una disculpa, y en primera plana nada menos.
Samantha clavó la mirada en la portada del periódico.
—¿Pero de dónde ha salido eso? Normalmente las rectificaciones aparecen en letra diminuta y en páginas interiores.
—Según el director, el hecho de que no hubiera ninguna prueba de que fueras una *stripper* llamó la atención de, nada más y nada menos, que del héroe del pueblo. ¡Ethan Cole!
—¿Qué? —exclamó Samantha con incredulidad—. Déjame ver eso.
Pero Gabi alejó el periódico.
—Espera, la cosa es incluso mejor. El director también reconoce que el reportaje se lo envió una persona que puede tener algún interés en perjudicar a la familia Castle.
—¿Y quién pudo ser? —preguntó Samantha.

—Jodie Farmer, no puede ser otra —respondió su hermana. Clavó el dedo en la primera página—. Aquí lo dice. A Boone le va a dar algo.

Samantha se sentó sobre un caballete, oportunamente cerca.

—¡Dios mío! Jamás lo habría imaginado.

—Al parecer, Ethan le sonsacó la información al director, un tipo llamado Ken Jones. Wade estaba tan indignado cuando vio esto que se fue directamente al periódico y tuvo una conversación un tanto tensa con Ken. Parece que Ken se lo soltó todo, le contó que Ethan entró como una furia en su despacho exigiendo una explicación, amenazando con una denuncia y quién sabe cuántas cosas más. Wade también ha añadido lo suyo. Así que pasará mucho, mucho tiempo antes de que Ken Jones se atreva a volver a meterse con una Castle.

Samantha estaba más sorprendida por la demostración de lealtad de Ethan que por la de Wade.

—¿Ethan hizo todo eso? —musitó desconcertada—. ¿Por qué?

—Porque te quiere, tonta. Por eso fue a defenderte.

—Pero también quiere que me vaya del pueblo. Y con todo este revuelo, estuvo a punto de conseguirlo —protestó Samantha, intentando encontrarle sentido a todo aquello.

¿Habría querido hacerle un último favor antes de que ella se marchara, para quedarse así con la conciencia tranquila?

—Yo diría que esto demuestra lo contrario —insistió Gabi—. Y Wade también lo cree.

—O a lo mejor, Ethan se ha enterado de que pienso quedarme aquí y esto es una especie de oferta de paz —especuló Samantha.

Gabi la miró atentamente.

—Sea lo que sea, ¿qué piensas hacer?

—Nada —contestó con cansancio—. Ethan me dejó perfectamente claros sus deseos. Tanto si me quedo como si me voy, lo nuestro está terminado.

—¿Y no crees que puede haber cambiado de opinión, o haberse arrepentido de lo que te dijo? —protestó Gabi—. Vamos, Samantha. ¿Qué pasa con las segundas oportunidades? Tú querrías tenerla si hubieras hecho alguna tontería —se golpeó la frente con un gesto exagerado—. ¡Oh, espera! Tú la hiciste.

—¿Que yo hice qué?

—La tontería. Cediste a las ridículas inseguridades de Emily y fuiste a la despedida de soltero escondida dentro de una tarta, arriesgando al hacerlo tu reputación y la de Ethan —alzó la mano cuando Samantha comenzó a protestar—. Sí, ya sé que yo no te ayudé. Para cuando dejamos de presionarte, no tenías ninguna salida, lo sé.

—La cuestión es que, y lo de menos es quién me presionara a hacerlo, aquello no fue nada importante. O no debería haberlo sido —dijo Samantha a la defensiva—. Cualquiera con medio cerebro podía darse cuenta de que solo era una broma en una despedida de soltero. Nadie se enfada por una cosa así.

—Porque no todo el mundo es un héroe local y un reputado médico como Ethan Cole, ni una actriz como Samantha Castle —le recordó Gabi—. Por muy mal que hiciera Ken al publicar esa fotografía en primera plana y con ese comentario sobre que eras una *stripper*, casi puedo entender sus motivos. La gente devora ese tipo de informaciones, sobre todo cuando aparecen nombres relevantes en ellas. Y no olvides que Boone también es un hijo ilustre de Sand Castle Bay.

—Yo soy una actriz acabada —dijo Samantha—. Ni siquiera tú, con tus grandes habilidades publicitarias, habrías podido convertir algo tan nimio en una noticia de primera plana.

Gabi le dirigió una mirada desafiante.

—¿Quieres que lo intente?

Samantha se estremeció, consciente de que no sería una prueba particularmente difícil para una experta en relaciones públicas como su hermana.

–Rotundamente no –contestó con vehemencia–. Lo que necesito es que todo esto se olvide.

–¿Y después qué?

–Y después continuaré con mi vida, construiré ese teatro, daré clases y disfrutaré de una vida satisfactoria aquí, junto a mi familia.

–¿Y dónde encaja Ethan en todo eso?

–Él ya me ha dejado claro que no quiere encajar –insistió Samantha.

–¡Oh, por el amor de Dios! ¿Es que no has escuchado una sola palabra de lo que he dicho? –protestó Gabi con impaciencia, blandiendo el periódico–. ¡Esto dice otra cosa completamente diferente! Dale una oportunidad a ese pobre hombre.

–No fui yo la que rompió con él –respondió Samantha, obstinada.

–Pero eres tú la que está dejando que se interponga el orgullo en una posible reconciliación –contestó Gabi–. Esto habla bien de Ethan. Es su manera de disculparse. Ahora eres tú la que tiene que dar el paso.

–Pero...

La mirada de Gabi era implacable.

–Arregla esto, Samantha. Si no lo haces, te arrepentirás. Y no te equivoques, esto solo depende de ti. Ni la abuela ni Emily ni yo podemos hacer nada. Estás sola en esto, tal y como decías que querías estar desde el principio.

Samantha miró a su hermana con expresión cansada. Sabía que Gabi tenía razón. Desgraciadamente, aquella era una de las raras ocasiones en las que no le habría hecho ascos a una intromisión bienintencionada en su vida.

Cora Jane se había prometido a sí misma que se mantendría al margen de aquella ridícula discusión entre Samantha y Ethan, pero estando implicadas dos voluntades tan tercas, podía ver cómo el futuro de aquella relación se desintegraría a no ser que alguien con un poco de sentido común interviniera. De modo que dejó a Jerry a cargo del restaurante e, ignorando su consejo de que se mantuviera alejada de las partes implicadas, se acercó hasta la clínica de Ethan.

Una vez dentro, señaló la puerta de la consulta.

–¿Está Ethan con algún paciente? –le preguntó a Debra.

–No, señora, pero no quiere que le molesten.

Cora Jane sonrió.

–Creo que conmigo hará una excepción –cuando Debra alargó la mano hacia el teléfono, Cora Jane negó con la cabeza–. A lo mejor deberías hacer como que no me has visto.

Debra se encogió de hombros y colgó el teléfono.

Cora Jane encontró a Ethan en la consulta con un montón de archivadores desparramados encima de la mesa. Aunque él estaba de espaldas a aquel desorden, con la mirada fija en la ventana.

–Vengo a darte las gracias –anunció, sobresaltándolo.

Ethan giró en la silla y la miró receloso.

–Cora Jane –musitó. Su tono no fue particularmente acogedor–. ¿Qué te trae por aquí? ¿Va todo bien? ¿Te has cortado? ¿Te has quemado? ¿Has tenido algún problema?

Cora Jane sonrió ante aquel intento de convertir su visita en una consulta médica.

–No, como ya te he dicho, vengo a darte las gracias por haber salido en defensa de mi nieta.

–Samantha se las habría arreglado perfectamente sin mí –respondió–. Aun así, pensé que tenía la obligación de apoyarla. Tengo entendido que tú también tuviste una conversación con Ken.

–Sí, pero no fui yo quien le convenció de que publicara la rectificación, ni averiguó quién estaba detrás de todo ese asunto. Me temo que estaba demasiado ocupada gritándole como para pensar en las preguntas adecuadas o en lo que debería exigirle.

–Bueno, pues ya está todo arreglado –dijo Ethan–. Bien está lo que bien acaba.

Cora Jane le miró con impaciencia.

–¿Y eso es todo? ¿Tú crees que es así como tienen que acabar las cosas?

–No sé de qué otra manera podrían acabar.

Cora Jane lo miró en silencio durante unos segundos y sacudió la cabeza.

–Tú crees que es ella la que tiene que venir a buscarte, ¿verdad? Quieres que Samantha te busque, que vuelva a arriesgar su corazón y te demuestre que realmente te quiere.

Ethan se encogió ante lo que solo podía interpretar como un golpe dirigido directamente contra él.

–Pues jamás lo hará –le advirtió Cora Jane–. Eso no significa que no te quiera. Solo significa que su orgullo es tan grande como el tuyo. Espero por el bien de todos que alguno de los dos reaccione antes de que sea demasiado tarde. Cualquier otra cosa sería un auténtico crimen.

Estaba a medio camino de la puerta cuando Ethan inquirió con tono deprimido:

–¿Qué se supone que tengo que hacer?

–Podrías empezar admitiendo que la quieres –respondió Cora Jane, aliviada por el hecho de que se lo hubiera preguntado.

–La quiero –contestó con firmeza.

Cora Jane sonrió y se volvió.

–No delante de mí. Me refería a que lo admitieras delante de ella.

–Me lo temía.

–Siendo como eres un hombre que ha hecho frente a la muerte incontables veces, ¿por qué le tienes tanto miedo a esas dos simples palabras que podrían darte todo lo que quieres?

Cuando Ethan estaba a punto de responder, ella alzó una mano.

–No importa, lo sé. Estás pensando que si ella no te las dice a su vez, eso será humillante y quizá te destroce el corazón.

Ethan asintió.

–Algo parecido.

–¿Y te sientes bien tal y como están ahora las cosas?

Una sonrisa asomó a las comisuras de los labios de Ethan.

–Comprendido.

Cora Jane asintió satisfecha.

–Bien. Sabía que eras una persona inteligente. Y, por si te sirve de algo, ella te quiere. Sobre eso no tengo la menor duda. Si la tuviera, jamás se me habría ocurrido poner un pie en esta consulta.

–Gracias, Cora Jane.

–No hace falta que me des las gracias. Tú arregla las cosas con mi nieta.

–Lo intentaré.

Cora Jane le lanzó entonces la más feroz de sus miradas.

–Y hazlo pronto –le ordenó–. Jerry está empezando a impacientarse. No sé si voy a poder contener a ese hombre durante mucho más tiempo y os estamos esperando a vosotros para fijar la fecha de nuestra boda.

–Si es tanta la presión, ¿por qué no te casas antes?

Cora Jane se echó a reír.

–Es la mejor manera que conozco de que se hagan las cosas.

Y le dejó pensando en lo que le había dicho.

A pesar de todo lo que Cora Jane le había asegurado el día anterior, Ethan todavía no estaba cien por cien seguro de que tuviera razón. A lo mejor, las cosas habían salido exactamente como debían. Desgraciadamente aquel pensamiento dejaba un enorme vacío en su interior.

El jueves por la tarde, mientras recorría las escasas manzanas que separaban su casa de la clínica, hacia donde se dirigía en aquel momento para la salida semanal con los niños, casi se había resignado a aceptar su solitario destino. Pero al llegar al aparcamiento, se detuvo en seco.

Allí estaba Samantha, sentada en un banco al lado de Cass, que la miraba fijamente, con la atención extasiada de una incondicional admiradora. El rostro de Cass se había transformado. La adolescente malhumorada había sido reemplazada por una joven vivaz. En aquel instante, todos los sentimientos que Ethan se había estado resistiendo a experimentar por Samantha, sentimientos mucho más profundos que las simples ganas de acostarse con ella, afloraron a la superficie. Eran muchas las cosas sobre ella que le quedaban por descubrir, pero ya sabía de su profunda preocupación por los demás, incluido él, gracias a Dios.

Inspirando profundamente, se tomó su tiempo antes de acercarse a ellas. Se detuvo a hablar con los padres, repartió abrazos entre los niños y les ayudó a subir a la furgoneta.

Era evidente que algunos padres habían reconocido a Samantha, pero no parecían nada molestos por su presencia una vez que el periódico publicó su aclaración sobre lo ocurrido.

Cuando ya no pudo seguir retrasando el momento por más tiempo, Ethan se acercó a ellas y permaneció a su lado, junto a la mujer de la que se había enamorado y la adolescente que había sido su mayor fracaso hasta la fecha. Y, sin embargo, gracias a Samantha, la forma que tenía Cass de encarar el futuro estaba cambiando.

–¿Qué está pasando aquí? –preguntó, mirándolas alternativamente.

–Samantha empezará a dar clases de interpretación en Sand Castle Bay la semana que viene –le explicó Cass con los ojos brillantes–. Y si soy buena, algo que ya sabemos todos, me presentará a su agente –luego, con una mirada traviesa, añadió–: Además, el verano que viene seré la protagonista de la primera obra que se estrene en el teatro –le dio un codazo a Samantha–. Ya sé que no me has prometido nada, pero voy a ganarme el papel protagonista.

La alegría de Cass era palpable, lo cual asustó a Ethan todavía más que su anuncio de que Samantha iba a quedarse en el pueblo. Aunque él ya sabía que esa había sido su intención, aquella confirmación lo convertía en algo todavía más real. Y, lo más importante, eliminaba cualquier posibilidad que tuviera de olvidarla.

Samantha sorprendió su mirada.

–Yo siempre cumplo mis promesas –dijo con voz queda, comprendiendo perfectamente sus temores. Al menos, por lo que se refería a Cass–. Siempre.

Al advertir la firmeza, el tranquilizador compromiso que destilaba su voz, Ethan sintió que desaparecían todas sus reservas.

–De acuerdo, entonces. ¿Piensas acompañarnos hoy?

Samantha se levantó con entusiasmo, sorprendiéndolo.

–Claro, siempre que no moleste. ¿Qué planes hay para hoy?

–Puenting –contestó Ethan, por el mero placer de ver el terror asomarse a sus ojos.

Pero el miedo no apareció.

–Suena divertido –respondió, sin que le temblara la mirada.

–No vamos a hacer puenting –le desmintió Cass, poniendo los ojos en blanco–. ¿Te imaginas cómo se pondría la señora Gaylord si arrojaras a su precioso hijo por un puente?

–Maldita sea, con las ganas que tenía de probarlo... –se quejó Samantha.

Ethan soltó una carcajada.

–Supongo que es otra cosa más que deberé recordar.

Eres una mujer temeraria –se volvió hacia Cass, que los miraba fascinadas–. Cass, sube a la furgoneta y asegúrate de que los niños no hagan salvajadas. Ahora mismo vamos nosotros.

Samantha le sonrió en cuanto Cass se hubo marchado.

–Supongo que eres consciente de que le has arruinado el día. Ella pensaba que estaba a punto de ser testigo de lo que habría podio convertirse en la comidilla de Sand Castle Bay. Una noticia aún más sabrosa que la que salió en la portada del semanario local hará un par de semanas.

–Estoy convencido de que sobrevivirá a la decepción –repuso Ethan, irónico–. Lo que más me preocupa es saber si sobreviviré yo a una vida a tu lado.

–No lo sabrás a menos que lo intentes –bromeó Samantha.

Ethan inspiró profundo y dijo:

–En ese caso, supongo que debería intentarlo.

Samantha asintió lentamente.

–Estaba deseando que dijeras eso.

Ethan volvió a respirar hondo y dio un salto gigantesco, un salto mucho más aterrador que arrojarse desde lo alto de un puente.

–¿Quieres fugarte conmigo este fin de semana? Estoy prácticamente seguro que en Hawái hay una playa gritando nuestros nombres.

Por primera vez desde que se conocieron, había conseguido sorprenderla. Samantha se lo había quedado mirando boquiabierta.

–¿Perdón?

–Ya me has oído. Creo que ahora mismo no sería capaz de volver a soportar todo el estrés de planificar una boda, y tampoco quiero esperar. ¿Y tú? Si tú estás dispuesta, lo aceptaré, pero creo que es mejor dejarse llevar por el impulso.

Samantha todavía no había superado del todo la impresión.

–¿Quieres que nos fuguemos y nos casemos en Hawái?
–Dijiste que querías una boda exótica. Si te conformas con la playa de aquí, también podríamos hacerlo así, y después pasar la luna de miel en alguna isla que eligieras tú misma.

Contuvo la respiración mientras esperaba su respuesta.

–Creo que estás completamente loco –contestó Samantha al cabo de un rato–. Apenas hemos salido juntos. Han sido mi abuela y mis hermanas las que han empujado nuestra relación, pero tú no me has invitado a salir ni una sola vez.

–Nos hemos acostado –le recordó.

–Definitivamente es algo a tener en cuenta –se mostró de acuerdo con él. Entrecerró los ojos–. Pero a lo mejor yo necesito ser cortejada como es debido.

Ethan estudió su expresión. Aunque detectó un brillo en su mirada que desmentía su aserto, le dijo de todas maneras:

–Si quieres que te corteje, puedo intentarlo. Pero no puedo prometerte que vaya a estar a la altura de esas telenovelas en las que solías actuar. Soy un hombre serio y con poca imaginación.

Samantha sonrió.

–Ahora que pienso en ello, esos matrimonios de las telenovelas están inevitablemente condenados al fracaso. A lo mejor has tenido una idea acertada al proponerme dar un salto en el vacío como ese. Aunque me parece demasiado arriesgado, teniendo en cuenta lo poco que sé de ti en realidad. Ni siquiera sé si aprietas el tubo de la pasta de dientes por el medio, o si dejas tus calcetines regados por todas partes.

–Sí y no –respondió–. ¿Hay algo que de verdad necesites saber sobre mí que no te hayan contado ya? Estoy seguro de que te entregaron mi currículo el día en que te invitaron a hacer de dama de honor de tu hermana. Además, según varios informes que yo tuve la suerte de recibir, llevas enamorada de mí desde que estudiabas en el instituto. Supongo que eso debe contar para algo.

–Supongo –se mostró de acuerdo Samantha, aunque con cierta reticencia.

–¿Hay algo que no me hayas contado sobre ti?

–Me gusta que me regalen flores sin ninguna razón en especial –admitió–. Y dulces. Me encantan los bombones caros. Normalmente, esas cosas dejan de hacerse después de la boda, y, en nuestro caso, tú ni siquiera me has regalado ninguno antes.

–Los tendrás todas las semanas, si es eso lo que quieres –le prometió–. Pero antes cásate conmigo.

–¿Tienes miedo de echarte para atrás si esperamos demasiado?

–Por supuesto que no.

–¿Y te preocupa que pueda arrepentirme yo?

Ethan se encogió de hombros, como si aquel fuera un miedo absurdo.

–Dices que siempre cumples tus promesas. Y yo confío en ti.

–¿Entonces a qué tanta prisa?

–Hace poco me he dado cuenta de que se me consideraba una persona sosa y aburrida, al menos en el plano sentimental. Creo que necesito mejorar mi imagen. A pesar de las repercusiones negativas que tuvo, esa fotografía que apareció en el periódico ha servido para enriquecer mi imagen pública. Si a eso le sumo una fuga inesperada con mi novia, terminaría de redondearla.

–¿Hay algún motivo en particular por el que estés de pronto tan deseoso por mejorar tu imagen?

–Sí. Sin una imagen mejorada, nadie se creerá que haya conquistado a una mujer como tú.

Samantha dio un paso hacia él y lo miró a los ojos.

–Has conquistado a una mujer como yo siendo el mejor hombre que he conocido en mi vida, por fuera y por dentro

–le dijo, posando la mano en su mejilla–. Y este fin de semana me viene de perlas.

–¿Y qué va a ser de tu vida en Nueva York?

–Nueva York ya se terminó para mí, como muy bien sabes.

–Me gusta oírtelo decir una y otra vez. Resulta tranquilizador –reconoció.

–En ese caso, deberías saber que el único motivo por el cual voy a volver a Nueva York es para recoger mi ropa –le dijo–. Aunque ahora que pienso en ello, teniendo en cuenta esa mirada que veo en tus ojos... es posible que pase todavía algún tiempo antes de que llegue a necesitarla.

Ethan suspiró, sobrecogido por la sensación de bienestar que le embargaba. La miró a los ojos y pronunció aquellas palabras que, no mucho tiempo atrás, tanto le habían aterrado.

–Te quiero, Samantha. Es posible que no sea capaz de decírtelo lo suficiente, pero te lo demostraré cada día.

–Ya lo has hecho –le aseguró–. Y ahora será mejor que vayamos a la furgoneta. Los nativos están empezando a ponerse nerviosos y estoy segura de que Cass ya ha enviado fotografías nuestras a todos sus conocidos. Es posible que volvamos a figurar en portada del semanario la semana que viene.

–¿Y qué más da? –musitó Ethan, agarrándole la mano y tirando de ella–. Ken puede publicar la fotografía con el anuncio de nuestra boda.

–De nuestro compromiso –le contradijo.

–No. Hemos decidido arriesgarnos –replicó él–. Conformarnos con menos es romper el acuerdo.

La sorpresa iluminó la mirada de Samantha.

–Chico, cuando te propones algo, te lanzas a fondo, ¿no?

–He oído decir que es la única manera de hacer las cosas. Ahora, ven aquí.

–Deberíamos subir a la furgoneta –le contradijo–. Mira todos esos rostros mirándonos fascinados.

–Pueden esperar –insistió Ethan, apoderándose de su boca con un beso que le abrasó el corazón.

Había acertado desde el primer instante en que puso los ojos en ella, cuando Samantha había llevado encima solamente su camiseta de fútbol americano. Aquella mujer estaba destinada a volver su vida del revés.

Sorprendentemente, después de todas sus preocupaciones, de sus temores de no encontrar jamás una mujer que fuera capaz de amar al hombre que era ahora, en aquel preciso instante tuvo la certeza de haber encontrado a la mujer de su vida. Una mujer que le haría sudar en cualquier carrera. Y, lo que era más sorprendente todavía, estaba plenamente convencido de que sería capaz de seguirle el ritmo.

¿Y en el caso de que no pudiera? Bueno, sabía con absoluta seguridad que ella estaría esperándolo en la siguiente curva del camino.

Epílogo

—¿Es que todo el mundo se ha vuelto loco? —preguntó Emily mirando al pequeño grupo reunido en la playa de la isla Sea Glass, donde en aquel momento el sol centelleaba sobre la arena—. Hace una hora han anunciado una orden de evacuación. ¡Un huracán se aproxima hacia aquí, gente!

—Pues entonces quien tiene que darse prisa es el sacerdote y aparecer de una vez —dijo Samantha, mirando a Ethan a los ojos—. No nos moveremos de aquí hasta que no hayamos pronunciado nuestros votos.

Como si quisiera enfatizar la inminente amenaza, el sol se escondió de repente detrás de una densa nube oscura, se levantó un fuerte viento y la arena comenzó a girar en remolinos alrededor de los invitados. Entre ellos estaban las hermanas Castle con sus respectivas parejas, Cora Jane, Jerry, Sam Castle y Sophia, que juraba no haber visto en su vida un grupo como aquel. Greg era el padrino de Ethan. Aunque sus padres no habían podido tomar un vuelo para asistir a la ceremonia, improvisada a última hora, pensaban estar allí para la fiesta que se celebraría al cabo de unas semanas.

Justo en aquel momento, el viento le arrancó el velo a Samantha y lo arrastró por la playa. B.J., el hijo de Boone, salió corriendo tras él.

—Está mojado –dijo en tono de disculpa cuando se lo devolvió–. No he podido atraparlo antes.

—Ya se secará –contestó Samantha sin darle ninguna importancia–. ¿Alguien sabe algo del sacerdote?

—Hablé con él hace menos de cinco minutos –la tranquilizó Boone–. Me dijo que la barca que le habíamos enviado ya había salido –alzó la mirada–. Mira, ahí está, trepando por la duna.

Samantha sonrió a Ethan.

—No te echarás atrás ahora…

—Ni se me ocurriría intentarlo –repuso–. Aunque quizá pida la versión corta de la ceremonia. Esas nubes de tormenta que vienen hacia aquí parecen bastante serias. Y las olas están a punto de desbordar la playa. Vamos a acabar todos empapados.

Samantha soltó una carcajada.

—Me parece bien lo de la versión corta, aunque terminar empapada no me parece un precio muy alto a pagar a cambio de una boda.

—Pero quedarnos aquí varados podría desbordar todas nuestras expectativas –dijo Ethan.

Aunque la ceremonia fue algo precipitada, amenazada como estaba por el huracán, a Samantha le pareció la más hermosa que había presenciado nunca. Y había estado en muchas últimamente.

Cuando le llegó el momento de hablar, Ethan la miró a los ojos y dijo:

—Cuando hace unos años salí del hospital, me dijeron que me habían dejado como nuevo. Yo quise creérmelo. Y me propuse como objetivo vital trabajar con niños que habían sufrido lesiones como la mía para demostrarles que su vida podría llegar a ser tal y como ellos quisieran –miró a Samantha a los ojos–. Pero hasta que tú llegaste a mi vida, no volví a sentirme completo. Tú me has completado, Samantha, y pasaré el resto de mi vida intentando darte todo lo que quieras o necesites.

Samantha susurró entre lágrimas:

–Siempre y cuando te tenga a ti a mi lado, tendré todo lo que necesite. Estoy deseando pasar el resto de mi vida contigo y descubrir qué aventuras nos vamos a encontrar.

El sacerdote alzó la mirada hacia el cielo y preguntó, sin preocuparse en disimular su urgencia:

–¿Alguna cosa más?

–No. Creo que con estoy ya está todo dicho –contestó Ethan sin apartar la mirada de Samantha.

–En ese caso, os declaro marido y mujer. Y sugiero que regresemos cuanto antes a tierra firme y salgamos del pueblo.

–Pero no antes de que haga esto –declaró Ethan, levantando a Samantha en brazos y besándola.

Se tomó su tiempo, demasiado incluso, hasta que comenzaron a caer sobre ellos gruesas gotas de lluvia y las olas les empaparon los pies. Samantha sonrió contra los labios de Ethan, alegrándose de que estuvieran tan compenetrados. Algunas cosas eran más importantes que la amenaza de una tormenta en el horizonte.

Al final, los interrumpieron los aplausos y los gritos.

–Tenemos que salir de aquí a toda velocidad –dijo Boone, urgiéndolos a caminar hasta las dunas para esperar allí a las embarcaciones que les había proporcionado gente de la localidad para hacer la corta travesía a la isla.

Una vez de vuelta en tierra firme, les estaban esperando los coches aparcados. No había forma de saber cuándo les permitirían regresar a Sand Castle Bay.

Mientras los invitados corrían por la playa, Samantha se detuvo por un instante, disfrutando de la sensación de la arena bajo los pies y de la firme y cálida caricia del hombre que estaba junto a ella. Con el resto de su familia a su lado, por fin se sentía bien, se sentía en su verdadero hogar y... ¡cuánto se alegraba de ello!

ÚLTIMOS TÍTULOS PUBLICADOS EN HQN

En un solo instante de Carla Crespo

La leyenda de tierra firme de J. de la Rosa

Encadenado a ti de Delilah Marvelle

Una mujer a la que amar de Brenda Novak

La distancia entre nosotros de Megan Hart

Cuando nos conocimos de Susan Mallery

Sin ataduras de Susan Andersen

Sígueme de Victoria Dahl

Siete noches juntos de Anna Campbell

La caricia del viento de Sherryl Woods

Di que sí de Olga Salar

Vuelve a quererme de Brenda Novak

Juego secreto de Julia London

Una chica de asfalto de Carla Crespo

Antes de besarnos de Susan Mallery

Magia en la nieve de Sarah Morgan

www.ingramcontent.com/pod-product-compliance
Lightning Source LLC
LaVergne TN
LVHW030336070526
838199LV00067B/6301